Juan Riquelme Lagos • Im Schatten des Nachbarn

Was wäre die himmlische Fiktion ohne die irdische Wirklichkeit,
aus der sie sich speist?

Für Peter Cleef, weil er sich traut, über den eigenen Schatten zu springen.
Für Dorotea Höner, weil sie ihn auffängt.
Für Pablito und die kleine Magda, weil sie auf die beiden aufpassen.

Juan Riquelme Lagos

Im Schatten des Nachbarn

Roman

Aus dem Spanischen übersetzt von
Alexander Zuckschwerdt

Mir ist bewusst, dass diese Geschichte alles andere als blutrünstig ist, doch da ich davon ausgehe, dass der Geist sich nicht von Blut ernährt, habe ich mir vorgenommen, ihr stattdessen meine größtmögliche Liebe angedeihen zu lassen.

ERSTES KAPITEL

Der Lastwagen hielt direkt vor dem Grundstück nebenan. Ich selbst hatte ihn nicht gesehen, doch meine Frau merkte beiläufig an, dass wir wohl neue Nachbarn bekämen, und fügte noch hinzu, dass die Ankömmlinge irgendeiner Einheit der Streitkräfte angehören müssten, womöglich der Militärpolizei oder so, da es ein grüner Laster sei. Ich schenkte ihr nicht sonderlich viel Aufmerksamkeit, trotz meines Ärgers darüber, von nun an einen Polizisten als Familienoberhaupt im Nachbarhaus zu haben – noch so einen gestrengen Kriegsknecht und Vertreter dieser Streitmacht, die in unserer so unzivilen Gegend eine ohnehin schon überreichliche Präsenz zeigte.

Doch Trost umfing mich, als ich mir zweier Tatsachen bewusst wurde, die mir beide unwiderlegbar schienen: Seit den zu jener Zeit noch nicht weit zurückliegenden Ursprüngen unseres Viertels und ganz nach den gesellschaftspolitischen Vorgaben der zuständigen Behörden waren die Reihenhäuser in unserer Straße für die Familien der Uniformträger aus den diversen Truppengattungen vorgesehen, so dass einer mehr von ihnen in unseren Gefilden im Grunde nicht ungewöhnlich war. Seltsam war nur, dass der Neuzugang nicht die gleiche Uniform trug wie die übrigen Nachbarn (ich meine damit die tiefseeblauen Anzüge der Luftstreitkräfte, die in so drastischem Widerspruch zum himmlischen Blau des chilenischen Firmaments standen, an dem unsere vaterländischen Kampfpiloten ihre Bahnen zogen). Trotz dieser farblichen Diskrepanz zwischen jenen und diesem hier gab ich mir jedoch alle Mühe, kein vorschnelles Urteil zu fällen über diesen Polypen in Oliv, der sich da an jenem Tag in unserer hochanständigen Nachbarschaft einquartierte. Stattdessen versuchte ich, mich damit abzufinden, dass es mir einfach nicht anstand, ihn als schrägen Vogel abzustempeln, nur weil er statt in Blau in Grün durch die Welt streifte; erst recht nicht, da ich plötzlich bemerkte, wie ein lebhaftes Kribbeln in sämtlichen Winkeln meiner entfesselten Fantasie um sich griff und ich in einem Anflug von kindlicher Begeisterung mit der Vorstellung zu spielen begann, dass sich der Grüne samt seiner Familie (die ich mir in Gedanken genauso grünlich ausmalte) in eine Art unfreiwillige Rückendeckung für meine subtilen Legitimationsbestrebungen verwandeln und, wer weiß, sein nachbarliches Dasein womöglich noch zur Stütze für meinen nolens volens errichteten Schutzwall werden könne, so dass der Neue, ohne es zu merken, mein kleines persönliches Versteckspiel nach und nach ins rechte Licht rücken würde. Die Rede ist hier von meinem gewagten Unterfangen, als rechtschaffener und erfolgreicher Jungunternehmer aufzutreten, der in dieser Maschinerie des Scheins mitwerkelt und seine Maske des Normalbürgers mit der Zeit immer undurchschaubarer macht für die wachsamen Augen einer Einheitsnachbarschaft, die sich – und zwar nicht nur aus militärischer Tradition heraus – insbesondere durch ihre vorurteilsreiche Neugierde rund um das Leben der Anderen auszeichnete.

Ausgehend von den Erfahrungen, die ich bereits mit den angestammten blau uniformierten Nachbarn, den Luftikussen, hatte sammeln dürfen, erschien mir die Hoffnung nicht abwegig, im dunkelgrünen Schatten des Schutzmanns von nebenan künftig leichteres Spiel beim Ausbau meiner zu dem Zeitpunkt noch recht anfälligen Ablenkungsstrategie zu haben. Die unmittelbare Präsenz dieses neuen Nachbarn könnte sich letztlich als wirkungsvoller Mantel für all die Gratwanderungen herausstellen, die ich jeden Tag aufs Neue unternahm, um die Mauer des Scheins aufrechtzuerhalten, hinter der meine Hoffnung und ich so einigen Tätigkeiten nachgingen, die, gelinde ausgedrückt, als nicht erwünscht galten von Seiten der neuen Militärregierung, die sich erst kürzlich als Retter der Heimat, der Familie, der Ehre und anderer chauvinistischer Fantasiegebilde ausgerufen hatte und deren Rädelsführer voll Überzeugung ob seiner kindischen Darbietung tagein, tagaus herumschwadronierte und dabei sich und der Welt weiszumachen versuchte, dass er, nur weil er sich vor allen Augen als Chefarzt aufspielte, nicht auch einer der Patienten sein könne.

Eine Weile lang gab ich mich diesem Gedankenspiel hin, stellte mir vor, wie sich der Zuzug des Neuen langsam aber sicher zu einem Garant für meine erfolgreiche Behauptung in einem Umfeld entwickelte, das mich und meine kleine Familie vom ersten Tag an aus doktrinärer Disziplin heraus mit Gleichgültigkeit und einer an Feindseligkeit grenzenden Schroffheit gestraft hatte. So wuchs meine Zuversicht immer weiter, dass dieser völlig unverhoffte und etwas ausgefallene Neuzugang mir zu mehr Sicherheit in meinen Anstrengungen um die Aufrechterhaltung meines in mühevoller Kleinarbeit verfertigten Bildes eines tadellosen Musterbürgers verhelfen würde. Diese Maskerade war praktisch überlebensnotwendig bei meinem geheimen Treiben in den wenigen, engen Winkeln, die uns diese verblendete Militärdiktatur in ihrem antisubversiven Säuberungswahn noch ließ – eine Hexenjagd, wie sie das Land in seiner jungen Geschichte noch nicht erlebt hatte und die ihren Ausdruck in einer wohldurchdachten, systematischen Grausamkeit fand. Und wie es für bewaffnete Feiglinge typisch ist, trachtete auch diese Bande von Generälen in ihrem Hochmut danach, ihre Maschinerie des Terrors, die sie vom ersten Tag des Putsches an aufgefahren hatte, auf Biegen und Brechen zu installieren und von dieser Basis aus jedweden Ansatz zur Veränderung zu unterdrücken, indem sie sowohl die Entwicklung des Landes als auch die Fantasie seiner Einwohner dauerhaft brachzulegen versuchte.

Ich spreche von jenen unseligen Tagen, in denen wir von diesen Kaserneninsassen mit Meldungen bombardiert wurden, die darauf abzielten, unsere durchaus begründeten Ängste zu schüren. So jubelten sie sich dem Volk als Heilsbringer unter, während sie sämtliche Arten von inquisitorischen Dämonen in Umlauf brachten und unentwegt die Maximen des obersten Tyrannen und Urhebers dieser nationalen Lüge verkündeten, dieses albernen Narren mit seiner notorischen Aufgeblasenheit, der, selbstgefällig wie er war, proklamierte, in seinem Land (man beachte das Possessivum) rühre sich kein Blatt, ohne dass er Wind davon bekäme, womit die falsche Zunge sich und dieser über alle Maßen grotesken Karikatur eines totalitären Regimes zugleich ein Denkmal setzte. Damit gab sich dieser Hanswurst nicht nur als berufsmäßiger Verräter zu erkennen, sondern bot den Augen der Welt zudem ein mehr als plumpes Spottbild seiner selbst.

Da unser Leben gänzlich im Zeichen ebenjenes düsteren Kriegsgebarens stand, welches der Wichtigtuer in seinen pompösen Invektiven propagierte, gab es unter uns Chilenen nicht wenige, die mehr schlecht als recht lebten und auf deren Schultern eine bizarre Mischung lastete, die sich zusammensetzte aus einer ungeheuren Portion Angst, einigen Gramm Scham, kiloweise Ohnmacht und einem winzigen Quäntchen Hoffnung. Es war ein seidener Faden, an dem nun all das hing, was wir in unserer Situation noch zu sein vermochten: Überlebende eines Unglücks, orientierungslos Taumelnde, zu denen wir geworden waren, nachdem sich unser Traum in einen Albtraum verkehrt hatte; strauchelnde Schwärmer, die angestrengt das Gleichgewicht zu halten versuchten auf diesem Drahtseil des Lebens; Flüchtlinge auf ihrer instinktgesteuerten Suche nach einem Schlupfloch, um dem fortwährenden Zwang zu entgehen; verängstigte Wesen, die sich in den Glauben zurückziehen, worin wir damals die einzige Möglichkeit sahen, unter diesem allgegenwärtigen Damoklesschwert zu existieren, ohne dabei unserem eigenen Willen zuwiderzulaufen, sprich ohne der vorherrschenden Gleichförmigkeit zu erliegen, wie es dieser selbstgekrönte Despot von uns forderte.

Im Jahr zuvor waren wir – als rechtmäßige Familie in den Augen der Leute, jedoch nicht in denen dieses Gottes, den ich mir immer mehr als teilnahmslosen Patriarchen vorstellte – in diese genau so prüde wie kurze Straße gezogen, in der sich die Häuschen wie an einem einzigen Faden aneinanderreihten und wo wir nun drei

Zimmer bewohnten sowie einen großen Hof zur Verfügung hatten, den unsere kleine Tochter vom ersten Moment an mit ihrer kindlichen Wonne für sich vereinnahmte.

Wir waren voll Lust auf Austausch und Teilhabe dort angekommen und wollten weder mit Sympathien noch mit gestalterischen Anstößen geizen, doch prallte unsere solidarische Stimmung recht schnell gegen die stumme Wand einer Nachbarschaft, in der man eine verborgene, aber doch spürbare Abneigung gegenüber allem Fremden hegte. Subtile und mit einer gewissen Systematik gesendete Zeichen und Gesten waren es, die uns jeden Tag aufs Neue aus jenem Mikrokosmos erreichten, der sich da unter Wahrung allen gebotenen Anstands hinter den eigenen wohlbehüteten Familienstrukturen verschanzt hielt.

Es war beileibe kein leichter Einstieg, denn mit einem Schlag sahen wir uns einem in sich geschlossenen Gemeinschaftsgeist gegenüber, welcher uns automatisch in eine Art Fremdkörper verwandelte, der seinen Fuß geradewegs und ohne Erlaubnis mitten in dieses mit so viel Argwohn beschützte und aus Prinzip eiserne Habitat setzte. Und als ob das nicht genug wäre, kam noch ein weiteres Aufmerksamkeit heischendes Detail hinzu: Es stellte sich nämlich heraus, dass wir tatsächlich die einzigen *zivilen* Bewohner der Straße waren, was unter anderem bedeutete, dass wir als einzige dort unser tägliches Brot verdienten und in die Staatskassen einzahlten, anstatt daraus zu schöpfen. Allerdings wurde auch dieser Tatbestand während unserer anfänglichen Bemühungen um ein gutes Auskommen mit unseren hochwohlgeborenen Anrainern als zumindest verdächtig eingestuft. So zeichneten sich die ersten Reaktionen durch Hochmut und Stillschweigen aus, beides stets in finstere Mienen und tadellos gleichförmige Schicklichkeit gezwängt – sowohl in körperlicher wie in geistiger Hinsicht.

Nach ein paar Monaten stellte sich dann eine gewisse Veränderung in der Ausprägung dieses hochnäsig-intoleranten Gehabens ein. Zunächst fiel es uns noch schwer, diesen sich etwas träge vollziehenden Wandel mit Natürlichkeit anzunehmen, doch mit der Zeit lernten wir ihn akzeptieren, was nicht zuletzt auch durch unsere Tochter begünstigt wurde, die sich mit ihrem Talent und ihrer Unschuld unversehens daran gemacht hatte, mit allen Kindern aus der Umgebung wie auch mit ihren Kameraden im Kindergarten Freundschaft zu schließen. Nach nur wenigen Wochen im neuen Wohnumfeld sah sich unser Naseweischen bereits von einer regelrechten Traube bedingungsloser kleiner Freunde umgeben, und – Ironie des Schicksals – mehrere dieser Kinder waren quasi Miniaturausgaben ebenjener argwöhnischen Nachbarn, die auf uns blickten, als wären wir ein Schandmal in dem sonst so lupenreinen Gemeinschaftsidyll *ihrer* Saubermannstraße.

Der andere wichtige Beitrag zu unserer allmählichen Integration in diese kleingläubige Gesellschaft ging von meiner schmucken Gattin aus: eine wie keine, durch und durch entzückend, stets untadelig, stets lieb und artig. Ihr Weg zur Arbeit glich einem Gang über den Laufsteg, und auch auf dem Heimweg sah man sie immer eng umschlossen von ihren piekfeinen Kostümchen à la Pierre Cardin von Pedro Cárdenas, wenn sie voll Anmut mit ihrem ganz eigenen Stil einherstolziert kam, welcher sich übrigens als recht hilfreich dabei erwies, uns so einige Sympathien einzuspielen, da er sich ganz gut mit dem fest verwurzelten und zum Ideal erhobenen Karrierismus unserer neuen Nachbarn zu vertragen schien. Zumindest zeigten diese sich tief beeindruckt von der wohldosierten Distinktion meines lieben Frauchens, so dass sie uns schon nach wenigen Monaten mit der einen oder anderen Geste der Duldung bedachten, die, obgleich zu Beginn noch etwas verhalten, so doch immer häufiger wurden und gelegentlich in Begleitung von zugegebenermaßen etwas stelzigen und mehr gebrabbelten denn deutlich ausgesprochenen Sympathiebezeigungen einhergingen. Paula, die Noblesse in Person, brannte dann förmlich vor aufgesetzter Nachsicht, während sie ihnen in einer Tour steif zulächelte und dabei ein Maß an Gefälligkeit an den Tag legte, das wohl jeden gesunden Menschenverstand an den Rand des Erträglichen hätte treiben können. Doch ging ihre Taktik am Ende voll auf, sprich die Leute grüßten und lächelten brav zurück und alle waren zufrieden. Dieser kaltblütig berechnende Modus Operandi, der ihr so eigen war, sorgte somit für einige Schlüsselmomente in unseren sonst eher abschätzig beäugten Versuchen, uns dort einzuleben.

Mit der Zeit sahen wir immer deutlicher, wie sich die Inquisitionsgemeinde zunehmend entspannte und allmählich bereit schien, ihre Vorbehalte gegen uns zu relativieren, so dass sie auch mit offenen, unverhohlenen Grüßen nicht länger zurückhielt – das heißt, wenn die Herrschaften sich gnädig zeigten und sich von ihrem hohen Ross dazu herniederließen. Es ist durchaus denkbar, dass in jene unverhoffte Metamorphose dieser unserer ach so gutherzigen Mitmenschen auch der Umstand mit hineinspielte, dass wir die jüngsten Eltern der gesamten Straße waren. Vielleicht sahen sie uns aber auch als die dynamischsten aller Eindringlinge in ihrem Territorium an, da wir in ihren Augen auf angenehme Weise althergebrachte Ambitionen mit modernen Einsprengseln kombinierten, wovon Erstere sich bestens mit den dort gängigen, sakrosankten Erscheinungsbildern vereinen ließen – Bilder, die so viele unserer Nachbarn mit einer Inbrunst pflegten, welche sogar diejenige übertraf, mit der sie ihrem genauso rabiaten wie zweckmäßigen Katholizismus nachgingen. Paula und ich kamen jedenfalls, ohne viel Palaver oder hirntötend Überlegungen, zu dem Schluss, dass eine konsequente Pflege unserer Fassade als gewinnendes Pärchen uns klar in Richtung unseres erklärten Zieles befördern würde, nämlich hin zur Festigung unserer sozialen Stellung in diesem kleinkarierten Umfeld, und so blieb uns nichts anderes übrig, als ebendiese Stellung durch die öffentliche Darbietung einer unumstößlichen und rundum bekömmlichen Normalität weiter zu untermauern –, was gar nicht so leicht war in diesem hermetischen Universum, aus dem uns immer wieder ultramilitaroide, aber auch infrakonfessionelle Wellen entgegenschlugen.

Wie ich bereits anklingen ließ, war Paula, meine Frau, äußerst mitteilsam und sehr mondän. Sie arbeitete damals, und zwar recht erfolgreich, als Bankangestellte in einer Filiale der Wucheranstalt in der Innenstadt, während ich mir, ganz dem Klischee entsprechend, als aufstrebender Jungunternehmer in der Schuhbranche die ersten Sporen verdiente und so, zumal ich von ganz unten kam und mich nun langsam nach oben durcharbeitete, wohl den Traum einer jeden weitsichtigen Mutter mit Tochter im heiratsfähigen Alter verkörperte. Gewissermaßen parallel zu unseren Eingliederungsbestrebungen baute unsere kleine Patricia mit ihren großartigen akrobatischen Kunststückchen weiter ihre Führungsrolle unter den Kindern sowie ihre Anziehungskraft auf die Erwachsenen aus. Die kleine Spitzbübin tanzte und sang zu jedem nur erdenklichen Anlass, ohne einen Gedanken an Ort, Zeit oder Situation zu verschwenden. Man kann wohl sagen, sie gefiel sich ganz gut in ihrer Rolle als Primadonna, wenn sie sich gezielt als Mittelpunkt des Geschehens anbot und als frühreifes Sternchen an dem sonst so blassen Himmelszelt unseres nachbarschaftlichen Kosmos erstrahlte.

Nach etwas mehr als einem Jahr und entgegen allen Prognosen war es dann irgendwann so weit: Dank all unserer tollen Eigenschaften (ob nun gegeben oder nur vorgegeben) gelangten wir schließlich in den Genuss, endlich und endgültig als vollwertige Mitglieder in diesen Kreis der vorurteilsbeladenen Flieger, die allesamt mit beiden Beinen fest in ihren allem Irdischen verhafteten Familien verwurzelt waren, aufgenommen zu sein. Trotz des plumpen anfänglichen Misstrauens stellten wir letztlich und nicht ohne Freude fest, dass unsere kunstvolle Integrationsarbeit am Ende doch relativ reibungslos zum Erfolg geführt hatte, woraufhin ich auch keinen Grund sah, weshalb uns die Landung des neuen Nachbarn irgendwelchen Ärger bescheren oder sonst einen substantiellen oder unmittelbaren Wandel in unseren Bemühungen um ein Zusammenleben erforderlich machen sollte, welches ich bis dahin als recht angemessen verwaltet einschätzte und das in seiner Fülle an gutbürgerlich-stupiden Manieren gepaart mit Gesten entgegenkommender Zurückhaltung insgesamt ganz gut zu funktionieren schien.

Nichtsdestotrotz gelangte ich nach ganzheitlicher, staatsmännischer Betrachtung und Abwägung aller Aspekte zu der Einschätzung, dass es durchaus angebracht wäre, uns mit etwas Zeit und Geschick zu wappnen und so Schritt für Schritt mehr über die Gewohnheiten und den Lebensstil dieser Neuankömmlinge in Erfahrung zu bringen. Im großen Ganzen ging ich jedoch davon aus, dass der alltägliche Trott zunächst wie gehabt weiterlaufen und uns daher keinerlei außerordentlichen Anstrengungen ins Haus stehen würden. So ging ich an jenem Abend schließlich mit meinem sozioanalytischen Optimismus selbstzufrieden und merklich erleichtert zu Bett.

Übrigens muss ich an dieser Stelle kurz auf einen kleinen, aber feinen Umstand eingehen, der mir in meiner Aufgabe, mehr darüber zu erfahren, wer und wie die neuen Nachbarn seien, doch sehr zustattenkam. Ich rede hier von einer glücklichen, nahezu surrealen Zufälligkeit, die mir zwar von äußerster Willkür geprägt erschien, von der ich mir nun aber, angesichts der Knifflichkeit des Falls, einen gewissen Vorteil versprach, denn, wie ich vielleicht schon erwähnt habe, unsere beiden Häuser trennte nur eine einzige Wand voneinander. Und obwohl diese aus soliden Ziegelsteinen bestand, war es nicht die typische Brandmauer, wie sie Häuser dieser Bauweise vom Fußboden bis zur Dachspitze zu trennen pflegt. Nein, hier reichte die Wand genau bis an die oberste Zimmerdecke, so dass diese architektonische Kastration den gemeinsamen Dachboden in einen ungemütlichen, jedoch äußerst wirksamen Resonanzkörper verwandelte, der als unsichtbarer Kuppler zwischen beiden Mietparteien agierte. Diese unfreiwillige Durchmischung unser beider Familienleben sorgte auf extreme Weise dafür, dass man nicht umhinkonnte (ungewollt, wohlgemerkt), die Unterhaltungen und auch sonst alles, was sich auf der jeweils anderen Seite abspielte, mitzubekommen.

Die Folgen dieses baulichen Mangels traten besonders deutlich zutage, wenn einer der Nachbarn die Stimme ein wenig über das gängige Maß hinaus erhob, und natürlich wurde es noch gravierender, sobald man den Fernseher oder das Radio etwas lauter stellte. Doch damit nicht genug: Man hörte den Anderen beim Husten und Räuspern, beim Niesen, beim Schluckauf und bei noch einigen anderen privaten Aktivitäten.

So gab es nicht wenige Situationen, in denen dieses bautechnische Detail unsere Privatsphäre und somit unser ohnehin schon schwer zu haltendes Bollwerk der Intimitäten noch weiter einschränkte. Beide

Parteien waren zu gemäßigter Lautstärke und klanglichem Zartgefühl gezwungen – das heißt, soweit unsere beengenden Wohnverhältnisse dies überhaupt zuließen. Amüsiert durch die Bilder, die sich mir in meinem fantasiegeladenen Oberstübchen auftaten, und ermuntert von der unfreiwilligen Unterstützung in meinen vielschichtigen und etwas fragwürdigen Legitimationsbestrebungen, klappte ich das Buch, das ich gerade las, zu, kümmerte mich nicht weiter um die Ankömmlinge und beruhigte mich damit, dass die übliche Alltagsroutine von ganz allein für die nötigen Anpassungen sorgen würde.

ZWEITES KAPITEL

Meine politische Arbeit in einer Nachbarschaft wie der unseren aufrechtzuerhalten, erforderte ein Parallelleben in zwei verschiedenen Welten, in denen sich immer wieder starre Wirklichkeiten voll gegenläufiger Einstellungen und Handlungen miteinander vermischten (und auch mal verwechselten). Einige von ihnen hielt ich von Natur aus versteckt, andere wieder aus Kalkül überkreuzt, denn je nachdem, welche Absicht ich gerade verfolgte, sollten mein Leben im Untergrund sowie die damit verbundenen Aktivitäten weitestgehend im Verborgenen ablaufen, so dass die Kernaufgabe darin bestand, eine rigoros pragmatische Funktionalität walten zu lassen, um so meinem aus der Not geborenen doppelten Dasein den einzig möglichen Rahmen zu geben.

Um die obigen Ausführungen ein wenig zu entwirren, muss ich zunächst erwähnen, dass meine Frau damals Kommunistin war, oder besser gesagt: gewesen war. Denn, um der vollen Wahrheit die Ehre zu geben, erfuhr ich einige Zeit später (viel später), dass die Füchsin lediglich mit den jungen Anhängern dieser politischen Richtung sympathisierte, was keineswegs ein nebensächliches Detail war und mich eines Tages zu dem Schluss führte, dass ihr nur schwächlich ausgeprägtes Interesse an der eigentlichen Ideologie sie schon bald als bloßen Trabanten um die Partei kreisen lassen würde und dass ihre anfänglichen Bekenntnisse eines unumstößlichen Kompromisses mit der Partei nichts anderes als ein

Kunstgriff gewesen waren, um meine Bewunderung für Frauen mit Prinzipien, meine geradezu kindliche Leidenschaft für jene Art von Großstadtkriegerinnen auf sich zu ziehen, die in Minirock und Absätzen ihr romantisches Interesse am politischen Kampf ausriefen. Als ich hinter den Betrug gekommen war, war es jedoch schon zu spät: Sie war schwanger und ich unter der Haube. Außerdem hatte sie mich schon halb von dem Gedanken überzeugt, ein erfolgreicher Geschäftsmann werden zu müssen.

Zu Beginn erschien mir das unternehmerische Vorhaben absolut einleuchtend, denn da sich im gesamten Land kein Blatt regte, solange er – wie der Tyrann höchstpersönlich behauptete – nicht seine Genehmigung dazugegeben hätte, lag die Wirtschaft praktisch am Boden. Dies galt selbst für die offizielle Ökonomie der Oligarchen, während sich die der Normalbürger förmlich durch die unterirdischen Labyrinthe des äußersten Neoliberalismus wand. Das bedeutete wiederum, dass ich, der ich bis kurz zuvor noch energischer Revolutionär des Antikapitalismus gewesen war, jetzt, ob ich wollte oder nicht, um jeden Preis für Essen, Trinken, ein Dach über dem Kopf sowie ein Bett zum Schlafen und Fortpflanzen zu sorgen hatte. Nachdem die Anzahl der Angehörigen meiner Familie auf drei gestiegen war, wurde dieser Weg nach oben noch steiler, weil die Einkünfte nun für Tochter und Frau ausreichen mussten – oder für Frau und Tochter, was zwar nicht dasselbe, letztlich aber doch gleich ist, da beide ihre Ansprüche hatten. Sicher, die Kleine beschränkte sich in ihren Forderungen auf die Notwendigkeiten des Alltags; die andere hingegen, die Große, trug die wirklichen Herausforderungen an mich heran, Herausforderungen, denen man sich als gestandener männlicher Versorger wohl zu stellen hat.

Mit der Hilfe einiger von Grund auf solidarischer Freunde und nach zahlreichen gescheiterten Anläufen schaffte ich es schließlich, eine kleine, jedoch recht leistungsfähige Schuhfabrik auf die Beine zu stellen. Dass ich mein damaliges Unternehmen so klein zeichne, mag aus falscher Bescheidenheit heraus geschehen, aber in meiner Erinnerung verbindet sich bis heute die Größe der Fabrik mit dem, was diese hervorbrachte, nämlich Schuhe und Sandalen für Kinder, für diese kleinen Wesen der Hoffnung, wenn sie ihre ersten Schritte machen und ihre ersten Laute lallen. Die zukünftigen Generationen zu beschuhen war zwar nicht mein ursprünglicher Plan gewesen, doch ich muss zugeben, dass ich schon kurz nach Aufnahme dieser Tätigkeit großen Gefallen daran fand zu sehen, wie sich meine Sandalen und Stiefelchen schützend um die zarten Füßchen dieser kleinen, ungeduldigen Geschöpfe schmiegten. So zog ich damals mit geschwellter Brust durch die Gegend und versorgte den Nachwuchs des Landes mit Schuhwerk.

Apropos ursprüngliche Pläne: Noch vor meinem zaghaften Sprung ins kalte Wasser der Geschäftswelt (was mein waghalsiger Versuch war, mich in dieser neuen Lebenslage siegreich zu behaupten und ganz nebenbei noch meinen Status als erwachsener Vertreter des männlichen Geschlechts zu fundamentieren), hatte ich gedacht, mein Schicksal sei es, Musiker, Sänger oder gar beides zu werden, wovon ich mir natürlich weltweiten Ruhm und, quasi als Nebenprodukt, das nötige Kleingeld versprach, um mich mit allen möglichen Mindestannehmlichkeiten des Lebens umgeben zu können, was letzten Endes jedoch ein Wunsch ist, der zu jener Zeit (wie zu jeder anderen Zeit wahrscheinlich auch) nur sehr schwer zu verwirklichen war.

So verliefen die Tage und so war unser Leben geordnet, mit kleinen Schlaglöchern und Unebenheiten, doch ohne ernstzunehmende Abgründe – neuer Nachbar inbegriffen, und wir bereits auf dem Weg der Gewöhnung an die Mittelmäßigkeit dieser Volkskaserne, in die das Land verwandelt worden war, und an diesen Zustand andauernder Anomalie, die von allen mit stoischer Gelassenheit als vermeintlich natürliches Element dieses verqueren alltäglichen Miteinanders hingenommen wurde. Mit diesen und ähnlichen Gedanken, die immerfort um meine kleine Welt rotierten, zog ich halbwegs entspannt durchs Leben, das heißt, ohne mir jene latente Beklommenheit anmerken zu lassen, die mir unablässig im Genick saß, sich aber keineswegs auf mich beschränkte, sondern das gesamte Land im Würgegriff hatte. Indes schienen sich alle jener neuartigen Freiheit ohne Demokratie zu erfreuen, die von der

Militärjunta als Wunderwaffe im Kampf gegen den Kommunismus angepriesen wurde und die insbesondere den neoliberalen Kräften im Land zugutekam – ein Freifahrschein ganz im Sinne derjenigen, die bereits von Anfang an das Heft (samt Bajonett) fest in der Hand gehabt hatten.

Trotzdem kann ich nicht sagen, dass mein Leben nach einem Jahr systematischer Unterdrückung durch die permanente Angst komplett eingeengt war; in mancherlei Hinsicht sicherlich, aber gewiss nicht überall, denn das Klima des ständigen Terrors hatte uns allem Anschein nach recht zügig – schneller sogar als erwartet – gegen den täglichen Schrecken immun gemacht, womit auch unsere Fähigkeit zur Überraschung aufgehoben und durch die Überlebensmaxime ersetzt wurde, stets darauf zu achten, ja keinen Fehler zu begehen. In meinem speziellen Fall könnte man sogar sagen, dass erst durch diese institutionalisierte Brutalität und die uns dadurch aufgezwungenen Lebensbedingungen mein angeborener Hang zur Aufsässigkeit zu seiner vollen Entfaltung gelangte und in mir einen Eifer entfachte, der mich unaufhörlich dazu antrieb, jedes nur erdenkliche Schlupfloch zu finden oder zu erfinden, um dann und wann frei aufatmen zu können.

Was mich in jener Zeit der vielgestaltigen Ungewissheiten und der mit Waffengewalt durchgesetzten Zwänge wohl am meisten erstaunte, war die unleugbare Wirkung dieser Einschüchterungspolitik auf mich. Sie schlug sich in einer unbändigen Wut nieder, wie ein Fausthieb auf den Tisch. Diese Wut fußte auf der Überzeugung, dass meine Widerspenstigkeit nicht etwa nur kesse Pose sei, sondern dass die Pamphlete und Drohungen dieses Halunken in Uniform in mir und, wie ich beobachten konnte, in so vielen meiner Landsleute unseren jugendlichen Ungehorsam herausforderte. So versetzte uns der von den Militär- und Polizeistützpunkten ausgehende Obskurantismus in eine höchst anregende Zwangslage, in der es unentwegt galt, die Augen weit geöffnet, überhaupt alle Sinne in konstanter Alarmbereitschaft zu halten und den Verstand für jedes noch so kleine Detail in diesem grotesken Lebensumfeld zu sensibilisieren, was uns alles in allem eine deutlich schärfere

Beobachtungsgabe sowie ein schnelleres Reaktionsvermögen als unter normalen Bedingungen abverlangte. Ich lernte und gewöhnte mich daran, jeden meiner Schritte, jeden Handgriff unter steter Beobachtung zu halten, so dass sich selbst die gewöhnlichsten, bis dahin kaum beachteten Dinge wie ein signalroter Faden durch das Alltagsleben eines jeden zogen. In meiner aufbrausenden Neurose überließ ich mich immer wieder der naiven Übung, mir haufenweise gescheite Antworten auszudenken. Wahrheiten, die sich, wie ich damals hoffte, als unwiderlegbar erweisen würden in den gnadenlosen Verhören, denen sie mich aussetzen mochten, wenn sie mich erst einmal festgenommen hätten, so dass ich mich bestens gewappnet wähnte gegen sämtliche Überfälle dieser Wölfe im Schafspelz. Ich würde ihre Fragen zu entschärfen wissen, noch bevor diese Unheilstifter überhaupt dazu kämen, mittels Elektroschocktherapie erst mein Schweigen und schließlich meinen Willen zu brechen.

Trotz des Friedens, den uns die Nachbarn gewährten, traute ich der Ruhe nicht, lebte stattdessen mit einem ständigen Auge auf meine tägliche Tarnung in Rede und Aussehen: kein falsches Wort, immer fein säuberlich, picobello, keine einzige Franse und wohl wissend, dass dieses Gemenge absurder Lügen der beste und einzige Weg war, um auch jetzt noch, nach dem gewaltsamen Sturz der demokratisch gewählten Regierung Allendes, zumindest halbwegs meinen Drang nach gesellschaftlicher Vollwertigkeit ausleben und gleichzeitig meine tatsächlichen politischen Absichten und Ideen in mir reifen lassen zu können. Und so gelang es mir ungeachtet der zum Teil haarsträubenden Praktiken der neuen Regierung, mich von Zeit zu Zeit sogar recht glücklich, zuversichtlich und sicher zu fühlen – so sehr hatte ich mich hinter der ermutigenden Vorstellung verschanzt, zu wissen, wie ich mich zwischen den gesellschaftlichen Ruinen zu bewegen hätte, und so fest glaubte ich noch an mich und meinen Sieg.

Heute, nach all den Jahren, denke ich, dass ich die damalige Zeit in wundervoller Erregtheit durchlebte und ganz außer mir war angesichts jenes Privilegs, mich noch bei vollem Verstand und mitten im Leben zu wissen, wodurch mir – im Gegensatz zu den Freunden und Kameraden, die bereits inhaftiert oder gar tot waren – jeden Tag aufs Neue die Möglichkeit gegeben war, jene Bereiche in meinem Leben, die ich bereits halb verloren glaubte, weiter zu verteidigen. Lebensbereiche übrigens, die zwar verschwindend klein, letztlich aber unantastbar mein waren. Jeden Morgen wachte ich voll Zuversicht auf, weiter träumen zu können, weiter die Flagge der Hoffnung zu schwingen, zusammen mit meinen alten und neuen Freunden, diesen treuen Weggefährten in unserem immerwährenden Viertel, die sich ebenfalls zur Wehr setzten, all die Aufständischen, die zu Zeiten des Friedens noch als die dienstfertige politische Vorhut jenes gewagten demokratischen Projekts aktiv gewesen waren. Victor, mein Kumpel, Benito, der Gote, die Gebrüder Chau, Rodrigo, Tatiana, Cecilia und so viele andere mehr … alle waren sie nachher wie vorher substantieller Bestandteil meiner Bezugswelt. Wir waren die aus Trotz Verschworenen, die sich aus einem elementaren Freiheitsprinzip heraus und in aller Schlichtheit daran erfreuten, jeden Tag aufs Neue ihren Rückeroberungsoptimismus zu nähren, allesamt in den Fußstapfen Don Quijotes und in dem Bestreben nach einer Wiederherstellung des zerschlagenen Traums unterwegs. Es waren bewegende und bewegte Tage damals, in denen jeder Einzelne, und jeder auf seine ganz eigene Weise, seinen Teil zu der Erschaffung neuer Methoden und Strukturen für die im Entstehen begriffene Widerstandsbewegung im Bezirk beisteuerte. Voll Eifer streuten wir die ersten Samen öffentlichen Protests und pflegten die ersten Knospen, die zwar noch klein und grün waren, sich aber in unaufhaltbarem Wachstum befanden und eine klare Richtung eingeschlagen hatten. Wir waren beseelt von der Ahnung und dem Wunsch, dass sich auch in anderen Vierteln zahlreiche unbeugsame und aufwieglerische Geister der Aufgabe verschreiben würden, sich mit ihresgleichen zu vereinen und für die gemeinsame Sache zu streiten.

Apropos Benito: Der Vollständigkeit halber muss ich hinzufügen, dass sich mein Antrieb zum Protest unter anderem auch aus dem Wissen speiste, dass es eben solche hellen und konsequenten Köpfe wie ihn gab, ich also in meiner Absicht, die schmachvollen Zustände wieder umzukehren, nicht allein vor mich hin fantasierte, sondern mir stets der Gesellschaft von Kräften eines solchen Kalibers sicher sein konnte, aber auch dass es irgendwo da draußen bestimmt noch mehr Benitos gab, und selbst wenn sie vielleicht nicht alle so helle und draufgängerisch waren wie der unsrige, so doch womöglich hoffnungsfroher und mutiger als ich, und genauso jähzornig – so jähzornig und souverän wie Benitos Bruder zum Beispiel, der damals Polizist war. Polizeikommissar, besser gesagt, zumindest so lange, bis man erfuhr, dass er bei uns im Viertel ein paar Jungs von der Revolutionären Linken hatte laufen lassen. Eine ihm unterstellte Polizeistreife hatte sie festgenommen, ganz in der Nähe meines Hauses, am helllichten Tag. Die noch milchbärtigen Aufrührer waren auf frischer Tat ertappt worden: vollbepackt mit Handzetteln, auf denen *Du-weißt-schon-wer* durch den Kakao gezogen wurde. Und um die Sache rundzumachen, trug einer von ihnen einen Revolver bei sich, ein argentinisches Ballermännchen Kaliber zweiundzwanzig. Benitos Bruder ließ die Jungs in einer stillgelegten Kiesgrube wieder frei. Daraufhin schwärzte ihn wohl einer seiner Leute an, doch ein anderer muss ihn noch rechtzeitig gewarnt haben, denn als die Bluthunde von der Geheimpolizei kamen, um ihn abzuholen, war er bereits auf und davon. Er hatte es irgendwie geschafft, sich in die schwedische Botschaft einzuschleichen, und ein paar Monate später verließ er dann tatsächlich und hängenden Kopfes das Land in Richtung ebenjenes hohen, kalten Nordens, wo es, wie er einige Zeit später in einer Postkarte berichtete, nur gedankenversunkene und trübsinnige Menschen mit Tendenz zum Alkoholismus gab. Seit jenem Vorfall habe ich Benito nie wieder gesehen. Irgendwann später erzählte mir jemand, er und seine Familie hätten in der Botschaft von Italien Zuflucht gefunden.

Übrigen ließ ich damals nach längerer Pause wieder meine Gitarre erklingen – natürlich nur ganz leise und für mich selbst, in einer Art halbstummer Katharsis, die mir, zumindest teil- und zeitweise, dazu verhalf, meine innere Mitte wiederzufinden. Meistens strich ich die Saiten mit dilettantischer Schwere, spielte langsam, gaaanz langsam das Lied von Atahualpa Yupanqui. Immer schön sachte, damit meine stets hellhörigen Nachbarn nichts davon mitbekämen, und falls doch, dann zumindest nur so viel, dass sie es für bloßes lustloses Herumzupfen auf meiner Klampfe halten würden, einfach so, als täte ich es aus purer Langeweile.

In jener Phase des großen Unrechts, etwa zwei Jahre nach dem Putsch, war es mir zum ungeschriebenen Gesetz geworden, in der Infrastruktur einiger aufständischer Gruppen im Bezirk mitzuarbeiten und den vielen Energiebündeln zu helfen, die sich aufgrund ihrer logistischen Knappheit gelegentlich an mich wendeten, um monetären oder auch ideologischen Beistand zu erhalten. Seltsamerweise gingen einige von ihnen anscheinend davon aus, dass ich, nur weil ich über einen etwas größeren finanziellen Spielraum verfügte, außerdem reichlich Auskunft bei fundamentaleren Problemen geben könne, beispielsweise in soziopolitischen Fragen oder zu Strategieanalysen. So wollten die Nachwuchsrebellen wissen, wie man sich am geschicktesten im Untergrund verhält, wozu ich meist genau so wenig oder noch weniger als sie selbst zu sagen vermochte. Überdies interessierte sie, wie man die Effizienz unseres halblegalen Widerstands im Kampf gegen die Tyrannei des Bauern in Uniform steigern könne. Diese Definition hatte ihm übrigens die breite Masse angehangen – ihm, diesem ungeschlachten General mit dem Singsang in der Stimme und dem Oberkommando über den Untergang des gesamten Landes, *seines* Landes.

Anfangs fiel mein Beitrag zur Klärung all der handfesten Fragen und Probleme, vor die mich die Jungrebellen stellten, noch recht bescheiden aus; doch da es keine Zeit zu vertrödeln galt – ohne bei aller gebotenen Eile zu vergessen, dass keine Vorsichtsmaßnahme einen hundertprozentigen Schutz bieten konnte –, verschrieb ich mich fast intuitiv der Ausarbeitung eines strategischen Handlungsrahmens. In dieser Funktion wurde ich mir zunächst meiner obersten Pflicht bewusst, die darin bestand, mein Bild in der Gesellschaft als junger Unternehmer weiter zu festigen, um von dieser Position aus meinen Aktionsradius Stück für Stück und leisen Schrittes auszubauen. Dazu wollte ich neue wie alte Freundschaften im Viertel aufblühen lassen, wie beispielsweise die zu einigen Offizierssöhnen, was grundlegend war, wenn ich die perfekte Mischung aus Bilderbuchbürger, hingebungsvollem Vater und zartfühlendem Ehemann erreichen wollte. Diese Strategie umfasste selbstverständlich auch den einen oder anderen Besuch in der Gemeindekirche, und zwar in der typischen Montur des braven Büßers. So boten mir diese sonntäglichen Ausflüge den idealen Rahmen für die pompöse Inszenierung meiner selbst als Mustermann vor den Augen aller – Rechtschaffender wie Sünder.

Generell hatte sich das Haus Gottes bei uns im Viertel in einen Taubenschlag verwandelt, in dem sich regelmäßig alle möglichen Nonkonformisten der Umgebung zusammenfanden, eine Art offenes Forum, das auch von zahlreichen jungen Aufsässigen besucht wurde. Dort erhielten sie Unterstützung von einer Handvoll liberaler Pfarrer, die mit revolutionärer Geduld Zuflucht und Verständnis für all die mit Fragen bepackten und nach Antworten suchenden Grünschnäbel bereithielten, die sich, als sie irgendwann mitbekamen, was für ein Hemmklotz sich ihnen mit dem Evangelium in den Weg zur Selbstbestimmung legte, daranmachten, ihr eigenes Wesen, ihre eigenen Interessen, aber auch ihre Grenzen, die selbst gezogenen wie die auferlegten, zu erkunden. Mit den bereits verinnerlichten Kenntnissen über die jüngere Geschichte im Hinterkopf kamen die unzufriedenen Jungspunde eher früher denn später zu dem Schluss, Che Guevara zu ihrem neuen Jesus Christus zu erklären, schien doch dieser Heiland viel eher in Einklang mit ihrer beengten Wirklichkeit als soziale Randfiguren zu stehen.

Paula – meine Frau, Mutter meiner Tochter und elegante Gattin – kam irgendwann hinter meine paraberuflichen Aktivitäten, und obwohl sie mir am Anfang noch tolerant zur Seite gestanden hatte, war es letztlich unübersehbar, dass sie meine Machenschaften nur zähneknirschend hinnahm, wobei sie sich mit gespielter Geduld darüber ausließ, wie wenig sie meinen Eifer bei all diesen außerbetrieblichen Unternehmungen nachvollziehen könne. Vielmehr sei sie der festen Überzeugung, dass diese ganze Unterstützerei am Ende nichts anderes sei, als das Scharren eines stolzen Gockels, die blinde Verbissenheit von jemandem, der unfähig ist, eine Niederlage wegzustecken, und der nun versucht, sich über den Weg der Philanthropie selbst zu therapieren. In ihrer noch halbwegs kontrollierten Rage spielte sich die Beschwerdeführerin nämlich gern auch mal als Frau Doktor Freud auf. Kaum zu glauben, ich weiß, aber es stimmt.

Zumindest zu Beginn unserer Ehe zeigte sich meine bessere Hälfte noch einigermaßen verständnisvoll gegenüber meiner solidarischen Spielerei und nahm sie als eine Phase hin, die sie nun mal durchstehen müsse – allerdings nur eine gewisse Zeit lang, denn, so ihre Meinung, mein Idealismus würde sich ohnehin bald in Wohlgefallen auflösen und von logischeren und reiferen Interessen überlagert werden. Gemeint waren natürlich *ihre* Interessen. Das Haus in anständiger Nachbarschaft, das Auto, die teure Kleidung und das ganze sonstige repräsentative Beiwerk sollten mich am Ende, und zwar ein für alle Mal, auf den rechten Pfad führen und – *So versteh doch um Gottes willen endlich!* – zum ehrbaren Ernährer und Familienvorstand werden lassen.

Mein umstrittenes Dasein als Förderer der Aufständischen im Bezirk war übrigens nur die natürliche Konsequenz meiner Entscheidung, mich endlich von all den politischen Kämpfen und Parteiprotzen loszusagen. Nach dem Sturz der Volksregierung und im Zuge der daraus entstandenen Instabilität des Landes sowie der Unordnung in meiner eigenen Entwicklung war ich irgendwann zu der Überzeugung gelangt, niemals wieder einer politischen Vereinigung beizutreten – und das einzige Mal, als ich von meinem Grundsatz abwich und doch noch einen Versuch in diese Richtung unternahm, hätte der Reinfall kaum größer sein können.

Die (Wieder-)Begegnung kam durch einen alten Kameraden zustande, den ich zufällig in einem Café im Zentrum getroffen hatte. Ohne zu zögern, bot er sich als Verbindungsmann zwischen mir und meiner künftigen Untergrundzelle an, und diese wiederum sollte mich dann in meinen Aufgaben zur Rettung unserer zerschlagenen Revolution unterweisen. Bevor ich auch nur piep sagen konnte, gab er mir eine Telefonnummer und wies mich in strengem Ton an, einige Tage später zu der und der Uhrzeit ebendort anzurufen. Außerdem musste ich ihm versprechen, mich gleich zu Beginn des Telefonats mit meinem neuen Decknamen vorzustellen und ohne zu mucken ein Codewort zu nennen, welches der Person am anderen Ende der Leitung wohl bestens bekannt sein würde. Haargenau wollte ich den Anweisungen nachkommen, diszipliniert (und hoffnungsfroh) tun, wie mir der strenge Anführer aufgetragen hatte.

Es kamen also der freudenreiche Tag und die fruchtbringende Stunde: Ich wählte die Nummer und wartete auf eine Antwort. Noch bevor ich Decknamen und Kode aufsagen konnte, ertönte der durch Mark und Bein dringenden Schrei einer Frau, die einem gewissen Bruno meldete, dass die Hunde sie aufgespürt hätten: „Diese Hurensöhne haben unsere Nummer rausbekommen ... Bruuuunooo, zum Henker!" Gleich darauf hörte ich, wie sich die Stimme des Schreckens im Eiltempo entfernte, um womöglich von ebenjenem Bruno, der sich offenbar in einem anderem Zimmer oder im Hof oder was weiß ich wo aufhielt, eine Erklärung einzuholen. Ich für meinen Teil entschied mich, meiner Verblüffung zum Trotz, abzuwarten. Nach einer Weile hörte ich Schritte, die sich dem Telefon näherten, und wie jemand, ich nehme an, dieser Bruno, den Hörer aufnahm und ihn sofort wieder fallen ließ, ohne meinem hoffnungsvollen Warten ein Ende zu setzen oder sich in irgendeiner Weise um meinen Anruf, meinen Kode oder meinen funkelnagelneuen Decknamen zu scheren.

Mein Wunsch, mich noch einmal und möglichst organisch in den Kampf gegen den unsäglichen General einzubringen, kam nie über diesen Punkt hinaus. Vielmehr nahm ich mir vor, es ganz sicher kein drittes Mal zu versuchen, nachdem ich so sehr vom Dilettantismus dieses Revolutionärs entgeistert worden war, der nicht einmal in der Lage war, wichtige Informationen rechtzeitig weiterzuleiten, stattdessen aber Panik unter den wenigen Idealisten stiftete, die sich noch in diesen wirren Wald des Untergrundkampfes gegen eine Diktatur trauten, die von Tag zu Tag immer weiter und furchtbarer um sich griff. So lenkte ich fortan meine volle Konzentration auf die Schuhmacherei und begnügte mich seit jenem umständlichen Aufeinandertreffen damit, den Abenteuerlustigen in meiner Gegend, meinem Viertel aus Überzeugung und Prinzip, dann und wann eine helfende Hand zu reichen. Die Aktion hatte mich jedenfalls gründlich kuriert und mich für lange Zeit in weite Entfernung von allem gebracht, was nur ansatzweise nach Partei oder nach Heilsarmeen und deren amateurhaften Strukturen roch.

Apropos Partei, oder besser gesagt, Partie: Jetzt, da die Geschichte schon so weit fortgeschritten ist, komme ich nicht länger umhin, von meiner sportlichen Seite zu berichten, da sich diese Abhandlung sonst des Mangels an Authentizität und Vollständigkeit schuldig machen würde. Im Laufe der Zeit erwies sich eine meiner Leidenschaften als unbezahlbare Unterstützung in meiner kleinen Maskerade (legal, halblegal, illegal: schnurzegal), da sie mich nicht nur für die Anstrengungen der Zwölfstundenschichten jeden Tag entschädigte, sondern auch mein Gemüt gegen die ständigen Hiobsnachrichten abschirmte und meine Verzweiflung angesichts der wild wuchernden Bösartigkeit, die in sämtlichen Bereichen des nationalen Lebens straffrei ihr Unwesen trieb, so weit wie möglich im Zaum hielt. Und wo wir gerade bei dem kniffligen Thema Bekenntnisse und Wahrheit sind, muss ich auch gleich noch den mal subtilen, mal ganz unverblümten Druck von Seiten meiner Frau erwähnen. Paula, in ihrer Rolle als mustergültiges Eheweib und tadellose Mutter, wurde nicht müde, ihre eisernen Forderungen an mich heranzutragen, vorneweg die ewige Diskussion um meinen monetären Beitrag zum Familienglück: die ach so heilige Familie, auf die während unserer heftigen Auseinandersetzungen so oft das Gespräch gelenkt wurde und die mir jedes Mal, wenn mir Paula damit kam, eher wie ein Konstrukt zum Schutz ihrer eigenen Haut erschien. All das verstand übrigens selbst unsere kleine Tochter, die sich ihres kindlichen Liebreizes zu bedienen und meine Geduld mit unendlicher Süße auf die Probe zu stellen wusste.

Durch Paula lernte ich damals in Siebenmeilenschritten, dass Liebe im Grunde dramatisch pragmatischer Natur ist: Du bezahlst mit deinem Leben das Fleisch, an dem du dich labst. In ihrer Vorstellung von einem idealen ehelichen und familiären Werdegang rechnete sie daher fest mit mir, allerdings ohne dass ich dabei zählte. Ich wurde nicht geliebt, sondern gebraucht. Ihre Liebe war praktischer Natur, von Zweckrationalität beherrscht, nur dass diese stets unter dem aufgetragenen Mantel der Zivilisiertheit verborgen blieb, auch wenn dieser in unserem Fall so löchrig war, dass selbst ich begann, hinter die dürftigen Kulissen zu blicken.

Wenn ich zu all dem meine ständige Sorge hinzurechne, mit einem der hilfesuchenden Untergrundkämpfer in Verbindung gebracht werden zu können, dann kann man wohl sagen, dass ich es damals nicht eben leicht hatte. Aber ich will nicht wehklagen, schließlich hatte ich ja einen wahren und leibhaftigen Therapeuten zur Hand, der einzig verlässliche auf diesem Karussell der Widersprüche. Ich spreche hier – und damit kommen wir wieder auf den Ausgangspunkt dieses Teils der Erzählung zurück – von der Königsdisziplin aller Sportarten: vom Fußball, und damit auch von den zweiundzwanzig erwachsenen Kindern, die sich regelmäßig zusammentaten, um gemeinsam einem Ball hinterherzuhecheln.

Dieser vortreffliche Zeitvertreib hatte sich bereits nach kurzer Zeit als geeignete körperliche und geistige Übung herausgestellt, um mir in meiner sonst so vertrackten Lebenslage den größten und wertvollsten Trost zu spenden, der wie eine Art Beruhigungspille wirkte, während ich als mittelmäßiger, aber energiegeladener Spieler über das Feld wuselte. Diese meine Mittelmäßigkeit wusste ich übrigens zu übertünchen, indem ich mich nebenbei als strenger Schiedsrichter sowie als frühreifer Leiter einer Vereinigung einbrachte, die demokratischer nicht hätte sein können, und die wir mit rührender Schwülstigkeit auf den Namen *Nachbarschaftsverein Santa Rosa Fußballklub* getauft hatten.

Ich spielte mit einer Leidenschaft, die schon an Verbissenheit grenzte – wenngleich es mir letzten Endes nicht viel brachte, das muss ich schamerrötet zugeben. Auf dem Rasen rettete mich nichts davor, wie ein Trampeltier zu wirken, das auf reichlich unelegante Weise versuchte, den Ball unter Kontrolle zu bekommen. Obwohl – und hier endet meine Verlegenheit auch schon – ich durchaus wirkungsvoll agierte und rigoros bis an die Grenzen ging, wenn es galt, dem Gegner nachzujagen und ihn mit meinen gefürchteten Blutgrätschen davon abzuhalten, sich dribbelnd und Haken schlagend den Weg zu unserem Tor zu bahnen.

Ganz klar hervorheben möchte ich, dass ich mich besonders stark einbrachte, wenn es um die Erweiterung meines geliebten Klubs ging, meiner *Santa Rosa*, was gewissermaßen die Quintessenz aus der Myriade von Beinamen war, die wir unserer erwerbszweckfreien Organisation gaben, deren Ziel darin bestand, das Unüberwindbare zu überwinden und das Unabänderliche zu verändern. Mit Erweiterung meine ich nichts anderes, als dass wir der Jugend einen Zeitvertreib boten und sie ein wenig an die Hand nahmen bei ihren ersten Schritten durchs Erwachsenenleben. Auch dass wir die Älteren, von denen einige, entweder aus freien Stücken oder aber infolge der institutionalisierten gesellschaftlichen Ausgrenzung, zu einem Dasein im sozialen Abseits verdammt waren, zu neuem Leben erweckten, indem wir sie zu dem einen oder anderen Freundschaftsspiel samt Schnäpschen danach bewegten. So hielten wir das und arbeiteten wir mit vereinten Kräften zusammen, ohne dabei jemals einer Missionarsrhetorik anheimzufallen und – etwas höchst Bemerkenswertes, wenn man die damalige Situation bedenkt – ohne politische Ansichten oder Vorstellungen auszutauschen. Unauslöschlich ist mir diese amüsante Art der Ausübung von Bürgersinn in Reinkultur bis heute im Gedächtnis geblieben.

Jeden Dienstagabend hieß es dann Vorstandssitzung, Debatten bezüglich der Ereignisse vom letzten Sonntag auf den Fußballplätzen der Kommune, die Ergebnisse, die Auseinandersetzungen, schiedsrichterliche Anekdoten, die erzielten Punkte, die Verwarnungen von Seiten der Vereinigung der vertretenen Kiezfußballklubs, Maßnahmen gegen vom Platz verwiesene Spieler, Strafgelder, Hilfen für verletzte Spieler – kurzum, ein Eintopf aus sämtlichen grundlegenden Themen und Problemen in dieser kleinen Welt der blanken Lebensfreude und kristallklaren Offenheit, in der wir uns als fleischgewordenen Kampfgeist dieser Randsiedlung verstanden, unserer Siedlung, die in ihrer Heterogenität ein Tuttifrutti aus Arbeitern, Angestellten, Beamten und, nicht zu vergessen, den Angehörigen der öffentlichen Armee im Dienste der privaten Belange der nationalen Oligarchie beherbergte. Sicher, die ganze Prahlerei dieses Monsters mit Orden beeindruckte mich nicht allzu sehr, auch wenn ich es damals, ich erwähnte es bereits, nicht sonderlich leicht hatte. Doch wenn ich mir all die Geschehnisse von meinem Elfenbeinturm aus Freunden, Fußball und Schuhmacherei aus anschaute, dann gelang es mir immer wieder, mich zu freuen wie ein kleines Ferkel in einem riesigen Stall.

Was ich mit diesem ganzen soziofußballerischen Vorspann klarzumachen versuche, ist der Umstand, dass ich ungeachtet der langen Arbeitstage in der Fabrik keinerlei Problem damit hatte, spät abends noch an den stundenlangen Vorstandssitzungen teilzunehmen – ganz im Gegenteil, denn gerade meine Funktion als Schriftführer (horchet, sehet, staunet: welch Titel!) unseres Ballsportvereins gab mir das Gefühl, nützlich zu sein, gebraucht zu werden, Teil des öffentlichen Lebens zu sein. Folglich dauerte es nicht lange, bis der Nachbarschaftsverein *Santa Rosa Fußballklub* zum stabilsten emotionalen Pfeiler in meinem sonst so verqueren Dasein avancierte. In den Vorstandstreffen fiel übrigens nicht nur meine jugendliche Begeisterung auf; auch mein Organisationstalent war oft Gegenstand ausgiebiger Lobeshymnen. Diese Fähigkeit, von der die übrigen Vorstandsmitglieder annahmen, sie wäre mir in die Wiege gelegt worden, führte jedenfalls dazu, dass ich eine recht große Anerkennung unter den Ältesten, aber auch unter den nicht ganz so alten, jedoch pfiffigen Angehörigen unseres ehrwürdigen Rats genoss. Und obwohl ich der neueste Zugang im Senat war, halsten diese Unholde mir die Hauptverantwortung für die Organisation unserer allmonatlichen Feiern auf, ohne Rücksicht auf Verluste. Diese Feten bestanden im Grunde nur in einem üppigen Gelage, das dazu dienen sollte, neue Geldmittel aufzutreiben und die innere Struktur des Klubs zu optimieren. Andererseits waren sie eine prima Gelegenheit, um sich an einem reichlich bestückten Grillbuffet und einer exzellenten Auswahl an feinen Weinen gütlich zu tun, und das zu Preisen ganz von dieser Welt.

Samstags verkleidete ich mich immer als Pfeifenmann. Zwischen Schuhen, Frau, Kind und Verein hatte ich mir ein wenig Freiraum geschaffen, um während zweier Monate jeden Montag an einem Schnellkurs für Schiedsrichter teilzunehmen, der von einem wunderbaren älteren Ungarn geleitet wurde, der einen jener Namen trug, die man vergisst, sobald man sie gesagt bekommt, weil sie einfach so unerhört kompliziert sind. Jedenfalls erhielt ich am Ende des Kurses meine heiß ersehnte Pfeife, dieses Instrument mit seiner magischen Kraft in dem schrillen Meckerton, den es wie einen unwiderruflichen Urteilsspruch gegen jeden Spieler ausstößt, der zu vergessen versucht, dass er sich auf dem Feld an gewisse freundschaftsspielerische Regeln und an das Wort einer ihm übergeordneten Instanz zu halten hat. Ich also fortan mittenmang, schwarz gekleidet und in meiner Funktion als Scharfrichter im Namen der Gerechtigkeit, als personifizierter Tod für jeden Trampel, der diese wunderbare Ballkunst als Ablassventil für seine Aggressivität missbraucht. Mein Gott, was für eine Therapie! Welch ein Ausgleich gepaart mit einem solchen Maß an erlösender Macht! In meiner Vorstellung kam dieses fieberhafte Austeilen gleichmütiger Pfiffe einer Art rausgestreckter Zunge (wenn nicht sogar Hintern) gegen die willkürlichen Verordnungen des Unaussprechlichen gleich, gegen diesen plattnasigen General mit seinen Herrscherallüren, doch ohne jeden Sinn für Humor und ohne einen Hauch von Sportsgeist.

Hier muss ich erneut der Wahrheit die Ehre geben, denn meine Liebe zur Königsdisziplin des Sports verbietet es mir, zu lügen. So sehe ich mich in der Verpflichtung, einige weitere Details über mein hölzernes Talent preiszugeben. Ich habe es bereits erwähnt, doch jetzt will ich es auf den Punkt bringen: Im Umgang mit dem Ball, insbesondere beim Ausspielen der Angreifer, war ich nicht sonderlich gut. Begeistert durchaus, aber gut, im landläufigen Sinne des Wortes: ein ganz klares Nein. Was mich dennoch rettete, war mein ausgeprägter Orientierungssinn, mein Gespür dafür, wo ich mich am besten wie ein Fels (oder wie ein Klotz) aufzustellen hatte, damit zwar der Ball durchkommt, der Gegner jedoch nie und nimmer. Ich glaube, die wenigen Male, in denen ich, wie unser legendärer Leonel es formulierte, einmannfrei, also einen Tick besser als gewöhnlich spielte, ereigneten sich, wenn wir unserem schärfsten Feind gegenüberstanden: dem Verein der Polizisten aus unserem Bezirk. Grüner Stern, wenn ich mich recht entsinne, nannte sich der Haufen.

Da stampfte der vom Durst nach Vergeltung getriebene Indio in mir laut auf, und mit einer ordentlichen Portion Schwung und einem Zacken ideologischen Grolls machte ich mich daran, sämtliche der gegnerischen Stürmer, einen nach dem anderen, mit einem brutalen wie absoluten Mangel an Eleganz umzusäbeln. Normalerweise stellten meine Grätschen keine besondere Glanzleistung dar, das kann ich wohl ohne Angst oder Scham so hinnehmen; mein Treiben auf dem Platz war eher holzschnittartiger Natur. Doch in diesen Partien bahnte sich der Höhlenmensch in mir seinen Weg nach draußen und teilte in seiner impulsiven Rage und seinem Drang nach Rache haufenweise Kraftwörter, Spucke, Ellenbogenhiebe und bitterböse Blicke aus. In meiner Gestalt als erbarmungsloser Berserker ließ ich es Tritte und Unflätigkeiten hageln und vergaß dabei sogar meine heiligen Schiedsrichterprinzipien, die mich eigentlich zur Regeltreue verpflichteten. Doch da half alles nichts. Die Treffen mit den verdammten Bullen, diesen Luden der Nation, wie der Volksmund es scharfsinnig auf den Punkt brachte, endeten jedes Mal in einer regelrechten Feldschlacht, bei der Heugabeln, Teller und Flaschen flogen und die Frauen wie am Spieß schrien. Ein bestimmtes Lied von Tito Fernández lief immer in meinem Kopf ab, wenn inmitten dieses Massenzoffs die Fans das Spielfeld stürmten, um dem wilden Treiben Einhalt zu gebieten. Letzten Endes wurden aber auch sie in diesen Strudel aus Fausthieben und Fußtritten hineingesogen. Um genau zu sein, ging die ganze Sache nie über ein paar Beulen und blaue Augen hinaus, was mich jedoch nicht in meiner Annahme schwächt, dass dieses schwindelerregende Spektakel in gewisser Weise Teil einer Massentherapie war, in der sich ein jeder von den eigenen Schuldgefühlen und Ressentiments freimachte. Man sollte aber das Fass, das da ab und an aufgemacht wurde, und die Geister, die dabei freigesetzt wurden, nicht gleich negativ werten. Nein, alles in allem waren wir gute Nachbarn. Eben Nachbarn.

Wahrscheinlich lag es daran, dass sich aus dem Zuzug dieses einen Polizisten mehr (auch wenn dieser gewissermaßen mit uns zusammenlebte) keinerlei Besessenheit in mir entwickelte, was nur zu neuen Sorgen und Grübeleien geführt hätte. Vielmehr war der unerwartete Uniformträger von nebenan formlos zu einem ganz normalen Bestandteil der gewohnten und für meine alltägliche Wahrnehmung natürlichen Landschaft geworden.

DRITTES KAPITEL

Meinen neuen Nachbarn sah ich zum ersten Mal am Wochenende darauf in zivil, das heißt ohne diese kotzgrüne Montur, mit der sich die Angehörigen des Polizeiapparats damals wie heute zu schmücken pflegen. Ich vermutete also, dass er frei und das Wochenende für sich habe, so ganz ohne Streifjagden nach Bösewichten und Langfingern, die in den Straßen der großen, weiten Stadt ihr Unwesen trieben.

Es war Nachmittag. Ich schleppte mich gerade vom Spielfeld zurück und sinnierte über unser heiliges Sonntagsritual. Leicht zerstreut ging ich im Geiste noch einmal sämtliche Einzelheiten der Partie durch und versuchte, wie bei einer Bestandsaufnahme, herauszufinden, wie viele Kilo an Nerven und Konzentration ich wohl bei dem fieberhaften Hin und Her und der stürmischen Stürmerei auf dem Platz gelassen haben mochte. Der Herr Anrainer hatte die Stirn in Falten gelegt. Mit düsterer Gestik kam er in meine Richtung gelaufen, starrte jedoch in einer Tour auf den Gehweg, als ob er dort nach einer Möglichkeit suchte, jeden Kontakt zu vermeiden, der zwischen seinen und irgendwelchen fremden Augen hätte zustande kommen können – nur dass in diesem Fall und zu meinem Entsetzen diese fremden Augen die meinen waren. Allem Anschein nach schenkte er mir keine Aufmerksamkeit. Ich hingegen suchte jetzt den Kontakt mit ihm, hoffte auf eine Gelegenheit, ihm an diesem sonnigen Sonntag einen freundlichen Gruß zukommen zu lassen. Ich war etwas verblüfft, als ich auf diesen scharfen, undurchschaubaren Blick stieß. Ich nahm an, er würde gerade seine dienstbedingten Grimassen einstudieren und hätte deshalb seine Böser-Bulle-Miene aufgesetzt, was allerdings eher nach Rindvieh als nach Bulle aussah, denn obwohl mir vollkommen klar war, dass der Kerl pures Gift darstellte, sah sein Ausdruck dermaßen übertrieben und gewollt aus, dass man hätte meinen können, er probte gerade für eine Rolle in einem drittklassigen Fünfzigerjahre-Hollywood-Gangster-Streifen. Damit will ich nicht sagen, dass der Mann ein liederliches Aussehen an den Tag legte oder sonst irgendwie übermäßig unansehnlich war. Worum es mir geht, ist, dass unser neuer Nachbar eine rohe, vorsätzliche Kälte ausstrahlte: seine misstrauischen Augen, seine zusammengekniffenen Lippen und seine Bewegungen, als ob er eben noch gedrillt worden wäre, streng und ohne das geringste Anzeichen von Lockerheit oder Stil in seiner kontrollierten Art zu gehen. All diese Eigenheiten machten ihn zu einem Wesen, das man als äußerst steif beschreiben könnte, in etwa so, als ob er jeden einzelnen Muskel beim Gehen angespannt hätte oder er an einem subtilen, aber chronischen Ganzkörperkrampf leide. Das Bild, das er bot, verwunderte mich ein wenig, weil er im Grunde noch recht jung aussah, um die Fünfunddreißig etwa, so dass sich ein offener Widerspruch aus seinem Alter und seiner Erscheinung ergab, wenn man ihn so sah, wie er sich ähnlich einem Greis kurz nach dem Aufstehen bewegte. Der Untote nahm mich nicht zur Kenntnis. Er ging an mir vorbei, als sei er der einzige Mensch auf Erden und ich Luft oder höchstens ein Windhauch im Vorübergehen.

Ich war irritiert und wusste nicht, wohin mit meinem übereifrigen Nachbarschaftsgebaren; aber im nächsten Augenblick war ich auf dem richtigen Trichter und interpretierte seine Gleichgültigkeit als eine absolut logische Reaktion: Schließlich kannte er mich ja nicht, und wenn ich ihn so en passant als meinen neuen Nachbarn identifizieren konnte, dann doch nur, weil ich ihn zuvor schon gesehen hatte, nämlich als er einmal mit dem Schlüssel bewaffnet aus dem Haus trat und die Gittertür desselben mit gestrengem Doppelschluss verriegelte. Ich erzählte Paula davon. Sie berichtete mir, dass es ihr ganz ähnlich ergangen sei, bloß mit seiner Frau, die einmal, während Paula gerade beim Blumengießen war, mit einer Tüte in der Hand aus dem Haus und an ihr vorbeistolziert kam, ohne sie auch nur eines Blickes zu würdigen. Sie konnte sie unmöglich übersehen haben. Paula war sich sicher, dass die Andere sie aus dem Augenwinkel taxiert hatte – aber na ja ... Kurzerhand steckte meine Frau sie in die Schublade für komische Leute, und damit war unser Austausch über die ersten Eindrücke von den Neuankömmlingen auch schon beendet.

Die Angelegenheit verschärfte sich jedoch, als an einem Wochentag abends, just als die allgemeine Ausgangssperre einsetzte, plötzlich mehrere Autos in unserer Straße auffuhren und mit quietschenden Reifen und laufendem Motor direkt vor dem Haus nebenan zum Stehen kamen. Getrieben von dem dringenden Bedürfnis, durch die Gardine hindurch nach drüben zu spähen, sprang ich mit einem Satz aus dem Bett, wobei ich noch versuchte, meinen Herzschlag halbwegs unter Kontrolle zu halten, und schickte mich an, diesen unverhofften Besuch näher unter die Lupe zu nehmen, also die Insassen dieser monströsen Chevy Nova der neuesten Baureihe, die den noch weitaus monströseren Dinos zur Fortbewegung dienten. So nannten die Leute damals die so imposant motorisiert Geheimpolizisten der DINA.

Der Schreck saß tief und alle Versuche, ihn zu verarbeiten, blieben fruchtlos, und so verbrachte ich meine Nächte von da an mit einem offenen Auge und einem Fuß im Pantoffel. Für die Außenwelt war ich natürlich weiterhin darauf bedacht, meine mühsam errichtete Fassade des Durchschnittsbürgers makellos zu halten. Doch in meinem Innern hatte es zu brodeln begonnen, so dass ich stets auf der Hut war und Misstrauen hegte gegen jedes fremde Auto und gegen sämtliche Passanten, die ich nicht sofort in meine mentale Gesichterkartei einzuordnen wusste. Zunehmend verstrickte ich mich in wirre Überlegungen, brannte mir grausige Mutmaßungen ins Gehirn, war zeitweise sogar davon überzeugt, dass das Auftauchen des Widerlings samt seinem dubiosen Anhang im Haus nebenan unmöglich reiner Zufall sein könne.

Ich fuhr meine außerberuflichen Aktivitäten drastisch herunter und ging lediglich meinen sonntäglichen Therapiesitzungen auf dem Fußballplatz mit derselben Intensität wie immer nach. Allein das Heilmittel zeigte nicht seine gewohnte Wirkung, denn obwohl ich meine geheimen Machenschaften auf ein Minimum reduziert hatte, wollte mein unglückseliger Magen partout nicht zur Ruhe kommen. So viel, so unglaublich viel Zufälligkeit wollte mir einfach nicht in den Kopf. Ich verstand nicht, wie sich ausgerechnet ein direkter Diener des Saprophagen, ein Werkzeug des verhassten Diktators, als mein unmittelbarer Nachbar niederlassen und sich, als wäre es die normalste Sache der Welt, in diesem Zutraghaus einnisten konnte, das mit seinen lächerlichen Pappwänden jeden Versuch einer Wahrung von Intimsphäre inmitten der beständigen Neugierde, die um uns herum wohnte, ad absurdum führte. Das war mir alles zu viel des Guten, und dieser Unfug ließ sich nicht einmal mit meiner üppigen Fantasie erklären, weshalb mir die ganze Nummer auch wie ein übler Scherz vorkam, wie ein Schelmenstück der Tyche, die mir da vom Nachbarhaus aus eine lange Nase machte.

Die Folge dessen war ein Gaukelspiel sondergleichen, das mein Kopf nun aufführte und das den Auftakt für eine Spekulationsneurose bot, die meinen ohnehin schon wüsten Gemütshaushalt zuweilen komplett auf den Kopf stellte. Allzu überzogen erschien mir diese Laune des Schicksals, das mir als neuen Nachbarn diesen Züchtigungsbullen an die Seite gestellt hatte und von dem mich nichts weiter trennte als unsere lächerliche Wandattrappe in ihrem kümmerlichen Versuch, unsere widerstreitenden Welten tags wie nachts auseinanderzuhalten. Es kostete mich Einiges, den Irrsinn – ja Hohn – zu akzeptieren, künftig das Ohr eines berufsmäßigen Folterknechts – womöglich sogar Mörders – an der Wand nebenan zu wissen. Obwohl es, in Anbetracht der Schwere der Situation, im Grunde nicht weiter von Belang war, welchen Aktivitäten er sich genau widmete, denn, und das war sicher, der Unheilstifter verdiente sich den Lebensunterhalt im Dienste der grauen Gruppen, die im Rahmen der Diktatur geschaffen worden waren und deren

Zweck darin bestand, *alles Freiheitsfeindliche im Keim zu ersticken, die makellose Würde der Heimat wiederherzustellen und die befleckte Ehre der Nationalflagge wieder reinzuwaschen*, um die vier Generäle dieser Apokalypse zu zitieren, die sich mit derartig abgeschmacktem Kauderwelschs regelmäßig in ihrer so redundanten wie abgegriffenen, ihrer reaktionären wie topaktuellen Militärrhetorik ergingen.

Es entspräche nicht ganz der Wahrheit, würde ich behaupten, mit meinen verhüllten Aktivitäten einen unschätzbaren Beitrag für die Untergrundbewegung geleistet zu haben, die damals unter der wachsamen Fuchtel der Diktatur aufzukeimen begann. Was ich tat, war weder grundlegend noch sonst wie von großer Bedeutung, und dennoch war mir klar, dass mich meine zaghafte Beihilfe, auch wenn sie nur gelegentlich erfolgte, im Nu ins Fadenkreuz der repressiven Bestrebungen dieses militaroiden Zerberus rücken, mich zu einem gefundenen Fressen für meinen hellhörigen Mitbewohner machen konnte, diesen Botschafter des Bösen mit seiner widerlichen Visage eines Pappmascheeganoven, der sich auf Zehenspitzen daranmachte, mein Gerüst einzureißen und meine Welt umzukrempeln.

Das bringt mich zu einem nicht unwesentlichen Punkt, den ich hier etwas genauer darlegen muss, und zwar zu meiner doch raschen Überführung dieser zwielichtigen Gestalt. Von Anfang an kam mir dieser Diktaturgehilfe gänzlich anders vor als all die anderen von mir identifizierten Henker im Viertel, von denen es zwar nur wenige gab, die aber durchaus real waren. Auf die Schliche kam ich ihm, nachdem ich ihn dabei beobachtet hatte, wie er zum zigtausendsten Mal seinen protzigen Chevy wienerte: Mit energischer Konzentration ließ der Gläserne den Lappen ein ums andere Mal über den Wagen fahren, während er die Zunge fest im Schwitzkasten seiner Lippen hielt, was auf die ungeheure Anstrengung hindeutete, die er unternahm, um aus seiner Blechkarosse das Maximum an Vorzeigeglanz herauszuholen. Doch davon abgesehen – und das war das wirklich Interessante an der Sache – war er die ganze Zeit peinlich darauf bedacht, nicht eine Sekunde lang seine hüftsteife Haltung eines Möchtegerntürstehers zu lockern.

Wie ich so sein Verhalten in Augenschein nahm, stellte sich bei mir die düstere Vorahnung ein, dass mein Nachbar bis ins kleinste Molekül jenen Menschenschlag verkörperte, in welchem die Boshaftigkeit ihren ständigen Sitz hat, was mich in ihm ein Exemplar einer ganz speziellen Spezies aus der Welt der Hetzer und Folterer vermuten ließ. Dieser hier schien mir zu denjenigen zu gehören, die, im Gegensatz zu den meisten anderen ihrer Art, die sich ja alle von der Verfolgung und Peinigung Andersdenkender ernährten, nicht nur auf militärisches Geheiß hin funktionierten, sondern darüber hinaus aus persönlicher Überzeugung handelten.

Die übrigen Quälgeister in unserem Viertel, von denen ich einige vom Sehen her kannte, führten im großen Ganzen ein auf den ersten Blick recht anständiges Leben, so gut waren sie angepasst an das beschauliche Familiendasein und den nachbarschaftlichen Austausch von Sitten und Riten. Einige von ihnen waren sogar dann und wann Fußballgegner von mir, was nicht zuletzt zeigt, wie sehr diese Berufsdenunzianten ihr Wohnumfeld als Teil ihrer eigenen Identität verstanden, womit ich sagen will, dass all diese Spürhunde, im Grunde stinknormale Leute waren. Doch nicht dieser. Mein Nachbar machte nichts von all dem, was die anderen Wühler mit völliger taten. Nein. Er beteiligte sich an keiner dieser alltäglichen Aktivitäten, nicht einmal, um den Schein zu wahren. Vielmehr verhielt er sich abweisend, als wollte er nicht dazugehören, oder als hätte er sich vorgenommen, sich den Anderen gegenüber als eine Art tragische Epiphanie zu geben, unerbittlich in seinem Eifer zu strafen, und erschreckend konsequent in seiner Unmenschlichkeit auf Vollzeitbasis.

Die Schlange machte mir Angst, und nicht immer konnte ich mir Abhilfe dagegen verschaffen, indem ich den ganzen Tag bei der Arbeit zubrachte oder an den Vereinsunternehmungen oder dem Schiedsrichterkurs teilnahm, und auch nicht beim Spielen mit Patricia, wenn ich ihr neue Kinderlieder beibrachte, und genauso wenig während der etwas schwerfälligen Bettspielchen mit meiner Frau. Meine Müdigkeit mischte sich schleichend meinem ohnehin breiigen Kopfinneren bei, so dass mir ein wirklich tiefer Schlaf praktisch verwehrt blieb; vielmehr verbrachte ich die Nächte im Halbschlaf und ständig mit einem Bein auf dem Sprung, beinah so, als ich lege ich auf einer Art zwanghafter Dauerlauer, von der mich weder die angenehmen noch die notwendigen Dinge des Alltags ablenken konnten. Der fast schon obsessive Gedanke grub sich mir immer tiefer ins Gehirn: Mein modriger Nachbar war ein unberechenbarer Vertreter der sogenannten nationalen Sicherheitskräfte. Und das rund um die Uhr. Tagein, tagaus. Dieses folgenschwere Detail pflanzte sich tief und fest in mein kleines, krisenanfälliges Eiland, wo es nun wie ein Vulkan bedrohlich vor sich hin brodelte, so dass die große Katastrophe jederzeit eintreten konnte, sollte sich der Butzemann dazu entschließen – und sei es nur aus reinem Berufseifer oder um uns fertigzumachen – einen genaueren Blick auf denjenigen zu werfen, den ihm das Schicksal da zum Nachbarn bestimmt hatte. Und das war keineswegs auszuschließen, da sich Leute mit derart verhängnisvollen Tätigkeiten geradezu gezwungen sehen, in ständigem Misstrauen zu leben, aus Prinzip und auf Lebenszeit.

Mein Wahn wurde zum chronischen Leiden, als ich besagtem Nachbarn eines Tages beim Verlassen des Hauses förmlich in die Arme rannte. Mit finsterer Miene stieg er gerade aus seinem finsteren Chevy in Begleitung zweier ebenso finsterer Kollegen, die die gleiche groteske Primitivität ausstrahlten wie er. Kühl schauten die Schlagetots zu mir herüber. Der Neue beobachtete mich flüchtig (in der Tat war es kein einfacher Blick, sondern ein Beobachten) aus einem Paar misstrauischer, kalter Augen in einem so eisigen Gesicht, das selbst dem Gewitztesten das Lachen auf den Lippen erstarren lassen sollte. Seinen Bemühungen um einen möglichst penetranten Blick zum Trotz blieb es doch eher beim guten Willen zur bösen Miene und einem ansatzweise frostigen Glitzern. Die theatralische Darbietung gelang ihm insgesamt nicht sonderlich gut, jedoch spiegelte sich in seiner Mimik eine durchaus ihm eigene Niedertracht wider.

Ich verbeugte mich ehrerbietig, doch würdevoll, etwas zurückhaltend und in dem Versuch begriffen, den Schlag, den ich ungeachtet meiner nachbarschaftlichen Bemühungen hatte einstecken müssen, so weit wie möglich abzufedern. In diesem Sinne zog ich mich zurück in meine soziale Pflicht zum Gruß, obgleich der Adressat ein Repräsentant des institutionalisierten Terrors war. Ich schlussfolgerte aus dem Erlebnis, dass der Mann an einem Charakter litt, für den Tiefgründigkeit ein Fremdwort ist. Um dieses tragikomische Bild abzurunden, möchte ich auch seine beiden Gefolgsmänner nicht unerwähnt lassen, die mit ihrem albernen Gangstergehabe dieselbe plumpe Einschüchterungspose zur Schau trugen wie er.

Die endgültige und haarsträubende Bestätigung seiner wahren Identität steigerte meinen Unmut und verschlimmerte meine nächtliche Unruhe fortan so sehr, dass ich weder abschalten noch einschlafen konnte. Jedes Auto, das nachts durch unsere Straße geschlichen kam, setzte einen Automatismus in mir in Bewegung, der in einem panischen Bocksprung zum Fenster bestand. In meiner Paranoia hatte ich mir schon einen Fluchtweg zurechtgelegt: über welche Mauern ich springen müsste und welche Grundstücke ich dabei zu meiden hätte, wohl wissend, dass die Vierbeiner aus der Nachbarschaft, also die echten Hunde, natürlich genauso wenig wie ihre Herrchen verstehen würden, was es mit dieser politisch motivierten Hetzjagd über Stock und Stein auf sich hätte. Selbstverständlich dachte ich auch darüber nach, bei welchem meiner Freunde ich unterschlüpfen könnte, wer so wagemutig sein würde, mich verschreckte Seele bei sich aufzunehmen, sollten denn die dunklen Karossen einmal nicht vor der Tür nebenan zum Stehen kommen, sondern vor der unseren.

Die Umstände schnürten mir die Luft ab; doch konnte ich kein einziges Mal mit meiner Frau darüber reden, die in ihrer distinguierten wie distanzierten Art nichts von meinen philanthropisch-therapeutischen Machenschaften, wie sie es immer abschätzig formulierte, wissen wollte. Außerdem wollte ich sie vor unnötigen Sorgen und – ein noch zentraleres Motiv – mich vor ihren ständigen und mir bis Oberkante Unterlippe stehenden Vorwürfen bewahren. Während der häuslichen Auseinandersetzungen beschuldigte mich Paula fortwährend, ich würde unsere Familie in

Gefahr bringen, und als ob das nicht genug wäre, *spielst du auch noch russisches Roulette mit deiner beruflichen Zukunft als Unternehmer, wenn du deine ganze Zeit und Energie in diese närrischen Luftschlösser investierst. Mir ist ja klar, dass du mich nicht liebst, aber dass du nicht einmal an deine eigene Tochter denkst! Und noch was – und das ist das Schlimmste an der ganzen Sache: Obendrein setzt du unsere gemeinsame Zukunft aufs Spiel, um mit deinen stumpfsinnigen Hilfsmaßnahmen ein paar arme Schlucker zu unterstützen, die einfach nur trotzköpfig und zudem völlig unfähig sind,* zischte mich die Furie an. Ich verteidigte mich, so gut es ging, mit allen noch so absurden Argumenten angesichts der klaren und messerscharf definierten Forderungen dieser selbstlosen und vor langfristigen Visionen und Ambitionen strotzenden Mutter.

„Aber verstehst du denn nicht, was es heißt, Tür an Tür zu wohnen mit so einem Dunkelmann wie dem da?"

Während ich ihr die Frage stellte, schaute sie mich überlegen und siegessicher an: „Wer die Füße schön stillhält, fällt auch nicht hin", antwortete mit spöttischem Einschlag meine martialische Frau Gemahlin, wobei sie ihrer Stimme einen Ton unterlegte, der Triumph und Endgültigkeit vermitteln sollte.

„Wer die Füße immerzu stillhält, kommt aber auch nicht vorwärts", konterte ich mit gestrichen voller Nase –. „Und wenn du mein Treiben tatsächlich für unnützes Zeug hältst, dann bleibt uns wohl nichts anderes übrig, als ein für alle Mal einzusehen, dass wir beide zwei völlig unterschiedliche Sichtweisen auf die Welt haben."

„Alles Quatsch! Nichts als leeres Gefasel zur Rechtfertigung deiner kindischen Schwärmereien! Du klammerst dich an irgendein Wunschdenken von anno dazumal und kapierst überhaupt nicht, dass die Dinge sich geändert haben – und da stehst du dann, auf Teufel komm raus mit deiner nutzlosen Rumphilosophiererei. Das Einzige, was du damit erreichst, ist doch bloß, mich auf die Palme zu bringen!"

„Für irgendwas muss man doch leben, und nur der großen Kohle hinterherzurennen, damit ist es für mich noch lange nicht getan."

Et cetera pp ...

Für gewöhnlich endeten diese kaum schönzuredenden Wortgefechte mit dem wechselseitigen Androhen des Verlassens, allgemeinen Bezichtigungen des Verrats, wohl kalkuliertem Desinteresse, haufenweise Rücksichtslosigkeiten und anderen Nettigkeiten mehr, ehelichem Alltag, könnte man sagen. Bis zum Hals in unseren gegenseitigen Ressentiments steckend, steigerten wir uns oft (zu oft) in endlose, nervenzehrende Vorhaltungen hinein.

Nein, schlicht und einfach gesagt (wie es schon meine schlichte und einfache Lehrerin in der Grundschule zu sagen pflegte, wenn sie uns mit erhobenem Zeigefinger ermahnte), es bestand keinerlei, nicht ein bisschen, Bereitschaft zum Dialog. Ich entschloss mich also, die Schreckensmomente, die mir die Termite von nebenan bescherte, für mich zu behalten, die bittere Pille ganz allein zu schlucken und zu hoffen, dass durch dieses Stillschweigen meine persönliche Routine so weit wie möglich intakt bleiben würde, bestehend aus Arbeit, Verein, Schiedsrichtern, Heim, mein rohes und doch sanftes, monotones und etwas fades Geklimpere auf der Gitarre, meine Freunde aus der Kirche dann und wann, wieder die Arbeit, hier und da ein sporadisches Treffen mit irgendeinem Aufständischen in infrastrukturellen Problemen, wie sie es so schön nannten, wieder Schiedsrichtern ... – obwohl ich hier zu meiner Verteidigung erwähnen muss, dass diese letztgenannte Tätigkeit mir sogar einen Taler extra im Monat einbrachte. So drehte ich wie ein Vogel meine Runden über meinem eigenen Leben und über meinem Viertel, kickte den Stein der Alltäglichkeit geräuschlos vor mir her und vermied es, nach Trostspendern zu suchen, die mich am Ende nur dazu zwingen würden, Anklage gegen mich selbst zu erheben.

Abgesehen von der aufsteigenden Galle, die ich den neuen Umständen zu verdanken hatte, und dem Magengeschwür, das mich schon seit ein paar Jahren treu begleitete, wurden sowohl die täglichen wie auch die nächtlichen Anomalien mit der Zeit zu etwas Gewohntem, so dass ich mich nach einigen Monaten im Ausnahmezustand wieder akklimatisiert hatte. Ich hielt mich in diesem tagtäglichen Kartenhaus, das so gut wie nie von Windstößen erschüttert wurde, weitestgehend getarnt und versuchte, mich von allen möglichen ungewöhnlichen Situationen fernzuhalten.

Zu meinem großen Glück kam mir unser Nachbar nur selten bis gar nicht unter die Augen, höchstens, wenn er mal zu frühmorgendlicher Stunde umhergeisterte oder hyperkinetisch durchs Zwielicht der Dämmerung schlich. Die Frau Nachbarin, seine makellose Gattin, beschenkte uns nach ich weiß nicht wie vielen Monaten mit einem halbherzigen, leicht herablassenden Lächeln, und ihre Tochter, die ich auf circa fünfzehn schätzte, legte ein Verhalten an den Tag, das irgendwo zwischen Verklemmtheit und Züchtigkeit einzuordnen war. Mir erschien sie genau so ansehnlich wie eigentümlich, aber da sie bestens in das Familienbild passte, das meine Frau und ich uns von ihnen gemacht hatten, kümmerte ich mich nicht weiter um sie.

Die Dinge nahmen eine radikale Wendung, als Paula eines Tages in Begleitung eines Gastes in unserem Haus erschien. Lily hieß die Anmutige, und zu meiner unendlichen Überraschung stellte sich heraus, dass Lily Lolita bei uns im Block wohnte, nur drei Häuser weiter nördlich. Und ihr ließ ich, wenn sich die Gelegenheit ergab, weit mehr Aufmerksamkeit angedeihen. Bei den wenigen Gelegenheiten, da ich sie zu Gesicht bekam, wirkte sie auf mich ausgesprochen lebhaft, und ich muss gestehen, dass ihr offener Blick, der stets von einem zwischen engelsgleich und unanständig changierenden Lächeln begleitet war, ein leichtes Tremolo unter meinen Hormonen anstimmte. Außerdem bemerkte ich eine zwanglose Heiterkeit in ihrer Stimme, wie ich sie in meinem sonst so phlegmatischen Umfeld kaum zu hören bekam. Wir hatten nie miteinander gesprochen, grüßten uns höchstens floskelweise und waren stets bemüht, jene natürlichen Interessen, die sich so schwer auf einen Punkt bringen lassen, voreinander zu verbergen.

Paula hatte sie mir als eine Freundin vorgestellt, was alles andere als überraschend war, wenn man das unbändige Einfühlungs- und Mitteilungsvermögen meiner so geselligen Frau kannte. Als wir uns endlich offiziell begrüßten, glaubte ich, eine gewisse Röte hinter ihren Sommersprossen ausmachen zu können.

„Ich heiße Lily …"

Der Händedruck war lang, intensiv und warm, beinahe heiß. Er dauerte gerade so lang, wie eine kleine, doch aufregende Ewigkeit dauert.

„Ich habe dich schon ein paar Mal gesehen", kappte ich mit aller Förmlichkeit und der Stimme eines Gemeindepfarrers die physische Verbindung zwischen uns; in etwa wie der böse Wolf, der die Großmutter mimt, um Rotkäppchen zu vernaschen.

„Klar doch, ich wohne ja auch nur ein paar Häuser weiter, kurz vor der Ecke."

Paula hatte aus der Küche Saft und Gläser geholt. Wir setzten uns draußen unter die Weinlaube, wo wir ein wenig frische Luft schnappten und genüsslich unser Getränk wegkippten. Sie erzählten mir, dass sie sich kennengelernt hatten, während sie an der Ovalle, Ecke Las Industrias auf backfrisches Brot warteten – die Bäckerei dort war berühmt für ihre buttrigen Hallulla-Brötchen sowie für ihre zurückhaltenden Preise, die in unserem Viertel der bescheidenen Gehälter ein durchaus feiner Zug waren. Zum Glück aller hatte dieses schmackhafte Backgut in kurzer Zeit die groben Kleiebatzen des sauertöpfischen Spaniers verdrängt, der mit seinem Laden über viele Jahre hinweg das Brotmonopol im Viertel ausgeübt hatte. Seine Backwaren konnte man zwar essen, solange sie noch halbwegs ofenfrisch waren, nach ein paar Stunden jedoch schmeckten sie schon wie Knüppel auf den Kopf. Wie auch immer, ich bin wohl etwas abgeschweift – allerdings hilft mir das, um so umso direkter auf das Thema Lily zu kommen. Die Aufgeweckte war achtzehn Jahre jung und artiges Töchterlein aus hochanständigem Hause, zudem besuchte sie voll Eifer eine öffentliche Schule in der Nähe. Gleich als Erstes stellte sie mit liebevoller Emphase klar, dass sie sich vorgenommen habe, an der Universität zu studieren, und dass sich da nichts zwischen sie und ihr erklärtes Ziel stellen könne. Lily hatte eine genauso überzeugte wie überzeugende Art zu sprechen, und obwohl sie ihre fragenden Blicke unter uns beiden gleichermaßen gleichmütig verteilte, interpretierte ich diejenigen, die sie mir zuwarf, als zauberhaften Nymphengesang mit dem heimtückischen

Ziel, mich zu umnebeln und mich orientierungslos auf den Meeren der sexuellen Unerfülltheit treiben zu lassen. Meine Hormone gerieten zusehends in Wallung, mein heißer Atem blies zum Angriff und wies mir den Weg nach vorn ... und wenn es auch noch nicht die Flammen lodernder Leidenschaft waren, so doch zumindest die Funken meiner arbeitenden Vorstellungskraft.

Ich zog mich vom Geschehen zurück. Die visuellen Ausschweifungen mit der Latinocirce brachten mich in Verlegenheit – so verführerisch und reizvoll ihr Augenspiel auch war: Ich durfte es nicht an mich heranlassen, vor allem nicht jetzt, da beide Evas gerade mit ihren Proben zu einer neuen Freundschaft begonnen hatten, und erst recht nicht, da Lily die erste Frau aus der Nachbarschaft war, die Paula, wie es aussah, ihrer Freundschaft für würdig befand. So löste ich mich zunächst von dem Gezwinker und Geschäker meiner kleinen Nachbarin und begab mich neuen Mutes zurück auf den Pfad des familiären Zusammenlebens, und das möglichst manierlich.

VIERTES KAPITEL

Obgleich schon einige Monate seit dem Einzug der Familie von nebenan verstrichen waren, war unser Wissen über ihr Leben nach wie vor verschwindend gering. Allzu spärlich waren die Daten, die uns hin und wieder durch die gelegentlichen Geräusche oder Gespräche auf der anderen Seite der Wand oder durch etwaige Aktivitäten der beiden im Hof beziehungsweise im Vorgarten erreichten. Man bekam sie partout nicht zu Gesicht. Falls es ihr Ziel war, sich als überaus unnahbare Wesen hervorzutun, glückte ihnen das voll und ganz. Ich kam allerdings nicht dahinter, ob dieses Verhalten taktischer Natur war oder ob das, was nach wohldurchdachter, starrköpfiger Abschottung aussah, womöglich nur ein im Familiennaturell verankerter Spleen war. Kein kreischendes Radio, kein brüllender Fernseher, keine schroffen Unterhaltungen und auch keinerlei Geräusche der intimeren Art. Nur manchmal, mitten in der Nacht, wenn der Uniformträger ohne Uniform mit seiner Bande Unheilstifter zugange war, konnte man leises Gemurmel vernehmen. Eigentlich war es mehr denn bloßes Gemurmel. Konkrete Gespräche ließen sich erahnen, die allerdings so weit gedämpft waren, dass nichts weiter nach außen drang als ein Brei aus leisem Gebrummel, ein Grundton, der den eigentlichen Gegenstand der Unterredung verschleierte.

Mit der Zeit gewöhnte ich mich an das willkürliche Auftauchen dieser modernen Vehikel, die genau so bedrohlich wirkten wie ihre geheimniskrämerischen Insassen, obwohl mir die Dunkelheit der Nacht nicht immer erlaubte, diese Schattenmänner in ihren zwielichtigen Machenschaften gezielt in Augenschein zu nehmen. Als ich schon glaubte, die ständige Anwesenheit meines gruseligen Nachbarn verarbeitet zu haben, kam es zu einer Situation, die mein in monatelanger, minutiöser Kleinarbeit aufgestelltes Gerüst ins Wanken brachte. Es war an einem Wochentag, etwa zur Mittagszeit. Ich war allein und kaute gerade auf meinem Essen aus Eigenproduktion herum, als plötzlich die Türklingel schrillte. Etwas mürrisch stand ich vom Tisch auf und dachte noch, der Störer wäre ein Bettler oder so, eine dieser vielen historischen Randfiguren, die aus den bekannten sozialpolitischen Maschen unsozialer Politik heraus geboren wurden und die damals, am Tag der Tage (Amen!), von Tür zu Tür zogen, um mit der Stimme und dem Gebaren des armen, bußfertigen und erniedrigten Jesus Christus ihr *Eine kleine Spende bitte!* herauf- und herunterzubeten. Als ich dann aber unseren Blonden auf der Straße stehen sah, fielen mir beinah die Zähne aus dem Gesicht. Dort draußen, direkt vor unserem Gartentor, stand tatsächlich, frei wie ein Vogel, mein Freund Ricardo, höchstpersönlich und in voller Lebensgröße, das alte Klappergestell, dürr wie eh und je, krauseblond wie immer, allerdings mit einem Ausdruck im Gesicht wie einer jener Bettelbrüder, die ich eben noch an meiner Tür anzutreffen dachte. Das Einzige, was diesen untröstlichen Blick etwas milderte, war sein Lächeln, sein wunderschönes Lächeln eines großen kleinen Jungen mit dem Aussehen eines geschmückten, goldgelockten Engelsknaben.

„Entschuldige bitte, dass ich so aus heiterem Himmel hier aufkreuze", erklärte er sich, noch bevor meine Verblüffung nachlassen konnte.

„Warte kurz, ich hole nur eben die Schlüssel und mache dir gleich auf", unterbrach ich ihn, peinlich berührt.

Als ich meine eigene Stimme hörte, gewann ich wieder etwas Boden unter den Füßen. Ich bat ihn, mit mir in den Hof zu kommen. Wir setzten uns im Schutze der bunt sprießenden halbreifen Weinranken auf eine Bank.

„Willst du was essen? Es ist zwar nicht mehr viel da, aber mit ein wenig Topfkratzen wird schon noch was zusammenkommen.".

„Ist schon gut, ich habe gerade bei meiner Schwiegermutter Mittag gegessen."

„Etwas zu trinken vielleicht?", fügte ich hinzu, wodurch ich noch etwas Zeit zu gewinnen versuchte, um herauszufinden, was Ricardo zu mir geführt hatte, was ihn dazu bewogen hatte, mich an diesem sonnigen Tag aufzusuchen und mir sein jetzt mit düsteren Gewitterwolken verhangenes Angesicht zu präsentieren. Als ich mit der Kanne wiedergekommen war und gerade die Gläser füllen wollte, nutzte Ricardo die Gelegenheit, um mir etwas zuzuflüstern: „Bei mir läuft's momentan nicht so gut, und irgendwie ist mir das auch unangenehm ..."

Ich kam aus dem Konzept, der Saft lief über den Glasrand hinaus auf den Tisch.

„Was meinst du damit, was ist dir unangenehm?", erwiderte ich mit aufgesetztem Mut.

„Ich muss dich um etwas Geld anhauen. Ich geh' am Stock und die Hunde von der DINA hängen mir an den Fersen. Vor ein paar Tagen haben sie meinen Kontaktmann gefasst; ich bin mir sicher, dass sie hinter mir her sind ... Aber das ist noch nicht das Schlimmste."

„Was dann?"

„Ich hab nicht einen Taler, um meine Frau zu unterstützen, und für meine Kleine fehlt sogar die Milch. Ich sehe die beiden höchstens einmal im Monat, und wenn ich mal da bin, kann ich meiner Tochter nicht mal Milch mitbringen. Das ist für mich unendlich schlimmer, als von den Dinos verfolgt zu werden. Deshalb komme ich zu dir ... um dich zu fragen, ob du mir mit ein paar Kröten aushelfen kannst. Natürlich ohne Rückerstattungsgarantie."

„Wer spricht denn hier von Zurückgeben?"

„Wär zumindest logisch, oder?"

„Dann erklär mir doch mal bitte, wo denn in der ganzen Situation, in der wir hier alle stecken, die Logik bleibt. Glaubst du denn ernsthaft, wir könnten hier in Kategorien denken und uns bewegen, die einem logischen Prinzip folgen, in Kategorien, wie wir sie irgendwann mal gelernt haben und die man uns jetzt mit Angst und Schrecken austreiben will?"

„Julian, zu wissen, dass du mich verstehst, bewahrt mich aber nicht vor meiner Scham. Ich bin es einfach nicht gewöhnt, Andere um irgendetwas anzugehen."

„Schau mal, Ricardo, niemand von uns ist daran gewöhnt, Andere anzupumpen, aber heutzutage und unter den gegebenen Umständen muss man zwischen Unterstützung und Almosen unterscheiden, und dann darf man auch mal um was bitten. Wenn wir uns nicht hier und heute gegenseitig helfen, wann dann?"

„Ja, aber ... und zu allem Überfluss bringe ich mit der ganzen Nummer auch noch dich und deine Familie in Gefahr."

„Und genau da zeigt sich mir, wie verzweifelt du sein musst. Ricardo, mir ist klar, dass du zu mir kommst, weil du keinen anderen Ausweg siehst, also lass uns endlich ans Eingemachte gehen und schauen, wie viel ich dir geben kann. Viel wird's nicht sein, aber immer noch besser, als vom Zahnfleisch zu zehren, oder?"

Ich gab mir Mühe, über meinen eigenen schlechten Scherz zu lachen, mit dem ich die unangenehme Spannung, die in der Luft lag, zu entschärfen versuchte. Ricardo schmunzelte verlegen.

„Sagt man nicht, besser, als auf dem Zahnfleisch zu kriechen?"

„Das ist die normale Version. Meine geht halt so. Menschenskind! Vom Zahnfleisch zehren ... wegen der fehlenden Milch und so", motzte ich vor mich hin, während ich zur Kommode trottete, wo Paula den Familiennotgroschen aufbewahrte.

Nachdem ich im Kopf alles durchgerechnet hatte, um mir Paulas Zorn zu ersparen, kramte ich einen Betrag hervor, von dem ich meinte, ihn abtreten zu können, ohne weder die häusliche Kasse noch den häuslichen Frieden überzustrapazieren.

„Das hier kann ich dir geben, für mehr reicht's momentan nicht."

Ricardo blickte auf das Geld, blickte auf mich – und ich sah, wie sich auf seinen Pupillen ein Schleier aus Wasser bildete. Sein krampfhafter Versuch, das Hervorquellen der Tränen zu unterdrücken, brachte mich aus dem Gleichgewicht, mir war klar, dass ich etwas sagen musste, irgendetwas zur Ablenkung, damit er nicht völlig zusammenbrach und sein Schamgefühl am Ende noch mich und unser ganzes Gespräch abschnürte.

„Woher weißt du eigentlich, dass sie hinter dir her sind?"
„Ich habe sie gesehen, ihre Chevys, immer mit zwei oder drei Leuten drin. Überall, wo ich unterschlüpfen will, sind auch sie. Sie postieren sich an Straßenecken oder in der Nähe der Bushaltestellen. Ich glaube, sie verfolgen mich sogar zu Fuß."
„Also hoffen sie darauf, dass du ihnen deine Kontakte nennst?", fragte ich in unüberhörbar alarmiertem Tonfall.
„Mit Sicherheit. Aber mach dir keine Sorgen, ich habe die ganze Zeit aufgepasst, dass mir niemand hierher folgt. Manchmal schaffe ich es, sie abzuhängen, aber es wird immer schwieriger. Das Haus meiner Schwiegermutter überwachen sie noch nicht, deshalb ist meine Frau jetzt bei ihr. Es ist das erste Mal in diesem Jahr, dass ich wieder hier in der Gegend unterwegs bin."

Ricardos Erläuterungsversuche vertrieben mir ein wenig die Bauchschmerzen, doch obwohl seine Erklärung, die etwas von einer Entschuldigung hatte, mir wieder eine gewisse Ruhe einflößte, schaffte sie es nicht, meine Magensäfte gänzlich unten zu halten. Mich überkam plötzlich die Idee, ihm von der grotesken Situation mit dem seltsamen Nachbarn zu erzählen, doch hielt mich die Einsicht zurück, dass diese Information nur noch mehr Benzin in diesem Großbrand bedeuten würde – in Ricardos Großbrand, versteht sich, denn der war offenbar um einiges verheerender als meiner.

„Ich glaube nicht, dass sie mir noch mal so nah kommen werden, gestern Nacht habe ich sie im Paseo Ahumada abgehängt. Sobald die Luft wieder rein ist, werde ich mich mit denen von der Organisation in Verbindung setzen. Dann kriegst du sofort dein Geld zurück. Von den Kameraden bekomme ich was und dann ..."

Ich unterbrach ihn, getrieben von dem Bedürfnis, das in mir aufsteigende Unbehagen zu durchbrechen: „Ricardo, hör auf damit! Um die paar Penunzen geht's doch jetzt gar nicht. Begreifst du denn nicht, wie kritisch deine momentane Situation ist? Du erzählst mir hier was von wegen Geld zurückgeben, wo du dich doch vielmehr um Asyl in irgendeiner Botschaft kümmern solltest. Was kommst du mir denn hier mit dem Klimpergeld, wo sich dieser mörderische Abgrund vor dir auftut?"

„Nun mach nicht gleich so ein Fass auf, Julian, Alter. Ich bin ja schon dabei, alle möglichen Auswege durchzugehen. Außerdem werden sie es das nächste Mal, wenn sie mich finden, ganz sicher nicht so leicht haben wie bisher."

Während er mir all das zuflüsterte, öffnete er den mittleren Knopf seiner Jacke und zog eine schwarze Pistole hervor, die er sich zwischen Gürtel und Niere geklemmt hatte.

„Nächstes Mal werde ich nämlich nicht allein sein, darauf kannst du dich verlassen. Ich verspreche dir, dann wird's auch einen von diesen Hunden erwischen! Und wenn es nur ein einziger ist. Die Hurensöhne werden mich nicht einfach so umlegen!"

„Ricardo, Ricardo, nun schalt mal wieder einen Gang runter! Das ist ja wohl mit Abstand der schlimmste aller möglichen Auswege. Es mag ja ganz heroisch klingen, aber helfen wird es niemandem, außer vielleicht Pinocchios Marionetten."

„Ja, Julian, genau das macht mir auch so zu schaffen: Teresa würde ganz allein mit der Kleinen zurückbleiben. Ich krieg schon 'ne Gänsehaut, wenn ich nur daran denke."

„Dann schlag dir deine pseudomilitärischen Lösungen aus dem Kopf und bitte um Asyl. Wenn du das geschafft hast, können deine Frau und deine Tochter nachkommen."

„Asyl, Asyl ... Das klingt ja schön und gut, aber so richtig vorstellen kann ich mir das nicht. Außerdem, wenn jeder so denken würde, was würde dann aus unserem Widerstandskampf werden?"

„Ricardo, das ist doch alles eine Schnapsidee, schön heldenhaft, aber total hirnverbrannt. Außerdem werden da mit Sicherheit noch mehr kommen, aber darum geht es jetzt gar nicht. Schau mal, die Greifer von der DINA kennen dich bereits, die wissen, wer du bist und wie du aussiehst. Das sind ganz schlechte Voraussetzungen, um als Untergrundkämpfer aktiv zu sein. Die Chancen, nicht erkannt zu werden, sind praktisch gleich null, oder siehst du das anders?"

„Doch, doch, schon – nur ..."

Mir blieb fast die Luft weg, als mir schlagartig bewusst wurde, dass wir dem Feind gerade mitten in die Hände spielten, oder in die Ohren, denn die Lautstärke, in der wir uns unterhielten, hatte das gängige Maß inzwischen weit überschritten und sich der Brisanz der Problematik angepasst. Die Unachtsamkeit war unverzeihlich. Ich stieg auf die Bank und lugte hinüber in den Nachbargarten.

„Niemand zu sehen, kein Hai in Sicht, und auch kein Badegast. Glück gehabt!", stimmte ich den Freudengesang der Erleichterung an, woraufhin ich meinen alten Freund beim Arm nahm und ihm mit versöhnlicher Stimme erklärte: „Ricardo, vergiss einfach das Geld, das ich dir gegeben habe, vergiss dein Unbehagen darüber, deinen Stolz, deine Gelüste und sonst alles. Kümmer dich bitte nur darum, so schnell wie möglich außer Landes zu kommen, und, bitte, halte dich von hier fern. Wenn du mich kontaktieren musst, lass es mich über irgendein Nachbarskind wissen, oder über deine Schwiegermutter – aber bitte, setz alles daran, dass sie mich nicht mit dir in Verbindung bringen. Ich habe mir hier die Fassade rosarot gestrichen und das funktioniert so weit ganz gut. Ich möchte meine Tarnung nicht aufs Spiel setzen und das Leben Anderer in Gefahr bringen. Verstehst du das?"

„Keine weiteren Erklärungen nötig, Julian. Es tut mir wirklich leid, aber ich hab einfach keinen anderen Ausweg gesehen. Ich wollte doch bloß, dass Teresa etwas Geld bekommt und …"

„Schon gut, alles kein Problem, aber du kennst jetzt meine Haltung zu dem Thema."

„Dann gehe ich jetzt besser und kaufe Milch für die Kleine.

Gemeinsam schritten wir dem Gartentor entgegen, wussten nicht, was wir in unserer Bedrückung einander noch sagen sollten.

„Na dann, wir sehen uns", sagte ich schließlich, um irgendetwas von mir zu geben.

Der Blonde zeigte ein verhaltenes Lächeln, das etwas von einer ironischen Fratze hatte.

„Wir werden sehen", beschloss er diese Verabschiedung, die wir beide von vornherein für die vorläufig letzte hielten.

Dann drehte er sich um, warf noch einen raschen Blick über die in der Siesta versunkene Straße und zog von dannen. In mir begann sich ein Karussell von Bildern zu drehen, auf denen die auf mysteriöse Weise verschwundenen Freunde von mir zu sehen waren, und auch die, von denen man bereits wusste, dass sie kaltblütig ermordet worden waren. Der Runde gesellten sich all jene hinzu, die sich in den diversen Botschaften stapelten, wo sich sowohl wirklich Verfolgte als auch etliche Glücksritter, die Gunst der Stunde nutzend, ansammelten. Um das Gesamtbild abzurunden, sog der Gedankenstrudel in meinem Kopf auch all die Unglückseligen in sich hinein, die sich bereits im Exil befanden und von denen seit dem Tag ihrer Ausreise jede Spur fehlte.

Die düsterste Szene in diesem Kopfkino des Schreckens war jedoch die Erinnerung an das Kugelgefecht, das sich einige Monate zuvor nur ein paar Häuserblöcke weiter zugetragen hatte. Es war ein drückender Nachmittag gewesen, die Sonne drängte sich einem auf und bestimmte mit ihrer einschläfernden Hitze den Rhythmus im Viertel. Plötzlich und wie in einem dieser Streifen voll spektakulöser Schurken und polizeilicher Widersacher, oder auch haargenau wie in einer dieser unterschwelligen Kulturpropagandafilme aus dem hohen Norden, die damals im Freien und ohne Vorwarnung auf die Leinwände geworfen wurden, ertönten in einiger Entfernung zahlreiche Schüsse, deren trockenes Bellen sich mit dem unheilschwangeren Heulen der Krankenwagen und Polizeiautos vermengte und hier und da von den Hubschraubern übertönt wurde, die nervös über den Dächern der Siedlung umherschwirrten. Kaum war der Hexensabbat vorbei, befiel uns eine große Unsicherheit, und diese Unsicherheit bohrte sich seit jenem Tag hartnäckig in mein Bewusstsein hinein, wo sie ein tiefsitzendes wahnähnliches Gefühl von Beklemmung auslöste. Etwas wirklich Großes war da am Laufen, etwas Schlimmes, wenige Blöcke von unserem Haus entfernt, und nach meinem improvisierten Verständnis der Situation zu urteilen, handelte es sich dabei um einen Zusammenstoß der Unsicherheitskräfte mit einem der ganz besonders eifrig gesuchten politischen Köpfe der Gegenseite. Die tobende Wut, durch die sich diese Beutezüge der Polizei auszeichneten, war, ungeachtet aller Entfernung, erschreckend deutlich zu identifizieren. Ich verharrte in Alarmbereitschaft, versuchte angestrengt, die unzähligen Geräusche zu interpretieren, abzuschätzen, woher sie kamen, die Regelmäßigkeit der Schüsse zu analysieren und ob diese sich weiter entfernten oder etwa näherkamen, bis sie dann schließlich, eine halbe Stunde später, endgültig verstummten. Nach der repressiven Wüterei bemächtigte sich eine seltsame Ruhe unseres Viertels. Immer noch erfüllt von einer merkwürdigen Niedergeschlagenheit, begannen wir zögerlich, wieder die wundervollen Geräusche des Alltags zu hören und so halbwegs in den gewohnten Takt der Normalität zurückzufinden.

Einige Stunden später wurde in den Nachrichten der Tod des bekanntesten Kopfes der Widerstandsbewegung verkündet. Dies bedeutete (mit den Worten dieses Kloben von Nachrichtensprecher, der seinen Text synkopisch vor sich hin buchstabierte) die *Vernichtung* eines der wenigen Revolutionsführer, die noch immer wild entschlossen ihren klandestinen Machenschaften nachgingen, deren Wirksamkeit sich zwar kaum über den Bereich des Symbolischen hinaus erstreckte, mit der man es andererseits aber schaffte, den Diktator und seine Schar von Schergen wenigstens in Unruhe zu versetzen. Mit dieser Beifügung meine ich nicht nur den Militärapparat, sondern auch die Kamarilla aus kreolischen Oligarchen, die danach fieberten, Rechte wiederzuerlangen, die sie unter der demokratischen Volksregierung als quasi inexistent betrachtet hatten.

Inn der Nacht nach Ricardos Besuch schlief ich mal wieder mit offenen Augen. Vor unserem ominösen Nachbarhaus hielt diesmal nicht nur der bekannte Chevy in seiner bekannt aufsehenerregenden Art, sondern mit ihm noch zwei weitere Fahrzeuge, aus denen sechs Mutanten herausgeklettert kamen, die meinem Nachbarn ins Haus folgten. Das nächtliche Gewusel hatte selbst meine Frau aufgeweckt. Als sie mich mit meinen tellergroßen Augen im Bett sitzen sah, fragte sie, ob etwas passiert sei.

„Nein, es ist nichts. Nur unser Nachbar samt Bagage. Sieht so aus, als wollten sie zu Mittag essen."

„Mittag essen? Um die Zeit? Du spinnst doch."

„Ganz sicher!", erwiderte ich ironisch, aber ruhig, um der bereits züngelnden Flamme den Zündstoff zu nehmen, noch bevor sie, wie so oft, einen Flächenbrand entfachen konnte.

FÜNFTES KAPITEL

In den ersten Monaten bekam ich den uniformlosen Uniformträger von nebenan nur wenige Male zu Gesicht. Bei einer dieser Gelegenheiten steckte er wieder mitten in dem, was mir eine seiner Lieblingsbeschäftigungen zu sein schien, sprich beim Sauberrubbeln seines kostbaren Arbeitsutensils, seines supermodernen Einsatzwagens, mit dem er sich an die Fersen der dämonischen Feinde unseres Vaterlandes heftete. Er wienerte ihn wohl zum hundertsten Mal und wie immer mit neurotischem Eifer. Dabei war die hochmütige Geringschätzigkeit, die er in seinem komödiantenhaften Überlegenheitsgefühl an den Tag legte, stets gedeckt durch einen vorgeblich wasserdichten Blick.

Da war er nun, direkt vor mir, mit dem Anstrich eines Normalbürgers und der Visage eines Richters und Henkers, der es, all seinen mimischen Verrenkungen zum Trotz, nicht schaffte, die Ausdruckslosigkeit seines Gesichts zu übertünchen – eines jener Gesichter voll sinnloser Schatten, die so schwammig sind, dass sie keinen einzigen Zug von Persönlichkeit erkennen lassen.

„Guten Morgen!"

Wie immer hatte ich ein wachsames Auge auf den Aufschneider gehabt, doch der unerwartete Gruß verschlug mir die Sprache. Meine Antwort beschränkte sich auf ein leichtes Kopfnicken, da ich aufgrund meiner Verdutztheit ad hoc gar nichts anderes als das gewohnte Procedere zustande brachte. Es schien, als hätte ihn meine kleine Geste beeindruckt, dieser Reflex, den ich ihm in einer würdevollen, dezenten Bewegung des Kopfes und ohne falsche Ehrerbietung oder kniefälliges Getue instinktiv dargeboten hatte.

Die anderen Male, als wir mit den Augen aneinandergerieten, lief es genauso ab, dieselbe zeremonielle Leere, das heißt, diese neutrale Art, die wir beide anscheinend als einen einvernehmlichen Ritus zwischen zwei Nachbarn verstanden, die, ohne erklärte Widersacher zu sein, gut und gern genau das werden könnten, denn schließlich ist das Leben ja eine Kiste voller Überraschungen, und so kann jederzeit etwas Unvorhergesehenes eintreten oder, wie irgendein Philosoph mal gesagt hat, ein Haufen Scheiße aus heiterem Himmel herabfallen.

Das Interessante an jener Familienkonstellation von nebenan war für mich nicht nur der bösartige Nachtwächter mit seiner abartigen Beschäftigung, sondern auch dessen hagere und so weit ab von allem und jedem lebende Frau. Ich kann nicht mit Bestimmtheit sagen, weshalb, aber ihre evasive und zurückgezogene Art weckte mit der Zeit meine Neugier. Wenn wir nun die Tochter noch hinzunehmen – eine echte Indioprinzessin, wie jene, die Disney Jahre später in einer seiner welterobernden Fiktionen stereotypisierte – dann liegt ein Vergleich mit den verrückten Addams wahrlich nicht fern. Das Fräulein Tochter war übrigens nicht nur eine Augenweide, sondern hatte zudem eine Art zu gehen, die wie losgelöst vom Boden schien, und diese luftigen Bewegungen unterstrich sie ganz besonders, wenn sie schwungvoll durch die Straße zog und niemanden eines Blickes würdigte. In solchen Momenten stellte sich mir das Gesamtbild von der Kuriosität dieses Trios ein. Ich störte mich nicht zu sehr daran, dass dieser Eindruck höchstens eine unscharfe Momentaufnahme aus dem Leben einer Familie war, die nicht nur mir, sondern der gesamten Nachbarschaft ein wenig, na sagen wir, merkwürdig vorkam.

Die Tochter, ein zartgliedriges, scheues Jungfräulein, das keine Augen für niemanden hatte, bestritt ihren täglichen Gang zur Schule mit geheiligter Regelmäßigkeit. Wenn sie dann wieder nach Hause kam, schloss sie sich sofort in ihrem Zimmer ein, von wo aus sie höchstens ihre Stimme vernehmen ließ, die ankündigte, dass sie für niemanden zu sprechen sei. Die Arme war dann tatsächlich wie vom Erdboden verschluckt. Damals kannte ich noch nicht den genauen Grund dafür, aber jedes Mal, wenn ich sie sah, schien sie mir von erschreckender Unglückseligkeit; ihr chronisch bedrücktes Gesicht erlaubte mir schlichtweg keinen anderen Schluss als diesen. Zu Beginn deutete ich ihr Verhalten als das einer schüchternen jungen Dame, die mit all den fremden Blicken der Bewunderung, die sie mit ihrer makellosen, kaffeebraunen Schönheit anzog, wie wilder Honig die Bären, nicht umzugehen wusste. Erstaunlich war daran jedoch, dass die Eremitin den Augenkontakt mit jedem Lebewesen vermied, mit Männlein wie mit Weiblein, ja sogar mit Kindern oder den streunenden Hunden und Katzen, die ihr über den Weg liefen. Zu ihrem starren Blick auf den Boden kam der ungewöhnliche Umstand, dass sie nie Besuch hatte, weder von Freunden aus der Nachbarschaft noch von Schulkameraden oder Verwandten, von niemandem. Wenn ich sie so in ihrer Einsamkeit betrachtete, kam mir immer wieder der Gedanke, dass hinter Magdalenas Art mehr als eine simple Ausweichtaktik steckte, womöglich ein versteckter Ruf nach Aufmerksamkeit hinter dieser scheinbaren Abkehr von allem, was ihre Umwelt ihr zu bieten hatte. Oder vielleicht war es eine Art Fehlanpassung oder eine heimliche Sehnsucht nach etwas oder beides zusammen, wer weiß.

Meine Überlegungen zu den möglichen Ursachen ihrer Zurückgezogenheit endeten stets in derselben Vermutung, und zwar dass sich die Unglückliche schließlich noch im zarten Jugendalter befand, und wie schon der Begriff *Halbwüchsige* nahelegt, sind ebendiese noch nicht vollständig, es fehlt ihnen also etwas. Mit diesem begrifflichen Brückenschlag blieb ich auf halber Strecke und ohne eine auch nur ansatzweise zufriedenstellende Antwort sitzen, wusste doch das Gros dieser unfertigen jungen Leute, all ihren Unzulänglichkeiten zum Trotz, sehr wohl aus dem Vollen zu schöpfen, sich auszutauschen, einander zu ergänzen. Jedoch das Mädchen von nebenan: nichts von alledem. Null. Kein Lächeln, keine Fühlung mit Gleichaltrigen, nichts dergleichen. Genau betrachtet erschien mir ihre hartnäckige Zurückhaltung vor der Nachbarschaft etwas gezwungen, was für meine Fantasie Grund genug war, um in ihren entlegensten Winkeln so einige wilde Vermutungen aufblühen zu lassen, verworrene, unergründliche Gedanken, Vorstellungen und Bilder, die in mir eine Neugier mit verhängnisvollen Vorzeichen weckten.

Ich erinnere mich noch, wie sich unsere Blicke einmal zufällig kreuzten. Dazu war es gekommen, als die Schönheit gerade im Vorgarten einen Knick in dem Schlauch zurechtbog, mit dem sie kurz zuvor noch das Stückchen Straße vorm Haus gewässert hatte. Ich grüßte sie mit einem entschiedenen, beinah fordernden Hallo. Sie antwortete mit einem Laut, den ich akustisch nicht recht zu entziffern wusste, der aber wie ein improvisiertes Jammern klang, mit dem sie diesen überfälligen Gruß aus meiner Ecke in genau diese wieder zurückwarf. Ganz hübsch, aber merkwürdiger als eine Schlange mit Ohren, tröstete ich mich und versuchte, meine innere Bestürzung zumindest nach außen in Maßen zu halten.

SECHSTES KAPITEL

Die singende Stimme einer jungen Frau riss mich zärtlich aus den Tiefen meiner Lektüre. Nach dem Mittagessen las ich für gewöhnlich Zeitung oder sonst etwas Cartoonartiges. Ich hatte gerade meine fünf Minuten Ruhe, bevor es wieder zurückging zu den Schuhen, dem Lärm der Schleifmaschine und den gleichmäßigen Schlägen überm Leisten, womit sich unsere emsigen Meister tagein, tagaus abrackerten, um das widerspenstige Leder in die gewünschte Form zu zwingen.

Jedenfalls ging ich auf die Terrasse hinaus – und da stand sie, in voller Lebensgröße und Pracht und ließ nicht wenige, doch gewiss auch nicht zu viele, Kurven und Erhebungen erkennen, die auf eine nicht minder appetitanregende Reife hinwiesen. Heiter lächelte mir die liebliche Lily aus ihrem strahlenden Gesicht zu. Ihre Augen lachten, die gespreizten Lippen entblößten ihre perfekten Zähne und ihre Sommersprossen … ja, ihre sündhaft süßen Sommersprossen, bezaubernde kleine Fliegenhäufchen auf einer bronzenen Haut, die von den Strahlen einer Sonne verwöhnt wurde, die so unendlich glücklich sein musste, eine solche Schönheit umarmen zu dürfen. Da stand sie also vor mir, diese Lolita, mit ihrem ungezähmten Wesen, auf den Absätzen jener subtilen Laszivität, mit der sie, von kaum merklichem Kalkül begleitet, durchaus auch in dem einen oder anderen trüberen Wässerchen zu fischen bereit war.

Ich stand da wie angewurzelt, in Erwartungshaltung, ohne den Mund aufzukriegen und fragen zu können, was sie mitten in der Woche und zu dieser Tageszeit zu uns führte. Wozu dieser angenehme Überraschungsbesuch in ihrer marineblauen Uniform mit dem jungfräulich weißen Blüschen eines unbedarften Schulmädchens nebst Rucksack, der ihr lässig von der Schulter herabhing?

„Ist Paula da?"

„Nein. Die ist noch auf der Arbeit."

„Wann kommt sie denn zurück?"

„So zwischen akt und halb nein", schoss ich lustig ins Blaue.

Aber sie lachte nicht über meine aufgesetzte Narrenkappe.

„Eigentlich kann ich ja auch direkt dich fragen."

„Willst du nicht reinkommen?" Die Preisfrage glitt mir mit Vorsicht über die Lippen.

„Warum nicht. Aber nur ganz kurz, ich komme gerade von der Schule und bin hungrig."

„Nimm dir doch ein paar Weintrauben." Ich zeigte ihr, wo die reifsten Früchte zu finden waren. „Worum geht's?", fragte ich in honigsüßem Ton, während wir es uns am Holztisch unter den Weinranken bequem machten.

Sie wirkte etwas verwirrt auf mich, schien nicht recht mit der Sprache herausrücken zu wollen.

„Die Sache ist die … Paula hat mir erzählt, du stellst Schuhe her … Na ja, und da wollte ich dich fragen, ob du nicht welche für meinen Bruder machen könntest."

„Wie alt ist denn dein Bruder?"

„Sieben."

„Dann sollte das kein Problem sein. Die Größen haben wir auf Lager. Sollen es Schuhe für die Schule oder einfache Sandalen sein?"

„Für die Schule. Und was würde das kosten?"

Da musste ich einen Augenblick über den Hintergrund ihres Erscheinens zu dieser Stunde, mitten in der Woche nachdenken. Schließlich war Paula zu dieser Zeit nie zu Hause anzutreffen.

„Unbezahlbar wird es sicher nicht werden. Wenn du willst, komme ich dir da auch etwas entgegen ..." forschte ich abgründig und spitzbübisch.

„Inwiefern?", fragte sie, während sie mich mit ihrem zuckersüßen Lächeln einwickelte, so glamourös und aphrodisisch betörend, die reine Anstiftung für einen jungen Mann, der mit sich kämpfen muss, um nicht den in seinen intimsten Tiefen herumtobenden Faun ans Tageslicht zu lassen. Heute glaube ich, dass sich die Scheinheilige durchaus im Klaren darüber war, dass ihr kleines Lustspiel der Unschuld das reine Salz in meiner Lüsternheit sein würde.

„Wir schauen einfach mal, welcher Weg da am besten ist. Für beide Seiten, versteht sich."

Sie lachte kokett, allerdings ohne großes Getue, sondern eher wie eine erwachsene Frau mit der großen, weiten Welt auf ihren grazilen, wunderschönen Schultern. Ihr geheimnisvolles Lächeln verschlug mich in die knifflige Situation, mit einer Miene völliger Gleichgültigkeit jenen so ambrosischen Moment über mich ergehen zu lassen, in welchem mir unsere erst seit kurzem achtzehnjährige Nachbarstochter, Oberschülerin und Zweckfreundin meiner Frau, recht ungeniert ihre Kleinodien unter die Nase hielt.

Bereits bei dieser ersten Annäherung musste ich feststellen, dass es Lily mitnichten an Eigensinn mangelte und sie höchstwahrscheinlich nicht allzu leicht zu knacken war, stets fest überzeugt von ihrer Meinung, so dass mich ihr zwangloser Einbruch in meine Welt zwar nicht völlig überraschend traf, in mir aber zahlreiche Fragen aufwarf.

Lily, die Leichtfertige, strahlte eine gewisse Unanständigkeit aus, und ich wurde den Eindruck nicht los, dass ihre plötzliche Freundschaft zu Paula Teil eines ausgeklügelten Manövers war, dessen Ziel darin bestand, im Schutze der augenscheinlichen Tatsache unserer nachbarlichen Koexistenz einen Kontakt zu knüpfen, gleichsam ein Versuch, sich auf indirekte, unverdächtige Weise in meine Nähe zu schmuggeln. Diese Ausgeburt meines satyrartigen Hirns erschien mir dann aber so abwegig, dass ich sie gleich wieder als Folgeerscheinung eines meiner vielen hintergründigen (oder hinterlistigen?) Gedankenspiele verwarf, als eine Schimäre à la Don Juan und Frucht meiner männlichen Eitelkeit mit ihrem honigsüßen Geschmack nach Eroberung.

Wir blieben noch eine Weile stehen und plauderten über die Belanglosigkeiten des Lebens: ihre Familie, die meine, unserer beider Probleme mit ebendiesen, ihre Pläne, an die Uni zu gehen, zu reisen, andere Orte, Leute und Sprachen kennenzulernen und nie wieder zurückzukehren. Als wir an diese Wegkreuzung gelangt waren, erzählte sie plötzlich die Geschichte von dem Clinch, in dem sie mit ihren Eltern lag, die, wie sie meinte, urkonservativ waren, altväterisch bis zum Gehtnichtmehr und ständig darauf aus, ihr sämtliche Wünsche und Träume, ihr Verlangen nach der Erforschung aller Dimensionen des Lebens, wie böse Geister auszutreiben. All das erwähnte sie, ohne es weiter auszuführen. Ungeachtet all meiner philosophischen Betrachtungen, bot ich ihr mit strategischem Schweigen den nötigen Freiraum, um sich Luft zu machen, offerierte mich als kuschelweiches Taschentuch für ihre Kullertränen angesichts dieses Unmaßes an elterlichem Unverständnis. Ehrensache. Versteht sich von selbst.

Da ich mittlerweile zurück zur Fabrik musste, schlug ich ihr vor, am nächsten Tag vorbeizuschauen, um zu sehen, ob die Schuhe für ihren Bruder schon da wären. Sie sagte zu ohne Wenn und Aber, mit einem *gut*, das sie mir genüsslich zuhauchte aus einem Mund, von dem ich mir vorstellte, wie er beißend, atmend, stöhnend den Duft einer verborgenen Sehnsucht nach körperlicher Innigkeit verströmte.

Ich stand da wie ein Kind vorm Weihnachtsbaum, wie der Vogel vor der frühreifen Feige, die verlockende Frucht vor den Augen, im Bann eines Sinnbilds, eingeschlossen in einem Wirbel aus ihrem Parfüm, mit ihrem Lachen und dem Honig ihres Haars, das meinen hitzigen Hormonen endgültig die Sporen gab, so dass diese nun zügellos und ungestüm querfeldein peitschten, über fruchtbare Flure und atemberaubende Anhöhen, vorbei an grün umwachsenen Lagunen auf blumenübersäten Frühlingsinseln inmitten eines Meeres, das einzig für die Liebenden schäumt, die es danach dürstet, ihre fleischlichen Gelüste wie Blitz und Donner in einem Unwetter zu entladen, wenn die Zärtlichkeit keinen anderen Ausweg mehr sieht, als den der Entfesselung der eigenen Bestialität.

Abends berichtete ich Paula davon, verständlicherweise mit Schwerpunkt auf dem faktischen Teil, dem schuhlosen Bruder und so weiter. Sie nahm es recht gut auf, neutral, ganz im Sinne auch meines Hauptinteresses, das damals ausschließlich dem Geschäft zu gelten hatte. Ich war richtig erfreut, als ich den Pragmatismus sah, mit dem meine Frau den gewinnbringenden Handel für sich verbuchte.

Tags darauf, ich hatte noch mit dem Mittagessen und meiner üblichen Beklommenheit zu tun, da umschmeichelte plötzlich die Stimme Lilys mein Ohr. Der liebliche Gesang erreichte mich vom Olymp aus, von wo er sodann herabgestiegen kam, um meinem schmachtenden Gehör dieses göttlichste aller Desserts zu kredenzen.

„Nur herein, die Tür ist offen", wies ich sie in fröhlich-einladendem Singsang an.

„Stör ich?"

„Und wie du störst, aber nur wenn du nicht augenblicklich hereinkommst. Das Mittagessen steht schon auf dem Tisch. Willst du auch was essen?"

„Nein, nein, bloß keine Umstände."

„Papperlapapp, Umstände! Ich kratz den Topf schnell aus und schon ist's angerichtet."

Lily schaute zunächst etwas befangen, aber dann musste sie doch schmunzeln, bevor sie schließlich meine possenhafte Einladung zum Essen annahm.

Wir aßen und unterhielten uns über Gott und die Welt. Ich war so aufgewühlt vom Duft ihrer Gegenwart, dass das Thema unseres gaukelhaften Zwiegesprächs immer weiter in den Hintergrund trat und so meinem ganz persönlichen Kopfzirkus Platz machte.

„Ich habe die Schuhe hier. Willst du sie mal sehen?"

„Ja, schon ... aber ich habe das Geld noch nicht."

„Wer spricht denn von Geld, meine Liebe? Zuallererst nimmst du sie mit nach Hause, damit dein Bruder sie anprobieren kann; und wenn sie ihm passen, dann bezahlst du irgendwann. Wie und wann immer du kannst.

Ich bemühte mich um einen möglichst lupenreinen akademischen Tonfall, schön geschwollen, um der schlecht verhehlten Botschaft ein wenig die Schärfe zu nehmen. Sie schützte Ahnungslosigkeit vor und ging zum Gegenangriff über: „Julian, ich muss dich was fragen, es ist aber ein wenig persönlich ..."

„Deine Frage sei dir gewährt so du danach mir eine Frage gestattest. Was hältst du davon?"

„Hm. Stimmt es, dass du Gitarre spielst und singst?"

Da rutschte mir wie im Sturzflug das Herz in die Hose; und genau da blieb es auch, während ich angestrengt darüber nachdachte, woher das Mädchen von meinen privaten musikalischen Aktivitäten wusste, die ich stets so weit aus meinem äußeren Leben verbannte und verdrängte, dass selbst ich sie manchmal schon für illegal hielt.

„Wie kommst du denn auf so was?"

„Paula hat es mir erzählt. Aber, bitte, sei ihr nicht böse, das kam ganz nebenbei heraus, zwischen tausend anderen Sachen und ohne irgendwelche Details."

„Details? Was meinst du mit Details?"

„Na ja, sie meinte, dass du echt gut singst, besser noch als Víctor Jara, und der ist immerhin mein Lieblingssänger, na ja, und da wollte ich dich mal fragen ..."

Ich wurde stocksteif. Mir war klar, dass ich das Gespräch so schnell wie möglich, und dennoch mit Fingerspitzengefühl, in andere Bahnen lenken musste, in eine unbedenklichere Richtung, so dass sie mich nur für einen harmlosen Dilettanten hielt, für einen talentlosen Troubadour, der fernab von jeder politkünstlerischer Motivation lustwandelte; einfach nur ich, als naiver Brieftäuberich im Auftrag der Liebe, der Reinheit und des Glaubens, weit entfernt von gesellschaftlicher und politischer Willkür und derlei Quatsch.

„Lily, Blauäuglein, Paula übertreibt gerne, genau wie jede andere Frau, wenn es um den eigenen Gatten geht, du weißt doch ... Davon abgesehen bin ich nur Hobbysänger, nichts weiter. Mein Hauptthema ist stets die Liebe, die unauslöschliche Liebe zwischen zwei Menschen, diese Fähigkeit zur Gefühlstiefe, die uns so sehr von den Tieren unterscheidet."

Der geschätzte Leser wird sich lebhaft vorstellen können, wie urpathetisch ich dabei klang – aber mir blieb schließlich nichts anderes übrig, da ich die ganze Sache so angehen musste, dass am Ende definitiv keinerlei Zweifel an meiner thematischen Eintönigkeit und an meiner uneingeschränkten ideologischen Neutralität bestünden.

„Schade, Víctor gefällt mir so gut, und trotzdem habe ich noch kein einziges Lied von ihm."

„Woher kennst du ihn denn?"

„Von Freunden aus der Schule. Die haben ein paar Kassetten von ihm. Aber der, dem sie eigentlich gehören, meint, ich kann sie mir nicht auch noch überspielen, weil sie schon völlig abgegriffen sind und die Stimme sich mittlerweile anhört, als hätte Víctor auf Droge gesungen."

„Sicher, dass die verzerrte Akustik nicht eher von den Joints kommt, die sich deine Freunde reinziehen? – Na wie auch immer, der Punkt ist der: Ich selbst hab auch nichts von ihm auf Band, aber vielleicht kriege ich ja ein, zwei Lieder von ihm auf der Gitarre zusammen."

Nach dem, was sie sagte und wie sie es sagte, erschien mir ihre Geschichte recht nachvollziehbar, so dass meine Abwehr eine kleine Feuerpause einlegte im Angesicht dieser Trostlosigkeit, dieser aufrichtigen Entzauberung einer Lily, die nun vollständig zum Gegenstand meiner Begierde geworden war – der Begierde eines eingefleischten Casanovas, der auf dem schmalen Grat zwischen utilitaristischer Romantik und Widerwärtigkeit wanderte. Sofort war mir klar: Das war die Gelegenheit, mich als eine würdige Alternative zu Víctor Jara zu profilieren, natürlich nicht ohne Selbstzensur, und dennoch in wohllöblicher Manier.

„Hast du deine Gitarre hier? Kann ich sie sehen?"

„Nein, die ist bei meinen Eltern, aber ich kann sie ja herholen und dir was zeigen … ich meine, spielen …, die Lieder, auf der Gitarre."

„Morgen?", fragte das vorwitzige Herzchen, ohne im Geringsten zu ahnen, was für einen Freudenstrom der Gedanke an dieses so nahe Morgen in mir auslöste.

„Abgemacht. Also morgen. Aber ich kann dir die Lieder nur ganz leise vorspielen, bevor die von nebenan noch irgendwelche falschen Schlüsse ziehen."

„Keine Angst, um die Zeit ist da keiner zu Hause. Ist dir das noch nicht aufgefallen?"

„Nicht die Bohne, von da drüben kommt kein Mucks zu uns rüber. Nie weiß man, ob sie nun da sind oder sonst wo. Sag mal, woher weißt du eigentlich, dass um die Zeit niemand da drüben ist?"

„Na dein Nachbar ist mein Onkel."

Eine zweite Welle der Überraschung überrollte mich und riss mir das letzte Stückchen Boden unter den Füßen weg. Die Puterröte meines Kopfes musste mittlerweile bis nach Buenos Aires leuchten und auf dem Weg dorthin die Anden sowie die gesamte Pampa in genau diesem knalligen Farbton erstrahlen lassen.

„Dein Onkel?"

„Wusstest du das nicht?"

„Woher denn bitteschön?"

„Mir war so, als hätte ich Paula davon erzählt. Hat sie dir nichts gesagt?"

„Nichts. Aber auch wenn du hier die Schülerin bist, hättest du mich ja schon etwas eher davon unterrichten können", pflaumte ich sie mit aufgesetzter Schäkermiene an.

„Er ist der kleine Bruder meiner Mutter, aber eigentlich haben sie kaum miteinander zu tun, sie verstehen sich nicht allzu gut."

„Und wieso das?"

„Meine Mutter tendiert nach links. Na ja, und mein Onkel eher nicht … sondern in die entgegengesetzte Richtung. Du kannst dir wohl ausmalen, wohin das führt."

„Ansatzweise. Um genau zu sein, kenne ich deinen Onkel überhaupt nicht und weiß auch nicht, was genau er macht. Ich könnte mir vorstellen, dass er bei der Polizei arbeitet, wegen des giftgrünen Lasters, in dem das ganze Zeugs von ihnen beim Umzug hier angekarrt wurde. Aber in Uniform hab ich ihn noch nie gesehen."

„Genau, Polizist ist er. Allerdings kein normaler. Er ist Mitglied einer Einheit ... Wie sagt man noch gleich ...? Na eine von denen, die sich der ganz besonderen Fälle annehmen."

Sie zauderte zwar, aber am Ende rückte sie doch damit heraus. Offensichtlich fiel es ihr nicht leicht, diese klebrige Materie zu berühren, geschweige denn sich darüber auszubreiten. Um etwas Abstand von dem Thema zu gewinnen, kehrte ich zurück zu unserem Klassiker: den Liebesständchen, der Gitarre und meinem vermeintlichen Talent dafür.

„Na dann können wir uns ja ganz offen erzählen, was wir alles wissen", brach es fast überschwänglich aus mir heraus, so losgelöst fühlte ich mich durch die Offenbarung, dass ihre Mutter links war. Zwar wollte ich nicht weiter nachhaken, was genau denn die Dame unter „links sein" verstand, doch zu wissen, dass die gute Frau mit dem Dunkelmann von nebenan im Clinch lag, bescherte mir eine ungemeine orgastische Erleichterung (seelisch, versteht sich).

„Du meinst, was *du* weißt. Ich habe nämlich nicht sehr viel zu berichten."

„Keine falsche Bescheidenheit, ich bin mir sicher, dass auch du im Besitz des einen oder anderen Schmuckstücks bist ..."

„Sicher doch", erwiderte sie schelmisch, „aber die gebe ich doch nicht so mir nichts, dir nichts her."

Wir lachten herzlich, sehnten wir uns doch beide nach einer kleinen Erquickung nach diesen aufschlussreichen Minuten, die uns in der bis dahin so scheinbar entspannten Atmosphäre in eine Ecke wenig ergötzlicher Spannung getrieben hatten.

„Also sehen wir uns morgen wieder?"

„Wenn es für dich in Ordnung ist?"

Dies fragte sie mit einer so süßen Stimme, dass ich nicht umhinkonnte, ihr mit einer Prise Salz darauf zu antworten: „Für mich wird es mit Sicherheit nicht in Ordnung sein –– wenn du dein Wort nicht hältst."

„Ich halte immer mein Wort", schloss sie herausfordernd.

Wir verabschiedeten uns mit dem üblichen Küsschen auf die Wange, fast schon auf die Lippen. Ein gutes Omen, dachte ich bei mir und machte mich eiligen Schrittes auf den Weg in die Werkstatt, wo mein Partner höchstwahrscheinlich schon auf mich wartete und wetterte.

In jener Nacht schlief ich unruhig, nur waren diesmal nicht die Terrorvehikel vor meinem Haus die Ursache meiner Unrast, sondern das Vertrauen, das mir mein kleiner hemmungsloser Backfisch entgegengebracht hatte: mein Nachbar ihr Onkel, ihre Mutter eine Linke, ihre graziösen Windungen angesichts meiner zweideutigen Andeutungen, und, nicht zu vergessen, ihr unbezwingbarer Stolz, der sie stets Herrin und Herrscherin über sich selbst bleiben ließ, und ihre frühreife Kaltschnäuzigkeit, mit der sie wie ein Wirbelwind in meinen schwierigen, doch wohlstrukturierten Alltag hineinzufegen drohte.

SIEBTES KAPITEL

„Lily kam gestern vorbei, um die Schuhe für ihren Bruder abzuholen."
„Hat sie bezahlt?"
„Nein, aber sie will es so bald wie möglich nachholen."
„Verstehe. Ihre Familie ist anständig, die werden schon zahlen."
„Apropos, warum hast du mir eigentlich nicht gesagt, dass unser Nachbar ihr Onkel ist?"
„Ganz einfach, ich wollte nicht, dass du sie mit diesem Typen da gleichsetzt. Ich hatte befürchtet, das würde sich am Ende noch negativ auf deine Wahrnehmung von ihr auswirken."
„Na und wenn schon. Es wäre sicherlich hilfreicher, wenn wir in Fragen dieser Art beide gleichermaßen im Bilde wären. Verdammt, das ist schließlich eine Schlüsselinformation."
„Wieso Schlüsselinformation?"
„Weil wir nicht wissen können, was sie ihm alles von uns erzählt. Es muss ja nicht mal ein gezielter Bericht sein, den sie ihm von uns erstattet. Aber wenn der Kerl wirklich ein Bulle ist, dann wird er ihr mit Sicherheit das eine oder andere Detail aus der Nase zu ziehen wissen, ohne dass sie es überhaupt merkt. Meinst du nicht auch?"
„Sicher ist das möglich. Aber was sollte sie ihm denn schon Großartiges von uns zu berichten haben? Schau dich doch mal um: Wir sind doch so was von stinknormal, dass uns schon die gesamte Nachbarschaft als ihresgleichen ansieht."

„Die Nachbarschaft schon, aber unser spezieller Nachbar ist ein ganz anderes Kaliber, und deshalb, meine ich, sollten wir ein besonders wachsames Auge auf ihn haben."

„Mein Schatz, ich persönlich habe nichts zu verbergen, also höre bitte auf, mich da mit reinzuziehen. Der Einzige, der unsere Familie in Gefahr bringt, bist du, also hab besser du ein Auge auf dich selbst." Dieses *du* stieß sie besonders scharf aus, überdimensioniert. „Deine Pflicht ist es, für uns zwei da zu sein."

„Für uns, schon klar …". Selbstverständlich bezog sich dieses doppelt unterstrichene Pronomen in erster Linie auf sie selbst und erst dann auf Patricia.

„Tu mir wenigstens den Gefallen und erzähle niemandem mehr von meiner Musik. Du weißt genau, dass so etwas ein gefundenes Fressen für diese Aasgeier ist."

Kommentarlos trank sie den Kaffee aus, setzte das Gesicht einer eingeschnappten Gottheit auf und zog, sich vornehmtuerisch in den Hüften wiegend, los in Richtung ihres Büros in der Bank, wo ja so viele schickliche Männer und Frauen zu finden waren, allesamt wohlstaffiert: mit Krawatte und Streifenanzug die Herren, mit schicken Stiefelchen oder eleganten Pumps die Damen; ganze Schwärme von Menschen, die alle ihre feinen, kreditfinanzierten, maßgeschneiderten Kleider zur Schau trugen, immer hauteng an der gerade vorherrschenden Mode anliegend sowie an den Beschränkungen, die ihnen ihre Brieftaschen auferlegten.

Ich gab meinem Partner Bescheid, dass ich mich verspäten würde. Er fragte nach dem Grund. Aufgebracht erwiderte ich, dass ich eventuell einen Freund zu Grabe tragen müsse. Natürlich verstand er meine Antwort nicht, schließlich wusste er nichts von einem kranken, geschweige denn sterbenskranken Freund, und selbst wenn dem so gewesen wäre, hätten so ein paar Stündchen sicher nicht für eine komplette Beisetzungszeremonie ausgereicht.

Die Gitarre war wieder an ihrem Platz. Ich schnappte sie, sprang auf den Zug der Hoffnung auf und begab mich in Richtung Heimat, hibbelig wie ein kleines Kind beim Auswickeln seiner Geburtstagsgeschenke. Während der Fahrt ging ich ungläubig diese unglaubliche Situation durch, die sich mir da bot. Doch zogen auch einige Wolken über meinen Himmel der unverhofften Glückseligkeit, denn obgleich ich durch und durch begeistert war von dem, was sich mir da mit Lily eröffnete, kam ich nicht umhin, über all die denkbaren Motive und Implikationen nachzudenken, die sich hinter ihrem Eindringen in unser beider Leben verbergen mochten, besonders, weil es hier, wie es aussah, mehr um mein Leben ging als um Paulas. Sollte diese Invasion etwa Teil einer wohldurchdachten Intrige sein? Ein ausgeklügelter Plan, in dem Lily die verlängerte Nase des Schnüfflers von nebenan war? Sie als trojanische Stute, die vor den Augen des kleinen Julian ihren aufreizenden Cancan darbietet, indes dieser sich, an die Wünschelrute seiner Ursehnsucht geklammert, mit Geifer bekleckert? Eine teuflische Eva, die mir ihre sündigen Äpfel der Verführung hinhält, um in meiner Welt der Wirrnisse herumzuspionieren? Oder war es doch bloß einer dieser kostbaren Zufälle, die uns das Leben dann und wann in seiner Unberechenbarkeit zuteilwerden lässt, eine jener wundersamen Situationen, die jenseits aller menschlichen Vorstellungskraft liegen? Unterm Strich war es mir einerlei, da ich mich für fähig genug hielt, um auch in trüberen Gewässern zu fischen und mich allen möglichen Gefahren zu stellen, wie sie wohl auf jedem Beutezug zu erwarten sind.

Auf der anderen Seite war mir durchaus bewusst, dass ich, aller hormonellen Hochspannung zum Trotz, unbedingt einen klaren Kopf bewahren musste, wenn ich mich tatsächlich mit einem so jungen Küken einlassen sollte, mit einem Mädchen aus der Nachbarschaft obendrein, hinter dem Rücken meiner Frau und zur Krönung mit der Nichte jenes Hauklotzes, der sich nun – und von da an nicht mehr nur aus rein politischen Motiven – in meinen Erzfeind verwandeln konnte. Genau diese heikle Kombination von Personen und Umständen zwang mich dazu, mir eine Strategie zurechtzulegen, um dieses heiße Eisen möglichst mit feuerfesten Samthandschuhen anzufassen. Jeder sollte sich als Gewinner fühlen und artig die ihm von mir zugedachte Rolle in diesem Schauspiel übernehmen.

„Bin ich zu früh?"

„Nein, nein, keineswegs, ich habe gerade zu Mittag gegessen. Ab jetzt gehört die Zeit uns."

„Hast du die Gitarre dabei?"

„Bestens gestimmt und genauso begierig wie ich. Warte noch kurz, ich möchte dir zeigen, was ich zwischen ein paar alten Papieren gefunden habe."

Ich ging ins Wohnzimmer und holte zwei Liedtexte von Víctor Jara – natürlich nur absolut unbedenkliche, rein romantische Texte; Texte, die von Befreiungsschlägen aus Liebe zum Leben erzählen, frei von sozialer Kritik oder sonstigen Standpauken.

„Echt jetzt?! Ich hätte nicht gedacht, dass du dich wirklich darum kümmern würdest."

„Was meinst du?"

„Na etwas für mich herauszusuchen, dir solche Umstände für mich zu machen."

„Na so eine große Sache ist das nun auch wieder nicht", wiegelte ich ab..

„Also für mich ist das durchaus kein Pappenstiel, und erst recht nicht, wenn es von dir kommt."

Ich schluckte und schaute sie mit aller Zärtlichkeit an, die sich aus den Tiefen meiner vom Blitz der Verblüffung durchbohrten Innenwelt noch zutage fördern ließ. Zudem überkam und durchdrang mich ein deliriöses Hochgefühl dank jenes honigsüßen Blickes, mit dem sie diesen Satz untermalte und der wie das himmlische Klimpern der Schlüssel zum Paradies klang. Ich fühlte mich, wie der von Amors Pfeil getroffene Charlie Chaplin vis-à-vis irgendeiner Frau, die er gerade vor Blindheit, Armut oder sonst welchen Gefahren bewahrt hat – und wurde noch nervöser. Knallrot lief ich an.

Ich wechselte das Thema: „Du, Lily, wie du dir denken kannst, kann ich dir die Lieder nicht hier draußen im Hof vorspielen; das würde den Argwohn der Leute wecken. Also warum gehen wir nicht einfach rein und machen es uns im Wohnzimmer bequem?"

Lily willigte ohne Umschweife ein, als hätte sie die Frage bereits kommen sehen (und die Antwort darauf). Wir setzten uns aufs Sofa.

Sie ganz nah an meiner Seite. Während ich auf der Gitarre spielte und dazu sang, neigte sie ihren Kopf so weit, dass er beinahe den meinen berührte, und tat dabei so, als läse sie angestrengt die Texte von Víctor, der gerade melancholisch eine Selbstgedrehte qualmte. Immer wenn sie meinte, die nächste Strophe zu kennen, stimmte sie schmachtend mit ein und schaute mich dabei mit dem flehentlichen Blick eines Lämmchens auf dem Weg zum Opferaltar an, einem Blick zugleich voll romantischer Hoffnung, dem man sich unmöglich entziehen konnte. Doch ihre Unerfahrenheit war so greifbar, dass es mir schwerfiel, dieses scheinbar für mich bestimmte Geschenk überhaupt anzunehmen. Was ich sehr wohl annehmen konnte, war die Wirkung ihres Verhaltens auf mich: Ein Kribbeln wie von tausend Ameisen durchfuhr meinen ganzen Körper und verzerrte meine Stimme dermaßen, dass ich wie ein verzückter, wild kikirikierender Hahn klang, während in mir unaufhaltsam die Lust aufstieg, die Gitarre in die Ecke zu schleudern und stattdessen auf Lily zu spielen, statt zu singen, ihr mein Verlangen ins Ohr zu hauchen, schlagartig die kreolische Lyrik zu verlassen und in sie einzutauchen, in ihre Welt, ihre Intimsphäre, die ich mir wie ein vibrierendes Geheimnis vorstellte, und endlich und vollständig in ihr fruchtbares jugendliches Mysterium vorzustoßen. Als ich mit dem ersten Stück fertig war, schlang sie sanft ihre Arme um meinen Hals und küsste mich freiheraus auf die Wange. Ich mimte den Ahnungslosen, fest davon überzeugt, dass man sich als waschechter chilenischer Großstadtbauer nicht durch einen simplen Kuss in die Knie zwingen lässt, und schon gar nicht durch einen Kuss auf die Wange, dachte ich, zwischen Hochmut und Demut taumelnd.

Ich schickte mich nun an, in die zweite Angriffsphase überzugehen, halb aus Begeisterung, halb aus der Angst heraus, den Text zu vergessen, sie am Nacken zu packen und bis auf die Knochen abzuküssen. Uranus war erwacht, skrupellos und hungrig. Sie schaute mich indes mit Schafsaugen an, überrumpelt von etwas, das so bestimmt nicht in ihren Schulbüchern zu finden war.

„Du singst echt schön!", sagte sie ernst, als ich das Lied gerade mit *Usted no es na', no es chicha ni limoná* ausklingen ließ, was übrigens auch der Titel des von mir dargebotenen Stückes war. Natürlich war meine Version etwas abgeschwächt, um bloß keine ideologischen Ressentiments unter den großohrigen Nachbarn aufkommen zu lassen. An Schmiss und Pfiff hingegen mangelte es meiner Darbietung gewiss nicht, alles absolut authentisch und mit der so essenziellen Emotionalessenz.

„Das liegt am Lied", gab ich voll falscher Bescheidenheit zur Antwort.

„Und kannst du noch mal eins von Víctor spielen?", überfiel sie mich in einem Sturm von Begeisterung.

„Aber die waren doch beide von Víctor."

„Ach so? Das zweite kannte ich gar nicht. Na ja, es war zwar nicht unbedingt superromantisch, aber trotzdem ganz interessant."

„Wusstest du eigentlich, dass er ... ermordet wurde?"

„Ich hab mal so was gehört, allerdings nichts Genaues."

„Würdest du gern mehr darüber erfahren?"

„Weißt du denn mehr?"

„Kommt drauf an."

„Du meinst ...?"

„Egal. Mehr Lieder von ihm wollen mir jetzt nicht einfallen. Wenn ich die Texte hier hätte, würde ich mich bestimmt an einige erinnern, auch wenn am Ende vielleicht nicht sonderlich viel dabei herauskäme, weil ich schon seit langem nicht mehr regelmäßig spiele und schon so einiges vergessen habe.

„Und warum das?"

„Warum was?"

„Na warum hast du so viel vergessen?"

„Na warum wohl?"

„Weil du nicht regelmäßig spielst?"

„Glaubst du?"

Sie blieb still, als wartete sie auf eine Eingebung, um dieses in der Luft schwebende Fragezeichen irgendwie geradebiegen zu können.

„Julian, ich muss dir was sagen", sagte sie plötzlich, wobei sie mich nachdenklich und ernst anschaute.

„Etwa, dass du mich magst?"

Zum ersten Mal konnte ich beobachten, wie ihre Sommersprossen vor dem Hintergrund ihrer nun purpurroten Wangen so weit verblassten, dass sie kaum noch zu sehen waren. Sie nahm allen Mut zusammen und schloss ihre Hand um meine.

„Ähm ... Woher weißt du das denn?"

„Ein Vögelchen hat es mir gezwitschert."

„Nimm mich jetzt bitte nicht auf den Arm", brachte sie verlegen hervor.

„Dich würde ich überallhin mitnehmen", kalauerte ich.

Lily nahm eine ehrwürdig-distanzierte Haltung ein, ein Pose, die wie eine Art hoheitsvolle Öffnung in Richtung Hoffnung anmutete. Ich kam nicht länger umhin, zu erkennen, dass mir die freche Maus gerade unter Wahrung allen Anstands die Gelegenheit präsentierte, sie beim Schopfe zu packen. Also küsste ich sie genüsslich, hungrig, ängstlich, zittrig, wobei ich die Luft so lange anhielt, dass es mir den Atem komplett verschlug. Der Kuss entfesselte alles in mir, was der Körper spürt, wenn sich die Lust von köstlichen Vorstellungen beschlichen sieht, Vorstellungen, die einen geradezu zwingen, sich ins Abenteuer zu stürzen und sich nicht von herzhalbierenden Schicklichkeitsskrupeln beirren zu lassen. In einem aller Zeit entrückten Moment verharrten wir, unsere Zungen, tauschten sich aus in der stummen Sprache aufflammender Leidenschaft, ungeachtet all der Sekunden, Minuten, Stunden, Jahrhunderte, die in jenem unendlichen Augenblick an uns vorbeiziehen mochten.

Als wir endlich voneinander abließen, blieb sie in Erwartungshaltung, wie eine regungslose Torera, bereit und doch still, rassig, jedoch ohne die eigene Lust zu offenbaren, erfahren und gewandt, Herrin über Faden und Gewand und im Besitze eines Talentes, in dem sich mir das Gerücht von dem okkulten Wissen zu bestätigen schien, mit dem die Frauen angeblich ihr prall gefülltes Waffenarsenal nutzen.

Gegen den akuten Mangel an Sauerstoff in meinem Gehirn ankämpfend, kam ich allmählich wieder zur Besinnung, so dass ich nicht in den Apfel der paradiesischen Eva biss. Etwas deplatziert fragte ich sie, was sie mir denn vorhin eigentlich hatte sagen wollen.

„Krieg das jetzt bitte nicht in den falschen Hals, Julian, aber mein Onkel ... mein Onkel hat mir Fragen über dich gestellt; ob ich wüsste, wer du bist und so."

„Und?", fragte ich zurück und schluckte dabei schwer, als hätte ich den Mund voll Schotter.

„Ich hab ihm erzählt, dass ich dich kaum kenne und dass ich eigentlich mit Paula befreundet bin und über dich kaum was wüsste, das heißt, außer dass du Schuhmacher bist."

„Und was sonst noch?"

„Nichts weiter."

„Und warum fragt er dich nach mir aus?"

„Keine Ahnung, vielleicht aus nachbarlicher Neugier, schließlich wohnt ihr ja Tür an Tür. Vielleicht aber auch aus beruflichem Interesse ... Ich weiß es nicht."

„Na dann kannst du ihm ja jetzt berichten, dass ich nicht nur prima Schuhwerk herstelle, sondern auch Lieder von Víctor Jara zum Besten gebe."

„Und wieso sollte ich das tun?", eiferte sie sich.

„Was weiß ich, vielleicht ist er ja auch ein Fan von ihm."

„Du nimmst mich doch auf den Arm!"

„Und wenn du nicht sofort abmarschierst, junge Dame, werde ich dich nicht nur auf den Arm nehmen ...!"

„Wann sehen wir uns wieder?"

„Morgen nicht, da ist Samstag und Paula wird zu Hause sein. Wie wär's mit nächster Woche?"

„Nächste Woche? Hm ... Ich wollte dir eigentlich das Geld für die Schuhe so bald wie möglich geben."

„Na dann gleich am Montag."

Die gereizte Atmosphäre verlieh meiner Stimme einen kaum zu verbergenden spöttischen Unterton, neben dem ohnehin schon aggressiven Grundtenor, während Lilys unverhohlenes Interesse an meiner Person m Ganzen die Krone aufsetzte. Wir verabschiedeten uns an der Haustür mit einem absichtlich langgedehnten Handschlag, der unseren stets aufmerksamen Nachbarn nun endlich ein handfestes Gesprächsthema liefern würde – selbstverständlich nur begrenzten Ausmaßes, da der Abstand, den Lily und ich wahrten, hinreichend groß war, um von poesieloser Sittlichkeit zu zeugen. Im Grunde war die Gefahr, gesehen zu werden, ohnehin nicht allzu groß, da sich das Gros der feinen Damen – liebende Mütter und gebeutelte Eheweiber, von denen man hätte meinen können, das Leben treibe sie unentwegt an den Rand eines Nervenzusammenbruchs – um diese Zeit für gewöhnlich in die schlüpfrig-dramatischen Welten der venezolanischen, mexikanischen, brasilianischen, argentinischen, überseeischen und überirdischen Fernsehserien entführen ließ. Nichtsdestotrotz, so mein scharfsinniges soziologisches Urteil, war es keineswegs untunlich, von vornherein ein paar Eindeutigkeiten zu liefern, um etwaigen Zweideutigkeiten vorzugreifen, die unsere potentiellen Zaungäste, diese dienstbeflissenen Wächter über die Moral der Anderen mit ihrer abgefeimten, treffsicheren Klatschsucht, in die Welt tragen könnten. Vor aller Augen ist es schlichtweg einfacher, dachte ich bei mir und handelte auch dementsprechend, war ich doch überzeugt davon, dass das Hauptmoment, weshalb die Leute die wildesten Gerüchte in Umlauf setzen und so wahren Feindseligkeiten und Verleumdungskampagnen Tür und Tor öffnen, genau dann gegeben ist, wenn man sie der Möglichkeit beraubt, direkte Augenzeugen des Geschehens zu werden, sich als Publikum und Jury einzubringen; andernfalls würde ja ihr apostolisches Recht auf die Ausübung ihres krankhaften Voyeurismus beschnitten, ihnen das wirkungsvollste aller Mittel gegen ihre pathologische Langeweile genommen. Noch im Netz dieser feinverzweigten Überlegungen verfangen, legte ich Lily nun mit hochtrabendem Getue meine unternehmerische Dienstbereitschaft zu Füßen, verabschiedete sie daraufhin mit feierlicher Sittsamkeit, Stimme und Blick ohne Fehl und Tadel, und bat sie, mit Frosch im Hals: „Egal was, sobald es ein Problem gibt, bring einfach die Schuhe vorbei, komm, wann immer du willst, und wegen des Geldes mach dir mal keine Sorgen, das regeln wir schon unter uns, auf gute nachbarschaftliche Weise!" Die letzten Worte äußerte ich besonders vernehmlich, um meinen Status als gönnerhafter Industrieller gegenüber einer dankbaren Kundin deutlich zu machen; wusste ich doch, dass die angestrengten Spähaugen, die sich womöglich hinter den umliegenden Gardinen verbargen, jedes noch so kleine Detail fieberhaft registrierten – womöglich ließe sich ja eine hausgemachte Ausdeutung für das finden, was sich ihnen da als scheinbar harmlose Abschiedsszene darbot, in Wirklichkeit aber vielleicht grundverdächtig war. Kaum war die köstliche Verabschiedungsfarce vorüber, kam ich mir vor wie der dumme August vom Dienst, bejubelt von seinem ebenso dummen Publikum.

ACHTES KAPITEL

Es war Sonntagnachmittag. Ich schlief gerade den Schlaf der Gerechten, was absolut unverzichtbar war nach dem ganzen Gerenne als guter Schiedsrichter und schlechter Fußballer. Diese sonntägliche Auszeit entschädigte mich immer für die unzähligen wohlverdienten Zusammenstöße und Tritte, die man im Zuge der Rangeleien auf dem Spielfeld freiwillig hatte erleiden müssen, und so hüpfte ich nun, in meiner Strandliege lümmelnd, kreuz und quer von einem Traum zum anderen, während meine Tochter nebenan ein ernstes Wörtchen mit ihren Puppen wechselte, die sie um einen imaginären Tisch herum platziert hatte, der aus einer sorgfältig über die Fliesen unseres blitzblanken Hofes ausgebreiteten Decke bestand. Plötzlich hörte ich Lilys Stimme. Ich fuhr aus meinem Schlaf auf und mein Herz schlug wie wild. Meine Frau machte sich sogleich grußbereit auf in Richtung Gartentür:

„Komm rein, meine Süße, komm rein."

„Immer mit der Ruhe, Paula, ich bin nur gekommen, um euch das Geld für die Schuhe zu bringen."

„Ach so, na Julian ist hinten, in der Weinlaube. Du kannst es ihm ja selbst geben, komm. Julian! Sag mal brav hallo, hier kommt jemand, der dir Geld bringt."

Gemächlich erhob ich mich, gaukelte unendliche Unlust vor, ein Desinteresse historischen Ausmaßes bei gleichzeitiger galaktischer Distanziertheit – um bloß nicht meine freudige Aufregung durchblicken zu lassen.

„Lily!", rief ich mit bühnenreifer Überraschung. „So eilig war es wirklich nicht."

„Meine Mutter hat mir gestern das Geld gegeben und mich gebeten, es dir so schnell wie möglich zu bringen. Sie sagt, sie mag keine offenen Rechnungen, und schon gar nicht bei ihren Nachbarn."

„Und passen dem kleinen Miguel die neuen Schuhe?"

„Nicht nur das, er ist total begeistert. Sie gefallen ihm, weder drücken sie noch sonst was, echt spitze."

„Sagt er das, oder kommt das von dir?", fragte ich und machte dabei einen auf sensiblen Künstler.

„Herrje, fang jetzt bloß nicht an zu nerven. Das kommt von uns beiden", gab mir eine frech-fröhliche Lily zur Antwort.

Den restlichen Nachmittag verbrachte sie bei uns. Halbherzig plauschte sie über Gerichte und Gerüchte sowie über das Leben im Viertel. Unter anderem kam das Gespräch auf ihren Onkel Hector, den Glückspilz von nebenan, und auf seine Familie, sprich auf seine Frau, die kultivierte Rosa, und seine Tochter, die untröstliche Magdalena, diese Prinzessin im Turm. Mit gesenkter Stimme und ihrem Kopf ganz nah an den unseren vertraute sie uns, beinah im Flüsterton, an, dass Magdalena in Wirklichkeit gar nicht die Tochter der beiden sei, nicht einmal von einem der beiden, sondern dass sie halb adoptiert sei; und nur noch wispernd fuhr sie fort, dass er der Schlappschwanz sei, denn die mit dem Fall betrauten Ärzte hätten wohl festgestellt, dass bei Rosa alles in bester Ordnung sei. So hatte es jedenfalls die Frau des Onkels Lilys Mutter während eines jener seltenen Besuche berichtet, die diese ihnen gelegentlich abstattete. Sonst war nämlich Rosa die Besuchende; „… denn meine Mutter hasst es wie die Pest, das Haus dieser frigiden Hexe zu betreten", verkündete die Engelsgleiche. Sowieso seien Einladungen von Seiten Rosas eine absolute Seltenheit; niemand besuchte die Britos (so der Name dieser Schmierlaus, die mich durch die Mauer hindurch auskundschaftete).

Lily konnte über den Grund dieser neurotischen Selbstabkapselung nur spekulieren, aber genauso waren sie: verschlossen. Und so wusste sie auch von keinen anderen Gästen in deren Haus zu berichten, außer natürlich von den nächtlichen Überfällen der behördlichen Schlägertrupps, jener speziellen Arbeitskollegen, die sich mir eher wie Schattenwesen denn wie Menschen ausnahmen.

„Ich meine, nicht einmal ihre eigene Familie wagt sich in diese Höhle", fügte sie erklärend hinzu und zog dabei wunderlich die Stirn in Falten.

All das trug uns Lily mit einer Meisterhaftigkeit vor, die ganz im Einklang stand mit ihrem herausragenden schauspielerischen Talent. Immer wieder blinzelte und blitzte sie mich an, ohne dass meine Frau etwas von diesem Blickschmuggel mitbekam, etwa wenn Paula gerade Patricia in ihrem Puppenspiel oder bei ihren Übungen als zukünftige Frau korrigierte, oder wenn die aufmerksame Gattin kurz nicht bei uns war, um zum Beispiel für Erfrischungen zu sorgen, auch da nutzte die Schelmin die Gunst der Sekunde, um mich mit einem Blick zu durchbohren, der genauso schlüpfrig wie unergründlich war. Erst im weiteren Verlauf der Unterhaltung und des Abends wurde ich etwas gefasster. Dabei fiel mir immer mehr die Stärke, diese unglaubliche Geschicktheit im Umgang mit anderen Menschen auf, die dieses eroberungslustige Fräulein hinter seiner unscheinbaren Fassade verbarg. So stellte ich mich also diesem uneinsehbaren Abgrund, mit dem mich die Nereide konfrontierte – und der durchaus meine Neugier weckte. Sibyllenhaft brachte sie das Gespräch auf die Kurse, die ihr den größtmöglichen Gewinn versprachen, und zog mich dabei völlig unerschrocken in ihr Boot, ohne mit der Wimper zu zucken und ohne in meiner Frau den leisesten Zweifel daran aufkommen zu lassen, dass ihr Besuch einzig und allein praktischer Natur sei, so schnörkellos und gewöhnlich, wie es die Bezahlung eines Paars Schuhe für den kleinen Bruder nun einmal ist. Elegant promenierte sie entlang einer Unterhaltung, die sie bis in die entlegensten Regionen und wundersamsten Landstriche ausufern ließ, allesamt selbstverständlich rein profaner Natur und völlig zufällig angesteuert, wie es unter guten Nachbarn üblich ist.

Ich hatte derweil, aufgewühlt und verschreckt, erneut über unser Treffen vom vorigen Freitag gegrübelt, mir jenen endlosen Kuss noch einmal auf der Zunge zergehen lassen, und war ein ums andere Mal die Vor- und Nachteile einer eventuellen Liaison mit diesem aufreizenden Schulmädchen durchgegangen. Die Angelegenheit fing an, erste Züge einer gefährlichen Liebschaft mit Aussicht auf ebenso sinnliche wie schmutzige Spielchen anzunehmen, mit genauso erotischen wie abgründigen Abenteuern, die mir wegen der absoluten Geheimhaltungspflicht noch wahre Seiltänze abverlangen würden – schließlich müssten wir uns vor Paula verstecken, vor dem Onkel, den beiden Familien, den Nachbarn ... Kurzum, wir würden alles vor allen geheim halten und uns einen eigenen, von außen unsichtbaren Mikrokosmos schaffen müssen. Nur dort würden wir unsere leidenschaftlichen Überschreitungen ungestraft ausleben können.

Doch war es nicht einfach nur die Aussicht auf eine Beziehung gegen alle Konventionen, die mich dazu anstachelte, mich mit diesem unergründlichen jungen Ding einzulassen. Der eigentliche Hintergrund des Ganzen war jene Idee, die sofort nach Lilys Offenbarung ihre Wurzeln in mir zu schlagen begonnen hatte: Wenn mein Nachbar, ihr Onkel, solch ein großes Interesse für meine Person und Lebensart hegte, vielleicht wäre sie ja dann das logischste und natürlichste Medium, um diesen Spürhund auf die falsche (beziehungsweise richtige) Fährte zu locken. Womöglich war sie der optimale Weg, um ihn – nach meinem Plan – durch meine potemkinschen Dörfer zu führen. Der Gedanke schien zwar etwas abwegig, aber deshalb nicht gänzlich unbrauchbar, und schließlich heiligt ja der Zweck die Mittel, beschwichtigte ich mein Gewissen.

Parallel dazu schwebte mir die vage Möglichkeit durch den Kopf, dass Lily sogar schon, wenngleich unwissentlich, im Dienste dieses professionellen Spions, Verräters und Folterers stehen könnte – und da Vorsicht die Mutter aller Porzellankisten ist, bezog ich diese Eventualität von nun an fest in meine Gefahrenkalkulation mit ein. Wenn man den Faden wiederum etwas weiter spann, war es auch denkbar, dass die kleine Füchsin mit dem Dunkelmann unter einer Decke steckte, dass sich die beiden in gemeinsamer Sache gegen mich verschworen hatten, was zwar nicht sonderlich wahrscheinlich, aber auch nicht völlig auszuschließen war. Was auch immer nun in diesem Wust von möglichen Szenarien der Wahrheit entsprach, am Ende setzte ich alles auf meine trojanische Stute und darauf, dass sie kommen und gehen würde, gehen und kommen, von hier nach da und von da nach hier, zu dir, zu mir, so oft wie nötig und stets mit einem sorgsam geschnürten Päckchen unterm Arm, zugeschnittenen auf die undefinierbaren Bedürfnisse zweier sturer Böcke und erbitterter Gegner, die sich in einem Kampf ohne Worte und auf Distanz gegenseitig die Köpfe einrennen. Das Manöver barg offensichtliche Risiken in sich, handelte es sich doch um ein alles andere als leicht zu führendes zweischneidiges Schwert. Andererseits könnte genau dies der richtige Weg sein, um den Scheinwerfer von nebenan auf das trügerische Proszenium anstelle der eigentlichen Handlung zu lenken.

Ich entschloss mich, die folgenden Tage geduldig und wachsam abzuwarten. Je nachdem, in welche Richtung sich die wechselseitigen Annäherungen und Tändeleien weiter entwickeln würden, würde ich mit meiner Strategie diesen oder jenen Weg einschlagen. Eine Sache stand jedoch fest: Lily war nicht nur in der Lage, sondern auch gewillt, unsere kleine Schäkerei hinter dem Vorhang des doppelten Spiels und auf neutralem Boden fortzusetzen, also ohne fremde Gefühle zu verletzen oder in sonst einer Weise den Menschen in unserem engsten Umfeld zu nahe zu treten. Lilys Ungezwungenheit faszinierte mich. Wie verzaubert war ich von ihrer patzigen Art, von ihrer fast schon anstößigen Keckheit, die sie ohne Scheu ungeachtet des Gestanks der Lüge an den Tag legte. Diese ihre Stärke ließ in mir eine Art besonderes Vertrauen in sie und ihre eigene kleine Welt erwachsen, was zwar keine grundsolide Basis darstellte, aber durchaus real war. Das Bemerkenswerteste war jedoch, dass auch ihr edles Wesen mein Verlangen nach ihr befeuerte und bis hin zum Überkochen brachte.

NEUNTES KAPITEL

Tags darauf stellte sich ein recht ungewöhnlicher, definitiv aber ungelegener Zwischenfall meinem brennenden Bedürfnis in den Weg, endlich wieder etwas Dampf aus meinen Ängsten zu nehmen, bevor diese noch zu einer ausgewachsenen Paranoia mutieren würden. Francisco, ein Freund noch aus Sandkastenzeiten, der einen Block weiter wohnte, erschien plötzlich bei mir in der Werkstatt, in zivil, genau wie schon ein Jahr zuvor und mit der gleichen Körperhaltung und demselben mitleiderregenden Blick eines geprügelten Hundes wie eh und je. Diesmal hatte er sich dazu durchringen müssen, mich zu behelligen (so seine Worte), weil er keinen anderen Ausweg mehr aus seiner erdrückenden Situation sah. Er berichtete mir, seine Freundin sei schwanger geworden, er finde partout keine Anstellung, und seine Eltern, die die beiden vorübergehend als Gäste bei sich zu Hause duldeten, übten einen fast schon herzlosen Druck auf ihn aus, er solle endlich eine Lösung für das *Problem* finden. Diese Lösung sollte letztlich keine andere sein, als dass er und seine Freundin, und sei es auch ohne Bett und Aussicht auf Arbeit, endlich auszögen, denn schließlich waren sie ja alt genug, um zu wissen, was sie taten, und das Klügste sei es deshalb, auf den (natürlich völlig uneigennützigen) Rat der Eltern zu hören und sich ein eigenes Leben aufzubauen, mit einer Zukunft ohne Sorgen, ohne Engpässe und Notfälle: *So versteht doch endlich, Herrgott noch mal!* Nach dem Willen der Eltern sollte Francisco sich als Unteroffizier bei der

Armee ausbilden lassen, der Vater würde seine Beziehungen spielen lassen, so dass der Sohn endlich zur Räson käme und sich seine schwärmerischen Flausen aus dem Kopf schlüge.

„Sie bitten mich nicht mehr, sie fordern. Ich solle endlich ein richtiger Mann werden und zur Militärschule gehen. Stell dir bloß vor, Julian, so etwas verlangen sie allen Ernstes von mir, der ich von Haus aus auf Kriegsfuß mit dem Schießverein stehe, unabhängig davon, ob ich nun links bin oder sonst was", schüttete mir ein völlig aufgelöster Francisco sein Herz und seine Augen aus. „Julian, wenn ich heute zu dir gekommen bin, dann nur, um deine Meinung zu alldem zu hören. Du bist mein Freund und du hast mehr Lebenserfahrung als ich", schluchzte er immer noch bedrückt, nun aber wieder etwas gefasster angesichts meines verständnisvollen Schweigens.

„Großer, ich bin mir nicht sicher, ob ich dir da weiterhelfen kann ... Außer vielleicht mit einem Paar Schuhe für dein Kind, das ja bald zur Welt kommt", sagte ich, selbst den Tränen nah und völlig machtlos ob dieses fremden Unglücks, das umso trauriger mit anzusehen war, weil es sich bei dem Betroffenen um einen alten Freund handelte.

„Aber du kannst mir doch wenigstens deine Meinung dazu sagen, oder nicht?"

„Meine Ansicht ist völlig belanglos. Deine eigene Meinung ist die, die hier zählt."

„Na ja, ich schätze, einen Vorteil hätte es, wenn ich mich unter die Kriegsknechte mischen würde; dann könnte ich nämlich ein bisschen was über Waffen lernen, auch über die Taktiken und Strategien des Militärs, und überhaupt, wie sie so ticken, diese elenden Hunde. Verstehst du?"

„Halbwegs, ja."

„Was denkst du: Ich bleibe zwei Jahre bei denen und danach trete ich wieder aus. Mit allem, was ich in der Zeit gelernt haben werde, bin ich noch nützlicher für die Bewegung als bisher", fuhr er mit einem Blick fort, der vor erlöserhafter Begeisterung nur so strotzte. „Für die MIR zum Beispiel, die Einzigen, die es halbwegs drauf haben, sich der Armee entgegenzustellen – auch wenn die Kameraden noch ganz schön schlecht vorbereitet sind."

„Davon habe ich keine Ahnung."

„Wie, davon hast du keine Ahnung? Es ist doch noch gar nicht lange her, dass die Dinos hier in der Nähe Miguel Enríquez, das Rebellenoberhaupt überhaupt, umgelegt haben, ohne auch nur ins Schwitzen zu kommen. Passiert so etwas wohl jemandem, der gut vorbereitet ist?"

Francisco redete mit einer Inbrunst, die so voll Ernst war, dass es mir geradezu die Sprache verschlug. Womöglich lag es ja an der Ladung herzergreifender Arglosigkeit, die bei ihm immer mitschwang und die nun meine Achtung für ihn steigen ließ. Um das Thema abzuschließen, allerdings ohne seine augenscheinliche Leidenschaft für ein Dasein als Revolutionär untergraben zu wollen, konfrontierte ich ihn mit meiner Wirklichkeit: „Sieh mal, Pancho Francisco, wenn du meinst, dies ist dein Weg, und wenn du dich für ausreichend gewappnet hältst, um ihn zu bewältigen, dann musst du ihn gehen. Du weißt am besten, wo genau dir der Schuh drückt. Ich kann dir lediglich Ratschläge aus meiner eigenen Erfahrung geben, und die sagt mir jeden Tag aufs Neue, dass ich mich anpassen muss, anpassen – was nicht dasselbe ist, wie sich abfinden. Du musst erst mal zusehen, dass genügend Geld in der Kasse ist, um die Familie zu versorgen (obwohl ich zugeben muss, dass diese Aufgabe in meinem Fall nicht einzig an mir hängt, sondern dass Paula mit ihrer Arbeit auch dazu beiträgt). Vor allem aber musst du auf das Leben achtgeben, das du in die Welt gesetzt hast, ohne überhaupt zu fragen, ob ihm das recht ist. Da ich mich immer strikt an dieses Prinzip gehalten habe, bin ich in meinem Leben schon zu so einigen Kompromissen gezwungen gewesen, vielleicht sogar zu allzu vielen, und ein paar davon nur zähneknirschend. Du musst wissen, dass diese Sache mit der eigenen Fabrik, auch wenn sie nur ganz klein ist, nicht wirklich mit meiner Auffassung von einer idealen Welt im Einklang steht; das ist purer Kapitalismus, obendrein von der unterentwickelten Sorte. Wie auch immer. Doch da mir kaum eine Alternative bleibt, gehe ich die Sache zwar so an, achte aber immer darauf, nicht meine tatsächlichen Interessen und Ideen aus dem Blick zu verlieren. Sicher, mein Spielraum ist arg begrenzt, aber ich bin überzeugt, dass ich mit meinem bescheidenen Beitrag wenigstens ein bisschen bei der Entstehung einer neuen Ära mithelfe. Weißt du, was ich meine?"

„Kompromisse eingehen, ja, das bringt ein wenig Licht ins Dunkel; wahrscheinlich muss ich es tatsächlich mal von der Warte aus betrachten. Schwierig ..."

„Schaufel dir zuerst einen Weg aus dieser Hölle, die du Elternhaus nennst. Danach sieh zu, dass du deine Familie absicherst. Und wenn du irgendwann halbwegs gut aufgestellt bist, dann kannst du loslegen und dich an die Dinge machen, die du schon immer für nötig gehalten hast. So einfach ist meine Lebensphilosophie. Vielleicht hilft sie dir, vielleicht auch nicht – Probieren geht über Studieren. Übrigens, sag mal, wann soll euer Sohnemann eigentlich zur Welt kommen?"

„In etwa zwei Monaten."

„Na dann nimm mal schon die Schuhe hier mit. Größe sechzehn, die kleinsten, die wir haben. Die passen übrigens in beiden Fällen."

„Wie jetzt, in beiden Fällen?", fuhr er auf.

„Ich meine nur, falls aus dem Sohn doch noch eine Tochter werden sollte."

„Aaahh...", stieß Pancho Francisco sichtlich erleichtert, aber immer noch blass im Gesicht aus.

Den trübseligen Papa in spe sah ich etliche Monate später wieder, rein zufällig. Ich musste in die Avenida Santa Rosa, um dort ein paar Materialien zu kaufen, die uns in der Fabrik fehlten. Der Weg war nicht weit, so dass ich die fünf Blöcke zu Fuß bestritt. Auf meinem Rückweg in die Werkstatt, schon ein wenig neben den Schuhen ob der klebrigen Mittagshitze, sah ich plötzlich Francisco, der seltsam steif durch die Straße marschierte und dabei einen wohleinstudierten martialischen Gesichtsdruck zur Schau trug, während sein Körper in einer tadellosen, wie maßgeschneiderten Uniform steckte. Er kam in meine Richtung, jedoch auf der gegenüberliegenden Straßenseite. Ich schaute ihn erwartungsvoll an, suchte seinen Blick, um ihm einen herzlichen Gruß zu schenken, sendete sämtliche für eine so lange Freundschaft wie die unsere üblichen Zeichen. Doch mein Lächeln blieb mir im Halse stecken angesichts der apparativen Gleichgültigkeit und seinem steten Bestreben um Vermeidung jeden Kontakts mit mir. Mir fehlten die Worte. Ich lief weiter geradeaus, war aber so in meinem Glauben erschüttert, dass ich kaum imstande war, meine eigenen Schritte zu koordinieren.

Den haben sie ja ordentlich in die Mangel genommen, resümierte ich in Gedanken. Und er dachte noch, er wär die große Ausnahme. Und jetzt sieh dir an, was sie aus ihm gemacht haben ... dieser arme Teufel, sprach ich zu mir selbst, in einem Zustand zwischen Wut und Fassungslosigkeit. Dem haben sie das Gehirn aber blitzeblank gescheuert, genau wie all den anderen Schafsnasen, die ins Getriebe dieser Kriegsmaschinerie geraten ... Dieser Einfaltspinsel, dachte er doch glatt, bei ihm würde alles ganz anders laufen, dieser Narr, wetterte ich vor mich hin.

Es kostete mich Tage, bis ich dieses Erlebnis vergessen und den Anblick meines Freundes wieder aus meinem Gedächtnis gestrichen hatte, wie er da in grimmigem Stechschritt, mit akkurater Uniform und eisernem Degen an mir vorbeimarschierte, ohne sich unserer gemeinsamen Vergangenheit auch nur erinnern zu wollen, mich und sich selbst ignorierend. Dieser Vollpfosten der!

In meinem festen Glauben daran, dass die Zeit alle Wunden heilt, nahm ich mir vor, diese bittere Pille so schnell wie irgend möglich zu verdauen. Allein der Anstrengung Früchte sollte ich nicht ernten, denn nur ein Jahr später stand Francisco erneut vor meiner Fabrik. Er klingelte, ohne Lust, ohne Uniform, ohne Arroganz und ohne Ignoranz. Sein gequältes Lächeln ließ ihn eher kleinlaut erscheinen, es hatte etwas von Unbehagen, und sein Gesicht war irgendwie verändert, ganz anders als das des Pancho Francisco, der mich knapp zwei Jahre zuvor um Rat gebeten und an unsere so historische Freundschaft appelliert hatte. Sein Haar war ungewöhnlich lang geworden.

„Die Armee hat mich rausgeworfen, Julian, rausgeworfen, diese kleinkarierten H-u-r-e-n-s-ö-h-n-e ... Zum Glück haben die mich nicht gleich noch eingebuchtet!"

Es brach regelrecht aus ihm heraus, aber sein Erklärungsversuch klang in meinen Ohren eher nach einer verunglückten Entschuldigung und stand zudem in Widerspruch zu jener Situation, die sich nur einige Monate zuvor auf der Straße zugetragen hatte. Ich ließ ihn reden, war immer noch verärgert über jenes unglückliche Aufeinandertreffen auf unterschiedlichen Wegen und in entgegengesetzten Richtungen.

„Die wollten mich dazu zwingen, ein paar Bauern zu foltern, die sie festgenommen hatten", trug er mir mit aufgerissenen Augen vor.
„Wovon redest du, Alter?"
„Also das war so: Erst haben sie mich von der Militärschule zum Regiment nach Linares geschickt, wo ich sogenannte praktische Erfahrungen sammeln sollte. So ungefähr nach einem Monat sollte ich schon an den ersten Verhören teilnehmen, zunächst nur als Beobachter, *damit ich was lerne,* sagten sie. Nach drei weiteren Monaten baten sie mich – man höre und staune: Sie *baten* mich! –, selbst die Folterwerkzeuge in die Hand zu nehmen. Ich lehnte ab mit der Begründung, dass ich Christ sei und mir meine Prinzipien so etwas nicht erlaubten. Ein paar Tage später schickten sie mich kommentarlos nach Santiago. Dort verhörte mich ein Oberst, ein ehemaliger Lehrer von mir. Der hielt mir eine Standpauke von wegen heiliger Hierarchie, und dass Befehle immer nur von oben nach unten gerichtet sind, über den Wert militärischer Disziplin und über Verantwortungsbewusstsein, und danach hielt er direkten Kurs auf die Heimat, faselte was von Ehrgefühl und der Bedeutung der Soldaten, und schließlich brüllte er, ich solle doch besser gleich meine Entlassung beantragen, wenn ich das alles nicht in den Schädel bekäme. Tja, und so stehe ich nun hier. Nein, mein Freund, mir können die mit so einer Scheiße gestohlen bleiben, diese Schwuchteln sind doch dämlicher, als die Polizei erlaubt. Nee du, und wenn die sich auf den Kopf stellen, mich kriegen die nie dazu, bei so was mitzumachen, definitiv nicht. Da trete ich lieber aus!"

Ich hörte ihm zu, wankte dabei jedoch zwischen Ungläubigkeit und Skepsis, beides mit steigender Tendenz. Doch spätestens, als er sagte, *sie baten mich, zu foltern,* schrillten bei mir sämtliche Alarmglocken und meine Gedanken vergaloppierten sich. *Sie baten mich*, wiederholte ich die Worte stumm, wobei ich mich zu erinnern versuchte, ob er den Satz tatsächlich genau so gesagt hatte oder ob ich gerade im falschen Film war. Wie jetzt? Also entweder hatten sie ihn noch bescheuerter gemacht, als er ohnehin schon war, oder er stellte sich dumm … Die Armee bittet um nichts, diese Aasgeier befehlen, fordern, ordnen an oder zwingen einen – und ausgerechnet ihn, diesen Hasenfuß, sollen sie gebeten haben. Warum haben sie nicht gleich einen Antrag bei ihm gestellt? Dieses Weichei, dieser Bauerntölpel und Duckmäuser. Was für ein Armleuchter!

„Wie lange ist es her, dass du die Entlassung beantragt hast?", fragte ich beiläufig, während ich wie wild an einem Schuh zerrte, der sich nicht vom Leisten trennen wollte.

„Einen Monat, aber ich bin schon wieder auf Arbeitssuche; deshalb bin ich nicht hergekommen."

„Wie geht es deiner Familie?"

„Gut. Das heißt, normal. Obwohl natürlich alle an nichts anderes denken als daran, wann und wo ich wieder in Lohn und Brot kommen werde."

„Hast du schon was in Aussicht?"

„Mein Vater lässt gerade seine Beziehungen in einem Ministerium spielen. Ich bin nie großartig auffällig gewesen, von daher könnte daraus tatsächlich was werden."

„Sag mal, Pancho Francisco, wo wohnst du eigentlich gerade?"

„Zurzeit noch bei den Eltern meiner Frau, aber ich suche nach etwas Eigenem hier im Viertel. Ich vermisse meine Leute, meine Familie und meine Freunde und alles … Außerdem will ich wieder voll dabei sein."

„Dabei sein? Wobei?"

„Na ja, das weiß ich selbst nicht so genau; deshalb komme ich ja zu dir, vielleicht kannst du mir weiterhelfen."

„Und wobei genau soll ich dir da helfen?"

„Ich will mit denen von der MIR in Kontakt treten. Du kennst doch so viele Leute in der Gemeinde, und da sind doch bestimmt etliche von denen anzutreffen."

Im Kampf um die Kontrolle über mein auf der Palme befindliches Gemüt betrat ich nun die Szene und deklamierte dramatisch: „Francisco, mein Bruderherz, glaubst du denn allen Ernstes, dass ich bei der ganzen Arbeit, die ich habe, mit Schichten von bis zu zwölf Stunden am Tag, noch Zeit und Lust habe, bei diesen Jugendbanden mitzumischen? Davon abgesehen, in meinem Alter und mit dieser Kapitalistenfassade, die ich mir aufgebaut habe, würden mich diese Rotznasen nicht mal mehr nach der Uhrzeit fragen. Ich habe den Eindruck, du siehst mich und denkst dabei an den Julian, den du vor Jahren kanntest, doch dir wird kaum entgangen sein, dass sich die Dinge seit damals radikal geändert haben, zum Guten wie zum Schlechten. Es tut mir leid, aber ich kann dir da nicht behilflich sein. Pirsch dich einfach mal selbst an und sondiere ein bisschen die Lage. Ich bin da raus, und das nicht eben erst seit gestern."

Ich malte ihm ein Bild von mir als gebrechlicher Greis, zurückgezogen, mit Pantoffeln an den Füßen und Zahnersatz im Gesicht. Ich muss recht überzeugend geklungen haben, denn Pancho Francisco, der verlorene Soldat, der nun wieder an den Busen von Mutter Revolution zurückkehren wollte, zeigte keinerlei Anzeichen von Zweifel, nachdem er meine liebenswürdige Strafpredigt wie saure Muttermilch weggeschlabbert hatte.

„Schade, es wäre wirklich viel leichter für mich, wenn mir jemand eine kleine Starthilfe gäbe. Aber gut, ich werde sehen, was ich selbst erreichen kann."

Während er noch überlegte, wollte ich wissen: „Sag mal, du hast mir immer noch nicht erzählt, was nun eigentlich herausgekommen ist."

„Herausgekommen? Wobei?", stammelte er verwirrt.

„Na ist es nun ein Mädchen oder ein Junge geworden?"

„Achsooo, das. Ein Mädchen. Sie läuft schon. Ist jetzt knapp anderthalb Jahre alt."

„Dann nimm ein Paar Schühchen für sie mit, ein Geschenk des Hauses, obwohl wir uns noch nicht einmal kennen. Welche Größe hat sie denn?"

Francisco sah aus wie vom Donner gerührt, irgendwo zwischen verbunden, verdrossen, verstört ob so viel unvorhergesehener Freigebigkeit. Die tiefe Wirkung dessen stand ihm ins Gesicht geschrieben. Der Möchtegernjudas rang mit sich und seiner Schande, als wäre ihm sein Versuch einer utilitären Farce gegen den eigenen Freund – gegen einen wahren Freund – im Hals steckengeblieben. Was er nicht wusste – und ich betete zu Gott, dass er nie dahinterkommen würde –, war, dass mir meine misstrauische innere Stimme, seitdem ich das schummrige Spielchen meines einstigen Fußball- und Abenteuerkameraden ahnte, ans Herz legte, mich ihm nur noch von meiner vernünftigsten und großzügigsten Seite zu präsentieren. Für einen Moment schien ich ihn entwaffnet zu haben. Der letzte Funken Anstand, der noch in ihm glimmte, brannte sich tief in sein Gewissen und ließ ihn schamrot erglühen.

„Komm ruhig öfters vorbei, und bring nächstes Mal deine Tochter mit, ich will sie mal kennenlernen", verabschiedete ich ihn mit entspannter Liebenswürdigkeit.

Er nahm die Schachtel mit den Sandalen für seine Tochter, sah sie widerwillig an und zog wortlos von dannen. Plötzlich aber machte er kehrt, kramte kurz in seiner Hosentasche herum und hielt mir einen Schein hin: „Bitte, lass mich dir ein bisschen Geld geben."

„Bist du verrückt, Pancho Francisco? Wenn du irgendwann genug Kohle hast, dann kommst du einfach vorbei und kaufst ein neues Paar. Wie gesagt, die hier sind ein Geschenk für deine Tochter. Apropos, wie heißt sie eigentlich?", fragte ich honigsüß.

„Inocencia, wie ihre Mutter."

„Ein hübscher Name. Inocencia ... die Unschuld."

„Also danke noch mal, wir sehen uns", brummelte er trocken.

„Bleib sauber!", konterte ich fidel.

Noch am selben Tag rannte ich zu Rodrigo rüber, einem der hellsten Köpfe unter den vielen Spunden, die über jene unausweichlichen Pfade der kulturellen Katechesebewegung wandelten, die zwar mehr kulturell denn katechetisch war, sich aber nichtsdestominder des Schutzes durch die evangelische Gemeinde erfreute. Ich berichtete ihm von der arglistigen Aufwartung Franciscos.

Mit ernster Miene hörte er mich an und mit derselben Miene verabschiedete er mich. So war er, der Rodri, mit seinem Habitus eines Gelehrten und akademisch aus Prinzip. Mir stellte sich das Gefühl ein, eine wichtige Information in gute Hände gegeben zu haben, eine Information, die sich in meinen eigenen Händen schwer wie Blei angefühlt hatte, nicht nur aufgrund ihres emotionalen Gewichts, sondern auch wegen der Folgen, die sie für die ohnehin schon wackeligen politischen Organisationen im Bezirk mit sich bringen konnte.

Der wahre Schlag traf mich jedoch einige Monate darauf. Auf meinem Weg zur Bushaltestelle sah ich an der Straßenecke, gleich neben dem Wartehäuschen einen Uniformierten stehen. Ich traute mich nicht, ihn direkt anzuschauen, da ich befürchtete – sollte sich mein Verdacht bestätigen –, den Schock nicht rechtzeitig abfedern zu können, bevor mich meine Beunruhigung und meine Niedergeschlagenheit verraten würden. Ich war wie vom Donner gerührt. Da ich gerade neben einem Kiosk stand, konnte ich mich als interessierten Leser jener Käseblätter tarnen, die tagein, tagaus die offiziellen Lügen unter die Leute brachten. Ich wartete, bis er in den Bus gestiegen war. Gleich darauf wechselte ich auf die andere Straßenseite, so dass ich ihn im Bus sitzen sehen konnte – und da rollte das Gefährt samt der Bestätigung an Bord davon: Francisco war wiederaufbereitet für den Krieg gegen den Feind von innen, mit seinem soldatisch kurzem Haar, seinem gehärteten Blick voll Gleichgültigkeit und erneut mit jener scharfen, undurchsichtigen Miene, die Augen starr auf einen Horizont gerichtet, der nicht da war, nichts und niemanden im Blick, aber sich vielleicht der Verwunderung bewusst, die seine brettsteife Erscheinung unter den Fahrgästen auslösen musste.

Die Galle bahnte sich ihren Weg in mir hinauf bis in die Stimmritze und drohte dort, meinen Gaumen in dem ranzigen Geschmack von Frust und Angst zu tränken. Fragen über Fragen kamen in mir auf, eine furchterregender als die andere. Die harmloseste war die, ob sich der Heuchler wohl weiter an meine Fersen heften würde, ob er weiter davon ausging, ich könnte ihn mit Informationen über die schwächelnden politischen Organisationen in unserem Viertel versorgen, und ob er immer noch dachte, meine Wenigkeit sei in einen aufkeimenden Umsturzversuch verwickelt. In jener Nacht, den Schrecken wegen der Entdeckung von Franciscos doppeltem Spiel noch in den Knochen, bescherte mir die Dunkelheit zahlreiche Horrorszenarien. Schon das Geräusch eines herannahenden Autos genügte, um sämtliche Bilder von Agenten und Spitzeln – der Nachbar vorneweg – in mir lebendig werden zu lassen. Sie kamen über unseren Zaun gesprungen und machten Anstalten, mich festzunehmen, zu foltern, verschwinden zu lassen und dergleichen Gräueltaten mehr. Die Nase noch ganz voll von diesem dantesken Karussell beschloss ich gleich bei Tagesanbruch, den Vormittag blauzumachen. Die zunehmende Helligkeit beruhigte mich so weit, dass ich mich frei von Ängsten oder vorsorglichen Überlegungen dem Schlaf anvertrauen konnte. Paula wies mich darauf hin, dass sie nun los- und ich hochmüsse. Ich antwortete mit einer zerknitterten Grimasse, sie ließ mich weiterschlafen. Gegen Mittag wachte ich auf, mit Kopfschmerzen und einem Magen, der mir seine sauren Säfte bis in die Kehle spritzte. Am selben Nachmittag noch besuchte ich erneut Rodrigo, diesmal bei ihm zu Hause. Ich fragte ihn, ob sich der Überläufer in die Gemeinde gewagt hätte. Er bejahte; ein paarmal sei er dort herumgeschlichen und habe einige recht schräge Fragen gestellt, die er in einem Meer aus dümmlichen Gaukelbildern zu verwässern suchte. Pfarrer wie Gemeindemitglieder, Priester wie Messdiener, Gläubige wie Atheisten, alle wichen sie ihm und seinen Fragen systematisch aus. Nichts als Ausflüchte und Ausreden habe er geerntet, versicherte mir Rodrigo, so dass er schon nach kurzer Zeit entmutigt aufgab und nach zwei letzten kläglichen Anläufen schließlich auf Nimmerwiedersehen von der Bildfläche verschwand. Als ich Rodrigo erzählte, dass ich ihn volluniformiert im Bus gesehen hatte, bemerkte er wortkarg: „Na ja, was anderes war ja kaum zu erwarten."

Feierlich wie eh und je und professoral, wie man ihn kannte, verabschiedete er sich von mir und riet mir, die Angelegenheit auf sich beruhen zu lassen, denn wenn Pancho Francisco wieder in Uniform durchs Viertel streifte, dann sicherlich, weil sich dieser janusköpfige Kleingeist keinerlei Schuld bewusst sei und keine Angst habe, von seinen einstigen Freunden und Nachbarn als Verräter überführt zu werden. Abschließend ergänzte Rodrigo: „Vergiss nicht, dass seine Eltern noch hier im Viertel leben. Das ist sicher nicht so ganz ohne."

Die Schärfe dieser Beobachtung beeindruckte mich genauso wie die mönchische Ruhe, mit der dieser junge Rebellenführer seine Sichtweise zu diesem so schwierigen Fall vorbrachte. Da wurde mir klar, und zwar kristallklar, weshalb die hellen Köpfe im Viertel ausgerechnet ihn zu ihrem Leitwolf erwählt hatten.

ZEHNTES KAPITEL

Lily hatte sich die ganze Woche über nicht blicken lassen, und ich musste mir eingestehen, dass mir ihr plötzliches Fernbleiben nicht besonders zusagte. Andererseits, so sorgenschwer und sauertöpfisch, wie ich in jenen widrigen Tagen unterwegs war, verschaffte mir ihre Abwesenheit nicht eben schlaflose Nächte, zumal mir die aktuellen Umstände ohnehin nicht viel Spielraum für Überlegungen oder Spekulationen über die eventuellen Beweggründe hinter ihrer Rückzugstaktik ließen.

Eines Samstags tauchte sie wieder aus ihrer Versenkung auf. Sie erschien in Begleitung meiner Frau. Angeblich seien sie sich zufällig beim Einkauf auf dem Markt über den Weg gelaufen, und nun, nachdem sie bergeweise Tüten und Beutel voll Obst und Gemüse getragen hatten, gedachten sie eine wohlverdiente Pause einzulegen, bevor sie sich der Zubereitung des Mittagessens widmen würden. Sogleich schnatterten sie ungeachtet meiner Anwesenheit drauf los und blendeten mein neugieriges Herumtigern erfolgreich aus. Ich gab mich als hingebungsvollen Hausmann, der sich um die häuslichen Aufgaben kümmert. En passant genoss ich die Großzügigkeit des Sommers, der uns mit diesem sonnigen Sonnabendvormittag beschenkte. Normalerweise machte ich mich nie an den Pflanzen im Hof zu schaffen, aber an jenem Tag tat ich es, und nicht nur das, ich schnitt sogar einige Weinreben für den Nachtisch, zupfte die vertrockneten Blätter aus den üppig wachsenden Ranken, stellte den Wäscheständer auf, goss den Vorgarten und so weiter und so fort. Kurzum, in meinen Aufgaben versunken wuselte ich beflissen um die beiden Frauen herum und gab, mehr schlecht als recht, vollkommene Gleichgültigkeit zum Besten, wollte ich doch keinesfalls bei meinem Mithörmanöver ertappt werden.

Dann und wann warf mir Lily beiläufig einen scheinbar teilnahmslosen Blick zu, womit sie mir, quasi über die kalter Schulter hinweg, zu verstehen gab, wie unergründlich doch ihre Geheimnisse und Rätsel sein konnten. Ein gutes Zeichen, dachte ich mir. An diesem Tag jedoch musste ich sie wie jeden x-beliebigen Menschen behandeln. Dazu galt es, sie in ihrer Überheblichkeit zunächst mit olympischem Desinteresse zu strafen und sodann ihre Reaktion abzuwarten.

Nach dem Mittagessen verschwand ich, ohne mich zu verabschieden. Am selben Nachmittag hatte ich noch eine Begegnung zu pfeifen, bei der die Spieler beider Mannschaften bereits ihrer sportlichen Pensionierung entgegengingen, auch wenn sie im Grunde immer noch vor jugendlichem Schwung und Enthusiasmus strotzen. Die Megatherien und die Feuersteins trafen auf Platz eins aufeinander. Rund tausend Jahre Fußballerfahrung versammelten sich da in der Gestalt dieser emeritierten Lokalmatadore, dieser leidenschaftlichen Sonntagsballartisten, alle jenseits der vierzig Jahre und diesseits der entkorkten Weinkaraffen im Rahmen des jährlichen Turniers. Ihr Schlachtruf war von ergreifender philosophischer Schlichtheit: *Wenn wir gewinnen, heben wir einen! Wenn wir Gleichstand spielen, heben wir einen! Und wenn wir verlieren, heben wir erst recht einen!* Ich freute mich, an jenem Nachmittag den Schiedsrichter geben zu dürfen, aber auch über die fünfzig Pesos, die mir die erquickliche Arbeit auf dem staubtrockenen Platz in die Kasse spülte. Derer Platz war wirklich außerordentlich trocken, mindestens so trocken wie die Kehlen der Quasselstrippen, als die Jagd nach dem scheuen Ball vorüber war und alle Mann unisono nach Trinkbarem verlangten – aber bitte mit Alkohol, versteht sich. An Tagen wie diesen fühlte ich mich ungeheuer nützlich, so nützlich, dass – wie durch die Hand eines allmächtigen Gottes, der ebenfalls sein Vergnügen am Fußball hatte – sich selbst mein Sodbrennen zeitweise in Wohlgefallen auflöste.

Die restliche Woche über glänzte Lily erneut durch Abwesenheit, wodurch meine innere Unruhe in eine ausgewachsene Trübsal zu kippen drohte.

Mein finaler Ansturm gegen ihre taktische Mauer der Gleichgültigkeit erfolgte – und zwar nicht als Musiker oder Schuhfabrikant, sondern als gesitteter Dorfcasanova – am darauffolgenden Sonntag. Paula hatte einen Besuch bei ihrer Mutter angekündigt, samt Patricia und allem. Ich stimmte unbeteiligt ein: Das sei das Beste, was sie tun könne, die Oma würde sich bestimmt riesig freuen, und einen schönen Gruß noch! Ich musste am selben Tag morgens eine Partie pfeifen und nachmittags in einer anderen mitspielen. So freuten sie sich über ihre Freiheit und ich mich über meine.

Ich war gerade von meiner vormittäglichen Pflicht als Fußballrichter zurückgekehrt und hatte mich darangemacht, mir ein Steak mit Spiegelei und Salat zu bereiten – mein standardmäßiger Kraftimbiss vorm Sport –, als plötzlich vom Gartentor her Gesang ertönte. Das honigsüße Ständchen entsprang den Lippen meiner holden Maid. Meine kleine Konkubine hatte sich, wie vom Hafer gestochen, vor meiner Tür postiert und stimmte nun, am Ausgang dieses heißen Sommerwochenendes, als wäre es das normalste der Welt, ihren Sirenengesang an.

„Komm rein!", rief ich mit zuckriger Stimme und einiger Mühe, meinen Hunger nach ihr – über den anfänglichen Appetit war ich längst hinaus – zu verbergen.

Sie kam zu mir in die Küche und stellte verwundert fest, dass ich ein begeisterter Koch war. In den Türrahmen gelehnt hüllte sie sich zunächst in vielsagendes Schweigen, während sie mich in meinem gastronomischen Eifer beobachtete.

„Bist du beschäftigt?", fragte sie mit süßer Schmeichelstimme.

„I wo, ich genehmige mir nur fix einen Happen, bevor ich zum Spiel gehe."

„Zum Spiel?"

„Wusstest du das gar nicht? Ich spiel doch im Verein der Unsterblichen, dem nachbarlichsten von allen, und heute muss ich mal wieder ran."

„Dann gehe ich wohl am besten wieder", schlug sie mit noch verführerischerer Stimme vor, wobei sie ihrer Erpressung denselben ironischen Unterton verlieh, mit dem sie mich schon früher ganz wuschig gemacht hatte.

„Um Gottes willen! Bleib ruhig hier, ich lade dich zum Mittag ein."

„Bist du allein?", fragte sie überflüssigerweise.

„Paula ist mit Patricia bei ihrer Oma. Wusstest du das nicht?"

„Nicht die Bohne, ich hab deine Frau schon seit einer Woche nicht mehr gesehen."

„Aaahh ...", antwortete ich in heißer Voraussicht.

Da hatte ich bereits, ohne erneut zu fragen, mit Pauken und Trompeten das gesamte Fleisch in die Pfanne gehauen und sie somit in die Ecke getrieben. Es gab keinen Ausweg mehr: Sie musste zum Essen bleiben, und sie musste damit rechnen, zu meinem Dessert zu werden.

„Meine Eltern sind auch weggefahren. Die Truppe hat sie und meine Geschwister zum Grillen eingeladen."

„Welche Truppe?"

„Genau genommen sind es Freunde der Truppe, der Luftwaffe."

„Dein Vater ist noch bei der Luftwaffe?"

„War er. Mittlerweile ist er in Rente, genau wie alle anderen auf der Feier, alles alte Waffenbrüder, die sich wieder zusammenfinden, um längst vergangener Zeiten zu gedenken, der besten, wie sie sagen."

„Dann war dein Vater am Putsch beteiligt?"

„Nein, da war er schon lange außer Dienst. Das war seine Rettung, weil wenn nicht ..."

„Was meinst du?"

„Ich schätze mal, es wäre ihm nicht allzu rosig ergangen, denn immer wenn das Thema Militärregierung bei uns aufkommt, poltert er gleich gegen *Du-weißt-schon-wen* und dessen Dunkelmänner los. Dann erklärt er uns immer, dass die ganze Bande nur ein Haufen Opportunisten sei, die den wahren Geist des Militärs ausgelöscht hätten, und mit ihm das positive Bild, das die Menschen von den Streitkräften hatten."

„Das sagt dein Vater?"

„Das sagt er, und das ist auch der Grund, weshalb wir zu so gut wie niemandem im Block Kontakt haben, selbst zu meinem Onkel nur ganz selten. Alle Nachbarn hier wissen, wie mein alter Herr denkt, deshalb stempeln ihn viele als Allende-Anhänger ab – allerdings nicht als Kommunisten, das hat damit nichts zu tun –, aber grüßen tut ihn niemand. Bei meiner Mutter dasselbe."

Da fiel es mir wie Schuppen von den Augen und ich begann, die zurückhaltende Art und die Reserviertheit ihrer Eltern gegenüber den anderen Familien in unserer zwielichtigen Straße zu begreifen.

„Und was ist mit uns? Zählen wir für sie auch zu denen?"

„Ganz und gar nicht, meine alten Herrschaften wissen ja, dass ihr nichts mit den Uniformträgern am Hut habt. Deswegen haben sie auch nichts gegen meine Freundschaft zu Paula."

„Zu Paula ... Und wie sieht es mit mir aus?"

„Wir sind keine Freunde, das ist was anderes", antwortete sie, während sie rot anlief und verlegen schmunzelte, gefangen in ihrer eigenen Tändelei, die genauso süß wie schlecht verhehlt war.

„Und was sind wir dann?", setzte ich nach, getrieben von märchenhaften, satyrartigen Fantasien, die mir wild durch den Kopf geisterten.

„Stell dich nicht so an! Du weißt genau, wovon ich rede!"

„Hast du mich etwa deshalb die ganze Woche über nicht besucht?"

„Mir ist einfach bange dabei, ich habe das noch nie gemacht, und ..."

„Was hast du noch nie gemacht?"

„Julian, mimst du etwa schon wieder den Dummerjan? Du weißt doch ganz genau, dass ich noch nie mit einem Mann gewesen bin, jedenfalls nicht so richtig. Bis heute spielt sich das alles nur in meiner Fantasie ab, reines Kopfkino, nichts weiter."

„Willst du mir etwa sagen, dass du noch nie einen Freund hattest, so mit Händchenhalten und so ...?"

„Doch, natürlich, aber eben nur mit Küsschen und Umarmungen, also nicht gerade das, was einen hinter dem Ofen hervorlockt, wie meine Mutter gerne sagt."

Ihre Worte schienen mir die Unschuld schlechthin, eine Jungfräulichkeit kurz vor ihrem Urknall, eine Sonde der Keuschheit auf Jungfernfahrt. Die Entdeckung ließ mich innerlich erzittern und brachte mein Blut ebenso wie meine Vorstellungskraft zum Überkochen, so dass beide sich wie Vulkane erhoben und mich in eine Stimmung höchster Explosivität katapultierten. Ich musste mich zwingen, einen möglichst klaren Kopf zu behalten, um meine Antworten hinreichend würdevoll zu gestalten und die passenden Klänge zu dem zarten Tanz ihrer wunderschönen Worte zu finden.

Während ich noch mit meiner eigenen Überraschung rang, beugte ich mich kurzerhand über den Tisch und drückte ihr ein Paar Lippen auf, auf denen sich neben dem Fett des in Knoblauch gebratenen Fleisches eine Prise Liebe mit einem Zentner Hintergedanken vermengten. Sie wartete ab, wie jemand, der am Boden nach einer herannahenden Lawine horcht. Ich setzte mich wieder hin, da ich es für klüger befand, zunächst ein Gespräch anzuleiern und mich dabei langsam, vorsätzlich und nicht kopflos in sie zu verlieben.

„Und, was ist denn nun mit mir?"

„Was meinst du?"

„Lily, du weißt genau, was ich meine. Ich will eine klarere Vorstellung davon haben, worauf wir uns hier eigentlich einlassen, wenn wir dieses Sumpfland betreten. Da braucht es etwas mehr als nur ein bisschen araukanischen Kampfgeist und jugendliche Geilheit. Versteh mal, für mich ist Treue der einzig wahre Rettungsanker für all die rastlosen Seefahrer da draußen, die auf ihren Entdeckungsreisen mit Kurs auf fremde Gestade den tausenden Stürmen des tosenden Meeres ausgesetzt sind. Weißt du, was ich meine?"

„Mach mal hier weniger auf Melville und komm lieber zur Sache."

„Süße, ich werde dich zum Licht führen ... Los Jaivas. Kennst du die Gruppe? Na wie auch immer, ich schweife ab. Fakt ist, ich bin ein verheirateter Mann, mit Frau und Kind, ich habe einen Nachbarn, der Verstecken spielt und der, wie der Zufall es will, dein Onkel ist. Obendrein bin ich als braves Gemeindemitglied bekannt, das Schuhe macht und gesellschaftlich aktiv ist. Kurzum, der Tag, an dem du merkst, wie sehr ich dich langweile, könnte kommen, und es könnte hässlich enden, diese Gefahr besteht nun mal, und genauso kann es passieren, dass man uns eines Tages auf die Schliche kommt. Tja, und dann?"

„Julian, wir haben doch noch gar nicht angefangen und schon beschwörst du den Untergang herauf. Außerdem ... hast du jemals daran gedacht, dass *du* dich womöglich als Erster zu langweilen beginnst? Also vergiss bitte nicht, dass das Risiko auf beiden Seiten gleichermaßen besteht."

Frank und frei bot sie mir die Stirn, die Unbeugsame, stellte sich mir entschlossen gegenüber und legte eine Bestimmtheit an den Tag, die mir die Sprache verschlug.

„Ich meine, was willst du von mir hören, Julian? Du siehst es nun mal so, ich sehe es anders. Ich kleb mir das Pflaster halt nicht schon vor dem Sturz auf ..."

Die kleine Raubkatze ließ mir keine andere Wahl, ich erhob mich vom Tisch, nahm sie bei der Hand und führte sie ins Schlafzimmer. Die Circe hatte mir sämtliche Auswege abgeschnitten, nicht die Spur eines Schlupflochs, mir blieb nur noch die Flucht nach vorn. Sie ließ mich machen, zeigte mir mit beherrschter Gehorsamkeit, dass sie bereits sämtliche meiner faunischen Gelüste ahnte, und fegte damit all die Argumente hinweg, die kurz zuvor noch meinen Ängsten und Zweifeln als Fundament gedient hatten. Ich spürte die zärtliche Ironie in ihr, während sie sich mit einer solchen Gelassenheit von mir führen ließ, dass sich mir das Bild einer Mutter einstellte, die sich darauf vorbereitet, ihrem hilflosen Kind die Brust zu geben und so sämtliche Atavismen auszutreiben, die sich in ihrem Durst nach Leben und Wissen eingekapselt haben.

Im Bett dann verschlangen sich unsere Körper ineinander, still und eng, in einer verschwörerischen, festen Umarmung, fast wie im Streit, verschmolzen in einem erbarmungslosen Kuss, der uns unerbittlich aller Luft beraubte. Wie die Lava aus einem Vulkan brach schließlich der heiße Atem aus unseren Kehlen hervor ... unsere Körper immer noch heiß umschlungen, befeuert durch das Fieber der Lust, das uns im Bauch, in den Muskeln, in jeder Faser des

Körpers glühte und ein Feuerwerk der Harmonie entzündete, in dem all unsere Gedanken an Konventionen, Tabus und Gesetze in Rauch aufgingen.

Den Höhepunkt dieses Gefechts der Leidenschaften bildete ein gezielter Stoß in die offene, essentielle Fruchtbarkeit des Fleisches. Ihre Jungfräulichkeit widersetzte sich anfänglich, ließ mich jedoch schon gleich darauf gewähren. Ein kurzes Stöhnen war zu hören – das Präludium zu einem betörenden Gesang der Erogenität, in welchem sich noch unzählige weitere Laute der Lust zu einer einzigen großen Sinfonie zusammenfügen sollten. Ich fühlte mich wie Taurus, Ursus, Vulcanus und Priapos in einer Gestalt. Ich stellte mir vor, wie ich in ebenjenem Moment Herr über diese freizügige Göttin war, die mir voll Entschlossenheit ihr Blut als Opfergabe darreichte, die mit offenen Armen in den nahenden Regen lief, bereit, das nahrhafte Nass meines Stromes zu lenken, überflutet zu werden von meiner Lust, während sie mich durch die Venen der Welt führte – ihrer Welt, welche ich für den Bruchteil eines Augenblicks als meine eigene wahrnahm.

Nachdem wir den Gipfel erklommen hatten, lagen wir völlig entkräftet da, ruhig, wie jene Minuten, die uns in diesem All der Intimität den Genuss des einander Lauschens und der gleichmäßigen, zufriedenen Schwere unserer Atmung bescherten. Immer noch in den Düften des gemeinsamen Aktes schwebend, ließ unser Bewusstsein nach und nach wieder die Geräusche der Außenwelt zu uns durch: die Schreie der auf der Straße spielenden Kinder, das Gebell der Hunde, die eine allzu lästige Sonne anschnauzten, das Husten der Fahrzeuge und der Schreihals, der vom Stadion kommend die erzielten Treffer ausrief – und ich war der glückliche Schütze. Kurz darauf schliefen wir ein, umhüllt von der Hitze, berauscht von der Befriedigung und eingelullt in jene süße Abgespanntheit, die uns durch Mark und Bein fährt, nachdem wir uns auf dem Höhepunkt dieses essentiellsten aller Akte einmal mehr des Ursprungs wie auch des Endes von allem bewusst geworden sind.

Irgendwann stand Lily auf und ging ins Bad. Ich blieb derweil wie in Trance liegen, bis mein Blick auf den Blutfleck fiel, der das makellose Weiß des Bettlakens durchtränkte, meines Bettlakens – jenes

Laken, das meine Frau regelmäßig wusch und das sonst wir befleckten, wenn wir uns zu vergegenwärtigen versuchten, dass wir immer noch ein Paar waren, indem wir uns diesem Ritus des ehelichen Beischlafs unterzogen. Der Blutfleck legte Zeugnis ab von der unleugbaren Verschiebung, die zwischen Paula und mir stattfand, sowie davon, wie wir uns in unseren tangential zueinanderstehenden Leben – wogegen auch jene Momente zweckdienlicher Vertrautheit nichts zu verrichten mochten – krampfhaft an eine Zweisamkeit klammerten, die übersatt an Kritik und arm an Freude war.

Wir blieben bis zum Abend zusammen. Lily war in Gedanken versunken, die Augen aus ihrer gesunden Sorglosigkeit heraus auf mich gerichtet, mit einem Lächeln auf den Lippen und einem Gesicht, das zu sagen schien: *Jetzt gibt es also keinen Weg mehr zurück*. Unterdessen grübelte ich weiter wie besessen über den Fleck nach und suchte angestrengt nach der richtigen Lösung für Paula, der Herrin des blitzeblanken und ehrpusseligen Hauses. Doch zeitweise vergaß ich Fleck und Frau und konzentrierte mich nur auf Lily, diese frisch deflorierte Lilie. Mit der inneren Ruhe des siegreichen Kriegers versuchte ich indessen, mir einen Eindruck von der Dimension des soeben vollzogenen Aktes zu verschaffen, die explosive Ladung abzuwägen, die in diesem Spiel enthalten war, welches sich ausnahm wie der Auftakt zu einem schwindelerregenden Kampf zwischen den beiden bezopften Bestien direkt vor den Toren meines Reiches – sicher, ein Reich wie ein Bruch, aber eben mein Reich.

„Du hast mir nicht gesagt, dass du noch Jungfrau bist!"

„Und ob ich dir das gesagt habe."

„Angedeutet hast du es vielleicht."

„Reicht das nicht? Hätte ich dir etwa erst eine Legende aller Zeichen und Bedeutungen anfertigen sollen?"

„Du musst ja nicht gleich übertreiben."

„Warum ist dir das überhaupt so wichtig?"

„Ich wäre einfach vorsichtiger gewesen, zärtlicher."

„Das solltest du sowieso sein. Aber na ja, du bist halt ein Mann, und so was von dir zu erwarten, ist wohl wie Birnen von einer Palme zu verlangen."

„Du übertreibst schon wieder."
„Meinst du?"
In dem Bestreben, mich dieser Anklage der Vollidiotie zu entziehen, suchte ich nach einem weniger spröden Thema, auch wenn mir die gewählte Alternative letztlich noch schwerer im Magen lag als der Moment der Verlegenheit davor.
„Hast du deinen Onkel in letzter Zeit gesehen?"
„Meinen Onkel? Wie kommst du denn jetzt auf den?"
„Keine Ahnung, ich musste gerade an ihn denken."
„Na klar habe ich ihn gesehen. Sogar öfter, als mir lieb ist. Der Dummbeutel kreuzt ständig bei uns auf, ohne dass ihn jemand eingeladen hätte. Ich weiß echt nicht, was mit dem los ist. Es sieht aus, als hätte er sein Herz für die Familie entdeckt, und besonders für meine Mutter. Die Anderen können ihn ja überhaupt nicht ab. Mich hat er sogar zu sich nach Hause eingeladen. Superseltsam."
„Und bist du hingegangen?"
„Ich denk ja nicht dran. Er meinte, ich soll rumkommen, wenn seine Frau nicht da ist, er habe angeblich ganz wichtige Dinge mit mir zu besprechen ... Diese Knallcharge."
„Wichtige Dinge, soso ..."
„Julian, ich weiß ja nicht, wie du dazu stehst, aber wenn ich ehrlich sein soll ... ich kann meinen Onkel Hector nicht ausstehen. Eigentlich kenne ich ihn gar nicht richtig. Aber komisch ist es schon, dass er urplötzlich den lieben Onkel hervorkramt, mich aber dabei ansieht, als wäre ich eine Rechenaufgabe. Außerdem hängt er mir förmlich an den Fersen, und als ob nichts dabei wäre, horcht er mich immer ganz nebenbei nach dir aus: ob wir uns sehen und ob wir Freunde sind und solches Zeugs. Wenn ich ihn dann frage, wieso er sich so für dich interessiert, sagt er immer, das sei doch ganz normal, schließlich bist du sein Nachbar, und da er so selten zu Hause ist, hat er eben noch keine Gelegenheit gefunden, dich persönlich kennenzulernen ..."
„Und du?"
„Und ich was?"
„Was erzählst du ihm dann?"

„Nichts, ich erklär ihm dann, dass ich mit dir kaum zu tun habe, da ich ja mit Paula befreundet bin. Und dass du so gut wie nie da bist, wenn ich bei euch bin. Dann will er immer wissen, ob du neben deiner Arbeit und dem Fußball noch anderen Dingen nachgehst."

„Das fragt er dich also?!"

„Genau das. Letztens wollte er wissen – so mir nichts, dir nichts, Knüppel aufn Kopf –, ob du mit der Linken sympathisierst oder so was."

„Wieso das denn?"

„Keine Ahnung. Dasselbe hab ich ihn gefragt, und er sagte mir, er habe irgendwo mal gehört, dass du mal in einer kommunistischen Organisation mitgemischt hast. Ich machte ihm klar, dass mir nichts dergleichen zu Ohren gekommen sei. Doch er blieb dabei und meinte noch, du spielst ja auch Gitarre, und so komische Lieder und so."

„Hat er mich etwa beim Spielen belauscht?"

„Ich glaube, er hat dich mal gesehen, wie du deiner Tochter ein paar Lieder vorgespielt hast. Sieht wohl so aus, als hättest du sein Interesse geweckt."

„Sein Interesse … Na sicher, und du hast ihm bestimmt gleich von Víctor Jara erzählt und von den Texten, die ich dir geschenkt habe?"

„Spinnst du? Dieser Gernegroß ist schließlich nicht ganz bei Trost. Meine Mutter hatte mich ja schon vorgewarnt. Sie fährt immer halb aus der Haut, wenn sie sieht, wie er mir die Informationen aus der Nase ziehen will. Am Anfang hat er es ja auch bei ihr versucht, aber sie hat ihm ordentlich Beine gemacht."

„Süße, verbeiß dich nicht so in deinen Onkel. Wie es aussieht, leidet der arme Kerl an einem kleinen Berufstick, und das ist gar nicht mal so ungewöhnlich, erst recht nicht in seiner Branche. Dieser Generalverdacht gegen alle und alles ist ein integraler Bestandteil seines Lebens. Es ist bestimmt gar nicht einfach für so einen Typen, sich mal zu entspannen – nicht einmal unter Nachbarn."

„Hast du etwa Verständnis für ihn und seine Macke?"

„Dass ich ihn zu verstehen versuche, heißt noch lange nicht, dass ich ihn auch akzeptiere, aber er ist nun mal mein Nachbar und damit muss ich halt zu leben lernen. Findest du das so an den Haaren herbeigezogen?"

„Ich weiß nicht, es wundert mich nur. Aber du hast recht, irgendwo leuchtet's auch ein."

„Mein Herzblatt, so wie die Dinge stehen, ist das Beste, was du machen kannst, ihm reinen Wein einzuschenken und ihm die Wahrheit über mich zu erzählen, freiheraus. Ich habe schließlich nichts zu verbergen. Du siehst ja selbst, dass mein ganzes Augenmerk nur der Arbeit, dem Fußball und der Familie gilt, das ist dir doch nichts Neues. Und in Sachen Politik: Ich werde sicherlich nicht abstreiten, dass ich seinerzeit Allendes Kandidatur unterstützt habe. Allerdings liegt das Jahre zurück und geschah einzig und allein auf Eigeninitiative, nie habe ich einer Partei angehört, und heute gehöre ich erst recht keiner mehr an. Allende vertrat meine Ideale, ich war ein Anhänger von ihm. Genauso wie dein Vater. Und in gewisser Hinsicht bin ich es auch heute noch. Doch Allende ist tot, und mit ihm starben auch meine Hoffnungen."

Ich hatte mir selbst zugehört, kaufte mir jedoch kein einziges Wort ab. Diese Stimme, die da Halbwahrheiten verkündete, erschien mir so fremd, so anders als meine eigentliche Stimme, als ob sie von jemand Anderem käme, von jemandem, der sich einen Jux daraus machte, mir die Worte im Mund zu verdrehen. Auf der anderen Seite freute ich mich wie ein Schneekönig darüber, diese kleine Komödie mit so viel Klarheit und Überzeugungskraft vorgetragen zu haben. Mitten ins Gesicht log ich meiner Odaliske, frecher als Oskar. Der Schritt erschien mir um der Gerechtigkeit willen nötig. Doch vor allem passte sich diese Lüge bestens in mein manichäisches Profil ein, in mein waghalsiges Alibi, in mein Bestreben, das Wasser auf meine Mühle zu lenken, dem erfolgreichen Ausgang meiner kleinen Wette immer näher zu kommen und zumindest ein Stück weit den verlorenen Boden zurückzugewinnen und in Ordnung zu bringen, sowie Sinn und Orientierung in meinem seit der feindlichen Machtübernahme auf den Kopf gestellten Leben wiederherzustellen.

In dem Versuch, Lily ein Gefühl von unerschütterlicher Sicherheit zu geben, nahm ich sie in meine Arme: „Wenn er dich noch mal fragt, sag ihm einfach die Wahrheit. Erzähl ihm von meiner politischen Nostalgie, dass ich hoffnungsloser Epigone einer nicht mehr unter uns weilenden Persönlichkeit bin und dass ich selbst dir all das gesagt habe. Das kann er ruhig wissen."

„Epigone? Da hat dich wohl wieder der Schlaumeier geritten ... Sei's drum. Aber was ist, wenn er dich ernsthaft auf dem Kieker hat?"

„Warum sollte er? So einer wie der könnte mich doch mit ganz anderen Mitteln auskundschaften, was er womöglich sogar schon getan hat, aber erreichen würde er damit gar nichts, reine Zeitvergeudung und unnötige Miesmacherei. Das ist, als würde ich mich von vornherein wegen seines Berufes mit ihm anlegen. Jedem das Seine: Er soll das machen, was er kann und kennt, und ich mache Kinderschuhe. Oder nicht?"

„Doch, doch, aber ..."

„Nichts aber. Komm, gib mir einen Kuss, die Schwatzerei raubt uns bloß wertvolle Zeit."

Wir gingen wieder ins Haus, schafften es aber nicht mal bis zum Schlafzimmer. Bereits im Wohnzimmer waren wir wieder unzertrennlich, sie mit ihrer Zunge in meinem Mund und ich mit meinem Vulkan in ihrem fruchtbaren Irrgarten. Später dann, in der Nacht, wollte sie gehen. Doch die Umsetzung dieses Vorhabens zögerte sie unter widerwilligen Posen und Grimassen immer wieder und immer weiter hinaus. Zudem pendelte sie immerzu zwischen Sofa und Terrasse hin und her und drückte mir bei jeder Gelegenheit einen Kuss auf. So lief sie in einer Tour auf und ab und sammelte dabei die nötige Kraft, um den bevorstehenden Abschied zu bewältigen.

Als sie schließlich ging, spürte ich plötzlich, wie die Einsamkeit an mir nagte und der Wahnsinn mich verzehrte. Zu allem Unglück mischte sich meinem Zustand der völligen Verlassenheit auch noch die bleierne Schwere des eben geführten Gesprächs unter. Die Gestalt des Höllensohns, die ich mit Hilfe doppelsinniger Botschaften aus meinem Kopf zu verbannen suchte, erschien nun von neuem, noch monströser und erdrückender, wie ein Berg, oder ein unlösbares Rätsel. Ich versuchte, mir vorzustellen, wie Lily ihrem Schnüffelonkel brühwarm all das auftischen würde, was ich ihr kurz zuvor kredenzt hatte. Ob sie ihm wohl alles haargenau oder doch mit eigener Note servieren würde? Diese Unsicherheit hielt mich einige Tage lang in Trab. Auch dachte ich unentwegt darüber nach, ob sich der Tonfall, den ich in meine Mitteilung gelegt hatte, tatsächlich als entscheidend für das Verständnis derselben erweisen würde. Genau darin bestand nämlich ein grundlegender Baustein meines Plans: die Nachforschungen des Transgressors mit Hilfe dieser chronischen Neugierde, die ihm wie eine Schablone anhaftete, auf meine ganz eigene Fährte zu bringen.

Doch auch die nebulöse Rolle, die meine junge Geliebte auf diesen ungeschliffenen Brettern zum Besten gab, vergönnte mir keine Ruhe. Mir war bewusst, dass ich trotz aller Hoffnung und Nützlichkeit unserer verdeckten Liebesgeschichte keinesfalls außer Acht lassen durfte, dass ein solches Verhältnis die ohnehin schon große Gefahr noch weiter steigern und sogar neue Probleme hervorbringen konnte. Und als ob das nicht genug wäre, wollte meine maßlose Fantasie nicht von dem Gedanken ablassen, dass mein Liebchen womöglich ein zweigleisiges Spiel trieb und zwischen den so unterschiedlichen, ja entgegengesetzten Interessen und Bedürfnissen zweier erwachsener, sturer Böcke hin und her tollte; oder ich stellte sie mir als wagemutige Dompteuse in einem Kampf zwischen zwei gleichermaßen verblendeten und in gegenseitigen Beschuldigungen verfangenen Mannsbestien vor – eine Situation, die in all ihrer dialektischen Abstrusität das eine oder andere aufregende Detail in dieses wahnwitzige Spiel brachte. Auch war es nach wie vor möglich, dass Lily zum unbewussten Werkzeug dieses despotischen Agenten mutiert und auf die Manipulation ihrer Mitmenschen abgerichtet worden war, sie also selbst ein Opfer des Automatismus dieser Experten in Sachen Niedertracht und Gemeingefährlichkeit war. Zwar schien mir meine fruchtbringende Gespielin weder leichtgläubig noch einfältig, dennoch rechnete ich mit der Möglichkeit, dass Lilys Willensstärke durchaus an der Macht dieses Profispitzels und Familienmitglieds zerbrechen und sie letztlich zum Spielball seiner raffinierten Tricksereien werden könnte.

In dieses Wirrwarr von Spekulationen platzte ein Vorfall, der wie ein wilder Mopp dantesker Horrorfiguren anmutete. Süchtig nach meiner täglichen Dosis Amtslügen, hatte ich mir angewöhnt, täglich die Nachrichten um Mitternacht zu sehen. In einer dieser Sendungen – es war ein Wochentag und ich war allein im Wohnzimmer – verkündete der Sprecher mit trockener Hast und einer ungewohnt angespannten Stimme: *„Anwohner der Gemeinde Quilicura haben die Polizei über den Fund eines toten Mannes auf der örtlichen Mülldeponie informiert. Sie teilten mit, sie hätten in der Nacht zuvor ein Auto beobachtet sowie mehrere Schüsse vernommen. Der Verstorbene führte keinerlei Ausweispapiere mit sich. Die Anwohner, die den Leichnam entdeckten, beschreiben den Toten als schlanken, hochgewachsenen jungen Mann mit blondem, krausem Haar."*

Wie vor den Kopf geschlagen vergaß ich die Welt um mich herum: Kippe, Ort, Zeit, alles. Ich fühlte mich wie ein in der Luft schwebender Knoten, an dem unmenschliche Kräfte zerrten; dann krümmte ich mich, verlor das Gleichgewicht. Sicher hätte es mir geholfen zu weinen, doch ich konnte nicht. Alles in mir war wie blockiert, mir war, als würde mein Gehirn bei der kleinsten Bewegung kollabieren. Ich kehrte aus dem Zustand endloser Fassungslosigkeit erst zurück, als sich mir die Zigarette in meine Finger brannte. Zwischen meinen Füßen tat sich ein bodenloser Abgrund auf und drohte damit, mich unwiederbringlich in seine Tiefe zu reißen, hinab in die lichtlose Schlucht, in die sich plötzlich mein Wohnzimmer verwandelt hatte, mit Wänden, die sich bewegten, und Möbeln, die mich in meiner regungslosen Beklemmung wild umkreisten. Ein haarsträubender Unglaube überkam mich, Wellen des Entsetzens wüteten durch meinen Körper, ein mörderischer Zorn zog in mir auf.

Ich kann nicht genau sagen, wie viel Zeit verstrich, bis ich endlich ins Bad gehen und meiner Übelkeit Ausdruck verleihen konnte.

Etwas erleichtert, doch immer noch traurig und verängstigt spürte ich, wie mir der Albdruck genau da die Kehle zuschnürte, als ich es am nötigsten hatte, mich in einem Meer befreiender Tränen aufzulösen, oder zumindest mein eigenes Schluchzen zu hören, oder mein Brüllen und Toben, um einfach eine Bestätigung darüber zu haben, dass ich selbst noch am Leben war – so sinnlos und ungerecht mir dieses Leben damals auch erschien.

Die Idee, Paula aufzuwecken (die selbst in Bettzeug gehüllt noch hübsch anzusehen war), um ihr von meiner Angst und Beklemmung zu erzählen, schoss mir wie eine Sternschnuppe durch den Kopf. Ich ließ sie verglühen – nicht nur, weil mir klar war, wie unangebracht es wäre, sie in ihrem Dornröschenschlaf zu stören, sondern auch weil ich wusste, dass mit der Nachricht nur noch mehr Öl ins Feuer ihrer matriarchalischen Vorwurfslitanei gegossen wäre.

Ich konnte trotz aller Erschöpfung nicht schlafen. Am Morgen darauf tat ich so, als wäre ich besonders früh wach geworden, und bereitete für meine beiden Frauen das Frühstück vor. Paula verstand es zwar nicht, schien aber ganz erfreut. Patricia hingegen schien sehr wohl zu verstehen, und die Gelegenheit beim Schopfe packend spannte sie mich sogleich für ihren Weg zum Kindergarten ein: „Nie bringst du mich hin. Alle Kinder fragen immer, ob ich einen Papa habe oder nicht. Und vorher können wir noch Waffelröllchen kaufen ..." Schon hatte sie mich überredet. Auf dem Rückweg holte ich mir eine Zeitung in der Hoffnung auf mehr Informationen und Einzelheiten zu der Nachricht vom Vortag. Zuerst schaute ich im *El Perjurio*, das Blatt mit den alleroffiziellsten Lügen. Da dort nichts drin stand, kaufte ich kurzerhand sämtliche Zeitungen, die es gab – drei Stück an der Zahl –, doch war in keinem dieser Schundblättern ein Hinweis zu finden.

So entmutigt ich auch war, mein Gehirn lief weiter, und obwohl ich, wie meine Großmutter vom Land gesagt hätte, noch etwas neben den Latschen stand, reichte mein etwas getrübter Scharfsinn noch aus, um zu erkennen, dass meine Sorge nicht unbegründet war. Davon zeugte folgendes Detail: In der gestrigen Sendung meinte ich, noch eine andere Nachricht erkannt zu haben, ganz subtil und unscheinbar, auffällig knapp gehalten, ein nüchterner Bericht von nicht mehr als fünfzehn Sekunden, den man zwischen all die anderen Neuigkeiten des Tages geschmuggelt hatte. Doch enthielten diese fünfzehn Sekunden einen regelrechten Scoop. Dabei handelte es sich eindeutig um ein Signal, um eine absichtlich als unbedeutend getarnte Meldung. Das war weder Zufall noch der Ausrutscher eines schludrigen Redakteurs. Die Nachricht war so vermeldet worden, dass man als interessierter Zuschauer höchstens nach doppelter und dreifacher Rekapitulation die unterschwellige Botschaft herauszufiltern imstande war.

Paranoia packte mich. Auf der Arbeit, zu Hause, im Verein, ich ließ niemanden mehr an mich heran. Als ich mir meines kritischen Zustands bewusst wurde, bat ich meinen Partner, mich für ein paar Tage im Geschäft zu vertreten. Ich verbrachte eine kurze, sorgenvolle Zeit, gedankenversunken, in Einsamkeit, brütete über meiner Ohnmacht, starrte Löcher in die Luft auf der Suche nach jemandem, mit dem ich diese Angelegenheit, die mich so sehr lähmte, hätte bereden können, und wusste doch, dass ich ganz auf mich allein gestellt war bei der Verarbeitung des grauenhaften Bildes, das Ricardo zeigte, wie er mit sechs Kugeln im Leib auf einer Müllkippe vor sich hin faulte.

Ich zog mich zurück in die Heimeligkeit der Musik, traute mich sogar, ein paar neue Verse zu schreiben. Ich entdeckte Romane weltbekannter Autoren wieder, Werke, die seit eh und je meine verwahrlosten Bücherregale bewohnten und die sich glücklich schätzen konnten, noch nicht als verdächtige Schriften der übereifrigen Ignoranz unserer Regierung zum Opfer gefallen zu sein. Auch widmete ich mich meiner kleinen Patricia, die von Tag zu Tag aufgeweckter und anspruchsvoller wurde. Morgens brachte ich sie in den Kindergarten und nachmittags holte ich sie ab, um mit ihr durch die Eisdielen am Siedlungsrand in der Avenida Santa Rosa zu flanieren. An den Wochenenden gaben wir uns dann im Hof unseren Träumereien hin, während wir in ihrer Miniküche für kleine Damen mit großer Fantasie wahre Festmähler und Desserts nach eigenem Geschmack zauberten. Die Wiederentdeckung meiner so lange vernachlässigten Rolle als Familienvater machte so viel Spaß, dass wir einmal sogar ihre Mutter von der Arbeit abholen gingen, ungeachtet des Risikos, dass diese die gutgemeinte Spontaneität womöglich nicht mit allzu großem Wohlgefallen aufnehmen würde.

Es war eine seltsame Therapie, die ich mir in diesen Wochen verordnete – übrigens die ideale Behandlung für alle desorientierten Menschen, die nicht wissen, wohin mit ihren Ängsten und unbestimmbaren Schuldkomplexen. Ich machte mich sogar ein wenig über meine mir selbst verschriebene Kur lustig, aber es war nun einmal die naheliegendste Lösung gewesen und ich war froh, sie gefunden zu haben. In den arglosen Spielen mit meiner Kleinen hatte ich die Gelegenheit, zumindest einen Teil jener versunkenen Schätze zu bergen, die in den rauen Schlachten zwischen Paula und mir verlorengegangen waren; wenn wir Patricia als Ausrede für unsere Meinungsverschiedenheiten vorschoben, ohne zu merken, dass wir sie damit zum Grund und Opfer unserer brüchigen Beziehung machten.

Lilys Besuche, die keinerlei eindeutige Aussage über den Grad der Verliebtheit oder der Liebe zwischen uns zuließen, stellten eine Art regelmäßig verabreichtes und herzlich willkommenes Beruhigungsmittel für meine Nerven dar. Sie waren sogar ein unerwarteter Anreiz, entsprungen aus der sinnlichen Energie, die wir beide während unserer sporadischen Stelldicheins freisetzten. Die erogenen Ausritte mit meiner sinnlichen Draufgängerin führten mich in arkadische Gefilde, weit weg von den qualvollen Gedanken an Ricardo, meinen spindeldürren und wortkargen Kumpel, der nun, nachdem sein Körper durch bestialische Menschenhand aus dem Leben gerissen worden war, unentwegt von seinem Grab auf der Müllhalde aus nach mir rief.

Lily, und nur sie, war es, die mich in diesen unheilvollen Tagen aus der latenten Depression, die sich klammheimlich in den zugemüllten Tiefen meines Verstandes eingenistet hatte, errettete. Ihr schwungvolles Wesen, stets garniert mit einem erfrischenden, ehebrecherischen Schmunzeln, hatte sich zu einer Oase für meine Lebenskräfte entwickelt, war mir unverzichtbare Verschnaufpause in meinem Kampf als verängstigter und verwirrter Gladiator geworden. Lily heilte meine Wunden mit der Wärme ihrer Gegenwart. Die Fülle an Zuneigung von ihr war so überwältigend, dass ich mich nicht wunderte, als ich mir schon bald meine zunehmende Abhängigkeit von ihr eingestehen musste. Sobald sie von meiner Seite wich, setzte in mir ein sehnsüchtiges Kribbeln ein, das mich unermüdlich an ihr Lachen, ihre Spötteleien, ihre Liebkosungen und ihren Duft denken ließ.

Trotz des Schocks – und wohl auch dank Lily – entwickelte sich Ricardos Tragödie letztlich nicht zum Hauptmotiv meiner chronischen Angst. Nach einiger Zeit trug sein Schicksal sogar ein wenig zur Linderung meines Schreckens bei. Das endlose Sinnieren über die möglichen Gründe für seine Festnahme und seinen Tod raubten mir nicht mehr den Schlaf. Mein Kopf hatte anscheinend gelernt, den *Vorfall* mit der Zeit als etwas Normales zu verbuchen, als einen weiteren Moment des Schreckens für uns, die wir uns noch zaghaft mit regimefeindlichen Parolen brüsteten, während Andere bereits aktiv gegen die Diktatur vorgingen. Womöglich war ich sogar schon mit Leib und Seele dem Reiz des Taumels verfallen, weshalb von mir auch nicht mehr allzu viel Rationalität zu erwarten war. Vielleicht hatte der Schock aber auch einfach nur meinen persönlichen Schutzschild durchbrochen. Für die These der integrierten Ängste sprach übrigens meine felsenfeste Überzeugung, dass mein blonder Freund stets darauf bedacht gewesen war, mich nie mit seinen ungelegenen Besuchen in Verlegenheit zu bringen. Und ich war mir sicher, dass er in den letzten Stunden seines Lebens nicht anders dazu stand.

Was mir wirklich zusetzte, waren die Krämpfe, die mir der Schmerz über sein Ableben bereitete. Jedes Mal, wenn sich die Erinnerung an ihn ihren Weg in mein Bewusstsein bahnte, schnürte sich mir die Brust zu und vor meinem geistigen Auge liefen die Bilder von der skrupellosen Ermordung Ricardos ab. Andererseits verstand ich Ricardos unablässige Präsenz auch als Zeichen, dass er in gewisser Weise unser Heim bewachte, allerdings ohne zu klingeln, um mich ja nicht zu stören oder mich zu beunruhigen, zumal es dafür überhaupt keinen Grund gäbe, denn nie und nimmer würde er seine Freunde in Gefahr bringen. Unter meine krausen Gedankengänge mischte sich das Bild seiner kleinen Tochter. Auch sah ich seine Frau vor mir: traurig, mittellos, entmutigt und der tagtäglichen Bürde überlassen, sich der schamlosen Überwachung durch die Mörder ihres Mannes nicht entziehen zu können.

Mehr als ein Mal dachte ich daran, die beiden zu besuchen, zumal sie bei Teresas Mutter, also in unserer Nähe wohnten. Ich tat es jedoch nie, da ich wusste, dass man sie überwachte, so dass ich mir meine guten Absichten ganz rasch wieder aus dem Kopf schlug. Zu hoch war das Risiko, dachte ich mir, während ich innerlich darauf brannte, aus ihrem Munde zu erfahren, was genau mit Ricardo geschehen war. Ich wollte Gewissheit über die Umstände seines Todes und hoffte, wenigstens dann zur Ruhe zu kommen.

Um meine Lustlosigkeit kümmerte sich also Lily. Unbeirrbar in ihrer Liebenswürdigkeit hatte sie stets ein Adlerauge auf jede noch so kleine Veränderung in meinem Verhalten, besonders in Hinblick auf meine Gefühle. Als aufmerksam und hilfsbereit erwies sie sich in dieser düsteren Zeit; mit Feingefühl und Achtung begegnete sie meinen teils hartnäckig andauernden Phasen stummer Introspektion. Oft merkte sie an, dass ich ihr seltsam erschien, wie geistesabwesend, weltentrückt. Das war wohl ihre Art, mich darauf hinzuweisen, dass sie sich in dieser meiner Abwesenheit, die sie selbst nicht nachvollziehen konnte, nicht ganz wohl fühlte. Trotz ihres Unbehagens war Lily stets darauf bedacht, mich bei der Suche nach Erklärungen und Antworten auf ihre durchaus berechtigten Fragen nicht unter Druck zu setzen. Widerwillig entschuldigte ich mich, rechtfertigte meine Antriebslosigkeit, indem ich zum Beispiel Probleme mit meinem Firmenpartner vorschob oder aber meine Auseinandersetzungen mit Paula nachträglich aufbauschte und sie als die ständig Schuldige hinstellte. Ich untermauerte meine Ausflüchte mit Erklärungen, die mich wie in einer Art philosophischer Krise dastehen ließen. So erzählte ich ihr von meinen lähmenden Zweifeln bezüglich meiner Lebensweise, von dem Frust, den ich infolge meines unbefriedigten Bedürfnisses, Musik zu machen, verspürte, außerdem von meinen wahnwitzigen poetischen Ergüssen, die aus schlechter bis gar keiner Übung heraus entstanden, von angeblichen Querelen mit den Füchsen aus dem Verein über dessen Führung, von ihrem, also Lilys, eigenem Erscheinen auf der Bildfläche meiner Gelüste, und was weiß ich, wie viele Notlügen und Ausreden ich meiner wissbegierigen Zuhörerin noch auftischte. Doch Lily war alles andere als auf den Kopf gefallen. So zog sie hier und da meine Ausführungen in Zweifel, und parodierte, sie möge ja etwas langsam sein, aber noch lange nicht zurückgeblieben. Dessen ungeachtet bot sie sich mir immer wieder als helfende Hand an, um mich aus meinem dunklen Loch wieder ans Licht emporzuziehen. Liebevoll rüttelte sie mich aus meinem Dornröschenschlaf mit ihren ermunternden Worten, die so voll von Optimismus und Liebe waren, ohne sich jedoch als alleingültige Lösung aufzudrängen. Da ihre einzige Absicht darin bestand, mir zu helfen, war es ihr unterm Strich einerlei, ob ihre Vorschläge bei mir Anwendung fanden oder nicht. Wie sie mir zu verstehen gab, reichte es ihr vollkommen, zu wissen, dass ich ihr zuhörte und dass ich mir ihre Empfehlungen aufrichtig zu Herzen nahm.

Doch regte sich in mir bei all diesen zärtlichen Gesprächen und lieb gemeinten Ratschlägen, um ehrlich zu sein, nicht nur mein Herz. Ihre sanfte Stimme und die Schmuserei mit ihr erweckten in mir auch ein nicht zu bändigendes körperliches Verlangen. Anfangs redete ich mir noch ein, diese überbordende Lust sei einfach männliche Warmherzigkeit. Im Grunde ahnte ich jedoch, dass diese Schübe und die damit einhergehende zielsichere Dreistigkeit kaum etwas mit Warmherzigkeit zu tun hatten, sondern vielmehr dem Prinzip folgten, wonach Frauen Sex geben, um Liebe zu erhalten, und Männer Liebe geben, um Sex zu erhalten. Der Grund für meine Hitzewallungen war also rein triebbedingt, sprach ich mich selbst ledig, nichts Außergewöhnliches, nur ein Teil jener universalen Gleichung, die Mutter Natur zum Erhalt der Spezies aufgestellt hat. Jedenfalls bemächtigte sich ebendieser Impuls meiner durch und durch und löste in mir immer wieder ein Feuer der Leidenschaft aus, das sich in eine regionale Verhärtung meines Körpers übersetzte, den

Rest desselben aber weich wie Butter werden ließ. Sodann schickte sich mein Lauselümmel auch schon zum Angriff an, trunken vom Likör der Lust, ungelenk wie ein Elefant im Porzellanladen und gänzlich aus dem Häuschen in seinem Forschungsdrang.

Jedes Mal, wenn wir so zusammenkamen, alle Leinen gekappt und auf voller Fahrt durchs offene Meer, begegnete mir Lily mit Courage und hochgekrempelten Ärmeln, bereit, sich meinen heftigen Attacken mit würdevoller Standhaftigkeit entgegenzustemmen, so dass sie sich als äußerst sattelfeste Gegenspielerin erwies, die aus ihrer Beherrschtheit heraus meinem fieberhaften Ungestüm die Stirn zu bieten wusste. Dabei bediente sich die Gaunerin eines Kniffs, der mir immer wieder ihren Edel- sowie ihren Langmut vor Augen führte. Engelsgleich und gewandt verabreichte sie mir das ideale Mittel gegen meine innere Erregtheit, indem sie mir ihre unumwundene Offenheit und Hingabe angedeihen ließ, wohl wissend, dass sie mein Hitzegewitter mit ihren zärtlichen Streicheleinheiten und gewagten Sinnesspielen im Handumdrehen wieder in den Griff bekam. Ich zeigte mich dankbar und gehorsam bei jeder ihrer Erotiktherapien, wie ein Hündchen, dem sein Frauchen einen schönen fleischigen Knochen gegeben hat; immerhin schaffte sie es mit ihrer bedingungslosen Sinnlichkeit, die Geisterbilder von Ricardo, Mario, Guillermo, Cecilia und all den anderen auf unserem gemeinsamen Weg der Utopie gefallenen Gefährten zumindest einen Moment lang in den Schatten treten zu lassen.

Meine süße Nachbarin, so jung und doch so aufgeweckt, offerierte sich mir als Hauptanlaufhafen für meine umhertreibenden Gefühle. Die Unbeirrbarkeit und Aufrichtigkeit, mit der sie meinem Innenleben auf den Grund zu gehen versuchte, war mir wie ein Segel im Wind, das mich vor dem Zorn der Elemente beschützte. Während ich so neue Kräfte für den alltäglichen Kampf sammelte, entdeckte sie mir auf subtilste Weise die Absurdität meiner vermeintlichen Kontrolle über mein Leben – insbesondere in Bezug auf einen Aspekt, den ich in all den Jahren zuvor als normal angesehen hatte, nämlich den stetig wachsenden und unleugbaren Abstand zwischen Paula und mir. Die Zeit der Nähe mit Lily zeigte mir deutlich die unüberbrückbare Kluft in meiner Ehe auf, die die Mutter meiner Tochter und ich im Schlepptau der Gewohnheiten hinter uns herzogen, während wir uns hinter der Maske unserer ach so jungen und neoliberalen Familie in Sicherheit wähnten.

ELFTES KAPITEL

„Ich bin bei deinem Nachbarn gewesen", sagte Lily mit einem Augenzwinkern.
„So? Dieser Mistkerl!"
„Oh ja, und wie liiieb der wieder zu mir war!", schmetterte das kleine Luder.
„Ach so? Wie lieb denn?"
„Angefangen hat er damit, wie wenig er sich doch mit seiner Frau verstünde. Na du kennst das ja ..."
Lily Lolita schaute mich an, als wartete sie auf eine Reaktion von mir – doch bei mir regte sich nicht einmal eine Wimper.
„Er wollte nach der Schule mit mir essen gehen, er hätte was mit mir zu bereden. Ich fragte, was, und er tischte mir irgendwelche Ausreden auf, eine verlogener als die andere. Also sagte ich ihm, er solle mir unverzüglich reinen Wein einschenken. Da wurde er ganz kleinlaut, anscheinend hatte ihm mein Protest den Appetit verdorben. Jedenfalls kam er mir dann plötzlich mit seiner Arbeit, und die Zeit sei doch so knapp, und die Familie und die ständigen Diskussionen mit Rosa ..."
„Soso. Und was ist mit der Kleinen?"
„Mit Magdalena?"
„Magdalena heißt sie?"
„Sag bloß, das wusstest du nicht?"
„Hatte ich schon wieder vergessen, ich hab sie ja auch nur ein paar Mal gesehen. Außerdem ist es schlicht unmöglich, mit diesen

Leuten ins Gespräch zu kommen. Die laufen an einem vorbei, als hätten sie Angst vor allem und jedem. Wenn man ihnen auf der Straße begegnet, tun sie, als bekämen sie rein gar nichts von ihrer Umwelt mit, und stieren wie blöde den Horizont an."

„Ich weiß, ich weiß, aber das wundert mich gar nicht. Immerhin hält mein Onkel die Ärmsten wie in einer Kaserne fest. Er hat sie sogar davor gewarnt, sich auf ein Schwätzchen mit den Nachbarn einzulassen."

„Wieso denn solches?", fragte ich betont beiläufig.

„Mach dich nicht lustig, für die beiden ist das echt die Hölle. Meine Mutter ist der einzige Mensch, mit dem Rosa noch spricht, und hier und da wird deutlich – so wenig sie auch preisgibt –, wie sie die Isolation belastet, die ihnen dieser Kloben aufzwingt."

„Verrückt, verrückt …"

„Völlig beknackt ist das! Er sagt … na ja, sie sagt, es sei aus Gründen der Sicherheit und dass ihm seine Arbeit keinerlei Freiraum ließe, um fremde Leute kennenzulernen."

„Fremd, für wen?"

„Ich glaube, damit meint er jeden, der nicht von seiner Arbeit ist."

„So schlimm?"

„Na so tickt der eben und Rosa und Magdalena müssen sich damit abfinden."

„Und welcher Tätigkeit genau geht er nach, die so wichtig ist, dass er nicht einmal mit seinen Nachbarn darüber reden kann?"

„Weißt du das denn nicht, oder vermutest du nichts? Julian, bitte, nimm mich jetzt nicht auf die Schippe!"

Lily schaute mich ungläubig und vorwurfsvoll.

„Vermutet, ja sicher, man vermutet so einiges. Ich vermute auch, dass es einen Gott gibt – nur so als Beispiel."

„Willst du mir etwa sagen, du glaubst nicht an …"

„Dem lieben Herrgott und der Heiligen Jungfrau sei Dank!", deklamierte ich salbungsvoll.

„Quatschkopf! Du immer mit deiner Witzelei."

„Und du, du Blauauge … Apropos, wem glaubst du eigentlich mehr: deinem Onkel oder mir?"

„Hm, mal sehen, mein Onkel ist so verschlossen, dass ich gar nicht weiß, was ich von ihm halten soll, und das obwohl, wenn wir uns unterhalten, eigentlich immer nur er redet – beziehungsweise Fragen stellt. Man könnte meinen, er liegt ständig auf der Lauer ... und wenn ich ihm dann mal eine Frage stelle, weicht er sofort aus. Um die Wahrheit zu sagen: Ich habe den Kerl nicht gerne um mich; außerdem bekomme ich eine Gänsehaut von seiner düsteren Art und der Heimlichtuerei."

„Und horcht er dich immer noch über mich aus?"

„Vor kurzem hat er mich gefragt, ob ich wüsste, was das denn für Schuhe seien, die du da fabrizierst. Ich hab gesagt, Kinderschuhe, und dass deine Werkstatt ganz klein sei und du sie zusammen mit jemand Anderem betreibst und so."

„Und von meiner Klimperei hast du ihm nichts erzählt?"

„Ich hab ihm gesagt, du bist ein Romantiker in einem Käfig."

„Ach! Und was soll das heißen?"

„Dass du ein Träumer bist und dass du ganz gern den Nostalgiker rauskramst und dir haufenweise vergilbte Fotos von anno dazumal anguckst. Ich hab ihm aber auch gesagt, dass du den Kopf zurzeit voll mit Verpflichtungen hast: Geschäft, Familie, Verein, Aufgaben hier und da und was weiß ich noch alles, was mir Paula erzählt hat ... Stimmt doch so, oder?"

„Und das, was ich dir erzählt habe?"

„Du meinst deine Schwärmerei für Allende? Na klar habe ich ihm das erzählt, in epischer Breite!"

„Und?"

„Er hat bloß gegrübelt. Dazu gesagt hat er nichts."

„Besser so."

„Ja, besser so, und noch besser wäre es, wenn du endlich aufhören würdest, mich auszuhorchen, denn so langsam klingst du schon wie der Alte, wenn er mir mit seinen schleierhaften Verhören kommt."

Ich schwieg und feierte innerlich den von meiner Geliebten erstatteten Bericht, den ich so sehnlichst erwartet hatte und der sich so passgenau in meine Kampfstrategie einfügte. Außerdem sah ich in ihm einen Hinweis darauf, dass der Vielfraß von nebenan das Maul prall gefüllt hatte, mit jenen gummiartigen Häppchen, die ich ihm nach und nach über den Zaun geworfen hatte. Mein Schachzug ging also auf, so dass ich getrost an meinem genauso banalen wie traumhaften Plan, endlich wieder ruhige Nächte zu verbringen, weiterarbeiten konnte – endlich wieder Nächte ohne Unterbrechungen oder irgendwelche hyperkinetisch-spasmodischen Bocksprünge im Bett, wie Violeta Parra, die wohl süßeste Traube an unseren musikalischen Reben, es mal ausdrückte.

„Sag mal, was ist eigentlich mit Magdalena?"

Funken sprühten mir aus ihren Augen entgegen: „Schon wieder Magdalena? Was soll schon mit ihr sein? Gefällt sie dir oder was?"

„Hey, ganz ruhig, mein Vollblut. Sie gefällt mir nicht, und du kommst bitte wieder zurück zum Thema. Was mich an der Kleinen interessiert, ist ihre merkwürdige Art, diese auffällige Zurückgezogenheit und Verschlossenheit, als laste auf ihren Schultern ein tonnenschwerer Brei aus Scham und Angst. Manchmal treffe ich sie auf der Straße, und irgendwie sieht sie immer aus, als wollte sie sich am liebsten in Luft auflösen, als wollte sie sich – und nicht nur vor mir – in einen Schatten ohne Schatten verwandeln. Das kommt mir, gelinde gesagt, seltsam vor. Vor allem, wenn man bedenkt, wie erpicht ihre Eltern darauf sind, ein rundum ruhiges Leben zu führen, ganz ohne Streitereien. Vielleicht irre ich mich ja, aber Fakt ist: Aus dem Haus da drüben hört man nie Geschrei oder sonst was in der Art. Außerdem scheint dein Onkel nicht der klassische Gewalttäter zu sein, und trotz aller Verbote, die er aufstellen mag, hab ich nicht den Eindruck, dass er da eine Terrorherrschaft eingerichtet hat. Vielleicht ist es ja genau diese Stille des Mädchens und der Familie insgesamt, die mich so aufhorchen lässt und in mir Fragen aufwirft, und besonders über Magdalena, logisch."

„Na ja, du Gauner, man weiß ja nie ... Aber was soll's, ich kann dir nicht viel über sie erzählen. Wir haben nur selten miteinander gesprochen, zwei Mal, um genau zu sein, ganz kurz und im Vorbeigehen. Sie war immer merkwürdig drauf, so gehemmt ... Ich brannte jedenfalls nicht darauf, die Unterhaltung fortzuführen, zumal auch sie, wie mir schien, keine Lust darauf hatte. Aber eines kann ich dir versichern: Die Atmosphäre bei denen zu Hause ist keineswegs so beschaulich, wie du sie dir ausmalst. Da herrscht ein ganz schön stickiges Klima, so stickig wie der alte Sack selbst, und das meine ich nicht nur wegen der Stille, nein, der Wind weht von woanders, denn meine Tante Rosa, also seine Frau, ist im Grunde genauso. Sie redet so gut wie nie und lebt eher zurückgezogen, und sobald der Hahn im Korb kräht, hält sie den Schnabel. Du denkst, er ist nicht gewalttätig, aber die beiden haben Angst vor ihm, da bin ich mir sicher. Deshalb gehe ich sie auch so selten wie möglich besuchen, lieber sollen sie zu uns kommen.

„Die Tochter besucht euch also auch?"

„Die Tochter? Sie ist doch gar nicht ihre Tochter. Eigentlich ist sie die Tochter einer Schwester von Rosa."

„Ah ja, ich glaube, das hattest du schon mal erwähnt … dass sie adoptiert ist."

„Nein, nein. Das dachte ich auch am Anfang, aber das stimmt nicht. Sie lebt bei den beiden, weil ihre Mutter, als Magdalena geboren wurde, alleinstehend und noch sehr jung war, und da oben im Norden, wo sie mit ihrer Familie wohnte, hatte sie wohl haufenweise Probleme am Hals; so hat es zumindest Rosa meiner Mutter erklärt."

Die Information über die Tochter, die keine Tochter, ja nicht mal eine richtige Adoptivtochter von Rosa und ihrem Gaunergatten Hector war, verschlug mir die Sprache. Alte Fragen und Bilder überfielen mich, von einer traurigen Prinzessin, die unter der grausamen Fuchtel jenes düsteren Patriarchen stand, der sich da, wohl in Gedanken an seinen Beruf, zum Halbgott auch der heimischen Unterdrückung aufgeschwungen hatte. Es erschloss sich mir nicht ganz, worin genau die Macht bestand, die mein schattenhafter Nachbar über die beiden hatte, und wie sie sich niederschlug, doch die Gewissheit darüber, dass dort drüben etwas Grundverkehrtes ablief, bohrte sich mir tief in den Schädel.

„Du hast mir noch immer nicht geantwortet."

„Geantwortet, worauf?"

„Glaubst du eher deinem Onkel oder mir?"

„Julian, machst du Witze? So etwas kannst du mich doch nicht im Ernst fragen!"
„Warum nicht?"
„Meinst du denn, wenn ich dir nicht glauben würde, würde ich all das hier mit dir machen?
„Und was genau machst du hier?", strapazierte ich ihre Geduld.
„Was ich hier mache? Weißt du was, du hast vollkommen recht: Was zum Kuckuck mache ich hier eigentlich? Unter einer Decke mit dem Mann meiner Freundin, der obendrein in meiner Straße wohnt und fünf Jahre älter ist als ich, und das alles unter den Argusaugen meines Onkels!"
„Dein Onkel beobachtet uns?"
„Junge! Hast du es immer noch nicht geschnallt? Der Armleuchter hat schon länger die Vermutung, dass zwischen uns was läuft, deshalb schleicht er die ganze Zeit um mich herum. Aber ich bin im Bilde. Ich weiß, dass er mich mit seinen klebrigen Fangfragen auf den Leim locken will; er wartet darauf, dass ich mich verplappere, und dann grapscht er zu. Da besteht kein Zweifel. Und ich bin mir fast sicher, dass der Mistkerl meint, mich schon beim ersten kleinen Ausrutscher zu sich ins Bett ziehen zu können. Außerdem befindet er sich im Wettkampf mit dir, was ihn wiederum glauben lässt, er hätte besondere Rechte, wie ein Superagent auf Sondermission oder so. Du solltest wirklich mal erleben, wie er mit mir umgeht, wenn wir allein sind, das heißt, wenn die Anderen uns gerade nicht sehen – so ganz allein mit dem, höchstens im Albtraum! Mir steht dieses ganze Machogehabe bis hier! Diese Männer, die einen ständig einzuschüchtern versuchen, die schon aus Gewohnheit machen, was sie wollen, ohne irgendjemandem Rechenschaft zu abzulegen. Und dieser Ganove ist ein ganz gemeiner Ausbeuter!"
„Aber er ist dein Onkel."
„Dass wir miteinander verwandt sind, ist das Einzige, was ihn überhaupt noch zurückhält."
„Das klingt ja ganz so, als wär dein Onkel gefährlicher als ein Affe mit Waffe. Woher glaubst du eigentlich zu wissen, dass er von uns beiden Wind bekommen hat?"

„Keine Ahnung, Kleinigkeiten, vielleicht die Art, wie er mich nach dir ausfragt, immer so von der Seite, als wäre nichts dabei. Und dann schaut er mich auch immer so misstrauisch an mit seinen starren, trockenen Lidern. Ich kann es dir nicht genau beschreiben, ich weiß bloß, dass ich in seiner Nähe eine Gänsehaut bekomme. Aber ich schwöre dir, ich habe mich immer zusammengerissen und ihm nichts Falsches erzählt, ich weiß ja, dass der Speichellecker nicht ohne ist, der ist ein Profi."

„Ein Profi?"

„Lass uns das Thema wechseln, ich kann dir nicht mehr dazu sagen."

„Also glaubst du mir mehr als ihm?"

„Dir glauben? Nicht nur das, du Esel. Hast du es immer noch nicht gemerkt? Ich liebe dich! Mein Herz würde ich für dich ins Feuer legen. Spürst du das nicht? Was für ein Kind, was für ein kleiner, dummer Junge du doch manchmal bist!"

„Weiß ich doch ... ich wollte es nur mal aus deinem zuckersüßen Erdbeermund hören", erwiderte ich mit geschwollener Brust, während ich selbstzufrieden und überglücklich auf Wolke sieben dahinschwebte.

„Du bist echt halb Rindvieh, halb Lausebengel, und ein verzogener obendrein. Manchmal bist du meinem Bruder so verdammt ähnlich, nur dass er zehn ist!", warf sie mir kokett-sarkastisch an den Kopf.

„Willkommen sei dein Kompliment! Apropos Schmeicheleien, das Rindvieh fand ich gar köstlich!"

ZWÖLFTES KAPITEL

Die darauffolgenden Wochen verstrichen in der gewohnten Routine und ohne große Vorfälle. Die Sonne ging pünktlich auf, das Obst reifte ordnungsgemäß an den Zweigen, die Nachbarn pflegten ihr Schweigen, finanziell war ich dank der kleinen Nebeneinkünfte aus meiner unparteiischen Pfeiferei ganz gut aufgestellt (plus der blumigen Lobgesänge von den Fans auf meine salomonische Neutralität) und Patricia entzückte mich immer wieder mit neuen Liedern, die sie irgendwo gelernt hatte. Kurzum, das Leben kreiste innerhalb der gewohnten Bahnen, auch wenn mir die üblichen Schattenseiten immer noch hier und da den ohnehin schwer einsehbaren und schmalen Weg zusätzlich verdunkelten.

Was in der Zeit leider überhaupt nicht vorankam – und das trotz meiner löblichen Bemühungen –, war die Steigerung meiner Leistung auf dem Fußballplatz, wenn es darum ging, meinen geliebten Verein zu verteidigen. Doch bremste mich diese, wenngleich sehr ärgerliche, Tatsache keineswegs in meinen sonntäglichen Anstrengungen. Obwohl ich bei meinen Verfolgungsjagden hinter Ball und Gegner stets schwitzte wie der Gaul eines mexikanischen Viehdiebes auf der Flucht, gab es nichts daran zu rütteln: Meine Fortschritte in Sachen Ballkunst waren schlicht und ergreifend erbärmlich, so schwer es mir auch fällt, das zuzugeben.

Trotz aller Enttäuschungen in sportlichen Belangen ebbte der saure Wellengang in meinem Magen in dieser so entspannten Phase der Windstille spürbar ab und die Beziehung mit meinem Backfisch Lily wurde zur wohltuenden Gewohnheit. Paula hatte sich mittlerweile sogar mit meinen blutenden Nasen abgefunden, die ich mir während der Spiele einfing und die ab und an unsere guten Laken befleckten. Natürlich hielt sie mir diese Verschmutzungen eine ganze Weile lang mürrisch vor, wenn sie darüber rätselte, wie ich bloß während der Siesta ihr feines Bettzeug, so schön und elegant wie sie selbst, derart mit Nasenblut tränken konnte. Doch tolerant wie jede gute Frau und Mutter, die etwas auf sich hält, verzieh sie mir am Ende sowohl meine Leidenschaft (für den Fußball) als auch diese lästige Empfindlichkeit meines Riechorgans.

Apropos, *ihr feines Bettzeug*, diese für sie so typische Art, die Besitzanzeige zu unterstreichen, erinnerte mich ironischerweise an die pathetischen Ansprachen von *Du-weißt-schon-wer*, wie der Volksmund diesen Bauernlümmel von General nannte. Der sprach auch immerzu von *seinem* Land, wenn er seine Warnungen und Drohungen ausspie.

Der unangefochtene Hauptgegenstand der zermürbend monotonen Diskussionen zwischen Paula und mir war der Konflikt um die Haushaltskasse. Diese war nach meiner Einschätzung höchst spärlich ausgestattet, chaotisch verwaltet und wurde zudem von meiner Frau willkürlich beansprucht, die neben ihrer Hübschheit mit dem Talent gesegnet war, immer neue Defizite aufzudecken und diese umgehend durch Neuanschaffungen zu beheben. Den so dringend erworbenen Gütern maß sie stets eine enorme Bedeutung bei, immerhin handelte es sich dabei um unverzichtbare Utensilien und Hilfsmittel, die zudem eine prima Ergänzung zu all den anderen Gerätschaften in unserem bescheidenen Heim darstellten. Bescheiden war sie, wohlgemerkt, nur hinsichtlich der Größe – „man hat ja schließlich Klasse und guten Geschmack", wie meine Königin des Plunders für Haus, Hof und Staat zu bemerken pflegte.

Den zweiten Platz in unserer Hitliste der Zwiste belegten die unzähligen Klagen meiner lieben Gattin gegen all das, was sie in ihrer gestrengen Perspektive als *philanthropische Liebhaberei* etikettierte. Damit bezog sie sich auf all diejenigen, *die sich vor richtiger Arbeit drücken* und, als wäre das nicht schon genug, *sich auch noch in einer Tour über unsere Soldaten beschweren,* zu dem Zeitpunkt waren diese für sie schon nicht mehr die Kampfgorillas von einst, *was ja wohl eine unerhörte Frechheit und Lüge sei von diesen Nichtsnutzen, die sich zu Hause den lieben langen Tag die Eier schaukeln und nur faulenzen,* wie sie mir stinkwütend an den Kopf knallte, während sie angewidert ins Leere starrte, *und du debattierst immer weiter wegen irgendwelcher fehlender Chancen, gesellschaftlicher Ausklammerung und weiß ich was alles ... Diese Leute sind einfach nur schwach, nichts weiter,* schloss sie ihren überflüssigen Vortrag kategorisch ab, ganz im Einklang mit den pseudopsychologischen und pseudosoziologischen Doktrinen ihrer New-Age-Mittelklasse-Freunde. Diese Thesen saugte sie auf den geselligen Zusammenkünften am Wochenende gierig auf, welche erst kürzlich eingeführt worden waren, sich jedoch sogleich größter Beliebtheit erfreuten bei all den vom Erfolg ihrer neoliberalen Praktiken gekrönten Gästen. Vornehmlich kam man auf geselligen Grillabenden zusammen, die nun allerdings *Barbecues* hießen, höchst feierlich begangen wurden und den Neureichen des Landes den geeigneten Rahmen boten, um sich selbst gehörig zu zelebrieren – und Paula inmitten dieser Liturgie und umringt von zahllosen Leuten, mit denen sie nun genüsslich Delikatessen de luxe verputzte. Immerhin stand meine Frau mit ihrer possierlichen Art den übrigen Damen in nichts nach, schlürfte genauso wie sie ihr Gläschen Merlot oder Pinot Noir mit unendlicher Eleganz und Distinktion, was man unter anderem am kleinen Finger erkennen konnte, welcher steil nach oben zeigte, während sie mit halbgeschlossenen Augen und leicht gerunzelter Stirn an ihrem Modegetränk nippte.

Ich entgegnete ihr daraufhin mit meinem klassischen Kontraargument, dem ich zusätzlich noch den schulmeisterlich erhobenen Zeigefinger beigesellte, um ihr sodann zu erläutern, dass auch mein wöchentlicher Beitrag als aufopfernder Schuhfabrikant kein geringer sei, *aber du scheinst das ja schon aus Prinzip kleinzureden! Jetzt erst wird mir klar, mit welcher Verbissenheit und Besessenheit du dir ständig neue Kosten und Posten ausdenkst, nur um irgend-*

welchen Tinnef kaufen zu können. Unfähig, sich diesen Angriffen des kalten, zweckorientierten Kalkulators zu stellen, suchte sie Zuflucht im Dickicht der Emotionen, indem sie unsere Tochter ins Spiel brachte und unseren Streit auf ihrem Rücken austrug. *Vielleicht ist dir ja entgangen, dass wir eine Tochter haben und dass sie unzählige Dinge für ihre Entwicklung braucht, wie ihren täglichen Joghurt. Und eine Cassata jeden zweiten Tag ist ja wohl auch nicht gerade Luxus pur. Und dann ihre Garderobe, aus der sie ständig herauswächst. Siehst du denn nicht, dass sie noch ein Kind ist? Mein Gott, was bist du bloß für ein Pfennigfuchser! Selbst die schönen Spielzeuge, die ich ihr kaufe, sind dir schon zu viel; anscheinend merkst du gar nicht, wie sehr sich unsere Kleine langweilt, wenn sie immerzu mit demselben Kram spielen muss.* Als sie ihre Leier dann zum tausendsten Mal ankurbelte, erschien mir meine Frau, diese tapfere Gemahlin und pflichteifrige Mutter, plötzlich wie ein materiehungriges schwarzes Loch, das, auch wenn es nicht unbedingt weltumspannend war, mich dennoch an den Rand eines Kollapses trieb.

Mir war mittlerweile ein dickes Fell gegen derartige Litaneien gewachsen, so dass ich mit unerschütterlicher Gleichgültigkeit reagierte, während meine Ohren von dem Mahngeläut wie verstopft waren. Natürlich hörte ich ihr zu, das war ja kaum zu vermeiden; jedoch schien sie mir so weit entfernt wie der Mond und so fremd wie die Quantentheorie. Ich weiß noch, wie ich in meinem halbherzigen Versuch, ihre Anklagen nachzuvollziehen, eine Gespreiztheit – oder, mit den Worten meines akademischen Rodrigos, eine Geschraubtheit zum Quadrat – an ihr entdeckte, die ich mir früher nie an ihr hätte vorstellen können und die in so krassem Gegensatz zu der Schlichtheit (oder Ungeschliffenheit?) meiner Welt stand. Manchmal, wenn mich meine Frau mal wieder mit ihrer Predigt geschafft hatte, verkrümelte ich mich ins Vereinshaus oder nahm Kurs auf La Monona, dem einzigen anständigen Imbiss, wo man sich draußen auf ein gepflegtes eisgekühltes Blondes oder auch ein schmackhaftes Schinken-Avocado-Sandwich hinsetzen und in Gesellschaft anderer Männer und Ehemänner sein konnte, die zu meinem bescheidenen Trost die gleiche Miene der Verstimmung wie ich trugen, während sie die Steine ihres heißgeliebten Dominospiels fixierten.

Beinah hätte ich übrigens vergessen, die zahlreichen Momente zu erwähnen, in denen mir meine Frau in standesgemäßer Entrüstung meine unerklärlichen Ausbrüche der Verwunderung angesichts ihrer neuesten Errungenschaften vorwarf, zu denen für gewöhnlich sämtliche Kollektionen der jeweils aktuellen Sonntags-, Sommer-, Winter-, Matinee-, Abend- sowie Nachtmode zählten, natürlich alles zum Schnäppchenpreis und absolut unentbehrlich für die Entwicklung unseres Goldkindes, der Frucht unserer längst verblühten Liebe. Diesem vorgeschobenen Altruismus widersprach ich energisch und versuchte, ihr klarzumachen, dass es sich dabei vielmehr um eine Ablenkungsstrategie von ihr handelte, um einen Trick zur Aufstockung ihrer eigenen Garderobe, und das unter dem Deckmantel edler Selbstlosigkeit und daher ohne die Spur von Gewissensbissen. Somit bekam ihr geplagter Kleiderschrank, der ohnehin schon aus allen Nähten zu platzen drohte, immer mehr Nobelklamotten zu schlucken, damit Paula auch ja für jedes tatsächlich oder eventuell irgendwann einmal stattfindende Ereignis bestens gewappnet war.

Dieses Dauerthema avancierte mit der Zeit zum Leitmotiv in unseren Auseinandersetzungen, welche sich immer stärker in unseren Alltag ätzten und dabei zunehmend schärfer wurden. Die Dialektik von Beschuldigung und Gegenbeschuldigung wurde zusehends heftiger, und den Gipfel auf diesem Leidensweg erreichten wir, als die Geldschleuder mir zum hunderttausendsten Mal meine angebliche Verantwortungslosigkeit der Familie, dem Eigentum und der Politik gegenüber unter die Nase rieb – natürlich nur unserer familiären Finanzpolitik gegenüber, denn für die nationalen Angelegenheiten interessierte sie sich nicht die Bohne.

Was für einen Quark diese Frau im Kopf hat, versuchte ich mich in meiner Zerknirschtheit selbst zu trösten, und *„ob es nicht schon längst zu spät ist, um eine Beziehung zu reanimieren, die schon blind zur Welt gekommen ist, nachdem ich von diesem Prachtleib mit seinen harmonischen Rundungen geblendet worden war,* denn, und das muss man ihr lassen, Paula war in der Tat ein Hingucker, als ich sie kennenlernte, und genau genommen war sie noch immer äußerst hübsch anzusehen. Leider war sie ausschließlich auf Geld und guten Ruf bedacht. Ihre ganze Schönheit setzte sie für den gesellschaftlichen Aufstieg ein, worin sie eine reizvolle Alternative zu dem schmucklosen Dasein in unserem bescheidenen Viertel der Industriearbeiter und Staatsbediensteten sah.

Zu ihrem Glück, gleichzeitig aber auch zu meinem und der familiären Finanzen Glück, kreuzte eines Tages ein alter Freund aus besseren Tagen in meiner Fabrik auf. Auch er war einer jener Geächteten, die wir früher, als die Vorkämpfer der Revolution, nicht in Voll-, Halb- oder Teilzeit, sondern in unserer Freizeit für unser erklärtes Ziel eingetreten waren, und das war kein Geringeres, als die eigenhändige und lautere Begründung der Partei, die der arbeitenden Bevölkerung die Erlösung bringen sollte, und damit auch uns selbst, den Bolschewisten Chiles, die wir gemeinsam den Traum von der Wende zur Freiheit verfolgten. In dieser aufrührerisch-tollkühnen Weltsicht stand für uns eines völlig fest: die Notwendigkeit einer kompletten Zerschlagung des Systems der Ausbeutung, das uns die da aufzwangen, die Anderen, die von da drüben, dieselben wie eh und je, immer die Anderen. Mild uns selbst gegenüber und militant gegen jene Anderen deklamierten wir geschlossen, aufgewühlt und überzeugt die Ankunft unserer Stunde, unseres Zeitalters, in dem der Mensch dem Menschen nicht mehr Wolf sei. In alle vier Winde verkündeten wir unsere Utopien von einer einfachen, da menschlichen Gerechtigkeit und deren bevorstehende Verwirklichung.

Auch jener Freund, der an diesem Morgen bei mir in der Werkstatt auftauchte, hatte sich mit der Zeit in einen ernüchterten Träumer verwandelt; diesen Titel hatte Lily im Gespräch mit ihrem Agentenonkel übrigens auch mir verliehen. Jedenfalls hatte sich mein Freund Perico ebenso wie ich darauf verlegt, in der Welt der Unternehmer mitzumischen, allerdings im größeren Stil. Der frischgebackene Geschäftsmann war Spross einer alteingesessenen spanischen Manufakturdynastie, die vom Franco-Regime entwurzelt worden und in den vierziger Jahren mit spärlichem Gepäck, doch viel unternehmerischer Tradition nach Chile übergesiedelt war. Als mein Freund dann im Zuge des Putsches partei- und ziellos wurde, schlug ihm sein pragmatischer Vater vor, sich unter die Schuhmacher zu begeben, allerdings unter die ganz großen, das heißt, unter diejenigen, die selbst nicht mehr schustern – dafür haben sie ja hunderte von Angestellten – und sich stattdessen auf das Überwachen der fremden Arbeit und die Verwaltung der Erträge zu konzentrieren. „Verstehst du?", fragte er mich, nachdem er mir das alles erklärt hatte, und fügte noch hinzu, dass seine Familie ihre unendlich dankbaren Arbeiter anständig entlohne. *Diese unendlich dankbaren Arbeiter* mussten tatsächlich sehr dankbar sein, so lang, wie er das *un* zog.

Der Haudegen berichtete, er hätte sich wieder in Stand gesetzt, in Position gebracht, in Schale geschmissen und all die von der Prügelregierung besiegten Linken hinter sich gelassen. Mein Freund war früher schon einer von diesen Revolutionären gewesen, die sich später bereitwillig jenes neoliberalen Modells bedienen sollten, das ihnen durch die Umstände nahegelegt beziehungsweise auferlegt worden war – eben so, wie es auch unser geliebter Diktator postulierte und wie es das chilenische Wappen glorreich in großen Lettern verkündete: DURCH ÜBERZEUGUNG ODER DURCH GEWALT.

Nach der auf die obligatorische Begrüßungszeremonie folgenden Eintracht – die uns eine gewisse Rechtfertigung für das gab, was wir nun waren, nachdem wir nie erreicht hatten, was wir eigentlich sein wollten – rückte Perico endlich mit der Sprache raus: „Vielleicht irre ich mich ja, aber für mich sieht es ganz danach aus, als wärst du recht bewandert in dem, was du tust."

„Worum geht's, Perico?"

„Der Punkt ist der, ich bin hier, um dir eine gewinnträchtige Offerte zu unterbreiten ..."

Der Verwandlungskünstler – ein sympathischer Kerl, doch ausgesprochen pimpelig – schlich weiter um den heißen Brei mit seiner geblümten Redeweise, die vor exotischen Ausdrücken nur so wucherte und mit der er mich zusehends auf die Palme trieb.

„Komm, Perico, spuck schon aus, ich hab keine Lust, hier ewig und drei Tage im Dunkeln zu tappen, und schon gar nicht bei einem alten Freund wie dir."

„Ist ja gut, ich komm ja schon zur Sache. Was ich dir sagen will, ist, dass mein Vater und ich uns überlegt haben, dir ein Geschäft vorzuschlagen, das dir in kurzer Zeit mehr Geld einbringen wird, als du mit deinen Tretern hier in einem Jahrzehnt verdienst. Kuck mich jetzt bitte nicht an wie der ungläubige Thomas. Die Sache sieht so aus: Wir stehen kurz vor der Unterzeichnung eines Vertrags mit einer europäischen Firma, die wir mit Damenschuhen beliefern sollen, dreißigtausend Paar jeden Monat, um genau zu sein."

„Und wie passe ich da rein?"

„Ruhig, Brauner, chi va piano, va sano, e chi va sano, va lontano, um mal meinen Großvater mütterlicherseits zu zitieren, der war nämlich Italiener, ein waschechter Itaker. Also pass auf: Es geht dabei um ein ganz exklusives Modell, und zwar um einen Damenmokassin mit einer handgestickten Verzierung. Das Problem ist nur, dass wir das mit den Leuten und den Produktionsflächen, die uns zur Verfügung stehen, nicht auf die Reihe bekommen. Capisci? Dich würde ich daher zunächst bitten, ein paar Leute zu rekrutieren. Du kennst doch noch Pedro, Juan und Diego, und außerdem noch die Jungs vom Verein …"

„Ja, capisco. Der Vogel ist gelandet, sagte die Ente, als sie von der Henne stieg", führte ich angebliche Redewendungen an, die sein angeblich italienischer Großvater bestimmt nie von sich gegeben hatte.

„Ich soll also die Handstickereien übernehmen. Alles schön und gut, aber ich habe selbst keinen Platz dafür in meiner Werkstatt."

„Dann sollen sie halt bei sich zu Hause arbeiten. Du gehst dann nur noch rum und sammelst dutzendweise fertige Schuhe ein."

„Geht's noch? Wie soll ich denn mit Dutzenden von Schuhen durch die Gegend laufen? Und was ist mit dem Material? Wie soll ich das transportieren?"

„Na indem du dir einen fahrbaren Untersatz besorgst. Wir schießen dir ein bisschen Geld vor und du kaufst dir einen Lieferwagen oder was auch immer du brauchst."

„Äh, nun mal ganz langsam, und dann will ich erst mal wissen: Wie viele von diesen Mokassins müssten meine Leute und ich monatlich liefern?"
„Mindestens zehntausend."
„Zehntausend?! Ja klemm mir doch einer ne Tanne zwischen die Backen und nenn mich Knecht Ruprecht! Und wie viel würde dabei für mich herausspringen?"
„Nun ja, das hängt natürlich davon ab, was du deinen Nähern bezahlst, aber etwa ein Dollar pro Paar sollte es schon sein."
„Ein Dollar pro Paar! Ich werd irre! Das sind ja zehntausend im Monat! Das klingt viel zu gut, um wahr zu sein! Perico, du alter Scharlatan, so viel verdiene ich sonst in einem Jahr – wenn's hochkommt."
„Was habe ich gesagt? Und um dir zu zeigen, dass ich dich nicht verschaukeln will, habe ich dir einen Beweis mitgebracht."
Er kam zurück mit zwei Mustern in der Hand, die er aus dem Kofferraum seines funkelnagelneuen, von Papi spendierten Autos hervorgeholt hatte. Er zeigte mir ein Paar, das schon fertig war, und ein anderes, an dem noch der Zierrat fehlte. Er stellte beide vor mir auf die Bank. Plötzlich wurde mir bewusst, was für eine günstige Gelegenheit sich mir da bot.
„Du brauchst nichts weiter sagen. Führ mich einfach zu jemandem, der mir zeigt, wie es geht, und um den Rest kümmere ich mich."
Er hieß mich zwei Tage später in seine Fabrik kommen. Dort lernte ich die ersten Schritte. Ich übte an ein paar Paaren, und im Nullkommanix hatte ich auch eine Mannschaft zusammen: fünfzehn Jugendliche und einige Ältere mit Erfahrung, die sich ein kleines Taschengeld dazuverdienen wollten. Nach drei Tagen der Einarbeitung geschah dann das Wunder: Voller Stolz präsentierte ich meine ersten hundert Paar. Mein Freund und sein Vater waren zufrieden, ebenso meine Näher. Ich selbst konnte es gar nicht fassen. Daraufhin erhielt ich meinen Vorschuss in Höhe von zehntausend Dollar, alles in druckfrischen grünen Scheinchen, von denen ich mir zu allererst einen nigelnagelneuen japanischen Transporter kaufte, den meine Kollegen auf den Namen *Chilenenschlepper* tauften, und schon war ich auf schnurgeradem Kurs gen Eldorado.

Natürlich befreite mich mein teures Vehikel mitnichten von meinen Schichten und Pflichten, und so gestaltete sich mir die parallele Koordinierung der Aufgaben in der Werkstatt und der Organisation der Heimarbeitsstätten insbesondere in der Anlaufphase als recht schwierig. Zum Glück hatte mein Sozius Verständnis dafür und nichts dagegen, dass ich meine tägliche Arbeitszeit in der Fabrik auf sechs Stunden herunterschraubte. Die ständige Plackerei und Rennerei zwischen dem Beliefern der Arbeiter und dem abendlichen Einsammeln der fertigen Schuhe, um sie sodann in die Fabrik zu bringen, hatte unter anderem zur Folge, dass die Zeit, die mir für die Familie, den Verein und – mit großem Bedauern – auch für Lily blieb, sich auf ein Minimum reduzierte. Dem gleichen Schicksal fielen meine ohnehin sporadischen Auftritte als politischer Figurant anheim, doch erlaubten mir die stattlichen Einnahmen aus meiner emsigen Schusterei nun ohne Weiteres eine deutlich großzügigere finanzielle Unterstützung der genauso furcht- wie mittellosen Aufständischen aus unserem Bezirk.

Wenn ich so an diese Zeit zurückdenke, dann wird mir klar, mit was für einem Affenzahn ich damals durchs Leben gebraust bin. Als würde man auf einem Karussell fahren, von wo aus weder die Augen noch der Geist all die unaufhaltbar vorüberfliegenden Orte, Geschehnisse und Momente auseinanderhalten können, so dass man sich kaum der tatsächlichen Bedeutung einzelner Augenblicke aus diesem Brei von Erlebnissen bewusst wird.

Nach sechs arbeitsreichen Monaten des stetig wachsenden Überschusses war die Hausse dann vorbei. Ausgelaufen und erfüllt war der Vertrag meines Freundes mit den Europäern und ihren eleganten Damen, die ich mir so bezaubernd und anmutig ausmalte wie meine Paula, wenn sie mir eines Tages mit ihrem Spitzentuch von der Gangway ihres Storchenfliegers zum Abschied winken würde, bevor sie nach Paris abheben würde, um dort in ihrem ganz persönlichen Traum wiedergeboren zu werden. Damit endeten natürlich auch die Verträge zwischen Perico, mir und meinen Arbeitern, und mir blieb nichts anderes übrig, als mich erneut der gewohnten Dinge anzunehmen, sprich meiner kleinen Fabrik und

Paula, die sich während dieser bewegten Monate mit einem glücklichen Schweigen in Toleranz geübt und diplomatischen Abstand zu mir gewahrt hatte – war sie doch bestens unterhalten durch die (von mir) erwirtschafteten Überschüsse.

Eine neue und alte Aufgabe bestand darin, meine Vaterrolle wiederaufzunehmen. Patricia hatte während der gesamten Zeit immer auf mich gewartet, ohne überhaupt den Grund für meine chronische Abwesenheit zu verstehen. Last, but not least war da noch Lily, meine getreue Penelope, die am heimischen Ufer geduldig meiner Rückkehr von den tosenden Meeren der galoppierenden Globalisierung geharrt hatte. Um auf den erfolgreichen Abschluss des einträglichen Geschäfts anzustoßen, entschloss ich mich zu einer kleinen Feier. Eingeladen waren die Näherinnen und Näher, die mir während des gesamten Halbjahres tatkräftig zur Seite gestanden hatten. Zu ihnen gesellten sich einige Freunde, unter ihnen selbstverständlich auch meine holde Maid, stumme Gefährtin und treue Freundin meiner verschwendungssüchtigen Frau. Während der sechsmonatigen Mokassinstickerei hatte sich Lily als Hüterin unseres Nachwuchses angeboten. Mit strategischer Dienstfertigkeit nahm sich meine liebliche Liebhaberin unserer Tochter an, wenn wir vor lauter Betriebsamkeit unseren elterlichen Pflichten nicht genügend nachkamen.

Den feierlichen Rummel legten wir auf einen Samstag, da davon auszugehen war, dass die Mehrheit der Gäste am Tag danach eher nicht in der Lage sein würde, sich den Anforderungen des Lebens wie gewohnt zu stellen. Meine Dankbarkeit ob der von meinen Kollegen erwiesenen Treue heizte meine Laune so weit an, dass ich es gehörig krachen ließ (natürlich nicht allzu laut, wegen der aktuellen politischen Lage). Doch was die Kosten für die Fete anging, gab es weder Bremse noch Zügel. Nach so viel gemeinschaftlicher Schinderei schien es mir nur angemessen, den Fleiß und die Hingabe aller Beteiligten zu würdigen, daher sollte es an nichts fehlen – schließlich hatten alle, ausnahmslos, hinter mir gestanden und mir ihre unbedingte Treue bewiesen, was mir wiederum die Einhaltung der mir obliegenden Verpflichtungen bezüglich Produktqualität und Termintreue gewährleistete. Aus diesem Grund – doch nicht nur deshalb – sah ich mich tief in der Schuld meiner Kollegen, so dass eine ordentliche Party das mindeste war, was ich für sie tun konnte.

Das Fest begann mit einer Runde Bolzen, garniert mit Mixed Pickles, Oliven, Gewürzgurken sowie gewürfeltem und in Pfeffersoße nach Art des Hauses eingelegtem Chanco-Käse. Das Fleisch kam am frühen Nachmittag auf den Grill. Die gute Stimmung unter den Gästen ermunterte zu genauso lautem wie ungekanntem Jubel. Die Witze, Späße und Anekdötchen über die Arbeit verknüpften die Stunden so nahtlos miteinander, dass man den Lauf der Zeit kaum noch spürte. Die Nacht brach ein und der Frohsinn griff wild um sich. Einer entdeckte plötzlich die Gitarre und drückte sie mir unvermittelt in die Hand. Im Chor forderten sie mich zum Gesang heraus, ich solle mich nicht so haben und ihnen endlich eine Kostprobe meiner so lange versteckt gehaltenen Künste geben, so der tollkühne Vorschlag von einem der Gäste. Und da selbst meine Angstvorstellungen, die mich sonst Ohren in allen Wänden unseres Heims sehen ließen, an diesem Abend nicht ausreichten, um mich von meiner Feierlaune abzubringen, streifte ich schließlich meine Vorbehalte für eine Weile ab, stimmte mit feierlichem Pathos mein entspanntes Gedudel an und mimte den nachdenklichen Gaucho auf seinem kleinen Hügel inmitten der großen, weiten Pampa. Befeuert von meinen bedingungslosen Anhängern hob ich sogar ein wenig zu trällern an. So klimperte ich im Angesicht der jubelnden Menge ein Weilchen vor mich hin, wobei ich mir alle Mühe gab, meinen Freudengalopp etwas zu zügeln, um nicht in allzu laute Jubelrufe auszubrechen.

Doch trotz dieser Selbstzensur vibrierte mein gesamtes Innenleben. Mein Gesang entfaltete sich in diesem – in meinem – Moment des Glücks und der Magie, in dem ich mich nach so endlos langer Zeit endlich wieder frei fühlen und mit der gewohnten, familiären Natürlichkeit sein konnte, mit meinen Leuten, meinen Freunden, meinen Nähern und einigen Nachbarn aus dem Viertel, viele von ihnen ewige Freunde vom Verein, unbeugsame wie liebenswerte Jungs und Mädels aus den Jugendgruppen der Gemeinde, die hinter der christlichen Fassade ihren kritischen, nonkonformistischen

Geist auslebten, engagiert, selbstbewusst und verbrüdert in all den Angelegenheiten, in denen das Herz über die Billigkeit aller Handlungen entschied und wo alle gemeinsam am Strang der Meuterei zogen, die wir unter den trügerischen Lumpen unseres zwiegespaltenen Alltagslebens versteckt hielten. So groß war jedenfalls meine Freude in dieser heilbringenden Nacht, in der ich mich an meinem lautlosen Jubelgeschrei berauschte.

Nachdem ich den Rubikon überschritten und meinen Freunden ein folkloristisches Ständchen gebracht hatte, blieb ich zunächst reglos sitzen; halb verdutzt, halb erschöpft hing ich über meiner Gitarre, sie ohne Klang, ich ohne Gesang. Ich hielt meine Lust, weiter aus voller Kehle zu singen, zurück, unterwarf mich stattdessen der Notwendigkeit, weder meine Trällerei noch meiner Gäste Tirili den gespitzten Ohren meines Nachbarn zuzuführen, dieses Obskuranten auf der Lauer, in seinem Haus, das auf mich wirkte wie eine von Schatten bewohnte Grotte, wie eine Höhle voll finsterer Unterweltwesen.

Gegen elf überkam mich dann ein leichtes, doch anhaltendes Unbehagen, da es langsam spät wurde und die Ausgangssperre in einer Stunde einsetzen würde, meine unbekümmerten Gäste jedoch weiter ihre bildreichen Gassenhauer in Anknüpfung an die guten alten Zeiten schmetterten. All meinen Bitten um mehr Zurückhaltung zum Trotz gelang es mir nicht, die allgemeine Lautstärke zu drosseln. Die gebotenen Vorsichtsmaßnahmen missachtend, fragte ich Lily mit übermütiger Zunge, ob der Henker von nebenan zuhause sei. Falls der Chevy nämlich nicht in Sichtweite war, sollte man ja davon ausgehen können, dass sich die Arrestantinnen gerade der Abwesenheit ihres Kerkermeisters erfreuen. Sie zuckte bloß mit den Schultern, was wohl bedeutete, dass sie es nicht wusste.

Der Mann von nebenan ging mir nicht aus dem Kopf, und obgleich ich den Gedanken an ihn tagsüber weitgehend zu verdrängen vermochte, waren seine Streifzüge durch mein Unterbewusstsein mit zunehmender Dunkelheit weit weniger abwendbar. Nur während einiger kurzer Momente, quasi im Zustand der Selbstentfremdung, konnte ich seinen Schatten hinter mir lassen, doch der Geist dieses

Unmenschen folgte mir auf Schritt und Tritt, warf vorwurfsvolle Blicke von der anderen Seite der Mauer herüber, raunte mir, geduckt, hinterhältige Fragen zu, um gleich darauf wieder zu verschwinden und sodann erneut zu erscheinen, in irgendeinem anderen Winkel meines Gehirns. Einen Moment lang sah ich den Erzgauner vor mir, wie er mit seinem Riesenohr an der Wand klebte, um die Geräusche aus jener anderen Welt zu deuten, das Lachen und die Klänge meiner Gäste, die Seufzer, die Liebe, die Lust, die Fantasien ... kurzum, jedes Lebenszeichen, das seine Verdächtigungen bestätigen mochte.

Es muss so gegen halb zwölf gewesen sein, als es am Gartentor klingelte. Paula, als Gastgeberin ganz in ihrem Element, schwebte zur Terrasse hinüber. Gleich darauf kam sie zurück und informierte mich mit dünner Stimme, dass der Nachbar nach mir verlange. In ihren Augen spiegelte sich eine so große Angst, dass ich eine Sekunde lang dachte, mich von Neuem in sie zu verlieben – jedoch blieb mir keine Zeit, weiter diesen längst vergangenen Gefühle nachzuhängen. Stattdessen bäumte sich mein Herz jählings auf und peitschte im Schweinsgalopp drauf los, als wollte es mir gleich aus dem Mund fahren. Ich glaube, ich habe nur ganz selten in meinem Leben eine Angst so eindringlich in jeder Faser meines Körpers gespürt. Ein ganzer Raubzug von Ameisen bahnte sich seinen Weg durch meine Adern. Hunderte, tausende wilder Spekulationen türmten sich in mir auf und überschwemmten mein gesamtes Nervensystem. Mit jedem synaptischen Impuls überschlugen sich in meinem Kopf apokalyptische Bilder in furchterregenden Formen und Farben, die mich an den Rand einer Hysterie trieben. Während ich meinen Gang zum Tor bestritt, wo mich der Scharfrichter schon erwartete, rekapitulierte ich im Eiltempo, und dennoch detailliert, sämtliche eventuellen Grenzüberschreitungen und Unbeherrschtheiten von unserer Seite, die den Nachbarn dazu bewegt haben mochten, nun vor unserer Tür zu stehen. Zugleich versuchte ich, mir eventuelle Patzer vor Augen zu führen, die wir uns im Laufe unserer unterkühlten Nachbarschaft womöglich geleistet hatten, das heißt, seitdem wir uns an das gespenstische Tür-an-Tür gewöhnt hatten, an die Mauer aus verlogenen Grüßen und die trockene Toleranz in

Form von stummen Zeichen, die so vieldeutig waren, dass man sie kaum hätte in Worte fassen können.

Mich überflutete eine Welle der Angst, ein bis dahin völlig fremdes Gefühl, ein noch nie dagewesenes Entsetzen, subtil und doch ungeheuerlich in seiner Fähigkeit, meine Gedanken lahmzulegen und die Kanäle zuzuschnüren, über die mein rastloses Gehirn mit Sauerstoff und Blut versorgt wurde. Wie ein Seilakrobat beugte ich mich zur Terrasse hinaus, während ich krampfhaft versuchte, möglichst verdrießlich zu wirken und Selbstsicherheit auszustrahlen. Zufällig oder instinktiv fiel mir eine Atemübung ein, die mir immer beim Singen half und mit der ich nun meine Nerven beruhigen und meinem verstopften Hals etwas Luft machen konnte: „Guten Abend!" brachte ich freundlich hervor und stimmte damit meine Farce der augenscheinlichen Liebenswürdigkeiten an.

Ich gab mich überrascht, nicht ganz eindeutig, aber irgendwie angenehm. Er erwiderte meinen Gruß nicht, hielt nur stur an seiner Türsteherpose und der Bösewichtsvisage fest, womit er aussah, als leide er an einer Art Gesichtsverstopfung.

„Haben Sie eigentlich eine Ahnung, wer ich bin ... mit wem Sie hier reden?"

Ein Hauch von Verwarnung schwang unmissverständlich mit.

„Ich denke schon; wir kennen uns zwar nicht persönlich, aber Sie sind doch mein Nachbar."

Meine Stimme klang selbstbewusst und setzte sich beherzt über die weißen Mäuse der Angst hinweg; fast schon fremd kam sie mir vor. Ein Zweikampf entspann sich, ohne dass ich mich zurücknehmen konnte, ohne dass ich den Handschuh, den mir der Zwielichtige hinwarf, hätte abwenden können oder wollen, wenngleich mir klar war, dass ich die Herausforderung auf einem mir völlig unbekannten Terrain annahm, wo es vor nie gesehenen Unwesen nur so wimmelte.

Einige Sekunden später wurde ich mir meines kopflosen Geisteszustands bewusst, doch wie baff war ich angesichts meiner plötzlichen Selbstbeherrschung, dieser ungewöhnlichen Gemütsruhe, dieser extremen Gelassenheit und Kontrolle über eine Furcht, die schon an Panik grenzte und drohte, mich von Kopf bis Fuß zu beherrschen. Scheinbar losgelöst von meiner Verstörung, wuchsen mir nun regelrecht Flügel, und während mich einerseits die Angst fest im Griff hielt, wusste ich mich andererseits beflügelt durch den Aufwind des Wagemuts und der Dreistigkeit. Ich mochte im Netz der Spinne hängen, doch der seelische Schub ließ mich die Bedrohung, die auf der anderen Seite des Gatters lauerte, aus der Vogelperspektive betrachten. Die ungeahnte Gewalt über meine Ängste im Angesicht der Gefahr verlieh mir einen Mut und eine Geistesgegenwärtigkeit, mit deren Hilfe ich mich unter Wahrung von Gesicht und Beherrschung aus der Bredouille würde ziehen können. Ich fühlte mich wie auf dem Schlachtfeld des Lebens, wo, wie es heißt, nur der Stärkere siegt, im Epizentrum des Kampfgeschehens, wo ich mit schelmischen Haken den grobschlächtigen Tritten des Gegners ausweiche und ihm mit feinen Finten die Möglichkeit nehme, als Erster am Ball zu sein.

„Was meinen Sie, warum ich hier bin?", fragte er, immer noch etwas ungehalten, aber doch in etwas milderem Ton.

„Ich kann es mir denken", stürzte ich mich nun ins Manöver und schnitt ihm den Weg ab, bevor er die Frage selbst beantworten konnte, „und wenn es das ist, was ich denke, dann möchte ich Sie jetzt schon um Verzeihung bitten."

Der Zerberus sah mich verdutzt an, in seinen winzigen Augen flackerten Schatten, während die Stirn leicht in Falten lag, als gelänge es ihm nicht gleich, meine rasche Reaktion passgenau einzuordnen. Sein Gesicht (unfassbar, aber wahr) zog sich noch weiter zu. Da ich mich im Vorteil wusste, ging ich gleich wieder in den Angriff über, noch bevor der Gegner reagieren und den Ball an sich reißen konnte: „Ich wusste ja nicht, dass Sie zu Hause sind; um genau zu sein, wusste ich nicht mal, dass überhaupt jemand bei Ihnen daheim ist; es war ja nichts zu hören, daher dachten wir, wir würden niemanden stören …"

Während ich meine kleine Komödie vermeintlicher Rücksichtnahme herunterratterte, wurde ich immer größer, glaubte mich bald über dem Anderen. Aus meiner Angst heraus legte ich eine solche Siegesgewissheit an den Tag, dass ich mich zunehmend bestärkt fühlte in meinem Verlangen danach, das Feld zu beherrschen und die gegnerischen Anklagen mit treffsicherer Diplomatie abzuwehren. Der Andere sah sich im Zugzwang, er musste den Fluss meiner Argumentation, der ihm vor lauter Nachsicht zusehends unbequemer wurde, irgendwie unterbrechen: „Machen Sie sich mal keine Sorgen, Herr Nachbar, ich bin ja nicht gekommen, um Ihnen Ihre bestimmt wohlverdiente Feier zu vermiesen. Es ist nur ... falls Sie es noch nicht wissen ... meine Arbeit ... ich muss früh raus ... Ich verstehe absolut, dass Sie Ihren Erfolg zelebrieren wollen, aber ..."

Das Gestammel verschlug mir die Sprache, jedoch nicht nur wegen des plötzlichen Feingefühls dieses Barbaren: Hatte der Kerl etwa von meiner Fete gewusst, und von dem Anlass? Ich ließ meiner Verwunderung keine Zeit und preschte erneut voran: „Sie brauchen sich gar nicht weiter zu erklären, die Feier endet sofort, Herr Nachbar, ohne weiteren Aufschub, der Fall ist damit besiegelt, und hätte ich das alles schon vorher gewusst, ich versichere Ihnen ..."

„Aber Herr Nachbar, so schlimm ist das nun auch wieder nicht. Ich wollte ja nur wissen, wann Sie denn in etwa ..."

„Nichts da, Herr Nachbar, da beißt die Maus keinen Faden ab! Wie gesagt, jetzt sofort ist's aus mit dem Budenzauber. Denn wissen Sie, mir ist nur zu bewusst, wie es sich anfühlt, nach einer schlaflosen Nacht zur Arbeit zu müssen. Außerdem setzt ohnehin bald die Ausgehsperre ein, nicht wahr, so dass jetzt eh alle nach Hause müssen."

„Aber Herr Nachbar, wenn Sie und Ihre Gäste wollen, können Sie ruhig noch etwas weiterfeiern, kein Problem, die Streifen ..."

Der Satz blieb unvollendet, der Uniformträger ohne Uniform unterbrach seine Nachbarschaftlichkeit mit einer Vollbremsung, als ihm klarwurde, dass er in diesem Fettnäpfchen voll Liebenswürdigkeit ins Schleudern geraten war – eine Liebenswürdigkeit zwischen zwei Nachbarn, die sich auf dem Gipfel der Vernunft postiert hatten, wo sie sich nun in aller Nüchternheit austauschten. So hatte ich also aus Versehen erfahren, dass er die Zeiten der örtlichen Streifen kannte, und mir fiel auf, wie er sich nun, allen gegenseitigen Zugeständnissen zum Trotz, Mühe gab, seinen Ausrutscher zu vertuschen.

Die Aussage war weit über das angestrebte Maß an Leutseligkeit hinausgegangen. Unsere kleine Tänzelei, die ihm durchaus hätte nützlich sein können, beschränkte sich auf ein paar erste Schritte, einen Anfang. Es gab keinen Grund, warum er im Rahmen einer Strategie zur Darlegung der unterschiedlichen Positionen und offensichtlichen Hierarchien Zivilisten unnötige Einblicke gewähren sollte.

„Das wäre ja noch schöner, Herr Nachbar. Wenn wir weiterfeiern wollen, dann machen wir das morgen. Es bleibt dabei, der Klamauk hat ein Ende, und zwar sofort."

In seinem sonst so steinernen Gesicht zeichnete sich nun ein Lächeln ab; eigentlich war es mehr eine Fratze aus Eis, die mich kurz erstarren ließ – und als der Frostige mir dann seine Hand durch die Gitterstäbe entgegenstreckte, war ich wie schockgefroren. Reflexartig zögerte ich zunächst vor der unbehaglichen Einladung, bevor ich doch noch rasch die Geste erwiderte und so verhindern konnte, dass mein unverhofft liebenswerter Gesprächspartner und Nachbar meine Ratlosigkeit bemerkte. Im Grunde war es aber weniger der schlaffe Handschlag dieses Judas von nebenan, der seine Wirkung in mir hinterließ, als jenes undefinierbare Lächeln. Sein Mundwinkelspiel, losgelöst von allem, was das menschliche Auge je gesehen hat, befremdete mich. Nie hatte ich mir vorstellen können, dass dieses Gesicht einen derartigen Ausdruck hervorzubringen imstande wäre, und noch weniger hätte ich mit seinem Angebot eines Freundlichkeitspaktes gerechnet.

„Brito, zu Ihren Diensten."

„Rodriguez, zu den Ihren."

„Señor Rodriguez, bevor ich gehe, gestatten Sie mir bitte noch eine letzte Bemerkung."

Ich spürte, wie sich mir in Kopf und Magen von Neuem alle möglichen Horrorszenarien überschlugen und weiter an meiner ohnehin schon gemarterten Vorstellungskraft zehrten.

„Und was wäre das?", fragte ich mit einer Stimme so dünn wie meine Nerven.

„Ich wollte Ihnen nur sagen, dass ich Sie immer als einen Ehrenmann gesehen habe – und ich irre mich nie in solchen Fragen."

Noch bevor der Satz beendet war, blähte sich das Kalb auf und drückte die Brust raus wie ein stolzer Bulle. Mir war sofort klar, dass die hochtrabende Erklärung des Unheilbringers alles andere als eine Huldigung meiner angeblichen Ehrenhaftigkeit war; vielmehr folgte sie dem höheren Ziel, seine eigene unermessliche, allmächtige, unumschränkte Menschenkenntnis aufzuzeigen, oder, was auf dasselbe hinausläuft, die Fähigkeit, seine zivilen Feinde und natürlichen Opfer auf Herz und Nieren zu zerlegen. Ich musste das Gesicht ein wenig wegdrehen, damit der Schlächter nicht mein Grinsen sah, das zu unterdrücken mir nur mit Mühe gelang und an dessen Stelle eine schwammige Fratze trat.

„Entschuldigen Sie mein Schmunzeln, Herr Nachbar, es ist nur so, dass ich auf so etwas gar nicht gefasst war, und wissen Sie was: Ich freue mich, dass Sie mir das sagen, denn genau denselben Eindruck habe ich auch von Ihnen."

„Nun, dann freue ich mich genauso."

„Ja, ich freue mich auch. Und wie ich Ihnen bereits sagte: Gehen Sie beruhigt zu Bett, das tut uns zu so später Stunde schließlich allen ganz gut."

„Dann gute Nacht!"

„Ihnen auch!"

Der Intrigant verschwand in seinem Haus und ich bekam wieder Luft. Tief atmete ich durch, saugte meine Lungen voll und hoffte, so dem Erstickungsgefühl ein Ende zu machen, das mich während des außergewöhnlichen Dialogs in Beschlag gehalten hatte. Ich war fix und foxi. Um dem dringenden Drang nach Ordnung in meinem mit Fragen überfrachteten Oberstübchen nachzukommen, und da ich mich noch nicht in der Lage sah, zur Feier zurückzukehren, verflüchtigte ich mich in den hinteren Teil unseres Hofs. Ungewissheit und Müdigkeit überfielen mich nun. Die Bestürzung noch tief in den Knochen, kam plötzlich das Bedürfnis nach einem Moment der Einsamkeit in mir auf, in aller Ruhe wollte ich mir die messerscharfe Rohheit dieser karikaturesken Szene noch einmal vor Augen führen, alles, was mein finsterer Nachbar in seiner tückischen Darbietung von sich gegeben hatte, noch einmal, Bissen für Bissen, durchkauen. Ich gelang zu dem Schluss, dass ich, wenn ich weiterhin aktiv in dem Schauspiel mitwirken wollte, jetzt mehr denn je die Dimensionen genau überschauen musste. Dazu musste ich zunächst diesen Dialog auswerten, der mir in seiner Steifheit wie ein schwerverdaulicher Brocken im Magen lag. Eins war klar: Ich brauchte schleunigst eine Tarnkappe unter dieser Lupe des Terrors.

Ein weiterer Grund für mein Fernbleiben vom Partygeschehen lag darin, dass ich nicht wusste, wie ich nach dem Schreck noch halbwegs souverän meinen erwartungsvollen Gästen gegenübertreten sollte. Aus weiser Einfühlung heraus zogen diese sich bereits nach und nach von der Szene zurück, verließen ohne viel Aufhebens die Bühne, auf der sie eben noch einen unermesslichen Augenblick Hauptdarsteller gewesen waren, nun aber, zu bloßen Komparsen herabgestuft, abgingen. Ich konnte derweil nicht anders, als das Ereignis ein ums andere Mal vor meinem inneren Auge ablaufen zu lassen, um all die fieberhaft in mir brennenden Fragen beantworten zu können, übrigens dieselben Fragen, die sich wahrscheinlich auch meine Freunde stellten.

Nun war ich also die Hauptfigur. Ich bemühte mich, den noch verbliebenen Gästen mit Würde und Souveränität gegenüberzutreten, schließlich war ich der große Schlaumeier (mit Substanz, wohlgemerkt), der erschöpfte und doch überlegene Kämpfer, was mich wiederum in die Zwangslage brachte, alle Wunden und Blessuren zu verbergen, um meine Freunde nicht unnötig zu beunruhigen, und schon gar nicht die perplexe Paula oder gar meine Lily Lolita, die an jenem Abend etwas bedrückt war und sich allen Blicken zu entziehen versuchte, versteckt irgendwo im Haus und ganz in ihrer Rolle der stummen Zeugin versunken, während ich im Rampenlicht schwitzte und mich zu rhetorischen Purzelbäumen und Balanceakten am Rande des Abgrunds genötigt sah.

Das merkwürdige Gespräch wider Willen mit dem Mann von nebenan erforderte eine eingehende, strenge Reflexion. Ich hatte zwar nicht den Eindruck, dass mich der Übeltäter ernsthaft einschüchtern wollte, doch unser Duell war zweifelsohne voll von Unklarheiten gewesen, voll von Unsinnigkeiten, die in ihrer Willkür einige unerwartete Details in unsere Nachbarschaftsparodie der schäbigen Spitzeleien brachten. Nachdem also der erste Schrecken überstanden war, galt es nun, ans Eingemachte zu gehen, und das bedeutete, die finsteren Machenschaften des Nachbarn zu sondieren. Ich verkrümelte mich in den dunkelsten Winkel unseres Hofs und rauchte andächtig eine Trostzigarette, während ich in mich hinein fluchte: „Was für ein Riesenarschloch! Was bildet der sich überhaupt ein! Macht hier einen auf ganz großen Macker und reibt mir seine Scheißüberlegenheit unter die Nase! Denkt der etwa, bloß weil er hier mitten in der Nacht aufkreuzt, kann er mich so mir nichts, dir nichts runterputzen? Er, der ach so tolerante Großinquisitor, ernennt mich zum Ehrenmann … So hat er es doch gesagt: ein Ehrenmann. Sicher doch, aber nur in der Annahme, dass ich ihm das Gleiche sagen und freudestrahlend in seinen Friedenspakt einwilligen würde, in *seinen*, dessen Art und Ausdehnung natürlich allein er bestimmen würde … dieser gottverfluchte Anschwärzer. Aber freu dich, Julian, und gratulier dir: Damit hast du ihn nicht durchkommen lassen, du bist standhaft geblieben, das Gespräch verlief genau so, wie du es haben wolltest, er hatte keine Gelegenheit, dich in seine Masche zu verstricken, dieser Dino-Dummbeutel, dieser Handlanger und Zuträger! Der dachte wohl, er könnte mich einschüchtern; er wollte Wind sän, bekam aber den Marsch geblasen, dieser Hundesohn!", grummelte ich voll Groll vor mich hin und schimpfte mir so den einen oder anderen Hinkelstein von der Seele.

Wie umnebelt war ich von der Mischung aus schäumender Wut und unglaublicher Gewissheit. Die Zigarette des glücklichen Streichs hüllte mich in Weihrauch, schmeckte nach paraguayischem Gras, mexikanischem Peyote und chilenischem Stechapfel zugleich. Gewächse aus verbotenen Welten beförderten mich ins Reich der Halluzinationen. Ich fühlte mich wie im Garten Eden, nach einem langen Marsch durch die Wüste, als ruhte ich nun in einem arabischen Palast mit berauschender Musik und kurvigen Konkubinen, genau so, wie ich mir schon als Kind die Geschichten aus tausendundeiner – aus tausend und *meiner* Nacht ausgemalt hatte.

Es war ein seltsames Gefühl in diesem Zustand hyperaktiven Bewusstseins, in dem ich mit einem Bein in morastiger Angst versank und auf dem anderen vor Freude tanzte. Es war mir unmöglich, das Stimmengewirr in meinem Kopf zum Schweigen zu bringen, die Vorwürfe gegen die kleinmütigen Nachbarn um uns herum, die mitbekommen haben mussten, wie mich der Henkersknecht heimgesucht hatte. Einen Moment lang gab ich mich dem Vergnügen hin, ihnen ihre verdammte Feigheit und alles, was mir sonst noch durch den Kopf ging, vorzuhalten, indem ich ihnen im Brustton der Überzeugung verkündete, dass ich mich gestärkt fühlte und dass ich, *unabhängig von euch allen, Ich bin und Ich bleibe, ihr Herdentiere! Ich habe nämlich immer noch eine eigene Welt, ihr frommen Schafe mit euren eingezogenen Schwänzen, die ihr ständig durch eure Gardinen hindurchspäht. Jawohl! Und auch wenn es euch nicht passt: Heute Nacht bin ich größer als er, größer als ihr alle zusammen, ihr einäugigen Seelen! Von eurem Strafkyklopen lass ich mich nicht länger einschüchtern. Ich mach mir nicht mehr in die Hosen wegen seiner Großtuerei oder euren Intrigen. Macht euch das ein für alle Mal klar, ihr konformistischen Warmduscher!*

Meine Hasstirade fand ihr Ende mit Paula, die aus dem Haus gekommen war, um nach mir zu suchen, und sich über meine plötzliche Eingezogenheit wunderte. Verspannt und mit ängstlicher Miene fragte sie, was geschehen sei. Ihr auf den Fuß folgte Lily, mit der gleichen Unzahl an Fragezeichen in ihren besorgten Augen. Gestärkt durch den Stolz, der mir vom Bauch hinauf in die Brust stieg, und unter Aufwendung allen Mutes, gab ich ihnen eine, wie ich meine, zufriedenstellende Antwort, die vielleicht ein bisschen (nur ein klitzekleines bisschen) zu viel preisgab, aber in ihrer Einfachheit letztlich noch unergründlich genug war: „Meine Lieben, es ist nichts passiert, jedenfalls nichts Außergewöhnliches. Zwischen Don Hector und mir hat es lediglich eine für ein gesundes Zusammenleben notwendige Unterredung gegeben."

DREIZEHNTES KAPITEL

Am nächsten Tag, es war ein Sonntag der tausend Sonnen, kamen einige der Gäste und Zeugen jener Hundsnacht noch einmal vorbei, um uns mit den Resten des Bankettus Interruptus vom Vorabend zu helfen. Zu meiner Überraschung und Erleichterung war mein Aufeinandertreffen mit dem Unlauteren bereits in die unendlichen Weiten des kollektiven Schweigens übergegangen, in diesen unbestimmten wie unbestimmbaren Raum, wo der Gemeinsinn sich die Freiheit nimmt, längst bekannte oder selbstverständliche Dinge einfach ziehen zu lassen, ohne sie je wieder aufzugreifen, getreu dem Prinzip: In trüben Wassern stochert man nicht, und schon gar nicht in Zeiten der Diktatur.

Nachmittags dann, nach den gewohnten Witzchen und Späßchen rund um das haarige Thema, ohne es zu berühren, machten wir uns über die übriggebliebenen Speisen und Getränke her. Enttäuscht musste ich feststellen, dass mein Herzblatt nicht erschien. Ich weiß nicht, woher die jähe Unruhe in mir rührte, wollte auch gar nicht weiter darüber nachdenken; sicher ist nur, dass ich den starken Drang verspürte, sie zu sehen, und so verfiel ich auf die göttliche Idee, sie am Montagnachmittag nach der Schule abzufangen. Die Überraschung stand ihr im Gesicht, als sie mich sah, und im Nu war sie auf der Palme und belegte mich mit Vorwürfen hart wie Kokosnüsse: „Ist bei dir ne Sicherung durchgebrannt? Was hast du hier verloren?"

„Ansiedad de tenerte en mis brahazos uhund Worte der Liebe zu wispern ..."

„Hör auf damit, du Knallkopp! Mach hier nicht solche Mätzchen, das ist gar nicht komisch!"

Angesichts meiner fulminanten Gesangsdarbietung musste aber selbst meine übellaunige Lolita lachen, so dass ihr Ärger schnell wieder abflaute.

„Nat King Cole klingt einfach so gefühlvoll in seinem gebrochenen Spanisch ... Also, señourihita, seien Sie doch nicht bös. Merken Sie denn nicht, dass Ihr Ergebener Sie sehen musste ..."

Halbherzig nahm sie meine kleine Einlage hin, aber ich solle nicht übertreiben, da man sie zuhause zur gewohnten Zeit erwarte, „meine Mutter würde sich sonst Sorgen machen. Also, wir essen fix unsern Hotdog auf und dann ab nach Hause."

„Warum bist du gestern eigentlich nicht gekommen?"

„Ich konnte nicht, meine Eltern hatten mich als Babysitterin für meinen kleinen Bruder abgestellt. Ansonsten gehe ich ja schon ganz normal ein und aus bei euch, auch wenn die alten Klatschbasen sich schon so einzurichten wissen, dass sie stets mit einem Auge an der Mattscheibe und mit dem anderen auf der Straße sind. Das soll heißen, dass so viele Besuche hier nicht unbemerkt bleiben werden, irgendwann werden die Leute komisch gucken."

„Aber dein Onkel vermutet doch schon längst was. Vorgestern wusste er ja auch, dass du bei uns auf der Feier warst, und nichts ist passiert."

„Mag sein, aber das Problem ist nicht nur mein Onkel. Denk doch mal an meine Eltern: Wenn die davon was mitbekommen, fallen sie tot um. Und dann noch deine Frau: Ich hab keine Lust, dass sie was erfährt, die würde doch richtig laut Krach schlagen. Na ja, und so, wie die Dinge laufen, ist es nicht unwahrscheinlich, dass mein Onkel am Ende noch richtig ruppig mit dir wird."

„Wie kommst du denn darauf? Vor ein paar Tagen hast du mir noch ein ganz anderes Bild gezeichnet."

„Schon möglich, aber gestern war er schon wieder bei uns und mimte den lieben Onkel. In seiner Witzboldmanier fragte er nach meiner Mutter. Nach einer Weile fing er dann an von wegen, wie überrascht er doch von dir sei und dass er sich mittlerweile zwar schon ein Bild von dir hat machen können, dass er sich aber so was wie am Abend eurer Feier nicht hätte vorstellen können. Wie beiläufig meinte der Schleimbolzen, nun verstehe er auch, warum ich dich so mag, und ich soll doch nicht die Dumme spielen, er könne sogar unter Wasser sehen. Da hab ich ihn kurzerhand Bananen geradebiegen geschickt. Wenn der mir auf die Tour kommen will, dann kann er gleich nach Hause abschwirren. Und wenn er behauptet, wegen meiner Mutter gekommen zu sein, dann lügt er einfach; er wusste ganz genau, dass sie nicht da ist. Beim Abschied feixte er noch über meinen Ausbruch und versuchte, mich wieder zu beruhigen. Als er merkte, dass ich nicht ins Häuschen zurückzukriegen war, wollte er seinen Ausrutscher wiedergutmachen: Es sei doch schließlich nichts dabei, dass ich dich mag, *und es ist doch ganz normal, dass du ihn wie einen guten Freund siehst. Du musst ja nicht gleich ausflippen. Außerdem wirst du dich wohl kaum mit einem verheirateten Mann einlassen, und schon gar nicht mit einem Nachbarn.* Zum Schluss sagte er, du machst auf ihn den Eindruck eines Mannes mit gesunden Ambitionen, wohlerzogen und der Arbeit und der Familie verschrieben, aber auch großzügig und bereit, die Früchte der Firma mit deinen Mitarbeitern zu teilen. Bei diesem Lobgesang dachte ich, ich werd nicht mehr!"

„Das ist also seine ehrenwerte Meinung?"

„Julian, mach dich nicht darüber lustig. Wenn ich dir das erzähle, dann hat das einen Sinn, ich mein's ernst. Genau das hat er gesagt, wirklich, und es klang todernst. Du musst ihn echt ganz schön beeindruckt haben, zumindest scheint er seit eurem Gespräch etwas ruhiger zu sein, und jetzt zählt er dich zu den anständigsten Leuten im Viertel, fast so wie er selbst – fast wie er selbst, so schätzt er dich ein … Siehst du nicht, in welchen Himmel der dich da hebt, und warum?"

„Sicher doch, der Kapitän kapiert immer, und ich bin il capo, ragazza mia. Wie du meintest: langsam, aber nicht stehengeblieben. Und dennoch wage ich noch keine klare Schlussfolgerung aus alldem zu ziehen, die ganze Sache ist doch merkwürdiger als ein U-Boot mit Paddel. Genauso der Samstagabend ... Aber mal was anderes: Woher kannte dein Onkel eigentlich den Grund unserer Feier?"

„Keine Ahnung, vielleicht hat ihm meine Mutter was erzählt, ich weiß es wirklich nicht, womöglich haben sie sich die Woche zuvor gesehen, was weiß ich ..."

Selten nur hatte ich die stets furchtlose Lily auf der Suche einer Erklärung derart straucheln gesehen. Etwas Ungewöhnliches ging in ihr vor, und in mir, als ich sah, wie sich ihr Gesicht verdüsterte. Sie schien angespannt, während sie mit mäßigem Erfolg versuchte, ihre offensichtliche Gereiztheit zu verbergen.

„Wie auch immer, so wichtig ist es ja auch nicht. Egal, wer es ihm gesagt hat. Letzten Endes war es womöglich sogar besser so."

„Wenn du meinst. Bring mich jetzt bitte nach Hause, ich hab keine Lust auf Stress mit meinen Eltern", sagte sie nun wieder etwas gelassener.

Den Weg zu ihr legten wir ohne Worte zurück. Die Undurchdringlichkeit der Stille reichte als Maß für die jähe Distanz zwischen unseren krisengeschüttelten Universen. So verharrten wir in einem für uns beide ungewohnten Schweigen, getrennt voneinander durch einen kalten Lichtkegel, der sich zwischen uns eingerichtet hatte wie eine Anstandsdame. Die Stimmung im Wagen wurde zu Eis, als ob mit Lilys augenscheinlicher Verspannung seit meiner Frage unser ohnehin zerbrechliches Verhältnis ein wesentliches Merkmal seiner Unschuld verloren hätte.

Ich hielt an einer Ecke in unserer Straße: „Was ist mit dir?"

„Manchmal hab ich einfach Angst."

„Wovor? Und seit wann das denn, Bitteschön?"

„Verdammt, Julian! Machst du dir denn überhaupt keinen Kopf darüber? Mich beunruhigt die ganze Sache mit uns beiden. Mir sitzt die Angst im Nacken, wenn ich nur daran denke, dass unsere Beziehung auffliegen könnte. Teilweise kommt es mir vor, als könnte man mir meinen Wunsch, dich zu sehen, von den Augen ablesen, und als wüsste mein Onkel bestens Bescheid und dass er deswegen meint, mich unter Druck setzen zu können. Zum Beispiel besteht er drauf, mich von der Schule abzuholen – na ja, und als ich dich dort heute auf mich warten sah, logisch, da ist mir fast die Kinnlade ausgehakt."

„Ist das denn so schlimm?"

„Du hast ja keine Ahnung, was los wäre, wenn der Hornochse dich da zufällig antreffen würde."

„Wohl wahr, zwei Hornochsen, die aufeinandertreffen, da sind Kopfschmerzen vorprogrammiert", versuchte ich zaghaft, die Stimmung aufzulockern.

„Jaja, nur zu, du denkst, mit deinen Späßchen ließe sich alles lösen, aber versetz dich mal für einen Moment in meine Lage: Sollte der Widerling losplaudern, dann wär bei mir zuhause die Hölle los! Und wenn deine Frau dahinterkommt, na dann gute Nacht. Und wenn sich dein ach so liebenswerter Nachbar noch zurückhält und dir nicht offen den Krieg erklärt, dann doch wohl nur, um mir so lange weiter auf die Pelle rücken zu können, bis er seinen Teil bekommen hat."

„Ich glaube, du machst dich da mit den wildesten Spekulationen verrückt."

„Spekulationen? Wild? Was heißt hier wild? Ich sag's dir, ständig will er mich von der Schule abholen, und so aufdringlich, wie der ist, ist es nur eine Frage der Zeit, bis er da tatsächlich aufkreuzt, und sei es nur, um mich zu testen. Dem Kerl ist nicht über den Weg zu trauen, Julian, auch wenn du ihn gerade als den für dich und deine Situation optimalen Nachbar ansiehst. Der Typ mag ja zur Familie gehören, aber mir erzählt der keine Märchen. Außerdem ist das nicht nur ein ganz durchtriebener Hund, sondern obendrein noch ein Perversling."

„Weißt du, so langsam wird mir ganz schön bange. Um ehrlich zu sein, fast glaube ich, du hast recht, und zwar mehr, als ich dachte. Entschuldige meine lahmen Witze, ich wollte das Drama nur etwas entschärfen."

„Julian, zwei Dinge, eigentlich drei: Erstens, sei nie zu locker in seiner Nähe, nie. Zweitens, komm mich nie wieder von der Schule abholen. Und drittens müssen wir eine andere Art finden, wie wir uns sehen können. Diese gelegentlichen Mittagstreffen werden uns noch verraten, außerdem sind sie zu kurz und ich dabei immer zu angespannt. Versteh doch, ich bitte dich – besser gesagt, ich verlange von dir eine Alternative, einen anderen Ort, andere Umstände ... Umstände, unter denen die ganze Heimlichtuerei einen Sinn hat! Ich will unsere gemeinsamen Momente wieder wie früher genießen können."

Ich spürte die Energie, mit der die Lily in mich drang, und musste anerkennen, dass diese junge Dame nicht das halbreife Mädchen war, das ich in ihr hatte sehen wollen. Plötzlich erkannte ich in ihr vielmehr die Frau, die sie war, mit klugen Forderungen und einer starken Persönlichkeit, Herrin über ihre eigenen Ängste, Vorstellungen und Wünsche, klar und verständlich, über beide Ohren verliebt, aber ohne sich darin zu verlieren. Was mich beunruhigte, war die Vehemenz, mit der sie mir geraten hatte, in Gegenwart des Unheilbringers vorsichtig zu sein. Ich wollte schon fragen, woher so viel Nachdruck, doch im selben Augenblick wurde, mir klar, dass es diesmal nicht um mich ging, sondern um sie.

„Schau mal, dein Auto zum Beispiel könnte sich da als großer Vorteil erweisen. Meinen Eltern hab ich schon gesagt, dass ich einen Vorbereitungskurs für die Uni machen muss, nach der Schule. Ich hab ihnen erklärt, dass da kein Weg dran vorbeiführt, wenn sie wollen, dass sich mir später die eine oder andere Tür öffnet. Wie es aussieht, sind sie einverstanden, sie kümmern sich schon um die Finanzierung. Sollte das klappen, könnten wir uns öfter sehen. Ich muss ja schließlich nicht an jeder Sitzung teilnehmen ... Mir war der Gedanke früher schon mal gekommen, ich glaube wirklich, das könnte unsere Alternative sein."

„Wann geht denn dein Kurs los?"

„Nächsten Monat."

„Dann schau ich doch mal, wie ich das organisiert bekomme. Jetzt, da der Großauftrag vorbei ist, muss ich meine Arbeit in der Fabrik wieder neu regeln, mein Partner ist schon ganz schön stinkig. Der Verein ist kein Problem, die Schiedsrichterei genauso wenig, das ist immer am Wochenende. Aber das Andere, hm ..."

„Das Andere? Hast du neben deinen tausend Dingen etwa noch was Anderes zu tun? Ist es etwa das, wovon deine Frau immer anfängt, ohne dann näher darauf einzugehen?"

„Ich weiß ja nicht, woran du denkst, aber das ist es ganz bestimmt nicht!", schob ich hastig nach in dem Versuch, meinen allzu lauten Gedankengang ins rechte Licht zu rücken."

„Ich hab an gar nichts gedacht. Genau deshalb frage ich ja, um nicht noch was Schlimmes zu denken."

„Keine Sorge, dieses Andere hat lediglich mit meinem Wunsch zu tun, wieder Musik zu machen, und zwar regulär und organisiert. Mit dem spärlichen Geklimper bei uns zu Haus komm ich einfach nicht vorwärts. – Mehr steckt da gar nicht hinter diesem *Anderen*."Doch es war schon zu spät, um über die Sache hinwegzuspringen. Lily hatte die Witterung aufgenommen und dachte nicht daran, meinen Hals so schnell wieder aus der Schlinge zu lassen: „Du machst also noch andere Dinge! Haben die alle mit Musik zu tun? Ich hab dich schon ein paar Mal spät kommen sehen, und zwar ohne Gitarre ..."

Wie sie mir diese Falle stellte, durchdrang sie mich mit einem Blick voll bedingungsloser Liebe, ein Vamp im Schafspelz, stets bereit für die fleischliche Opfergabe. Prompt fiel sie mir um den Hals, um mich komplett auszusaugen: „Und komm mir jetzt bloß nicht mit deinen Vereinssitzungen, Paula hat mir erzählt, dass die immer dienstags stattfinden."

„Lily, Lily, stopp mal kurz. Wolltest du nicht bald wieder zu Hause sein, damit du keine Probleme bekommst? Und jetzt schweifst du hier so ab ... Willst du das jetzt allen Ernstes ausdiskutieren?"

„Freundchen, du versuchst doch bloß, deinen Hintern aus der Schlinge zu ziehen ... Ich seh schon, es wird tatsächlich besser sein, wir vertagen das Thema. Aber denk ja nicht, dass du mich mit deinen Ausflüchten dazu bringst, die Sache zu vergessen."

„Alles Spekulationen."

„Mag sein, aber ich will wissen, was das für andere Sachen sind. Tschüss."

„Wann sehen wir uns wieder?"

„Wenn du mal nicht mit anderen Dingen beschäftigt bist."
So zog sie von dannen, sich siegreich in den Hüften wiegend mit einem Schwung, der schon an Schamlosigkeit grenzte, während ich in meinem Schlamassel sitzen und ihr eine Antwort schuldig blieb.

VIERZEHNTES KAPITEL

„Oh Liebster, Mann einer Anderen, zu dir bin ich gekommen, ich weiß nicht, wie mir geschah ... zu wissen, warum du mich riefst!"

„Oh, achtlose Geliebte, findige Freundin, mein Lockruf rührt von einer Eingebung, die womöglich dein Interesse erregt, daher mein sehnsuchtsvoller Brunftschrei."

Lilys theatralische Eröffnung à la Vorstadttangospektakel war wohl ihre Antwort auf meine schmachtenden Nat-King-Cole-Parodien."

„Komm schon, erzähl! Jetzt hast du mich neugierig gemacht." (Und ein wenig scharf.)

„Schreck lass nach!"

„Los jetzt, spuck schon aus!"

„Also, da es dich ja so zu beschäftigen scheint und du mich schon mehrmals nach jenen *anderen Dingen* gefragt hast, von denen Paula dir erzählt hat, habe ich mir gedacht, ich sollte dich mal zu einem Fußballnachmittag einladen, damit du mal eines dieser anderen Dinge siehst, und zwar im Circus Maximus, da, wo die Vox Populi jeden Sonntag ihren jeweiligen Lieblingsmannschaften zujubelt."

„Für alles ein Herz ...", versetzte frech die Konkubine mit den Händen in den Hüften.

„Das ist Liebe zum Sport, meine Teure! Und vergiss bitte nicht, dass dieser mir genauso zugutekommt wie dir!"

„Mir? Mir soll das zugutekommen? Was hab ich denn von deinem Rumgebolze?"

„Na ich halte mich dadurch in Form, und das geschieht ja wohl auch zu deinem Vorteil. Oder hast du etwa irgendeinen Grund zur Klage?"

Sie lachte mit der Hand vorm Bauch und der Mimik einer Schlange kurz vorm Gegenangriff: „Eine ganze Reihe, aber die bringe ich lieber erst zum Zeitpunkt der Anklage gegen dich vor ..."

„Schon gut, aber bevor ich mich auf die Anklagebank setze, noch mal zum Thema: Meinst du nicht, wir könnten so deine Neugier für meine *anderen Dinge* etwas stillen?"

„Von mir aus ... Ich glaube zwar nicht, dass darin der Kern dieser anderen Dinge steckt, aber es ist immerhin ein Anfang. Außerdem kann ich so mehr Zeit mit dir verbringen – in letzter Zeit seh ich dich ja nur noch auf dem Passbild, das du mir zum Geburtstag geschenkt hast."

„Übertreib doch nicht gleich! Denk einfach dran: Je länger du aufs Festmahl wartest, umso größer wird dein Appetit sein."

„Und was für ein Festmahl soll das sein?" konterte sie käsig, bereit, sich in einen Salat aus Umarmungen und Küssen als Lohn für das pikante Zwiegespräch zu mischen.

„Dann kommst du morgen?"

„Aber nicht allein, sondern in Begleitung eines Mannes, der mich vor all den Windhunden und Lustmolchen beschützen wird, die da auf dem Feld und ringsumher ihr Unwesen treiben ... Ha, welch Anflug von famoser Prosa! Kuck: Jetzt hast du mich mit deinen literarischen Verrenkungen schon angesteckt", alberte sie herum und zog los, während sie weiter lachte und kokett ihre harmonischen Kurven mit magnetischem Schwung tanzen ließ.

Wir trafen uns gegen fünf am Eingang zur olympischen Bezirksarena. Lily erschien, wie angekündigt, in Begleitung eines Anderen. Der kleine Miguelito gab seiner von Kerlen wie von Knirpsen umschwärmten Schwester das Geleit, während die Augen ihrer hechelnden Bewunderer an dem aufreizenden Gang klebten, den sie auf ihrem Weg zur Tribüne dieses unspektakulären, doch zweckmäßigen Stadions darbot.

Auf unserer Suche nach drei freien Sitzen mussten wir uns in die höchsten Höhen einer von treuen Fans bevölkerten Tribüne emporkämpfen. Auf unserem Weg erläuterte ich Lily mit unverhohlenem Stolz die *uuungeheure* (wie ich in der Art eines im Wahlkampf befindlichen Demagogen betonte) soziale Bedeutung unserer Institution. In aller Breite legte ich ihr die Einzelheiten über die neue Generation von Fußballtalenten dar, die am Busen unseres glorreichen Sportklubs aufwuchsen. Sie sollten die künftigen Pfeiler dieses erstklassigen Vereins mit seiner aussichtsreichen Zukunft bilden, wobei es uns oblag, sie mit dem nötigen Handwerkszeug auszustatten und so ihre Entwicklung als Männer und Sportler voranzutreiben. Vor Stolz und Inspiration strotzend fuhr ich fort in meiner Rhetorik eines Provinzbürgermeisters und verging mich an Lilys Blauäugigkeit, indem ich dem armen Mädchen die tollsten Heldentaten auftischte, wie die, dass unsere kampferprobte Santa Rosa die letzten drei Meisterschaften gewonnen hatte und wir dadurch zum Objekt des Neids und des Frusts sämtlicher anderer Klubs der Liga avanciert waren. Natürlich erwähnte ich auch unsere erst kürzlich ins Leben gerufene Juniormannschaft mit ihren bereits mehr als fünfzig kleinen Strolchen, die allesamt darauf warteten, die Welt zu erobern. Und das war nur der Anfang: So breitete ich mich über alle möglichen ruhm- und ehrenhaften Errungenschaften unseres geschätzten Vereins aus, über all die unzähligen Erfolge unseres bescheiden-monumentalen Werkes ... mit meiner Wenigkeit als leitendem Mitglied dieser illustren Rasselbande.

Ich malte Lily einen Olymp in allen heldenhaften Einzelheiten, was ihr wahrscheinlich alles zum einen Ohr hinein- und schnurstracks zum anderen wieder hinausging, da mein gefühlsduseliger Vortrag für sie in etwa wie Chinesisch mit Swahili geklungen haben muss. Das zeigte zum Beispiel ihre sichtbare Zerstreutheit, als ich ihr eindringlich klarzumachen versuchte, dass der haushohe Gewinn des Meistertitels – was alles andere als ein Kinderspiel war! –, dass also diese spielerische Überlegenheit für den Klub mit der Zeit zu einer Selbstverständlichkeit geworden war, so dass wir irgendwann auf die Idee kamen, in eine andere Liga zu wechseln, da die Vorsitzenden des Fußballverbands untereinander bereits kungelten, um den triumphalen Aufstieg unseres unbezwingbaren Nachbarschaftsvereins zu torpedieren. Schonungslos ergoss ich mich weiter in meinem opulenten Redeschwall, meiner getreuen Nachempfindung jener blumig-barocken Sprechweise, mit der die alten Gründerhasen unserer Einrichtung, so sich die Gelegenheit dazu ergab, auf immer wieder bravouröse Manier aufzuwarten wussten.

Lily sah aus, als höre sie mir zu, obgleich sie schon seit einer geraumen Weile mit ihrer gesamten Aufmerksamkeit an dem Hin und Her in dieser für sie neuen Welt hing, die sich da zu ihren Füßen erstreckte. Ich störte mich weder an ihrer Taubheit noch an ihren geistesabwesenden *Wie schön doch der Tag ist!* Stattdessen war ich zufrieden und entschieden, mir zusammen mit meiner wissensdurstigen Gespielin den strahlenden Fußballsonntag sowie die Sanierung meiner ramponierten Neuronen gefallen zu lassen.

Mein Hochgefühl veranlasste mich zu der Frage, wieso ich eigentlich nicht schon früher auf die Idee gekommen war, Lily an dieser so essentiellen Facette meines Lebens teilhaben zu lassen und ihr die Natürlichkeit dieser Welt zu offenbaren, etwa den Eismann mit seinen lockeren Liedchen, die uns genauso erfrischten wie seine Leckereien aus Farbstoff, Zucker und Wasser, oder die vor Leben strotzende Alte mit ihrem riesigen Korb voll Pfannkuchen nach echt Berliner Art und aus ihren eigenen magischen Händen, stets ofenfrisch und mit einem Häubchen aus Puderzucker geschmückt. Auch sollte sie den verschlagenen Rotzlöffel erleben, der seine Kaugummis und sonstigen Süßigkeiten für Groß und Klein feilbot, sowie die Würde jenes Raubeins bestaunen, das mit der schallenden Stimme eines Indiogottes den Nährwert seiner Pequenes lobpries, dieser Empanadas für Arme, ohne Fleisch oder Rosinen, weder mit Ei noch mit Oliven, nur Zwiebel und Paprika, viel Paprika, für die rote Färbung – rot wie die Trikots meines geliebten Klubs.

Ich gratulierte mir zu der formidablen Idee, freute mich innerlich, sie an diesem so urigen Wochenende bei mir zu haben und sie in mein bescheidenes kleines Reich der unverfälschten Lebensfreude zu entführen, wir beide, Hand in Hand, in dieser Welt in der Welt, an diesem unbezahlbaren Rückzugsort, wo ich mich von meinen Ängsten und Lilys Zweifeln ablenken konnte, wo ich die Konflikte zwischen Paula und mir vergessen konnte, wo ich die zehn Stunden Arbeit jeden Tag hinter mir lassen konnte, in denen ich den Staub des abgeschabten Leders von hunderten kleiner Schuhe einatmete, die wir tagein, tagaus in unserer Werkstatt herstellten. Es waren jedes Mal Momente unendlichen Glücks, in denen die einzelnen Teile meines aufgewirbelten Universums wieder in ihre geordneten Bahnen zurückkehrten.

Über die Bretter, die den Zuschauern als Sitzbank dienten, gelangten wir schließlich an drei freie Plätze mit Halbpanoramablick über das Ödland, das sich da als offizielles Fußballfeld versuchte. Meine Angebetete blieb stehen, aufgeregt und doch regungslos achtete sie auf alles, was sich in dem Tohuwabohu um sie herum ereignete. Fasziniert verharrte sie in einem Zustand bloßer Beobachtung, bemerkte nichts von meiner Euphorie, während ihr Gesicht eine leichte Ungläubigkeit beim Anblick dieses für sie wohl außerordentlichen und unbeschreiblichen Szenarios spiegelte.

Ich verkrümelte mich zunächst in Richtung der Umkleiden, um den unbequemen Kommentaren meiner Sportkollegen, vor allem aber denen ihrer maulreißerischen Frauen aus dem Weg zu gehen, die mit ihren scharfen Zungen einem Ereignis beiwohnten, das sie zwar nicht die Bohne interessierte, ihnen aber eine willkommene Gelegenheit bot, um sich gegenseitig von ihren Wehwehchen zu berichten und sich in Klatsch und Tratsch zu ergehen. Diese Schlangen konnten sich das Maul so zerreißen, dass dabei mehr Gift auflief als in all den Boulevardmagazinen und sonstigen Käseblättern der Zeit zusammen.

Im Umkleideraum plauderte ich ein bisschen mit den jungen Cracks, die bereits für ihr Spiel umgezogen waren. Einige von ihnen waren nicht mehr ganz so jung, aber nach wie vor äußerst geschickt beim Tanz mit dem Ball. Zur Ablenkung redeten wir über die Einzelheiten meiner schiedsrichterlichen Leistung vom Morgen, über die Boxeinlage, den Elfmeter und über den verdatterten Pugilisten auf seinem Weg in die Verbannung, sprich in die Einsamkeit des Umkleideraums. Außerdem schaute ich ein wenig dem Mann über die Schulter, in dessen Händen die Betreuung der Mannschaft lag: Dem Trainer, oder *Coach,* einem Muster an Ernsthaftigkeit, wie es sich für seine verantwortungsvolle Position gehört. Als ein wahrer Profi in seiner Disziplin erwies er sich während der fast religiösen Zeremonie der Einteilung der Spieler für die bevorstehende Begegnung.

Das Duell an diesem Tag hatte eine besondere Bedeutung innerhalb der örtlichen Sportszene, denn es handelte sich bei den Gegnern um unsere ballgewandten Erzrivalen von Central Atlético, bekannt und anerkannt für ihre wilden Saufgelage. Damit keine Missverständnisse aufkommen: Die allseits bekannte Rivalität zwischen den beiden Vereinen beschränkte sich tatsächlich auf die fußballerische Ebene – und auch wenn es ein Ding der Unmöglichkeit scheint, aber nach jedem Spiel, und zwar unabhängig vom Ergebnis, wurden sämtliche Grate und Kanten, die während der Rempelei und Ackerei auf dem Feld entstanden waren, mit Trinksprüchen und Handschlägen wieder glattgebügelt. Die Jungs legten einen Edelmut an den Tag, wie ihn nur die nobelsten Sportsmänner besitzen. Gleich nach dem Gefecht verfügten sie sich immer zum geheimen Kiosk neben den Umkleiden, um sich dort weiter auszutauschen. Sie gedachten gemeinsam der Raufereien, Trickserieen und Torschüsse, wortreich und glücklich darüber, einen bechern und sich immer wieder in die Arme fallen zu können, um sich gegenseitig alte Fehler zu verzeihen und ihren rustikalen Gemeinschaftsgeist mit neuen Kräften zu versorgen. Wirkliche Anfeindungen gab es unter uns nicht, schließlich lag unterm Strich sämtliche Schuld an allem Unfrieden stets: beim Schiri.

Nachdem ich die Aufstellung für diesen Tag in Erfahrung gebracht hatte, begab ich mich wieder zum südlichen Rang des Stadions, wo mich meine Penelope und ihr Miguelito erwarteten, beide brav auf ihren Plätzen in dieser abenteuerlichen Holzkonstruktion, die sich, ihrem hohen Alter und der damit verbundenen Brüchigkeit trotzend, stoisch in ihr Schicksal als Podest für die den zweiundzwanzig und einen Mann zujubelnden Zuschauer fügte. Lily blickte mich mit demselben Ausdruck von sehnsüchtiger Hilflosigkeit an, den wohl jedes verirrte Schaf in so einem Urwald aus fremden Menschen an den Tag legen würde. Sie machte auf mich den liebenswerten Eindruck einer desorientierten Ortsfremden, die auf irgendeinen Hinweis wartet; oder als wäre sie in Trance und versuche, im Nu jedes noch so winzige Detail dieser unbekannten Welt in sich aufzunehmen. In ihren offenen Augen spiegelte sich ein gewisses Unwohlsein, rang die Arme doch darum, ihre Rolle als Außerirdische inmitten dieses Feuerwerks irdischer Folklorismen mit Würde zu meistern. Irgendwie war es ganz drollig, sie im Kampf mit ihrem inneren Durcheinander in dieser für sie so ungewohnten Umgebung zu betrachten.

Aber sie war ja nicht allein in diesem Hexenkessel, sondern in Begleitung ihres Miguelito, der zwar aufgeregt, aber doch glücklich und voll bei der Sache war, derweil er seine Zähnchen begierig in einem der schmackhaften Pfannkuchen versenkte. Die Begeisterung und massig Puderzucker im Gesicht spähte der Dreikäsehoch genauso weltfremd und entzückt durchs Stadion wie seine Schwester. In seinen lebhaften Augen konnte ich den Willen erkennen, sich jede Einzelheit des Großereignisses ins Gedächtnis zu brennen, ein Ereignis, von dem beide noch nie etwas mitbekommen hatten, obwohl sie gerade einmal gut hundert Meter von unserem lautstarken Ballsporttempel entfernt wohnten.

Dann lenkten die Rufe unsere Aufmerksamkeit auf die Mannschaften, die nun die Kulissen verließen, um in zwei parallelen Reihen zur Mitte des Spielfelds zu traben. Tatkräftige Burschen, kreolische Krieger, ohne Tadel in ihrer stattlichen Erscheinung; die einen in Blau, die anderen – mein unbezwingbarer Verein – in Rot.

„Bei welcher Mannschaft spielst du?", fragte mit großen Augen und vollem Mund der achtjährige Miguelito auf seiner Suche nach Vorbildern ausgerechnet Julian, der sich in jenem glorreichen Moment zurückversetzt fühlte in das Alter ebendieses naschhaften Hosenmatzes.

„Bei den Roten!"

„Ich mag auch die Roten", stimmte mein Alliierter pfiffig ein und hing sich an meinen Triumphwagen, indem er seine kindliche Bewunderung für mich und mein geschwollenes Ego kundtat.

Zu goldig der Knopf!, feierte ich innerlich.

Die Eröffnungszeremonie hielt ein dunkelschwarzer Schwarzer in Schwarz ab (kein literarischer Quatsch!), ein souveräner Schiedsrichter, der seine Münze in die Luft warf, indes die beiden Mannschaftskapitäne zur Aufwärmung auf und ab hopsten, sich die Hände rieben, wobei sie wie die Entspannung in Person wirkten, und den Anweisungen und Warnungen des gestrengen Unparteiischen lauschten. Unterdessen wetzten die übrigen Kämpen, weitab vom Auswahlverfahren und vis-à-vis dem jeweiligen Gegenspieler, aufschneiderisch ihre Klingen und taten es den Torwarten gleich, die schon bald alle verfehlten Lederprojektile der Feinde süffisant ins Aus leiten und nur für diejenigen Bälle einen Finger krumm machen sollten, von denen sie sich etwas Ruhm versprachen und mit denen sie die tobende Galerie würden beeindrucken können.

„Kennst du die denn alle?", so ihr zaghafter Ansatz zu einem Gespräch, um sich selbst eindeutiger zu verorten in diesem Spektakel, das so nah und doch so fern war.

„Und ob. Die da, das sind die Jungs aus der ersten Auswahl. Es gibt aber noch mehr: Die aus der zweiten und die aus der dritten – die haben aber heute schon gespielt. Das hier ist die dritte und letzte Partie für heute."

„In welcher spielst du?", fragte sie mit einer Unschuld, die mir verdammt unschicklich erschien, mehr noch: absichtsvoll, hinterlistig, ekelhaft unangebracht.

Ich dachte zweimal darüber nach, schluckte und erklärte wie vom Hafer gestochen: „Ich? In der Dritten. Ich hab einfach nicht die Zeit, um auch unter der Woche zu trainieren; daher fehlt mir auch die Ausdauer. Wenn ich meine Situation mit denen dieser Fanatiker da vergleiche ... Die verbringen die gesamte Woche auf dem Rasen. Kennst du die Bolzplätze an der Hauptstraße? Da spielen sie fast täglich. Ich würde ja gern, aber ich hab einfach keine Zeit dafür ..."

„Und wozu die ganze Erklärerei?"

Verschlagen lachte sie und verlustierte sich an meinen stottrigen Rechtfertigungsversuchen, vertrieb aber im selben Moment die Scham über mein ausbaufähiges fußballerisches Talent mit ihrem

Lachen. „Außerdem hast du ja noch so irre viele *andere Dinge* zu tun; versteht sich von selbst, dass bei so viel Stress kaum Zeit bleibt."

Die Giftnatter hatte mich da, wo es wehtat, und ergötzte sich an meiner Wehrlosigkeit. Von der Seite (sie direkt anzusehen, traute ich mich nicht) konnte ich die Schadenfreude in ihren Augen aufblitzen sehen. Just da ertönte, wie ein herzhaftes Vorwort für die besondere Würze des anstehenden Sportspektakels, die schrille Stimme einer Besucherin, die immer und zu jedem Spiel kam und die nun ihre gesamte Weibeskraft aufbrachte, um die Atmosphäre im Stadion mit der für diesen Ort so charakteristischen Explosivität anzureichern: „Gebt ihnen ordentlich Saures, Juanero! Diese Penner sind doch lausiger als'n Affenarsch!"

Weder die Spieler noch die Zuschauer konnten sich vor Lachen halten, und selbst die gegnerische Bank platzte aus allen Nähten bei diesem Knaller, dem sie, obwohl er auf sie selbst abzielte, nicht den Biss und die Schlagkraft absprechen konnten, die so bezeichnend waren für diese Art volkstümlichen Sarkasmus – und schon gar nicht, wenn die Ohrfeige von einer Frau kam, was dem ganzen Quatsch noch einen Extraschlag Soße beifügte. Lily blickte mich doppeldeutig vergnügt an, hin und her zwischen der Freude über den Kampfschrei unserer Gloria (so hieß die Herrin über Schimpf und Tadel sowie glühenste Anhängerin unseres Klubs) und der scheinbaren Unwirklichkeit der Szene.

„Warum nennt sie den Kapitän Juanero?"

„Weiß nicht, er heißt Juan, womöglich deswegen."

Lilys Frage stimmte mich nachdenklich. Verwundert stellte ich fest, dass ich zwar die Spitznamen aller unserer Spieler und Klubmitglieder wusste, jedoch keine Ahnung hatte, woher diese Beinamen stammten. Die meisten kannte ich sogar ausschließlich beim Spitznamen, den bürgerlichen kannte ich von kaum einen.

„Seht mal", bezog ich Miguelito mit ein, der gerade seinen ich weiß nicht wievielten Pfannkuchen verdrückte. „Passt gut auf, ich erklär euch jetzt, wer wer ist. Aber bitte fragt mich nicht, woher die Spitznamen kommen, und auch nicht, wie die Leute wirklich heißen, denn nicht mal ich, als Vorstandsmitglied und so, weiß das so genau."

Beide signalisierten volle Zustimmung, indem sie die Augen aufrissen und die Ohren spitzten.

„Dort drüben im Tor seht ihr El Chilo, wegen seiner Wampe auch liebevoll die fliegende Sau genannt. Aber sobald es darum geht, verdächtige Bälle zu stoppen, ist er unüberwindbar. Wenn es nach mir ginge, würde er Superman heißen, wegen der heldenhaften Leichtigkeit, mit der er sein übernatürliches Körpergewicht durch die Lüfte schwingt. Rechts außen: El Lalo. Spindeldürre, aber ein Rückgrat aus Stahl. Hartnäckig hängt er sich an seine Gegner, – doch ganz ohne Schweinereien, aalglatt luchst er ihnen den Ball ab.

Linker Flügel: El Lolito – vermutlich wegen seines ewig jugendlichen Gesichts. Immer am richtigen Ort und mit einem gelungenen Startschuss dank seiner 1A-Linksaußenflanken. Übers Mittelfeld schießt Lolito natürlich nicht so gut wie unser Lalo, logisch. Der Libero: Garrincha. Schwarz und hässlich wie die Nacht und somit in krassem Gegensatz zu seinem elegant-lieblichen Spiel. Selbst wenn er gerade feindliche Schienbeine wegsäbelt, wirkt er immer noch feierlich und vornehm. Ernsthaft! Was gibt's denn da zu feixen?!"

„Ich lach doch nicht, mein Dummerchen, ich hab mich bloß verschluckt ... Also, weiter!"

„Na gut, dann weiter ... In der Mitte: El Lete. Guter Mann. Der nietet dich um mit einem absolut glaubhaften Engelslächeln auf den Lippen. Stur wie ein Esel, aber effektiv. Seine Kopfballkämpfe sind legendär.

Im Mittelfeld, etwas zurückgeblieben: unser Satan. Der verteilt Tritte ohne Mitleid, dafür aber mit viel Tücke. Er selbst bezeichnet sie als Liebkosungen am Rande der Legalität, aber immer todernst, ohne einen Hauch von Vergnügen bei seinen Massakern und ohne Hohn gegen den niedergemetzelten Feind. Der klaut die Bälle, als wären sie aus Gold. Mittelfeld, im Sturm: El Pera. Der mit den O-Beinen. Siehst du den? Voll der Geck, macht immer einen auf Galan und so. Na zumindest traktiert er die Bälle mit seinen Mordstritten immer noch besser als die Frauen, die er ja angeblich über alles liebt."

Lily lächelte mir ungläubig zu.

„Rechtsaußen: El Caña. Auch immer mit einem Lächeln im Gesicht, allerdings mit dem eines bösen Buben. Ein ganz gerissener Hund, Erfinder so manch höllischer Dribblings, die dem Gegner die Beine verknoten, weshalb er auch immer haufenweise Tritte kassiert. Seht ihr, in der ersten Halbzeit wird er noch auf dieser Seite hier spielen. Linksaußen: El Guata Amarilla. Ein klasse Läufer zwischen linker Seitenlinie und Mittelfeld, macht super Einwürfe, und wenn er mal nicht die rote Klubkluft trägt, dann macht er sich in seinem 1940er Ford und seinem schreiend gelben Polohemd auf Schürzenjagd. Die Klamotten sollen seiner braungebrutzelten, samtweichen Haut und seinem pechschwarzen Haar zu noch mehr Geltung verhelfen. Na ja. Jedenfalls bezeichnet er sich nicht nur als Schrecken aller Torhüter, sondern auch als *der Mann im Boot* ... Gefällt er dir?"

Ich bereue die unheilvolle Frage noch im selben Moment, in dem ich sie aus meinem Mund kommen hörte, aber da war das Übel schon angerichtet.

„Maulheld!", motzte meine etwas verblendete, doch bezaubernde Kebse.

„Wer? Ich oder er?"

„Beide! Und Stiesel!", so ihre strenge Anklage.

„Na ja, so schlimm ist's nun auch nicht. Aber fahren wir fort: der Mittelstürmer. Ein tödlicher Angreifer und unerbittliches Frontschwein ... Ha! Santana! Sein Nachname. Allerdings hat er weder was von einem Heiligen noch von einer Ana, ganz im Gegenteil, mit seinen brutalen Sprints und vernichtenden Schüssen terrorisiert er die gegnerische Verteidigung ohne Unterlass. Du denkst jetzt vielleicht, ich dichte da was hinzu, aber es stimmt, er ist der Attila für alle Torwarte. Es heißt, wo er langkommt, da wächst kein Gras mehr, was auf diesem Platz offensichtlich eine etwas – wie würde Cantiflas sagen? – übertriebene Übertreibung ist. Aber glaub mir: Santana ist der Schrecken in Person, der blanke Horror. Nicht wie Guata Amarilla, dieser Schnösel, von dem ich dir vorhin erzählt hab", schob ich noch eilig hinterher in der opportunistischen Hoffnung auf Pluspunkte.

Lily fixierte weiter die zweiundzwanzig Figuren auf der Jagd nach dem Ball. Kein Blick zu mir.

„Einmal hat er an einem Wochenende neun Tore in nur zwei Spielen geschossen, sechs am Samstag und drei am Sonntag. Die Fans gaben ihm den Beinamen Sangol, der Schützenpatron. Na gut, wo waren wir? Ach ja, Außensturm links: der Pirat. Geschickter und gewiefter als ein russischer Zirkusmagier. Viele kommen nur, um ihn spielen zu sehen, auch ich, und um abzufeiern, wenn er den Ball vor den Augen des Gegners verschwinden lässt und ihn dann hinter den Hacken wie ein Täubchen aus dem Zylinder wieder hervorzaubert, um ihn schließlich im hohen Bogen über die Köpfe der am Narrenseil gehaltenen Gegner zu katapultieren: unerreichbar und unfassbar ... Schau mich nicht so an, ich hab die Geschichte nicht überwürzt, du wirst schon sehen! Der Typ könnte glatt in der ersten Liga spielen – wenn er nicht an der Flasche hinge. Der schluckt nämlich mehr als Guatas Ford, Hand aufs Herz. Ein Jammer. Nun denn, zum rechten Außenstürmer: El Juanero. Eine erstklassige Nummer zehn. Schmal wie ein Brett vom vielen Rennen, aber mit einem treffsicheren Schlussschuss; mal ganz zu schweigen von seinen Pässen, die scheinbar aus dem Nichts kommen und wie Todesstöße ins Herz des Feindes wirken. Und erst seine freien Schüsse! Wahre Überschallraketen, einfach unnachahmlich."

Ich muss gestehen, über Fußball zu reden – und insbesondere über meinen geliebten Verein – stimmte mich von überaus glücklich bis poetisch-pathetisch. Lily hörte mir verständnisvoll mit halboffenem Mund zu und lächelte dankbar über meine Bemühungen, ihr eine Welt voller Namen und Übernamen zu erklären, die merkwürdiger waren als ein Chinese mit Locken; als fühlte sie sich beschenkt durch meinen Eifer, ihr jene Laute und Zeichen zu erläutern, die sie bis zu diesem herrlichen Spiel an jenem wundervollen Tag in der Hitze des Sommers am Rande der Stadt nicht einmal für möglich gehalten hatte.

„Der da hinten, im linken Flügel, der etwas schwindsüchtig dreinschaut, der hat eine Ausdauer wie ein Marathonläufer. Wir nennen ihn Cucufato, den Betbruder. Der ist gleich für mehrere Positionen gut, zum Beispiel links im Sturm oder auch in der Verteidigung des Mittelfelds. Allerdings setzen sie ihn wegen seiner umstrittenen Technik nur in Notfällen ein, eigentlich immer nur, um Santana den Rücken freizuhalten. Cucufato ist chronisch demütig, der tut an sich keiner Fliege was zu Leide. Aber auf dem Spielfeld, da wird er zum Vandalen. So, mal sehen, fehlt noch wer? Ach ja, in der Reserve haben wir ja noch mehr dieser Wunder der Natur, zum Beispiel Tribilin, der gerade da hinten am Tor steht. Abgesehen von seiner Verfolgungsstärke weist er eigentlich keine nennenswerten Besonderheiten auf, außer vielleicht sein lustiges Aussehen und sein Hundeblick. Der kommt so gut wie nie zum Einsatz, jedenfalls nicht in der Ersten. Der Andere, gleich neben ihm, das ist Moncho, der Schwarze mit dem herben, fast derben Ausdruck. Ah, und Cañaño, ich seh ihn zwar gerade nicht, aber der ist bestimmt in der Nähe. Wenn der sein Rotwelsch auspackt, wird er zur reinsten Proletenkarikatur, und wie ein Gauner spielt er auch den Ball, mit seinen kindischen Ausweichmanövern und seiner Wischiwaschi-augenwischerei hopst er da die ganze Zeit großspurig übers Feld. Noch so einer ist der dicke Torombolo, auch so ein Gaukler am Ball, und nicht nur da. Der sollte eher mit Hütchen als mit Bällen spielen. Zu guter Letzt, jetzt aber ... und hör bitte auf zu lachen! Hast du dich etwa schon wieder verschluckt? Nun gut, da ist jedenfalls ... tatarataaa: Tassenkopf! Ebenfalls im Mittelfeld unterwegs, unverzichtbar wegen seiner Finten und flotten Rhythmuswechsel. Er wird aber nie ins Spiel genommen, weil er immer zu spät kommt und nur, wenn ihm danach ist, undiszipliniert wie kein Zweiter. Wenn du genau hinsiehst, wird dir auffallen, dass er nur ein Ohr hat – daher der Beiname. Es heißt, er habe es in der Schule verloren. Er war wohl so schwer von Kapee, dass ihm der Lehrer ständig die Ohren langzog, so oft anscheinend, bis eines Tages eins davon abriss. Nun ja, ein Schulunfall. Ich hab dich doch gebeten, nicht zu lachen, also hör endlich auf damit! Und sieh mal, wer da kommt, qualmend wie ein Schlot, das ist Che Copete, der mit der stolzen Mähne. Ein Lulatsch und Maulheld, sieht aus wie aus einem Condorito-Comic, immer gleich, immer genau so, wie du ihn da siehst: aufgeblasen, herablassender Blick und eine spitze Zunge. Und dann ist da noch Krummbein Juan, der spielt heute aber nicht mit, klar, ist ja auch blau wie 'n Schlumpf. Aber der Trainer weiß schon Bescheid. Das ist übrigens der da, der mit den verschränkten Armen, der neben Tribilin steht. Dieser Hüne führt die Mannschaft an, allerdings mehr dank der Autorität, die er als lebenslanger Vereinsvorsitzender genießt, als wegen seiner fußballerischen Fähigkeiten. Aber er hat sich den Respekt der Klubmitglieder erworben."

Ungeachtet der Begrüßung einiger Vereinskollegen, von denen der eine oder andere in der durchschaubaren Absicht näherkam, mir hallo zu sagen und nebenher das zu beäugen, was sie mit volkstümlichem Scharfblick als meine neueste Eroberung zu erkennen glaubten, fuhr ich unbeirrt mit meiner milieugetreuen soziosportlichen Tirade fort: „Wenn Krummbein Juan mal nicht in die Mannschaft genommen wird, legt er jedes Mal aufs Theatralischste Einspruch ein, aber die Anderen bringen ihn dann meistens mit lockeren Sprüchen und losen Versprechen wieder zum Schweigen, zum Beispiel, indem sie ihn auf ein Bier nach dem Spiel einladen, selbst wenn sie verlieren sollten. Ich sag dir, in der Umkleide geht's echt lustig zu. Ich war mal dabei, als ihnen ein Stürmer fehlte und sie Juan fragten, ob er einspringen könne: *Besser nicht, Trainer, ich hab schon einen gezwitschert und bin ein bisschen wacklig auf den Beinen*, so die ironisch-kokette Entschuldigung unseres Cracks am Rande eines Crashs. *Na dann holen wir dir mal schnell eine Bierkiste – zum Draufsetzen!*, ulkte ein Anderer und trat eine Lawine des Gelächters los.

Lily und ihr Bruder lauschten weiter edelmütig meinem Monolog; sie schienen sogar recht erfreut über diese Einführung in meine Welt, die sie nun, und besonders Lily, wie ich hoffte, mit anderen Augen sehen konnten.

Das Spielfeld glich einer viereckigen Schotterwüste unter dem Joch einer unerbittlichen Sonne, die mit ihren allgegenwärtigen Strahlen gleichermaßen auf die Spieler in ihren kurzen Klamotten sowie auf die Zuschauer mit ihrer großen Leidenschaft einstach. Aus meiner heutigen, verdrehten Sicht habe ich die Sonne an jenem Tag als eine Art atomaren Brennpunkt in Erinnerung, wie eine riesige Strahlenscheibe, die ihr Feuer erbarmungslos auf all die dreisten Erdenbewohner richtete, dies es im Namen des guten Fußballs und der gesunden Kameradschaft wagten, dieser gigantischen Energieverschwendung zu trotzen. Doch unbeschadet der brütenden Hitze erfüllte das Spiel alle Erwartungen und Wünsche des hoffnungsfrohen Publikums. Nur für Lily, meinen kleinen aus der Not geborenen Stegreiffan, war das mit Abstand Wichtigste nicht etwa das, was auf dem Feld vor sich ging, sondern die Späße und Pöbeleien unter den Zuschauern. Das war es, was ihre gesamte Aufmerksamkeit beanspruchte – das waren die Dinge, die für sie den Sinn ihrer Anwesenheit dort stifteten.

Beide Fanlager, voneinander getrennt durch eine imaginäre Linie, waren bereits am Ausflippen. Immer wieder waren deftige Witzchen und Spötteleien zu hören. Lautstark pfefferten sie ihre Späße aufs Feld und frotzelten über die theatralischen Stürze und heftigen Rempeleien der Spieler: *Huch, so fall doch nicht hin, mein Schatz, du reißt dir noch die Strümpfe entzwei!* Oder *Na los, mein Alter, lauf! Du bewegst dich ja wie ne Kuh beim Kauen ... samt Kalb am Euter!* Und die ganze Meute brüllt los und feiert zu diesem Hin und Her der Zoten und Kalauer, allerdings ohne zu vergessen – Adel verpflichtet schließlich –, die wirklich gelungenen Spielzüge mit aufrichtigem Jubel und Beifall zu bedenken. Die meisten Schmähungen und Sticheleien, die in diesem Hexenkessel wahrer Leidenschaft gebraut wurden, zog sich jedoch der Unparteiische zu. Der selbstlose Richter musste von allem etwas einstecken, und zwar von beiden Seiten. Davon unbeeindruckt ließ er, weltvergessen und furchtlos, seinen prüfenden Blick über das Spielfeld streifen und zollte den Bemerkungen der eifrigen Schmähführer keinerlei Beachtung, überhörte sie vielmehr mit olympischer Gleichgültigkeit, als wäre die Anwesenheit der Leute im Stadion nur ihm und seinen zweiundzwanzig Gladiatoren zu verdanken.

Die Spötteleien konnten zuckersüß, aber auch gallebitter sein: *Du Blindfisch, du, nun pfeif doch endlich mal, oder trägst du das Ding nur zur Deko um' Hals?! Du Napfsülze ... an deiner Stelle würd ich nur noch nachts rausgehen, so ersparst du dir eventuell meinen Fuß in deinem Arsch!* Der Mann mit der Pfeife (übrigens ein Kollege von mir mit Vorfahren aus Nordperu) war dünn wie ein Streichholz und hatte eine extrem dunkle Haut, allerdings nicht nur vom Sonnenbaden, sondern aufgrund seiner Gene, so dass er mit seiner nicht minder schwarzen Schiedsrichteruniform tatsächlich aussah wie ein heruntergebranntes Zündholz. Selbst die Socken und Schuhe waren schwarz, was Lily und mich dazu anstiftete, einige der Bilder aus Violeta Parras Lied *Casamiento de Negros* neu in Szene zu setzen, und zwar mit unserem Schiri unter Beschuss an diesem für ihn so schwarzen Tag.

So passt doch auf, dass mein Krug nicht umkippt, du Hampelmann! Was bist du denn für ne Blindschleiche, siehst du nicht, dass gleich der ganze Feiersekt flöten geht?! Mit dieser Anspielung wollte ihn die Menge auf ein Foul gegen den Schwarzen Chavez hinweisen, genau im selben Moment, als dieser, der Länge nach auf dem Boden liegend, dem Publikum mehr Mäßigung abzuringen versuchte, indem er sich den Zeigefinger auf den Mund drückte, um den Querulanten zu bedeuten, gefälligst die Klappe zu halten, und um den Eigenen wie den Anderen zu verstehen zu geben, dass sie ihn nicht so bloßstellen sollen. Als er sich wieder von dem Mordstritt erholt hatte, schrie er noch in die Menge, sie sollten doch nicht sein Ansehen als hingebungsvoller Fußballer beschmutzen: „Ihr Armleuchter, wenn ihr so weitermacht, trink ich heute einen im Vereinszimmer, und zwar allein, ohne euch Brüllaffen!" Das abgebrannte Streichholz, nun wieder voll entzündet ob der außerplanmäßigen Unterbrechung, mahnte mehrfach die Wiederherstellung der Ordnung an und warnte den Schwarzen (den anderen, den Chavez mit dem Feiersekt), nicht so arg gegen das Publikum zu wettern. Beim nächsten Mal sah Chavez dann auch schon gelb, die Massen lachten und schon flogen die Sprüche: *Da kannste ihm ja gleich deine Unterbuxen von innen zeigen, du Weihnachtsmann, passt doch farblich!* Und so setzte sich das Lachkonzert fort, mal parallel, mal querbeet zum Geschehen auf dem Feld. Lily erklärte ich noch, dass der im Spiel und in seiner Ehre gefoulte Chavez über unbeschreibliche

Fähigkeiten verfügte, sowohl auf dem Platz als auch an der Weinflasche, rot wie weiß, der scheute sich bei keiner, auch mal tiefer hineinzuschauen.

Auch nach dreißig Spielminuten waren beide Tore noch jungfräulich, ein allzu heiliger Zustand, den man von ihren schreifreudigen Hütern gewiss nicht mehr erwarten konnte. Plötzlich und wie aus dem Nichts ertönte wieder die schrille Stimme unserer überschwänglichen Gloria, dieser kreolischen Jeanne d'Arc in Gestalt einer araukanischen Freesie, dieses beherzten Weibes, das sich ehrenhalber als Wäscherin auf Lebenszeit für unsere schweißtriefenden Trikots und sonstigen für diesen großen Sport nötigen Kleidungsstücke bereit erklärt hatte. Ihre atemlosen Rufe durchschnitten die Luft und den darin schwebenden Gemeinschaftsgeist: „Halt, ihr Pfeifen, seht ihr denn nicht, dass der Pirat umgekippt ist und sich nicht mehr bewegt?! Leute, jetzt haltet doch mal den Zirkus kurz an, der Kerl atmet ja schon nicht mehr!" schrie Gloria hysterisch, wobei sie mit beiden Händen ihr Gesicht hielt und um Hilfe rief: „Jetzt hilf ihm doch mal einer, der ist ja ohnmächtig ... Ihr hohlen Nüsse, ihr!"

Und so tobte sie weiter vor sich hin, eher peinlich denn glorreich, die arme Gloria. Das gesamte Publikum richtete seine Augen auf die Stelle, wo unser Freibeuter der Felder aufgehört hatte, dem Ball hinterherzujagen, und nun, gänzlich unfreiwillig, wie es schien, seine Aufgaben als Mittelfeldgenie und Leitstern vernachlässigte. Von ganz allein war er hingefallen, ohne feindliche Nachhilfe mittels Ellbogen oder Schienbeinen, weshalb hinter seiner jähen Niederwerfung auch gleich etwas Schlimmeres vermutet wurde, womöglich ein Herzinfarkt oder so etwas. Aus unserer Laiensicht und in unserer Verwirrtheit war jedenfalls nicht genau festzustellen, was diesen unliebsamen Schwächeanfall ausgelöst hatte.

Das Drama des hingestreckten, wehrlosen Idols hielt uns alle in seinem Bann; zur allgemeinen Erleichterung gab er aber schon bald wieder sichtbare Lebenszeichen von sich, wenngleich in Form einer schweren, unregelmäßigen Atmung. Lily klammerte sich fest an meinen Arm. Da nahm ich allen guten Willen zusammen und rannte zu dem Verunglückten hinunter. Zur selben Zeit eilten auch die Assistenten beider Mannschaften aufs Feld – Großmut verpflichtet –, um sich übergangsweise als diensteifrige Doktoren anzubieten. Die ruppigen Aushilfsmediziner wirkten überaus beflissen, aber auch kontrolliert, fast schon doktorhaft mürrisch, als wollten sie jene kalte Ruhe nachahmen, mit der so viele Ärzte ihren Kunden gegenübertreten – von Patienten kann man ja heutzutage kaum noch sprechen, und schon gar nicht, wenn die Behandlung, und damit die Hoffnung auf Gesundheit oder Leben vom Umfang der Brieftasche abhängen, von der des Kranken, versteht sich. Nervös öffneten sie ihre Verbandskästen und legten die unglaublichen, ja schier unbeschreiblichen Heil- und Hilfsmittel offen, die sie in ihrer dringenden Mission als Großstadtschamanen zur Verfügung hatten. Ihr gesamtes medizinisches Handwerkszeug bestand aus etwas Mullbinde, einigen Heftpflastern, ein wenig Watte, Jod, einer Flasche Alkohol und einem Kanister ihres Weihwassers, mit dem sie alle körperlichen und seelischen Wunden heilten, das jeden Bluterguss abklingen ließ und das nach dem professionellen Tritt eines waschechten Kiezkickers als wundersame und rasche Abhilfe gegen jegliche Art von Quetschung oder Schwellung diente.

Die üblichen Schaulustigen beobachteten uns aus ihrem Zustand passiver Solidarität, einige kess und ungeniert, andere wahrhaft besorgt, und wieder anderen konnte man eine obsessive Neugier an ihren offenen Mündern und Augen ablesen. Derweil machten sich die Ersatzärzte daran, den regungslosen Piraten mit Hilfe ihres abgegriffenen Instrumentariums und unter eindrucksvollen Hantierungen wiederzubeleben. So rieben sie ihm die Hände mit viel Wasser hier und viel Wasser dort, fuchtelten mit einem aus Zeitungspapier improvisierten Fächer herum, massierten ihm den Nacken, legten seine Beine hoch und zeigten sich insgesamt höchst emsig bei der Errettung dieses Mythos der Kreisliga aus dem Limbus der Bewusstlosigkeit – denn, ohne falsche Bescheidenheit, sein Ruhm reichte weit über die Grenzen des Vereins und des Viertels hinaus.

Doch wie er nun am Boden lag, schien er mir eher von trauriger Gestalt. Sein schlaffer Körper sah aus wie der einer Strohpuppe, eine leere Hülle dessen, was unsere Begeisterung für sein Können in ihn projizierte. Dank dieses Virtuosen hatte die Mannschaft die vergangenen drei Jahre den Pokal gewonnen, und der Legende nach, die in unseren Breiten des Landes umging, war das Zweiergespann, das er zusammen mit El Juanero bildete, nur noch mit dem Duo vergleichbar, das im Mittelfeld bei Colo Colo agierte, dem beliebtesten Profiverein in unserem unerschütterlichen Land. Sicher mag so eine Gleichsetzung stark nach Großsprecherei klingen, und obwohl diese vollmundige Vorstellung die Volkssage weiter schürte, war es doch durchaus wahr, dass beide schon in der Profiliga gespielt hatten; allerdings waren sie, wohl wegen ihres häufigen Fehlens beim Training, nach nur wenigen Wochen schon wieder ausgeschieden. Und bei den paar Malen, als sie sich dazu bequemten teilzunehmen, erschien der Pirat meistens mit einer Fahne wie frisch aus der Kneipe. Juanero hingegen hatte wegen einer chronischen Erkrankung aus freien Stücken aufgehört. So spielt das Leben, und so freuten sich unsere Fans darüber, ihn wieder im Verein und im Viertel zu haben. Der Pirat hatte zwar nicht das Können unseres Juaneros, aber er war ein Meister, wenn es darum ging, den Ball auf jedem x-beliebigen Quadratmeter des Felds zu verteidigen und sich derweil über den Angreifer ins Fäustchen zu lachen. Ein Ass war er auch darin, den aus Frust und spielerischem Unvermögen geborenen Tritten des Gegners auszuweichen und selbigen wie einen begossenen Pudel dastehen zu lassen. Eine Sache gab es zudem, die Freunde wie Feinde beeindruckte: Der Pirat war von einer Statur, die, mit Verlaub, nicht gerade als athletisch zu bezeichnen war, zumindest wenn man davon ausgeht, dass *athletisch* von *Atlas* kommt. Unser kreolischer Titan wollte nicht so ganz in den anthropomorphologischen Kanon passen, nach dem die alten Griechen ihre Götter schufen. Jedenfalls verhielt es sich so, dass unser Spielmacher nur etwas über 1,60 maß, was, wie man sich denken kann, kein allzu hohes Körpergewicht mit sich brachte. Von der Haltung her wirkte er lustlos, wegen des gekrümmten Rückens, und weil sein Kopf ständig irgendwo zwischen den Schultern klemmte, die Augen auf den Boden gerichtet, als konzentriere er sich einzig darauf, wohin er seinen nächsten Schritt platzieren würde. Achtlos trottete er durchs Leben, der Pirat, als gäbe es um ihn herum nichts und niemanden. Am Ball sah das jedoch ganz anders aus. Mit ihm zwischen den Füßen blühte er auf wie die Atacama im Frühling. Über das Leder verfügte er nach eigenem Gutdünken, unterwürfig schmiegte sich der Ball an die Füße seines hageren Herrn, indes dieser mit gesenktem Haupt davonstürmte, so dass man unmöglich erkennen konnte, wohin seine Augen zielten und in welche Richtung der Korsar dieses ihm so ergebene Tierchen noch jagen würde. Mit einem Mal und einer unsagbaren Geschwindigkeit schmetterte er dann das Objekt der allgemeinen Begierde direkt aufs Tor oder aber zu einem Mitspieler, stets dem bestpositionierten natürlich – und wenn nicht, behielt er den Ball weiter bei sich, wie zum Beispiel nach einer seiner Vollbremsungen, die er gern voll Heimtücke und aus purer Lust am Sabotieren der gegnerischen Attacken einschob, und um den Angreifer dem Gespött der feiernden Massen preiszugeben. Die Gedemütigten versuchten zwar, sich durch listige Beinsteller zu rächen oder indem sie ihn am Trikot festhielten oder ihn gar anspuckten und beleidigten, aber am Ende, wenn sie die Nase voll hatten von seinen Finten und Winkelzügen, dann schmissen sie meistens doch das Handtuch und ließen ihn ziehen. Außerdem ersparten sie sich auf diese Weise einen Platzverweis.

Man kann zwar nicht behaupten, dass jeder seiner Spielzüge in einem Tor gipfelte, das wäre Wunschdenken, doch verstand er sich darauf, den Rhythmus des Spiels zu bestimmen und mit seinen unberechenbaren, aber punktgenauen Pässen immer wieder für Überraschung zu sorgen. Der Pirat war gewiss kein Torjäger, aber mit seiner Weitsicht und seinem Witz schuf er stets eine Dynamik, die sich mir, als ewigen und eher grob geschnitzten Fußballer, bewundernswert ausnahm.

Mittlerweile hatte die aufgewirbelte Menge begonnen, über die plötzliche Tragödie rund um das angeschlagene Genie zu spekulieren, und wie es unter Menschen üblich und natürlich ist, wurden dabei die unglaublichsten Mutmaßungen ersonnen und ersponnen, besonders in Hinsicht auf die möglichen Ursachen des

Unglücks: „Der säuft doch schon wieder seit letzten Freitag", hieß es da von einer Seite.

„Die Alte soll ihn vor die Tür gesetzt haben", bemerkte ein Anderer.

„Das Problem ist einfach, dass der Spargeltarzan nie was isst, wenn er auf Sauftour geht", gab ein Dritter mit der ernsten Miene eines Sachverständigen zu bedenken.

„Alles Quatsch, gestern ist er doch noch mit seinem Frauchen übern Markt geschlendert", berichtigte hingegen ein Vierter.

„Und womit soll der bitteschön einkaufen gehen? Der ist doch arbeitslos!", warf irgendein Ränkeschmied ein, vermutlich ein Maulwurf der anderen Mannschaft.

„Verdammt noch eins, jetzt halt doch endlich mal die Schnauze; du quasselst schon wieder viel zu viel!", erwiderte einer, den ich nicht genau einordnen konnte.

Unterdessen verharrte unser Pirat weiter regungslos am Boden, als schere er sich einen Dreck um das Tohuwabohu um seine Person – eben wie immer: gerissen und verbissen. Auch trotz der vielen kalten Duschen, die ihm verabreicht wurden und der Rufe und Ohrfeigen in sein blasses, verschwitztes Gesicht (eine so unsanfte Wiederbelebungsmethode, die sich die Sanitäter bestimmt aus den unzähligen romantiküberladenen Telenovelas abgesehen hatten) – jedenfalls trotz des ganzen Aufhebens tat unser Held kein Auge auf, ein Umstand, der zunehmend an ein ausgewachsenes Drama denken ließ; wie in den Filmen, in denen die ohnmächtigen Frauen von ihren Männern unnützerweise eine Schelle nach der anderen verabfolgt bekommen in der Hoffnung, sie so aus ihrer affektierten Besinnungslosigkeit zu erretten – nur dass es in unserem Fall kein Film war und der leblose Pirat partout kein Zeichen einer baldigen Rückkehr von sich geben wollte.

Als das Trauerspiel schließlich auch die letzten Zuschauer und Sanitäter ergriffen hatte, schrie ein helles Köpfchen im Publikum, man solle doch endlich einen Krankenwagen rufen. Just in diesem Moment, als wollte irgendeine fußballvernarrte Gottheit ein Unrecht, das sie bereute, wiedergutmachen, öffnete sich des Piraten gutes Auge, und darauf sein Mund, aus dem es nun tönte: „Nix da

Krankenwagen, schafft mir lieber fix ein kühles Pils ran, ihr Torfnasen, oder muss ich erst Staub husten, damit hier was passiert!"

Die Masse brach in ein Gelächter der Erleichterung aus, Neckereien und Mitleidsbezeigungen wurden geäußert und einige Helfer kamen sofort herbei, um den Durstigen in den Mannschaftsraum zu befördern. Dort bewirteten sie ihn zunächst mit Bier und stellten ihn anschließend unter die Dusche. Wer weiß, vielleicht würde es der geniale Zechbruder nach dieser Behandlung ja noch mal aufs Feld schaffen, um uns weiter mit seiner berauschenden Fußballmagie zu verzaubern.

Die Erleichterung stand mir ins Gesicht geschrieben, als ich zu meinem Sitz zurückkehrte. Mein Engelchen, beschwingt durch das Kolorit der Menschen und der Szenerie, trank seelenruhig eine Limo, während sich ihr kleiner Bruder wohl den hunderttausendsten Pfannkuchen einverleibte an diesem wunderschönen Tag, dessen pralle Sonne nun mit kosmischer Gelassenheit auf den Horizont zusteuerte. Um unserem Sonntag die Krone aufzusetzen, lud ich die beiden zu leckeren Sopaipillas bei Señora Consuelo ein, einer zierlichen Frau, die immer aussah, als stünde sie kurz vor der Entbindung. Jedes Mal, wenn meine Kumpels und ich ihren Stand aufsuchten, an dem es übrigens das beste Frittiergut weit und breit gab, empfing uns die Gute mit ihrem umfänglichen Bauch vorneweg, als kündigte sie uns die Ankunft eines neuen Kindes an. Der fleißigen Frau stand stets eine Art unergründlicher Trauer ins Gesicht geschrieben, was einen klaren Widerspruch zu ihrem unermüdlichen (oder besser: mütterlichen) Lächeln bildete, das uns von ihrem abgezehrten (um nicht zu sagen, ausgehungerten) Körper ablenkte. Dieses Lächeln gehörte zu ihrem Gesicht, wie die Scheinschwangerschaft zu ihrem Bauch; es war, als wollte sie hinter ihm die Anzeichen eines unermesslichen Mangels und endlosen Leidens verstecken. Womöglich waren ihre Sopaipillas und Empanadas ja deshalb von einem so göttlichen Wohlgeschmack, wie ihn nur ein durch die tägliche Not geformter Erfindergeist hervorzubringen vermag.

In einer Ecke des Behelfslokals, gleich neben dem Kesselchen voll Pfeffertunke mit kräftigem chilenischen Chili (was nicht nur am

Ein-, sondern auch am Ausgang brennt), stand ein Schild mit der wortkargen Aufschrift: Heute nichts auf Pump, morgen ja – obwohl sie wohl niemals jemand um ein Darlehen für ihre geschätzten Delikatessen angegangen wäre, zumal diese nicht nur ungemein schmackhaft, sondern auch so wohlfeil waren, dass sie sich selbst der ärmste Schlucker leisten konnte.

Mein Schmusekätzchen schnabulierte drei, ich vier und Miguelito fünf der in Honig und Zimt gebadeten Sopaipillas. Auf Chili wurde allgemein verzichtet, da es bekanntlich irre brannte und nachbrannte. Als wir mit unserem Straßenbankett durch waren, war es bereits dunkel. Meine Sylphide dankte mir für das Mahl mit einem Seufzer der Zufriedenheit: „Ach, einfach himmlisch diese Sopaipillas! Viel besser als deine berühmten Burger bei Dominó."

Miguelito stimmte augenzwinkernd zu, auch wenn er weder die Burger noch das Dominó kannte.

FÜNFZEHNTES KAPITEL

„Überraschung!"
Paulas Stimme erwischte mich, als ich gerade meine Schiedsrichterrobe anlegte.
„Welche Überraschung? Du?"
„Natürlich nicht mein Liebster, wie sollte ich es denn noch sein, nach vier langen Jahren glücklicher Ehe!"
Ihr Sarkasmus lief mir kalt den Rücken herunter; ohne Wenn und Aber musste ich mir eingestehen, wie unangebracht meine Frage gewesen war. Also versuchte ich, das Unheil wieder glattzubügeln: „So meinte ich das nicht. Ich dachte bloß, du hättest etwas Besonderes gesehen, oder jemanden."
„Und so ist es auch: Ich habe jemanden getroffen ..."
„Na dann lass mich nicht länger im Saft deiner Vorrede schmoren!"
„Die Señora Rosa, Mensch, die Nachbarsfrau! Stell dir nur vor, auf dem Markt lief sie mir übern Weg und grüßte mich. Glaubst du's?! *Guten Tag*, sagte sie, und *wie geht's* und so weiter!"
„Unsere Nachbarin?"
„Keine Geringere. Und obwohl ich ganz schön baff war, versuchte ich gleich, das Gespräch in die Länge zu ziehen. Leider kam ich nicht zu mehr als *Wahnsinn, wie teuer doch alles geworden ist.*"
„Nun ja, nicht viel, aber immerhin."
„Und was für einer! Wie es scheint, sehen uns die Nachbarn seit dem Samstag letztens mit ganz anderen Augen."

„Wurde ja auch Zeit, denn die Augen ihres Mannes haben mir gar nicht gefallen."

„Jetzt sagen wir uns also endlich hallo! Das war schon komisch, sie da so zu sehen und nicht zu wissen, was ich sagen soll, ob ich sie grüßen soll oder lieber nicht … Zuerst traute ich mich nicht mal, zu ihr rüberzusehen, und erst recht nicht, von ihrem *uniformlosen Uniformträger* anzufangen, wie du ihn so gern betitelst, zumal der ja was gegen uns hat."

„Vorsicht, red nicht so laut, vielleicht sind sie zu Hause."

„Mist, daran hab ich gar nicht gedacht! Übrigens, wann kommst du denn wieder?"

„Weiß ich noch nicht. Wieso?"

„Wenn du später kommst, würde ich Patricia mit zu meiner Mutter nehmen."

„Kein Problem."

„Dann musst du allein essen."

„Kein Problem."

„Und kochen!"

„Kein Problem."

Als ich später von meiner schiedsrichterlichen Pflicht zurückkam, drehte ich noch eine Runde durch die Gemeinde. Samstagnachmittags trafen sich immer die verschiedenen Jugendgruppen, diese Aufbegehrernaturen unter ihrer Bekehrtenfassade. Ich hielt es für ein Zeichen gesunder Neugierde, wenn ich ein bisschen in unserem improvisierten Revolutionslabor herumschnüffeln würde. Also machte ich mich auf die Suche nach Rodrigo, den ich bald in seinem Proberaum fand, wo er sich um die poetische Arbeit kümmerte. Wir sprachen über die diversen Probleme der Gruppen im Bezirk, über Veränderungen bei der militärischen Überwachung unserer Gegend, über etwaige dringliche Angelegenheiten; auch der Tod des Blonden kam zur Sprache: „Wann hast du es erfahren?"

„Ich glaube, es war noch in derselben Nacht, in der sie ihn umgebracht haben, in den Null-Uhr-Nachrichten."

„Und wieso hast du mir nicht gleich Bescheid gesagt?"

„Aus Sicherheitsgründen. Ich war mir nicht sicher, ob du von ihm und seinen Aktivitäten wusstest, also habe ich es lieber für mich behalten. Aber ich sag dir, du kannst dir nicht vorstellen, wie entgeistert ich war, als ich es hörte, und wie sie ihn förmlich hingerichtet hatten, und der Ort, den sie sich dafür ausgesucht hatten. Ohne Scheiß: zwei Wochen lang war mein Hirn wie Matsch."

„Mir ging's auch nicht anders. Unsere Frauen waren ja recht gut miteinander befreundet, und nicht selten kam seine rüber zu uns, um sich Rat zu holen. Als ich davon erfuhr, logisch, bin ich fast aus den Latschen gekippt. Und dann der ständige Gedanke daran, dass die Dinos den Blonden womöglich mit uns in Verbindung bringen würden. Ich sah nur noch Maulwürfe, überall, die volle Ladung Paranoia. Nelly ging's mächtig dreckig, wochenlang ließ ich mich nicht bei ihr blicken. Die ganze Zeit stand ich pausenlos unter Strom", schloss Rodrigo und hielt mir seine zittrigen Hände hin.

Nachdem wir uns die Herzen ausgeschüttet hatten, bestätigte mir mein Kumpel noch die Sache mit der Überwachung des Hauses von Ricardos Schwiegermutter; auch stünden die Chancen wohl nicht gut, mit seiner Frau Teresa zu sprechen, um sich über ihren Zustand und den der kleinen Tochter zu erkundigen. Dennoch gebe es einige findige Versuche, den Fluch der Beschattung zu umgehen, indem man ihnen die Botschaften oder Hilfen über irgendein Kind aus der Nachbarschaft oder eine Freundin der Familie zukommen ließ. Teresa hatte bereits offiziell bestätigt, dass es sich bei dem Toten um unseren Blonden handelte, man hatte ihr den Leichnam im Schauhaus gezeigt, eingesargt und mit der Empfehlung, ihn so bald wie möglich zu beerdigen. Auch Lucy zog zur Schwiegermutter, sie wollte den beiden Frauen und der Tochter in dieser emotional und finanziell schwierigen Lage beistehen.

„Dir ist doch klar, warum ich dir das alles erzähle?", fragte Rodrigo ohne viel Drumherum.

„Ich kann's mir denken."

„Julian, ich will mich ja nicht einmischen, aber du bist nun mal einer der wenigen, die noch bereit sind, mitzumachen, mir bleibt also keine andere Wahl …"

„Allerdings geht's hier nicht nur um Bereitschaft, sondern auch um die Möglichkeiten eines jeden. Es gibt definitiv noch mehr willige Helfer als mich, nur dass vielen die Ahnung fehlt, oder die Mittel."

„Ich will einfach nur wissen, ob du in der Lage wärst."

„Das weißt du doch ganz genau."

„Wie kommst du denn darauf?"

„Rodrigo ... Wie wohl? Mehrere deiner Jünger haben doch bei mir in der Werkstatt gearbeitet, also solltest du wohl bestens darüber informiert sein, wie gut es momentan bei uns läuft, und besonders bei mir."

„Was könntest du beisteuern?"

„Wo drückt der Schuh denn am dollsten?"

„In der Gemeinde helfen wir ihnen mit Essen aus. In der Poliklinik gibt's medizinische Unterstützung. Am nötigsten sind jetzt eigentlich neue Kleidung für die Kleine und etwas Zeugs für den Haushalt."

„Und wie sollen ihnen die Sachen zukommen?"

„Über Nelly. Meine Frau macht das."

„Das traut sie sich?"

„Irgendjemand muss es ja tun."

„Werft ihr da auch nicht zu viel in die Waagschale?"

„Nicht mehr als du."

„Ich riskier doch gar nicht so viel dabei."

„Das denkst du. Und was ist mit deinem Spitzel von nebenan?"

„Woher weißt du davon?", fragte ich und schluckte schwer.

„Hab's in der Gemeinde gehört."

„Und wer erzählt da solche Geschichten?"

„Jemand hat es aufgeschnappt von einem Mädel aus eurer Nachbarschaft; ihr kennt sie wohl ganz gut."

„Du meinst nicht zufällig so ein junges Ding, das bei uns im Block wohnt?"

„Ja, doch. Ich glaube, sie heißt Lily."

„Ich kenne sie – ich meine, ja, die hab ich schon ein paarmal bei uns gesehen. Ich wusste gar nicht, dass sie bei euch im Zentrum mitarbeitet."

„Ja, sie kommt manchmal her – vielleicht sehen wir sie ja heute noch. Sie steht wohl auf Poesie und auf Víctor Jara."

„Und die hat euch erzählt, mein Nachbar wäre ein Spitzel? Wozu das denn?"

„Einfach so, sie stellte sich gerade in einer Neulingsrunde vor und jeder sprach kurz darüber, woher er kommt und welchen Hintergrund er hat."

„Daher weißt du also, dass sie gleich bei uns um die Ecke wohnt."

„Genau. Sie sagte, sie sei mit deiner Frau befreundet."

„Ja, die beiden sind wie Busenfreundinnen."

„Na umso besser, Mensch!"

„Besser? Für wen?"

„Na für dich, altes Haus! Dann sitzt du ja fast direkt an der Quelle. Dein Nachbar ist ja schließlich nicht irgendein Bulle, sondern einer aus dem engeren Kreis von *Du-weißt-schon-wer* ..."

„Aber die Kleine steckt da, glaube ich, gar nicht so tief drin."

„Mag sein, dass sie nicht viel weiß, aber auch ein bisschen kann unseren Horizont schon erweitern, nicht wahr?"

„... Wann soll ich dir das Geld geben?"

„Ich hol's mir einfach in der Fabrik ab, dann kann ich gleich noch ein Paar Schuhe für meine Kleine mitnehmen."

„Dann komm übermorgen, da bin ich bis abends da."

„Einwandfrei, dann bis morgen. Tschau!"

„Tschüssikowski!"

Ich wollte mich gerade zurückziehen, um in aller Ruhe den Kopfbrei, den mir mein Freund Rodrigo zu schlucken gegeben hatte, zu verdauen, als ich seine Stimme erneut hörte:

„Übrigens, Julian, ich warne dich: Das Mädel ist sehr neugierig und nicht gerade auf den Kopf gefallen."

„Und wozu erzählst du mir das?"

„Ach, nur so."

SECHSZEHNTES KAPITEL

Mit Lily Lolita, meiner lieblichen Schülerin und talentierten Liebhaberin, der frechen Blocknachbarin und Freundin meiner Frau, Nichte eines ominösen Onkels und nun auch noch überraschender Neuzugang in der örtlichen Jugendgruppe, war ich so verblieben, dass wir uns immer nachmittags treffen. Zwei oder drei Mal pro Woche erwartete ich sie nach der Schule in einer nahegelegenen Seitenstraße. Von dort aus machten wir uns dann auf die Suche nach einem Ort, an dem wir allein sein konnten, nicht selten eine Pension. Vorher kehrten wir jedoch immer in eine Imbissstube ein (am liebsten ins Dominó) und gaben uns ein Vorspiel aus saftigen Burgern oder üppigen Brötchen mit Steaks, Avocado, Mayo, Chili und weiteren speichel- wie fetttreibenden Zutaten, so dass unsere kleinen, ungeschickten Hände stets die größten Schwierigkeiten bei der Bändigung dieser Monster der chilenischen Küche hatten, was übrigens nicht sonderlich überrascht in einem Land, das für seine Extreme bekannt ist.

Anschließend verkrümelten wir uns oft an irgendeinen abgelegenen Ort im Umland von Santiago, zum Beispiel nach Cajón del Maipo, dessen wuchtige Berglandschaft mit ihrer ungeschliffenen Schönheit die ideale Kulisse bildete, um ungestört in kurzweiligen Unterhaltungen und langen Zärteleien zu versinken. Doch obschon wir uns des Zutuns dieses weltabgewandten Landstrichs erfreuen durften, war es nicht immer ein Leichtes, dort den

Akt der Liebe zu zelebrieren, denn trotz allen Wagemutes bei unserer erotischen Akrobatik zeigte uns das Auto in seiner bedrückenden Enge schnell seine Grenzen auf. Als Instrument für den Transport von Dingen war es durchaus zu empfehlen, allein für die Ausübung auch bizarrerer Sexualpraktiken erwies es sich als ganz und gar nicht geeignet. Dennoch, das Eine oder Andere ließ sich irgendwie bewerkstelligen, und so gaben wir uns nicht selten, halb in unseren wirr hängenden Kleidern verfangen, diesem heimlichen Gefallen am Verbotenen, am Spaß gegen den Strich hin. Beide genossen wir diesen Tabubruch im stillen Kämmerlein, denn schließlich verstanden wir uns als Verbannte, die in der Untreue die Quelle ihres Glücks gefunden hatten.

Eines herbstlichen Nachmittags, nachdem wir uns im Dominó gestärkt hatten, führte uns ein anderer Appetit hinauf zur Aussichtsplattform in San Cristóbal, die deutlich näher lag als Cajón de Maipo; es war nämlich schon etwas zu spät geworden, um uns noch großartig in die Tiefen des Tals zu begeben. Der Regen der letzten Tage, der nun das Ende des Aprils einläutete, spülte langsam die trübe Brühe aus Qualm fort, die sich in den Wintermonaten über Santiago zusammenbraut. So saßen wir dort oben im Auto und vor uns ergoss sich ein Ozean aus flackernden Lichtern. Die ungetrübte Luft und die klirrende Kälte boten den perfekten Nährboden für unsere innigen Liebesverrenkungen.

„Es läuft gerade nicht so zwischen dir und Paula … hab ich gehört?"

„Ich weiß ja nicht, was sie dir erzählt hat, aber es läuft nicht nur nicht, es steht still."

„Dass ihr beiden euch nicht mehr versteht, ist mir ja schon länger klar, aber so, wie sich das letztens bei ihr anhörte, steht sie wohl kurz davor, Maßnahmen zu ergreifen. Du verstehst mich?"

„Ich schätze schon. Aber das Thema hab ich mit ihr doch schon des Öfteren gehabt, und so, wie ich das sehe, gibt's da absolut nichts Neues zu sagen, der Hut ist doch Asbach uralt."

„Mach dir doch nichts vor, Julian, du weißt, die Sache ist so simpel nicht. Wenn du mich fragst, ich glaube, dass sie ganz andere Dinge interessieren und beschäftigen. Deine Frau würde zum Beispiel gern wissen, was du neben der Arbeit und dem Fußball sonst noch so treibst. Sie will mehr über diese anderen Dinge erfahren, genauso wie ich bis vor einiger Zeit. Paula kann sich einfach nicht vorstellen, dass sich deine Aktivitäten nur auf die Musik im Kulturladen beschränken, und ebenso wenig glaubt sie, dass du die Arbeitslosenbörse wirklich nur auf technischer oder finanzieller Ebene unterstützt. Paula ist fest überzeugt, dass du noch ganz anderen Dingen nachgehst, Dinge, von denen du ihr nichts erzählst. Ich denke, sie hat einfach Angst, du könntest wieder in denselben Geschichten stecken wie damals ..."

„Worauf spielst du an?", schaltete ich mich dazwischen, ohne meine Verwirrung zu verhehlen.

„Ich? Ich spiel auf gar nichts an. Sie ist es, die so redet; und außerdem hat sie mir schon ein paarmal erzählt, dass ihr mein Onkel Sorgen bereitet, auch wenn sich die Angelegenheit seit eurem Aufeinandertreffen zu entspannen schien. Sie fragt mich ständig, ob ich wüsste, was genau er macht und ob er sich weiter nach euch erkundigt, oder besser gesagt, nach dir."

„Lily, mein Häschen, glaubst du ernsthaft, ich hätte die Zeit und den Schneid, um mich mit diesen anderen Dingen auseinanderzusetzen? Reine Spekulation, nicht mehr und nicht weniger! Ich habe vielmehr den Eindruck, dass ihre Sorge einzig darum kreist, dass ich unser ganzes Geld ausgeben könnte, um irgendwelchen Leuten zu helfen, die sie als chronisch pleite abstempelt. Aber diese Leute sind meine Freunde, da ist es doch wohl verständlich, wenn ich ihnen helfen will, oder nicht? Ich stimme dir aber voll und ganz zu, wenn du sagst, dass sie andere Interessen hat als ich. Das sehe ich schon seit einiger Zeit an ihren neuen Bekanntschaften, die sie außerhalb unseres Viertels pflegt und mit denen sie sich auf einer Ebene sieht. Aber ich will hier nicht schlecht von ihr reden, ich kann dir nur sagen, dass wir öfter mal, zu oft, aneinandergeraten, vor allem wenn ich sie auf ihre gemeinsamen Aktivitäten mit diesen noblen Leuten anspreche, die hinter ihren Schreibtischen thronen als Bankiers, Anwälte, Nießbraucher und sonstige Geschäftsleute. Ich weiß ja nicht, ob dir das schon aufgefallen ist, aber seit einiger Zeit zerrt und ruckelt sie an mir und versucht, mich in diese Kreise hineinzuziehen, und wenn ich dann versuche, mich irgendwie aus der Affäre zu ziehen, ist das für sie gleich wieder Stoff genug für eine neue Diskussion, na und dann fliegen die Vorwürfe, von beiden Seiten, wohlgemerkt."

„Und was ist so schlimm daran, wenn sie dich mit ihren Freunden bekanntmachen will?"

„Für sie gar nichts, nehme ich an, aber sie will mich zu ihrem Komplizen machen, obwohl sie genau weiß, dass das nicht mein Ding ist, nicht im Entferntesten. Dort herrschen einfach ganz andere Interessen und Ambitionen als in meiner Welt. Wie du dir vorstellen kannst, geht es bei diesen Leuten allzu oft um Dinge, die mich schlichtweg nicht bewegen, ja die mich sogar eher abstoßen. Aber wozu sich weiter ausbreiten, wenn ich eigentlich nur sagen will, dass die Welt, die Paula so sehr fasziniert, im Grunde nur von Chamäleons bewohnt ist, von einem Haufen Lackaffen, die sich für die Elite des Regimes halten, dabei reichen sie den wirklich Reichen, dem alten chilenischen Adel, nicht mal einen Tropfen Wasser. Ich meine, wie langweilig die sind mit ihren ... Meetings – so nennt man das heute wohl. Da geht man echt ein, glaub mir: Bankleute sind wirklich geisttötend. Höchstens wenn sie besoffen sind, tauen sie ein bisschen auf. Dann wird's wirklich versnobt. In einer Tour geilen die sich an ihren neumodischen japanischen oder koreanischen Autos auf und dann das Gesabber und Gegeifer über die tollen Häuser, die sie sich in besseren Gegenden kaufen wollen, oder auch über ihren nächsten Urlaub am Strand, am See oder in den Bergen, die haben jetzt nämlich den Skisport für ihre Selbstdarstellungszwecke entdeckt, derzeit das Nonplusultra ihrer Schickimickeria. Es ist frustrierend, all diese aufgeblasenen Wichte zu sehen, die sich da wie Riesen aufspielen. In meinen Augen sind das einfach komplexbeladene Schaumschläger, die von sich selbst ganz entzückt sind und an einem Größenwahn leiden, der mir weder rein noch raus geht. – Was guckst du mich denn so an? Seh ich irgendwie lustig aus oder red ich wirres Zeugs?"

„Seltsam bist du – aber ich mag's ... Also weiter!"

„Pass auf: Um dir diese Absurdität einmal deutlich zu machen, will ich dir von einem Grillabend erzählen, zu dem ich mich von Paula habe breitschlagen lassen. Stattgefunden hat das Ganze auf einem Grundstück am Ende der Tobalaba. Wir standen gerade beim Grill, als diese strunzdumme Yuppiekuh (die Frau des Gastgebers) anfing, sich hochtrabend und schulmeisterhaft über die Ursachen von Armut auszulassen. In ihrer unendlichen Selbstgefälligkeit schnatterte sie was von astralen Einflüssen auf das Karma, die wohl leider Gottes von irgendwelchen genetischen Mängeln überschattet würden, und was sie sonst noch für Hirngespinste losließ. Ihrer Ansicht nach war diese Ungerechtigkeit auf die Willkür des Schicksals zurückzuführen. Den Schlussstrich unter ihr pseudo-esoterisches Geplapper zog sie, indem sie die Frage in den Raum warf – und das ist jetzt kein Scherz, das meinte sie allen Ernstes –, ob jemand nachvollziehen könne, wieso die Armen die dumme Angewohnheit hätten, am Stadtrand zu leben, so weit weg vom Zentrum: *Erst heißt es, sie hätten kein Geld für Essen, und dann geben sie alles für Fahrgeld aus …!?* Ich konnte mir das Lachen nicht verkneifen, ernsthaft. Zuerst dachte ich noch, sie hätte sich einen Ulk erlaubt, auch wenn er mir als solcher mitnichten gefallen hätte, aber lachen musste ich trotzdem. Auch einige andere Gäste konnten ihr Lachen nicht zurückhalten. Und diese dumme Gans guckt mich an, als wollte sie mich umbringen, wie eine beleidigte Prinzessin, die einen unverschämten Lakaien vierteilen lässt. Kurzum, zu so einem Quatsch bringen mich keine zehn Pferde mehr. Nun schau mich doch nicht schon wieder so an, oder kannst du deinen Geliebten etwa nicht verstehen, mein holdes Mägdelein?"

„Doch, schon … so, wie ich dich zu kennen glaube, verstehe ich dich ganz gut, aber mir ist auch klar, dass dieses Verhalten früher oder später zur Trennung führen wird, denn du wirst dich nie ändern, nicht ein Stückchen, was bedeutet, dass du auch nie diese anderen Dinge ganz aufgeben wirst, die Paula so verdrießlich stimmen."

„Du glaubst also auch an diese mysteriösen Dinge, die Paula so beschäftigen?"

„Sicher doch, und ich weiß auch genau, was du da treibst!"
Diese Worte baute sie vor mir auf, wie eine unabwendbare Wahrheit, während sie mich mit ihren listig blitzenden Augen und einem leichten Halbmond auf ihren vollen, frechen Lippen anlächelte ... Gleich darauf fragte sie, ganz bedächtig, um auch in aller Ruhe meine Verblüffung auszukosten: „Eins davon bin ich, stimmt's?"
Breitbeinig stand sie da und wedelte zärtlich mit ihrer roten Capa, ihrem vermeintlichen Schutzschild voll süßer Perversion, vor meiner Nase herum.
„Na, Mensch, was für ein Glück, dass du darum weißt und dass du es anerkennst! Denn nach all den Manövern, die ich unternehme, um dich zu sehen, würde es mir das Herz zerreißen, wenn du das nicht mal erkennen würdest."
„Ist ja gut, nun trag nicht gleich wieder so dick auf, mein Herr Grandseigneur. Und falls du es noch nicht bemerkt hast: Auch ich steuere einen Teil dazu bei, den Univorbereitungskurs gibt's schließlich nicht geschenkt, und da ich dort höchstens, um mal nach der Uhrzeit zu fragen, vorbeischaue – und Sie, Monsieur, kennen wohl die Ursache dessen –, lässt sich also resümieren, dass mir der Kurs nicht sonderlich viel bringt. Von daher, bitte, lass noch eine klitzekleine Medaille für deine holde Maid, bitte ..."
„Liebste Lily, da gibt es doch gar keine Frage: alle Medaillen der Welt für dich! Ich wollte ja nur anmerken, dass ich bei allem, was ich auf die Beine stellen muss, um dich zu sehen, manchmal etwas den Überblick verliere und nicht mehr weiß, wohin mit den ganzen Pflichten des Alltags. Wenigstens hab ich durch die Einladung zum Musikmachen mit den Jungs in Matta ein nahezu lupenreines Alibi. Wenn das nicht wär ..."
„Apropos, wie läuft's da eigentlich?"
„Gut. Genau genommen, sogar hervorragend. Auch wenn ich immer noch ganz baff bin wegen der überschwänglichen Aufnahme dort. Die sind da dermaßen offen mir und meinem Verständnis von Musik gegenüber, dass es mir manchmal schon fast unangenehm ist. Ich fühle mich sogar ein wenig unter Druck gesetzt durch die hohen Erwartungen, die sie an mein bescheidenes Talent zu haben

scheinen. Allerdings glaube ich mittlerweile, dass es weniger meine Kunstfertigkeit ist, die ihre Begeisterung für mich geweckt hat, als mein konzeptueller Beitrag zu ihrer Musik. Sie bietet ihnen wohl eine andere Perspektive, etwas Neuartiges, das sich ganz gut in ihren eigenen Stil einpasst. Mich spornt das natürlich an. Aber das wirklich Interessante an der Geschichte ist, dass mir unser Probenplan ganze zwei Nachmittage pro Woche lässt, an denen du dich meiner erfreuen kannst!"

„Nun spiele sich der edle Herr bloß nicht so auf und steige hernieder von seinem hohen Ross, um endlich seinem reizenden Fräulein aufzuwarten ... bei dem Geseier läuft's einem ja eiskalt den Rücken runter."

So ließen wir im Schutze der kupplerischen Dunkelheit die Feuersteine knallen und fachten die frivole, unauslöschliche Glut in unseren Herzen von Neuem an. Ein paar sinnliche Küsse in einer innigen Umarmung genügten bereits, um mein Hirn in einen Hexenkessel zu verwandeln. Unerschrocken stemmte Lily sich meiner Feuersbrunst entgegen und sorgte so für noch mehr Verwirrung und Hitze im Gefecht, waren doch schon der Wagen so eng und die Kleidung zuhauf. Zu diesem Wirrsal kam die Sorge, dass urplötzlich ein Zaungast oder ein Strauchdieb auf der Suche nach leichtem Geld aus den Büschen auftauchen konnte, nicht zu vergessen die grausige Eventualität, dass dieser Bösewicht auf die Idee kommen mochte, meinem Liebchen ungefragt an die Wäsche zu wollen. All diese Unwägbarkeiten forderten von uns eine unablässige Geistesgegenwart in der finsteren Umgebung, allerdings ohne darob das Gleichgewicht zu verlieren bei unserem ungestümen Akt auf dem Drahtseil des Ungewöhnlich-Alltäglichen. So stellten diese außerehelichen Schäferstündchen auf Messers Schneide für uns beide eine Art extravaganten und prickelnden Pas de deux dar, der auf der reinsten aller Ambivalenzen in derartigen Spielchen fußte.

Nach unseren atemraubenden Turnübungen, umhüllt vom süßen Schlummer gelebter Liebe, nach unzähligen Anspannungen und Entspannungen, Freudenrufen und Schmerzensschreien, machten wir uns gegen elf auf den Rückweg in die gewohnte Welt, in Richtung jenes weit entfernten Randes der mittlerweile fast menschenleeren Stadt mit ihrem Hügel der Liebe. Auf dem Weg steuerte ich unser Vehikel der Untreue im Zickzack durch die seit eh und je schlecht beleuchteten Straßen und vergnügte mich kindlichst dabei, den mörderischen Schlaglöchern auszuweichen, die uns im Zwielicht des nächtlichen Asphalts auflauerten, und frohgemut, die verbrecherischen Kuhlen zu umfahren, die sich unter den trügerischen Pfützen einer tausendfach geflickten Fahrbahn verbargen, einer Fahrbahn, die aussah, als hätte sich die zuständige Behörde auf die Fahne geschrieben, die Unebenheit der städtischen Straßenlandschaft ganz besonders stark hervorzuheben. Der nächtliche Slalom durch die Stadt hielt uns jedenfalls ordentlich bei Laune während der halben Stunde, die wir bis in unsere Welt am Rande der Welt brauchten. In Anbetracht der fortgeschrittenen Stunde schlug ich Lily vor, sie einen Block vor ihrem Haus abzusetzen, an einer dunklen Ecke, wo sie ihre Ankunft vor den Augen der Eltern verbergen konnte, aber auch vor den unermüdlichen, hocheffizienten Radaren unserer stets aufmerksamen Nachbarschaft, immer so besorgt um das Wohl der Anderen in unserm Block, welcher ihrer Einschätzung nach von lauter Sündern bevölkert war. Bevor sie schließlich ausstieg, fixierte sie mich mit ihren graugrünen Augen voller Engelsgeduld und fragte: „Julian, was genau meint deine Frau eigentlich mit diesen Sachen, die du früher gemacht hast?"

Ich stockte, Hitze durchflutete meinen Kopf. Mein Hals war wie zugeschnürt und ich sah mich nicht in der Lage, in aller Ruhe eine rasche, solide Antwort hervorzubringen. Schließlich entfuhr es mir: „Dieses Weibsbild ist doch nicht ganz bei Trost, und du genauso. Ihr beiden bringt mich noch ins Irrenhaus! Ich meine, was zum Geier ist los mit dir? Du hast doch gesehen, womit ich mich beschäftige! Du weißt, wie ich meine Wochenenden verbringe, du weißt von meiner Musik, und wenn du echt über jeden einzelnen Furz in meinem Leben Bescheid wissen musst, warum stellst du mir dann nicht mal eine ganz konkrete Frage?"

Zu spät bemerkte ich, wie sehr ich aus der Haut gefahren war. Erst, als ich schon voll in Fahrt war, fiel mir auf, dass ich zum ersten Mal so harsche Worte gegen meine frivole Freundin ausstieß. Eine bis dahin ungekannte Spannung baute sich zwischen uns auf. Lily blieb zunächst stumm. Dann öffnete sie bedächtig die Wagentür, als wolle sie gleich etwas loswerden, einen Satz, womöglich eine Klage, oder Tränen, ich spürte es: „Was fällt dir ein, mich so anzufahren, du Armleuchter! Ist dir eigentlich klar, dass ich dich gar nicht richtig kenne, dass ich mit jedem Tag weniger weiß, wer du eigentlich bist? Du erinnerst mich immer mehr an meinen Onkel, du bist genau so verlogen wie der. Ständig diese Heimlichtuerei genau wie dieser miese Gauner! Dabei will ich nur herausfinden, wer du wirklich bist! Ich hoffe bloß, dass du eines Tages aufwachst und begreifst, warum ich da so verzweifelt hinterher bin."

Hastig stieg sie aus dem Wagen, schloss die Tür in einer ungeheuer geschmeidigen Bewegung und verschwand im Dunkel der Nacht, die so unerschütterlich war wie ich. Dennoch hatte mich die Beherztheit meiner Kleinen beeindruckt. Wer mir so gegenübertrat, der konnte mich nur nach vorn bringen. Doch was mich am meisten überraschte, war der Ton in ihrer Stimme, als sie das mit dem miesen Gauner ausspie, und ich meine dabei weniger den semantischen Gehalt ihrer Formulierung als den dramatischen Unterton darin, wie ein düsteres Unwetter, das sich in ihrem sonst so besonnenen Mund zusammengebraut hatte. Zum ersten Mal stellte ich an meiner frühreifen Mätresse eine mir unerklärliche Wut gegen dieses Subjekt fest, was mir wiederum die Vermutung nahelegte, dass hinter dem – um es mal irgendwie zu benennen – verwinkelten Verhältnis zwischen meiner Geliebten und dem Hauklotz noch etwas mehr steckte. Ich war überzeugt, dass es da einen tieferen Zusammenhang gab, aber eben auch unterschiedliche Darstellungen, und somit ein nicht sehr eindeutiges Bild, welches ich aufgrund der Feinheit jener Feindseligkeit noch nicht ganz einzuordnen vermochte. Trotz gelegentlicher Andeutungen und Schmähungen gegen den mal miesen, mal gefährlichen und immer wieder undurchdringlichen Onkel hatte Lily noch nie ein klares Zeichen offener Abscheu gezeigt, so dass es für mich immer ausgesehen hatte, als nehme sie ihn als einen natürlichen und unleugbaren Bestandteil ihres Umfelds an (oder hin), als einen Teil ihrer Welt- und Lebenssicht; als habe sie sich einfach mit der Existenz und dem Verhalten des Fieslings abzufinden und als wagte sie es nicht, sich einmal andere Formen und Arten von Beziehungen vorzustellen oder letztlich sogar gänzlich mit dieser Komödie zu brechen, wegen der sie immer wieder in Verlegenheit geriet.

Am Ende blieb mir nichts anderes übrig, als anzuerkennen – womöglich als bloßen Trost –, dass mein schäbiger Nachbar nun mal ein Angehöriger von ihr war, und das hat was zu bedeuten in der Blutsverwandtschaftskultur einiger Leute. So konnte ich mir vorstellen, dass Lily sich auch trotz aller möglichen Reibereien zwischen dem Dunkelmann und ihrer Mutter oder des unterschwelligen Drucks, mit dem der Kerl ihr sämtliche Einzelheiten über mich abzunötigen versuchte, und trotz seiner haarsträubenden Bemühungen, sie in die Ecke zu treiben, nicht so weit war, dieses Band neu zu definieren oder gar zu kappen, das da fest auf der Schiene uralter Gewohnheiten und Selbstverständlichkeiten fuhr, einer Tradition, die im vorliegenden Fall obendrein als korporativ klassifiziert werden kann, da ihr Vater bei der Armee war, wo er aus Überzeugung und Prinzip für immer bleiben würde, genauso wie ihr zudringlicher Onkel. Doch selbst wenn ihn alle verabscheut hätten, hätte die Familienbande sie unabhängig davon an der kurzen Leine und innerhalb der Klischees ihrer bocksteifen Militärmentalität gehalten. Mit diesen Gedanken und indem ich auf die Kraft des Sozialrelativismus setzte, versuchte ich, meiner Zuversicht neuen Aufwind zu geben. Doch allen vagen Überlegungen und emsigen Spekulationen zum Trotz fand ich keine schlüssige Antwort, und schon gar nicht, nachdem mir Rodrigo von den merkwürdigen Umtrieben meiner reizenden Jungfrau bei den Jugendgruppen berichtet hatte – was so ein starkes Stück war, dass es gar zur Hauptursache meiner inneren Unruhe avancierte, jener Unruhe, die sich aus der ohnehin komplexen Skepsis über die wahren Motive und Absichten von Lily speiste. Jedenfalls wurden meine Bedenken noch stärker angesichts ihrer Teilhabe an den Gruppenaktivitäten, die sie mir bisher verschwiegen hatte und weiterhin verschwieg, und das, obwohl sie genauestens im Bilde war über meine Treffen mit den jungen Dichtern, Musikern und Wegbereitern der Emanzipation. Auch verwunderte mich, dass sie seit jenem begeisterten Volksgesangsauftakt keinerlei Interesse mehr gezeigt hatte für irgendwelche Texte und Melodien von Víctor Jara, noch für sonst einen Vertreter der (auf militärisches Geheiß) geächteten *Nueva Canción Chilena*.

Nicht selten brachte der turbulente Höhenflug mit Lily meine Schemata in Unordnung, zumal ich, allen Zweifeln zum Trotz, schon nicht mehr in der Lage war, mich der erogenen Anziehungskraft, die sie auf mich ausübte, zu entziehen. Andererseits – und das verdrehte mir ernsthaft den Kopf – ließen sich ihre Aussagen sowie ihr heftiges Auftreten gegenüber ihrer Familie nicht von der Hand weisen, ebenso wenig ihre kapriziöse Ader, mit der sie sich stets am Rande dessen bewegte, was man gemeinhin unter christlicher Sittlichkeit versteht. Ihre Zielorientiertheit, ihre natürliche Streitlust gegen sämtliche Konventionen, ihre unbezwingbare Beharrlichkeit, wenn sie einer Sache gewiss war … all das hatte ihr ihren Logenplatz in meiner Galerie der Herzenswesen verschafft. Es erstaunte, es erfreute mich wirklich, Lily auf ihrem Podest beharrlichen Pragmatismus zu sehen, und noch mehr erbaute es mich, wie ihr simpler und unverhüllter Wagemut mit der Zeit zum köstlichen Honig auf meiner durchwachsenen Faszination für sie gereift war. Sie hatte mich ja gewarnt, dass sie hartnäckig und selbstbestimmt sei, so dass sie, ungeachtet ihres jugendlichen Alters, gern auch mal Einspruch gegen mein vermeintliches Übermaß an Erfahrung erhob und mich immer wieder mit ihrer Wissbegier verblüffte, die sie vortrefflich einzusetzen verstand, sei es mit mannigfaltigen Einzelheiten, die ich selbst nicht einzuordnen vermochte, oder mit der Entschlossenheit, die sie so oft an den Tag legte und die an ihr so reif, treffsicher und bissig wirkte – erstaunlich, wenn man den Erfahrungsschatz dieses Mädchens bedenkt, das gerade erst mit einem Fuß auf der Schwelle zum Erwachsensein stand.

Mit Rückblick auf die vorigen Überlegungen kann man gewiss sagen, dass ich damals definitiv nicht in der Lage war, auch nur etwas Schärfe in das unklare Bild zu bekommen, das ich von der Beziehung zwischen Lily und meinem lieben Nachbarn hatte, diesem Onkel von ihr, den sie laut ihrer letzten Verbalattacke zutiefst verabscheute – obwohl sie mit ihm weiterhin in einer, wie ich meine, besorgniserregenden Regelmäßigkeit verkehrte. Wenn wir nun zu alldem ihr augenscheinliches und unentwegtes Interesse an meinen *anderen Dingen* hinzurechnen sowie ihre gelegentlichen Grabungen in meiner Zeit vor dem Staatsstreich, dann muss ich sagen, dass mich die Venusfalle nicht nur wesentlich öfter aus dem Häuschen brachte, als mir lieb war, sondern auch dass sie über das gebotene Maß hinaus in den für mich heiligen Prinzipien in Sachen Leben und Liebe herumrührte. Sicher war meine Herangehensweise an sie stets mit einer gesunden Dosis Zurückhaltung versehen, doch im Laufe der Zeit und mit zunehmender Tiefe unserer heimlichen Romanze war die Klinge meines Argwohns immer stumpfer geworden, so dass schließlich nur noch wenige harmlose Verdächteleien auftraten.

Diese sukzessive Entspannung meinerseits führte jedoch nie zu einem völligen Wegfall meiner Verteidigung, was für eine sonderbare Ambivalenz in mir sorgte. Dennoch konnte ich nicht von der Hand weisen, dass im Zuge des immer heftiger werdenden Gefühlsaustauschs zwischen uns ihr Wesen leisen Schrittes immer weiter in mich vorgedrungen war. So hatte ich mich nach und nach an ein Leben im Zwiespalt gewöhnen müssen, an einen fortwährenden, subtilen Balanceakt zwischen meinem profusen Eros auf der einen und einer diffusen Ratio auf der anderen Seite. Vielleicht, spekulierte ich mannhaft, war es aber auch so, dass ich mich an ihrer Verschwiegenheit störte und dass ich nun auf Teufel komm raus alles Verständnis und allen Großmut der Welt für mich beanspruchte, für mich, Julian, den Patriarchen, den Hohepriester, den selbstlosen Vertreter unseres allmächtigen Geschlechts … (sprich des männlichen); ein Anspruch, den man gewiss nur unter den freigebigsten Vorzeigemännern findet, unter den Herren der Schöpfung, deren größte Sorge darin besteht, die gesamte Menschheit aufzuklären und ihr ihre weitverzweigten Probleme lückenlos aufzuzeigen. Derlei Anfälle männlichen Hoheitswahns hielten mich auf meinem richtungslosen Aufklärungsflug über dem Durcheinander, wobei ich intuitiv all die düsteren Auswirkungen zu meiden versuchte, die der Tabubruch mit meiner lasziven Jungfrau auf meine vielschichtigen politischen Belange hätte haben können.

Bisher hatte ich mich nie getraut, sie zu fragen, weshalb sie mir ihr Mitwirken in der Gemeinde verschwieg. Das lag unter anderem an dem unschönen bis Angst einflößenden Gefühl, das mich beim Gedanken an das Überraschungspaar des Jahres überkam: die stolze Lily am Arm des tückischen Francisco, jenes anderen uniformlosen Uniformträgers, der genauso durchtrieben war wie mein finsterer Nachbar. Ich muss zugeben, der Gedanke war recht abstrus, und er machte mich wahrhaft meschugge, zumal ich mich von einer Gewissheit belagert sah, die mir noch den kompletten Verstand lahmlegte. Die süße Nachbarsnichte mit ihrer unverwüstlichen Sanftmut, meine rätselhafte Kindfrau, war bis in die Tiefen meiner Gefühlswelt vorgedrungen, von wo aus sie nun drohte, mein so mühselig errichtetes Bühnenbild zum Einsturz zu bringen. Plötzlich sah ich vor mir eine Lily, deren Qualitäten mit meinen geheimsten Wünschen und Bedürfnissen übereinstimmten und mich im tiefsten Innern ansprachen, was vor der Kulisse für jenen Abschnitt meines bewegten Lebens gewiss ein unabweisliches Detail darstellte. Ohne Zweifel war Lily zum Sinnbild der Erlösung von meinen so lange verdrängten Entbehrungen geworden; Wunsch und Wirklichkeit in einem, verstärkte sie die inneren Disharmonien und Widersprüche, die mir schon seit langem im Nacken saßen und meinen Idealismus an der kurzen Leine hielten, so dass die kleine Eroberin nun Ursache sowohl für Freude wie auch für Sorgen war – Nahrung sowohl für meine Seele wie für mein Magengeschwür, über dessen Existenz ich nicht nur aus reiner Ignoranz hinwegsehen konnte.

Instrument – eine eventuell etwas übertriebene Bezeichnung, aber dieser Begriff schwebte mir für sie vor, für meine Mata Hari, fruchtbringend und voller Saft, wenn man denn die Analogie fortführen und Lily als Mittel zur Stillung meiner emotionalen Bedürfnisse betrachten wollte, oder auch als schneidiges Liebeswerkzeug, sicher – nur: Wer ist hier eigentlich wessen Werkzeug?

Sie das meine, ich das ihre oder sie das ihres Onkels, oder gar er das ihre? Alles war möglich, nichts komplett unwahrscheinlich, keine der Varianten ließ sich gänzlich ausschließen, so abwegig, wie manche auch scheinen mochten; so, wie die Dinge standen, musste ich einfach alles Erdenkliche in Betracht ziehen, und sei es noch so ungeheuerlich.

Beim Einzug in jene spekulativen Gefilde stieg mir die Magensäure bis in die Kehle. Bestürmt von etlichen Fragen, sah ich mich in eine zweispurige Paranoia getrieben: auf der einen Seite die Macht der Gefühle, auf der anderen mein Pflichtbewusstsein. Ich kam zu der Einschätzung, dass eine so langanhaltende Überspannung meine schon von Natur aus sprudelnde Fantasie letztlich noch vollkommen aus ihren Ufern heben müsse. Voller Selbstmitleid dachte ich über die vielen möglichen Ursachen meines Kopfchaos nach und warum ich mich so apathisch den Umständen beugte. Ich suchte Zuflucht in den heilbringenden, den edlen Zielen, die ich mir gesetzt hatte, doch am Ende des Irrgangs warteten unbeeindruckt jene Zweifel, die mich kaltblütig zernagten. Immer wieder zehrten die gleichen Fragen an mir: War Lily eine Lügnerin? War Hector Brito ein noch größerer Lügner? War ich vielleicht der größte Lügner? Waren alle, war die ganze Welt krumm und link?

In Anbetracht der Vielfältigkeit unglücklicher Umstände, etwa Paulas Haltung gegenüber meinen *sonstigen Aktivitäten* oder ihrer ständigen Kritik an meinem Verhalten als Vater und Ehemann, oder der üble Scherz mit Francisco in Verbindung mit Ricardos Tod sowie die abartigen Täuschungsmanöver meines unerträglichen Nachbarn, besann ich mich darauf, in diesem Kampf um geringste und doch fundamentale Balancen, nicht den Boden unter den Füßen zu verlieren, und ruderte geradewegs und willentlich auf das Zentrum des Strudels zu, im Gepäck ein handfestes Magengeschwür, dessen Säure der Ungewissheit mich von innen langsam zerfraß.

Wer oder was war in der Konstellation der um mich versammelten Personen das Hauptelement? Welche Rolle mochten sie alle wohl spielen, und in welchem Verhältnis standen sie zu mir? War es Verlangen, Zuneigung, Liebe, Überlebensinstinkt …? Hatte ich die Figuren selbst ausgewählt oder hatten sie sich vielmehr in meine Welt eingeschleust, um dort ihren eigenen Absichten nachzugehen und ihre eigenen Interessen zu verteidigen, ohne mir die geringste Möglichkeit zu lassen, einen Einfluss weder auf die Art noch auf die Ausrichtung ihres Auftretens als unentrinnbare Akteure in meiner ganz persönlichen Posse zu nehmen?

Meine Ehe mit Paula lief neben all den Widrigkeiten weiter dahin, auch wenn sie schon seit geraumer Zeit nur noch am seidenen Faden unserer kleinen Patricia hing. Ohne unsere große Kunstfertigkeit wäre die Trennung längst vollzogen, doch trugen sowohl der unverhoffte Zuzug des Zivis von nebenan als auch die schamlose Intervention Lilys in unsere auseinanderdriftenden Leben neue, irreführende Elemente zur Erosion unserer Beziehung bei. Ich war einfach nicht fähig, einen Schlussstrich unter die Sache zu ziehen. Die Angst vor dem Verlust meiner Tochter und einem Bruch im Bösen mit meiner Frau ließ mich alle Augen zudrücken angesichts des Verfalls, der sich an unserer schönen Ehefassade abzeichnete; aber auch die Angst davor, mein Geschwür noch so weit zu verschlimmern, bis mein Magen letztlich vollständig von Säure zerfressen wäre.

„Wie war's bei der Probe?"

Paula versuchte tatsächlich, mich mit etwas Interesse an meinem, wie sie meinte, ominösen Zeitvertreib als militanter Musikdilettant zu überraschen.

„Ganz gut, aber so viel proben wir ja eigentlich nicht."

„Was macht ihr denn dann? Ich meine, es ist ja ganz schön spät geworden …"

„Heute haben wir einige Stilfragen diskutiert, ob wir mehr folkloristische Elemente einbinden oder mehr auf die neo-urbane Schiene setzen sollten. Das andere große Thema, das uns Zeit und Gehirnschmalz gekostet hat, sind die Texte. Wie doppelbödig muss unsere Symbolik sein, damit sie mit der Zensur harmoniert? Es geht ja hier um die Kunst, das zu sagen, was man zu sagen hat, ohne dass einem die Falschen auf die Schliche kommen, und zwar, indem man klarstellt, dass es sich nur um das Eine handelt und um nichts Anderes, oder wie *Du-weißt-schon-wer* mal sagte: *Es ist weder das Eine noch das Andere, sondern genau das Gegenteil.* Alles klar?"

„Jaja, aber nun komm zum Punkt: Worauf habt ihr euch am Ende geeinigt?"

„Wir sind sechs Mann und es gab sieben Meinungen, den Rest kannst du dir vorstellen ..."

„Denkst du denn ernsthaft darüber nach, regelmäßig dahinzugehen, obwohl du so viele Dinge zu erledigen hast?"

„Ich verzichte lieber auf andere Dinge, als mir diese Chance entgehen zu lassen."

„Und was wären das für Dinge, auf die du dann verzichten würdest? Seitdem wir uns kennen, sehe ich dich von hier nach dort flitzen, ohne wirklich jemals zu erfahren, was genau du da eigentlich treibst."

Paulas Stimme nahm einen unheilschwangeren Ton an. Beim Erklingen ihrer scharfen Zunge wurde mir klar, dass ihre anfängliche Liebenswürdigkeit nichts anderes gewesen war als die Vorrede zu einem Thema, das sie sich im Voraus zurechtgelegt hatte.

„Kann man denn davon ausgehen, dass auch für uns ein Plätzchen in deiner neuen Strategie ist?"

„Für uns? Strategie? Wovon redest du?" fragte ich unwirsch zurück und nahm ihre Aufforderung zum Duell an.

„Patricia und ich kriegen dich kaum noch zu Gesicht. Wenn es nicht Fußball ist, dann die Schiedsrichterei oder die Vereinsversammlungen oder sonst was ... um gar nicht erst von deinen Verschwörungskumpels und dem ganzen Kram anzufangen. Und zu allem Überfluss willst du jetzt auch noch auf Künstler machen?!"

„Hast du nicht was vergessen ...? Schließlich stelle ich neben alledem noch zehn Stunden am Tag Schuhe her, von Montagmorgen bis Samstagmittag."

Doch darauf wollte sie nicht eingehen, stattdessen konzentrierte sie sich opportunerweise (oder opportunistischerweise?) auf den ersten Teil der Unterhaltung, sprich auf meine vorige Frage. „Gut, dass du fragst – obwohl du die Antwort ja eigentlich kennen solltest."

„Und was genau willst du von mir?"

Mein Zynismus ließ ihre Lautstärke ansteigen und ihren Ton noch schärfer werden, rasiermesserscharf. Ich wurde allmählich nervös, da es schon kurz vor Mitternacht war und die Nachbarn unsere gesamte Diskussion frei Haus geliefert bekamen.

„Ich will, dass du dich endlich wie ein Vater und Ehemann benimmst. Das will ich von dir. Dich interessiert anscheinend alles Mögliche, nur nicht deine Familie. Für dich existieren wir doch gar nicht."

„Alles Mögliche? Was meinst du denn damit?" Ich befürchtete, dass sie auf Lily anspielte.

„Na deine Musik, die Gemeinde, deine Kumpels und was weiß ich, wen oder was es da sonst noch gibt ..."

Jetzt hieß es: Tief durchatmen, gut nachdenken und flugs einen Trick aus der Kiste zaubern, mit dem ich wichtig genug klingen und souverän genug aussehen würde, um meine Verwirrung eines Treulosen gewandt zu verbergen und unberührt zu wirken, kühl und gefasst im Angesicht der noch zurückgehaltenen Wut meiner Frau Gemahlin, die mir so vornehm zürnte und mich fest ansah, derweil sie auf eine stichhaltige Antwort wartete.

„Komm schon, mach mir hier keine Szene. Wenn du wirklich darüber sprechen willst, können wir das gern tun, aber nicht hier und jetzt, oder willst du etwa die Nachbarn in unseren Streit reinziehen?"

„Die Nachbarn sind mir so was von schnurzegal!"

„Also sollen alle an unserm Eheglück teilhaben, oder wie? Na dann sei aber bitte wenigstens so lieb – und vielmals Pardon für den Sarkasmus –, Patricia nicht aufzuwecken. Oder ist sie dir etwa auch egal?"

Ich muss wie bei einem Solfeggio geklungen haben, aber es funktionierte.

„Komm mir nicht so, du weißt ganz genau, dass meine Tochter das Einzige ist, das mir wirklich wichtig ist", erwiderte sie, wieder etwas gemäßigter und schöner, wobei sie die Dramaturgie einer Telenovela gebrauchte (oder missbrauchte?) – ein letzter, verzweifelter Versuch, meinen vollmundigen Vorhaltungen auszuweichen und mir im Tonfall eines patriotischen Appells an eine Grundschulklasse was von *ihrer* Tochter zu erzählen.

„Am Wochenende werden wir, das heißt, deine Tochter und ich, hier sein, und ich hoffe, du wirst uns dann einen Moment deiner Zeit widmen können; wir haben nämlich noch so einiges zu klären."

„Kein Problem", erwiderte ich, zufrieden und erleichtert, dass sich dieses *wir* nur auf sie und unsere Patricia bezog, und auf keine dritte Person, die etwa zwischen uns stand und unsere ehelichen Laken, Tapeten oder Vorhänge befleckte, jene Requisiten für die Bretterbühne, auf der wir unseren Eheflop aufführten. Der kurze Schlagabtausch hatte zwar nicht ausgereicht, um mir die Galle in die Kehle zu treiben, doch ließ mir die ach so uneigennützige Mutter meiner Tochter in dieser Nacht keine andere Wahl als auf dem Sofa zu schlafen, und schlecht obendrein.

Am Sonntag ging ich dann nicht spielen, pfiff lediglich eine Partie am Morgen, um nachmittags Zeit und Ruhe zu haben für unser Gespräch, das sicherlich nicht nur haarig, sondern auch recht hitzig werden würde. Mir ging der Gedanke nicht aus dem Kopf, dass Paula mir einen dicken Hund servieren würde; ich rechnete mir schon aus, mit welchen Forderungen sie mir wohl aufwarten mochte, hatte jedoch nicht die geringste Ahnung, was da auf mich zukam. Die Diskussionsmethode war mir jedenfalls bekannt, etwa wenn mir Madame mal wieder mit der Trennung drohte, was sie gern tat in der Absicht, mich zunächst mit Schuldkomplexen zu überladen, um mir anschließend so lange eine Standpauke zu halten, bis ich weich genug war und sie endgültig über mich herfallen konnte mit ihren so selbstlosen mütterlichen Intentionen – dies war jedenfalls der Oberbegriff, unter dem Paula all ihre Ansprüche an mich subsumierte. Das Gros ihrer Forderungen war dem Thema Geld gewidmet, hauptsächlich den Einkünften (meinen Einkünften natürlich), denn ihre lösten sich immer ruck zuck in Kleider, Schuhe, Kosmetika, Duftwässerchen, Haarfärbemittel und sonstigen Plunder auf.

Unsere beiden Gehälter ergaben zusammen ein recht erklecklinches Haushaltsbudget – mit unseren Einkünften lagen wir sogar über dem Durchschnitt im Viertel – und dennoch lebten wir ihrer Ansicht nach in einem chronischen finanziellen Engpass. Wenn ich mich recht entsinne, kreisten die meisten unserer Diskussionen um die angebliche Notwendigkeit eines größeren Beitrags von mir zum Haushaltsvolumen (von mir, wohlgemerkt), da ihr Gehalt – wie wir ja nun alle wissen und wie ich stets ohne einen Mucks hinnehmen musste – für die Finanzierung ihrer, wie sie erklärte, absolut unverzichtbaren persönlichen Außenwirkung vorgesehen war, vor allem auf der Arbeit, wo sie mit einem Mindestmaß an Würde ihren Aufgaben einer vornehmen Bankkauffrau nachging. Oder sollte sie etwa wie eine Bettlerin vor ihren Kollegen erscheinen? Oder einer der Kollegen bei den „Meetings" (wohl eher Meatings …) ihre Speisen und Getränke bezahlen? Nein, diesmal trug ihre liebliche Bitterkeit differenziertere Züge.

In einem abenteuerlichen Versuch, die bevorstehende Aussprache sanft anlaufen zu lassen, beschloss ich nach unserem üppigen Sonntagsfrühstück, meine Schärfe etwas zu zügeln und mich bei meiner angriffslustigen Gegnerin lieb Kind zu machen: Erst wusch ich ab, danach führte ich sie auf ein paar Weintrauben in den Hof und zum Schluss bot ich mich an, die Wäsche aufzuhängen, die gebleicht worden war von einem jener Luxusartikel, die wir uns als knapp überdurchschnittlich verdienende Familie gönnten. Die Rede ist von unserem funkelnagelneuen Vollwaschautomaten, mit Einweich-, Ausspül-, Schleuder-, Trocken- und Bügelfunktion für unsere makellose Markenwäsche, jene mannigfaltige Auswahl an Kleidern, die es meinem Eheweib ermöglichten, sich mit geschwellter Brust den sauertöpfisch-neugierigen Blicken der Nachbarsfrauen zu präsentieren. Da das mit dem Trocknen und Bügeln jedoch nur Werbeblasen waren, galt es nach wie vor, die Klamotten von Hand draußen aufzuhängen. Zu diesem Zweck verfügten wir über ein paar Drähte, die entlang einer Seite unserer Weinlaube verliefen, und zwar jener Seite, auf der der Dunkelmann und seine beiden Schattenblumen lebten. Wie ich mich so ins Aufhängen der Wäsche und in den Kampf mit den starren Drähten vertiefte, beförderte mich plötzlich eine mir unbekannte Frauenstimme zurück in die Umwelt und ins Geschehen. Erst wollten meine Augen gar nicht glauben, was meine Ohren vernommen hatten: Wer da zu mir sprach, war nämlich niemand Geringeres als unsere Nachbarin, höchstpersönlich und unüberhörbar. Erwartungsvoll lächelte sie zu mir hinüber, während sie den Gruß wiederholte, mit dem sie diesen Versuch einer Unterhaltung begonnen hatte. Etwas verwirrt wirkte sie, als sie merkte, dass mir ihr unerwarteter Zuruf die Sprache verschlagen hatte.

„Guten Tag, Herr Nachbar, guten Tag. Ich habe Sie eben so emsig vorgefunden, dass ich gleich an ihre Frau denken musste und wie glücklich sie wohl sein muss, einen Mann zu haben, der so tatkräftig im Haushalt mit anpackt."

Diese kleine Ansprache brachte sie mit rotem Kopf und zitternder Stimme hervor, in sanftem Ton, vorsichtig tastend, als bäte sie um Entschuldigung für ihr dreistes Vorgehen. Ich öffnete meine Augen ein Stück weiter und machte, immer noch nicht ganz bei Sinnen, mit nüchternem Gesichtsfasching ein stummes Fragezeichen.

„Schauen Sie, Herr Nachbar, ich habe hier drüben so viele Dinge um die Ohren, und obendrein noch das, was Sie da gerade machen, deshalb meine ich, dass Ihre Frau unheimlich glücklich sein muss", plauderte sie weiter.

Mein Hirn ratterte im Affentempo, wollte aber nichts Gehaltvolles zustande bringen.

„Haben Sie auch Probleme mit den Wäschedrähten?", fragte ich schließlich und schaute hinüber, ob ihre Drähte auch so durchhingen wie die unseren.

„Nicht nur mit den Drähten ..."

Bei dieser Beichte fiel ich fast vom Hocker.

„Es muss so vieles repariert, ausgebessert und geändert werden, aber na ja, Sie wissen ja, wie das ist ..."

„Dann sollten Sie unbedingt Ihren Mann darauf ansprechen, manche Angelegenheiten dürfen, besser gesagt, sollten Sie nicht allein machen – und das sage ich nicht, weil Sie eine Frau sind, verstehen Sie mich bitte nicht falsch – ich weiß bloß, wie mühsam es sein kann, etwas zu reparieren oder zu ändern ohne menschliche oder göttliche Unterstützung."

Vergnügt lauschte sie meinen Worten, während ich ihr dezente Liebenswürdigkeit und bedingungsloses Verständnis angedeihen ließ, unserer Nachbarin, der Gattin des Hundsfotts, die jetzt das Terrain sondierte, um ja keinen falschen Schritt zu machen auf dem sumpfigen Boden, den sie soeben betreten hatte. Der Umstand, dass das Fräulein Rosa mit ihren rosaroten Wangen sich überhaupt traute, mich einfach so anzusprechen, war schon nicht ohne, aber dass sie sich bei mir schon nach den ersten paar Sätzen, verpackt als rein praktisches Problem, über ihre Einsamkeit in der Ehe beklagte, das war mir dann doch ein Bissen zu viel, wie unsere Tochter zu sagen pflegte, wenn sie nicht aufessen wollte, was besonders bei Suppe der Fall war.

Ob der Stimmen im Hof erschien plötzlich auch Paula und sah mich fragend an.

„Die Señora Rosa hat dasselbe Problem mit dem Wäschedraht wie wir", rief ich laut hörbar, um der Nachbarin zu verstehen zu geben, dass meine verdutzte Frau nun auch zugegen war.

Paula stieg auf eine Bank, von der aus sie über die Mauer in den Nachbarhof spähen konnte: „Julian ist eigentlich kein häuslicher Typ, Señora Rosa, glauben Sie das bloß nicht! Ich weiß selbst nicht, was ihn heute geritten hat, dass er so eifrig ist", zischte sie hochmütig, womit sie meine Qualitäten als vermeintlicher Hausmann kurzerhand vom Tisch fegte und Distanz schaffte – nicht zwischen sich und der Anrainerin, selbstverständlich nicht, sondern zwischen Rosa und meiner eben noch gelobten und so bescheidenen Person, die sich nun in jenes klassische Gerangel verwickelt sah, das eifersüchtige Frauen aufführen, wenn ihre Eigentumsalarmglocken losschrillen.

„Wenn du schon mal dabei bist, warum hilfst nicht unserer Nachbarin und ziehst auch bei ihr die Drähte stramm?"

Jetzt zeigte sie sich auch noch auf meine Kosten hilfsbereit, die Heuchlerin, um ihre Hinterfotzigkeit etwas zu entschärfen.

„Die zum Wäscheaufhängen, ja, die andern sind schon so runter, da kommt jede Hilfe zu spät", warf das Fräulein Rosa mit einem zwischen Häme und Scham changierenden Blick ein.

Da blieb nichts weiter als zu lachen, alle drei im Chor. Die anfängliche Spannung löste sich auf, und ich machte mich wieder über unsere krummen Drähte her, um gleich darauf die unserer unbeschwerten Anwohnerin zurechtzubiegen. Paula Plaudertasche und Rosa Zierrose schwatzten noch eine ganze Weile über all das, was zwei ganz normale Nachbarinnen so an Gesprächsthemen finden: die haarsträubenden Preise, geheime Fleck-weg-Tricks, Rezepte gegen Sommerschnupfen und viele andere nützliche Tipps für den Alltag, plus, nicht zu vergessen, unzählige Lobeshymnen auf unsere Patricia und ihre vielen Talente, die sogar schon unseren unauffälligen Nachbarn zu Ohren gekommen waren.

„Der Wein in ihrem Hof ist wunderschön!", bemerkte das Fräulein Rosa, wohl zurückhaltend, aber bereits mit beiden Beinen in unserer Welt, und das schon so weit, dass man hätte meinen können, sie habe die strengen Grenzen der ihren bereits völlig aus den Augen verloren.

„Mögen Sie lieber die hellen oder die dunklen Trauben?"

„Ach, machen Sie sich bitte keine Umstände, Señora Paula, das war doch nur eine Beobachtung von mir."

Da trat ich wieder auf den Plan, als Herr des Hauses mit opportuner (oder doch opportunistischer?) Freigebigkeit: „Sie täten uns einen Gefallen, wenn Sie ein paar Trauben von uns annehmen würden, Frau Nachbarin! Es sind zwar die letzten, aber auch die besten. Wir haben dieses Jahr schon so viele gegessen, dass wir sie schon nicht mehr sehen können – nicht wahr, Schatz?"

Mein flüchtiger Blick zu ihr wurde von einem stählernen Glitzern erwidert. Sodann stiegen die Frauen von ihren Podesten herab, denn auch die Nachbarin hatte sich zwischenzeitlich einen Tritt besorgt, um auf der Höhe zu sein. Auch ich sprang von der Mauer herunter, auf der ich rittlings die losen Kabel unserer von ihrem Schutzmann so gröblich vernachlässigten Nachbarin langgezogen hatte. Bevor wir uns trennten, bat ich sie noch, ihrem Don Hector nichts von meiner Drahtklempnerei zu erzählen, schließlich sollte ihr Mann nicht denken, wir würden uns in seine privaten Gefilde mischen.

„Aber Herr Nachbar, ich bitte Sie, ich würde meinem Mann niemals erzählen, dass Sie an meinen Drähten waren", antwortete Rosa gelöst. „Er würde es eh nicht verstehen. Ich danke Ihnen vielmals und seien Sie unbesorgt ... ich bin ich."

Nachdem das gesagt war, begab sie sich freudestrahlend auf den Weg zurück in die gewohnte Einsamkeit. Paula und ich blieben verdattert zurück, wussten nicht recht, wie wir die Aussage unserer wunderlichen Nachbarin einordnen sollten.

„Hast du vorher schon mal mit ihr gesprochen?", fragte ich Paula auf meiner Suche nach einer Erklärung.

„Ich? Nein, na ja, nur das eine Mal auf dem Markt und auf dem Heimweg von dort, sonst nicht."

„Scheint so, als würde sie der Kerl nicht sonderlich beachten."

„Na ja, um ganz ehrlich zu sein, dieses Schicksal erleidet nicht nur sie ...", pflichtete ihr meine solidarische Frau voll listiger Empathie bei.

„Darum geht es dir also? Das ist es, worüber du so dringend mit mir reden wolltest?"

„Unter anderem, ja. Aber der Hauptpunkt ist unsere gemeinsame Zukunft", fuhr sie fort, ohne aus dem Konzept zu geraten. „Schon seit einer ganzen Weile wollte ich dich fragen, was du eigentlich mit dem Geld von dem Großauftrag zu tun gedenkst, ob du es in unser Haus investieren willst oder ob du irgendeine andere Idee hast. Ich frag dich lieber jetzt, bevor du noch alles in deine Projekte steckst und wir, sprich Patricia und ich, keinen Pfennig davon zu sehen bekommen."

Einmal mehr hatte mein gefräßiges Frauchen ihren Schlemmerschlund aufgerissen und sich auf jenes *wir* berufen. Dieses Mittel war mir nur allzu vertraut, da die Mutter meiner Tochter es recht gern zur Anwendung brachte, wenn es darum ging, ihre eigenen Interessen als Familienbelange getarnt in die Diskussion zu schmuggeln.

„Sicher, wir könnten uns ein Haus kaufen, darüber haben wir ja schon gesprochen, aber wie ich dir schon mehrfach erklärt habe, müsste es dann dieses Haus sein, und wenn mich mein Gedächtnis nicht trügt, wolltest du doch eins in einem schickeren Viertel, weit weg von hier, in La Reina oder so, aber so weit kommen wir mit unserem Geld einfach nicht. Also, wenn du unbedingt willst, kaufen wir ein Haus, aber, wie gesagt, es müsste dann dieses hier sein. Ach übrigens, was meinst du eigentlich mit *meinen Projekten?*" erkundigte ich mich mit ironischem Unterton.

Paula fixierte mich mit ihrem gewohnten Ausdruck unterdrückter Entrüstung, diesem Blick, der ihrem sonst so hübschen Gesicht in so hässlichen Momenten wie diesem etwas Ungestaltes verlieh, als verwandelte sie sich in einen anderen Menschen, sobald sie sich ungerechter- oder chauvinistischerweise widersprochen fühlte; und wenn ich dann auch noch der Widersprecher war, dann umso schlimmer.

„Du weißt genau, dass ich deine Kumpels meine, die zu dir kommen, weil du Kohle hast, nur deshalb. Und du, du ewiger Traumtänzer, kaufst ihnen ihre Räuberpistolen ab. Denkst du etwa, ich würde nicht merken, dass du ihnen ständig Geld zusteckst und, anstatt an deine Familie zu denken, weiter diesen Fantastereien nachhängst?"

„Also noch mal: Was willst du?"

„Das ist das Einzige, was dir dazu einfällt!?"

„Keineswegs, ich könnte dir noch viele andere Fragen stellen, aber das tut hier nichts zur Sache. Was hier sehr wohl etwas zur Sache tut, ist, dass das Einzige, was dich beschäftigt, das ist, was du als Zukunft unserer Familie bezeichnest, ohne jedoch zu bedenken, dass auch ich zu dieser Familie gehöre, so dass auch meine weitere Entwicklung zählen dürfte. Oder sehe ich das falsch?"

„Nur, dass deine Entwicklung uns in Gefahr bringt. Oder irre ich mich da etwa?"

„Als wir uns kennenlernten, dachtest du nicht so ..."

„Als wir uns kennenlernten, hatten wir auch kein Kind!"

„Schön und gut, aber ich hab ja wohl niemals behauptet, wenn ich Vater wäre, würde ich aufhören zu denken! Und nie hab ich versprochen, mich von meiner politischen Meinung abzuwenden, um restlos in dieser Art Apathie zu versinken, die für dich anscheinend fest zum Vatersein oder zur Ehe gehört. Du kanntest meine Meinung damals genau! Also gibt es da weder Lug noch Trug. Was mich wundert, ist der Eifer, mit dem du hier Sicherheiten aufbauen willst, die mich so gar nicht überzeugen, und erst recht nicht, weil ich weiß, dass du die Gründe dafür kennst …"

„Blödsinn, mein Lieber, worum es heute geht, ist, so gut wie möglich zu leben, aufzusteigen im Leben. Dein Sozialismus ist passé, sieh endlich ein, dass man die Dinge heute anders angehen muss."

„Du musst das vielleicht, ich nicht."

„Wie jetzt, du nicht? Siehst du einfach über uns hinweg, über die Bedürfnisse und die Wünsche deiner Familie? Man könnte meinen, deine Tochter und ich wären nicht länger Teil deines Lebens."

„Deine pathetische Rhetorik kannst du dir sparen. So wie ich das sehe, verstehen wir uns einfach nicht mehr, seien es die Perspektiven oder die Ambitionen oder was auch immer. Damals, ganz am Anfang, hatten wir die gleichen Träume, und wir beide, du und ich, haben es damals schon versaut. Nie haben wir uns über dieses Thema unterhalten, aus welchem Grund auch immer, jetzt ist es auch egal. Wir haben uns nie getraut, die Sache von Anfang bis Ende auszudiskutieren. All die Jahre haben wir uns unsere wahre Einstellung zum Leben gegenseitig verschwiegen, haben uns nie über das, was jenseits der anfänglichen Verliebtheit lag, Gedanken gemacht. Wie auch immer, ich will dich gar nicht vollquatschen, aber wie es aussieht, kam dann die Rechnung für unsere Naivität, und uns geschah das, was immer geschieht. Uns passierte das Gleiche, was allen Paaren passiert, die von einem gemeinsamen Leben träumen, ohne dafür mehr vorweisen zu können als ihre kopflose Liebe. Nichts Neues unter der Sonne, mein Schatz, damit sind wir haargenau wie all die anderen Ehepaare unseren Alters … ich, meine, unserer Generation."

„Julian, bitte, du weißt ganz genau, dass mir vollkommen schnuppe ist, was die Anderen machen. Mich interessiert lediglich die Zukunft unserer Familie."

„Aber Paula, das weiß ich doch. Und genau dann, wenn mir klar wird, was hinter deiner ständigen Bereitschaft, immer wieder dieselben

Themen zu diskutieren, steckt, genau dann wird mir bewusst, dass unsere Perspektiven grundverschieden sind und in ganz unterschiedliche Richtungen laufen, angefangen bei der Familie bis zu der Frage, wie wir unser Leben gestalten wollen. So einfach und so tragisch. Ich hatte mir etwas Anderes von einem Leben mit dir versprochen, und ich denke, du umgedreht genauso, aber der Alltag zeigt uns klar unsere Grenzen auf, so dass wir heute hier stehen und nicht wissen, wie wir aus dieser Zwickmühle rauskommen sollen. Deshalb leben wir heute auch im Clinch und unsere Welten klaffen auseinander. Es tut mir leid, Paula, was passiert ist, ist passiert. Aber wenn wir etwas von dem retten wollen, was einmal zwischen uns war, und dabei auch an Patricia denken, dann müssen wir lernen, unsere Fehden beizulegen."

„Und all das, um mir zu sagen, dass du deine Familie gegen deine Verschwörungskumpels eintauschst?"

„Das Gleiche könnte ich dich fragen, schließlich orientierst du dich nur noch an *deinen Freunden* in der Bank; du hast ihre pragmatische Ausrichtung für dich übernommen, und damit ihre komplette Welt. Der große Unterschied zwischen deinen und meinen Werten ist nur, dass du mich mit meinen kennenlerntest, ich dich jedoch nicht mit deinen."

„Kluge Menschen verändern sich nun mal, gehen mit der Zeit und klammern sich nicht an die Vergangenheit!"

„Was erzählst du denn da? Ich klammere mich nicht an die Vergangenheit, das weißt du ganz genau. Aber lass mir wenigstens das Recht, mich darauf zu stützen. Und vergiss nicht, dass das *meine* Geschichte ist, dass dies der Stoff ist, aus dem der Julian gemacht wurde, in den du dich verliebt hast! Ach so, und dass die Klugen sich ändern, will ich gar nicht bestreiten, doch drängt sich mir die Frage auf, was das überhaupt heißt, *sich ändern*, ob damit eine Entsagung gemeint ist oder eine Weiterentwicklung?! Ich glaube nicht, dass eine neue Jacke – und erst recht nicht, wenn sie aus einem fremden Kleiderschrank stammt – eine wirklich gescheite Veränderung ist, und wenn man bei dieser Veränderung auch noch seine Persönlichkeit ganz oder teilweise ablegt, dann entspricht das nicht meinen Prinzipien."

„Ich lege überhaupt nichts ab, ich will einfach nur mehr, für mich und für meine Tochter."

„Für *deine* Tochter?", ließ ich ihre besitzergreifende Formulierung langsam auf meiner Zunge zergehen.

„Sie ist meine Tochter, ich bin ihre Mutter."

Bei diesem Satz brannten mir fast die Sicherungen durch. Ich geriet dermaßen aus dem Gleichgewicht, dass ich mich nicht länger imstande fühlte, mit dieser Streiterei fortzufahren, mit diesem endlosen Hin und Her, wo mit Ideologie geschossen und emotionale Ohrfeigen zuhauf verteilt wurden, wo rhetorische Tricks bemüht wurden, bei denen Patricia, das heilige Symbol mütterlicher Liebe, zu einer Waffe, zu einem Eigentum, zum bloßen Instrument und Druckmittel wurde.

„Das ist mir nur allzu bekannt und verdammt. Ich bin raus."

Ohne ihre Reaktion abzuwarten, zog ich ab und machte mich auf die Suche nach meinem Sportzeug. Wenn ich mich beeilte, konnte ich es noch in die Aufstellung schaffen – diesmal traten wir gegen unseren bittersten Feind an, gegen Estrella Verde, die erdigen Gesetzeshüter aus unserem Viertel.

SIEBZEHNTES KAPITEL

„Ich will, dass du mir was vorspielst", kündigte sich meine kleine Kokette vom Tor aus an, das sie erfolglos zu öffnen versuchte.

„Was soll ich Ihnen denn vorspielen, meine Liebe?", erwiderte ich spöttisch auf dem Weg zum Eingang.

„Mit dir kann man partout nicht ordentlich reden! Jetzt komm schon und mach endlich die Tür auf."

„Ich eile, meine Teure, und öffne Ihnen, was immer Sie wünschen", fuhr ich lakaienhaft fort, „und verstehen Sie mich bitte nicht falsch, ich meine damit mein Herz, gern auch meinen Tresor, so Sie es fordern."

„Ja, ganz toll, mach endlich auf, ich hab keine Lust, dass die Lästermäuler mich hier beim Reingehen sehen."

„Keine Sorge, die sitzen doch gebannt vor ihren Telenovelas."

„Na Hauptsache, nicht vor unserer."

Die Bemerkung ließ meine Antennen ausfahren und zwischen den Untertönen lauschen, die mich über den Äther erreichten.

„Was verschafft mir die Ehre? Gestatten Eure Vorzüglichkeit ihrem liebestrunkenen Vasallen die Frage, was Euch so große Mühe hat in Kauf nehmen lassen?"

„Hör doch mal auf mit dem Theater und spiel mir endlich das Lied vor, das du gerade mit deiner Gruppe übst! Und dann kannst du mir auch gleich noch erklären, wo du dich die ganze Zeit herumgetrieben hast, seit einer Woche hab ich dich nicht zu Gesicht bekommen!"

„Nach unserem Abend auf dem Hügel warst *du* doch stinkig auf *mich*, nicht andersrum."

„So ist das also: Ein paar laute Wörtchen und schon gehst du mir aus dem Weg. Komm schon, lass es raus. Wenn irgendjemand deine Ausweichspielchen erträgt, dann ja wohl ich", und schlug sich mit der offenen Hand auf die Brust.

„Ernsthaft, Liebste meiner Lieben, Herrin über mein Geschick, ich bin untröstlich …"

„Oh Gott, kannst du nerven! Was sülzt du denn hier rum wie dieser weichgespülte Spanier da?"

„Ich dachte wirklich, du wärst sauer auf mich, mein Herzblatt. Nun ja … und darüber hinaus war ich bei den Proben. Am Ende des Monats treten wir bei einem Jugendfestival auf, und zwischen Texten, Arrangieren und Proben mit den Jungs bleibt mir kaum Zeit zum Duschen."

„Ach so, aber um die Sympathie deiner Nachbarn zu gewinnen, hast du sehr wohl Zeit."

Plötzlich glaubte ich, in den Vorwürfen meiner Lily Lolita die Stimme meiner Paula Panther durchzuhören.

„Woher weißt du denn davon?"

„Woher? Na von Rosa. Du weißt doch, welche Rosa ich meine? Die Gute hat mir erzählt, wie hilfsbereit du zu ihr warst, und dabei hat sie auch nicht unerwähnt gelassen, dass du nicht nur sehr zuvorkommend bist, sondern auch noch ursympathisch. Die zerging förmlich in ihrer Lobrede über ihren so edlen Nachbarn, die aufdringliche Kuh."

„Ja? Sie ist halt meine Nachbarin, und auch wenn ich sie nicht mag, kann man einander doch helfen. Normal, oder?"

„Du bist ganz schön durchtrieben, Bürschchen. Keine Ahnung, wie du das angestellt hast, aber die beiden hast du ja ordentlich um den Finger gewickelt. Die schwärmen richtig von dir und deiner liebenswürdigen Art: „Er ist ja so wohl erzogen, der Señor Julian, und ein so wunderbarer Ehemann …" Die sind ganz aus dem Häuschen darüber, einen so anständigen Nachbarn zu haben. Also wenn ich dich nicht persönlich kennen würde …"

„Na dann freu dich doch, das ist doch ein gutes Zeichen, genau so, wie es unter den Leuten sein soll, die im selben Viertel leben, in derselben Straße, ja beinah in ein und demselben Haus – du weißt ja, dass die Wände bei uns wie aus Pappe sind. Von daher, wenn ihre gute Meinung über uns zu einem ebenso guten Zusammenleben führt, wenngleich nur auf Distanz, dann prima! Was jetzt noch fehlt, ist, dass auch Magdalena sich zu diesem Karneval der Nettigkeiten gesellt."

„Das kannst du dir abschminken, die Kleine ist stur wie ein Esel. Nicht mal ich komme an sie ran; und bei unseren wenigen Begegnungen hat sie kaum ein Hallo hervorgebracht. Sie hängt nur in ihrem Zimmer rum, da kriegen sie keine zehn Pferde raus. Die ist merkwürdiger als ..."

„... als ein Waschbär mit Putzfimmel?"

„Ja, du Schlaumeier. Wie kommst du bloß immer auf so einen Humbug?", schmunzelte mein Liebchen, wobei ihr ein Anflug von Scham für die Andere durchs Gesicht fuhr."

„Apropos Schlaumeier, hast du Rodrigo mal wieder gesehen?"

Lily schaute verwirrt, als hätte ihr meine Fangfrage den Boden unter den Füßen weggezogen.

„Rodrigo ... der ... der aus der Gemeinde?", stammelte sie Zeit schindend.

Ich sagte kein Wort, wartete nur ab wie ein Inquisitor.

„Ähm ... ich hab ihn nicht gesehen. Wie sollte ich auch?"

„Und wieso solltest du nicht? Er ist ja schließlich einer der Leiter des Kulturzentrums, und du weißt ja, dass er auch singt und Gitarre spielt, also könnte er dir doch auch die Musik von Víctor Jara noch näherbringen. Daran bist du doch interessiert, nicht wahr?"

Kaum hatte sie sich vom ersten Schock erholt, wappnete sie sich für die Verteidigung: „Ja klar, aber der hat ja noch weniger Zeit als du. Ich hab's ein paarmal versucht, aber der weicht einem ständig aus. Oder er will sich lieber nur denen widmen, die bei seiner Poesie- und Gitarrenwerkstatt mitgemacht haben. Bei denen kann ich nicht mitreden, die sind viel weiter als ich. Davon abgesehen, hab ich gar keine Gitarre", schloss sie ostentativ, schon wieder sichtlich erholt von ihrer anfänglichen Benommenheit.

„Ich leih dir meine."

„Die brauchst du doch selbst. Übrigens, woher weißt du eigentlich von meinen Unternehmungen in der Gruppe?"

„Das hat mir ein Vögelchen geträllert."

„Es gibt anscheinend eine ganze Menge Vögelchen, die dir singen, was da vor sich geht", versuchte sie, den Spieß umzudrehen.

„Natürlich, immerhin kenne ich Pfarrer Rafael seit vielen Jahren, und manchmal besuche ich ihn in der Gemeinde. Vor ein paar Tagen traf ich dort auch Rodrigo, und da erzählte mir der Gute prompt von einer süßen Nachbarin von mir, die wohl ab und zu in seinen Kurs gekommen sei."

„Und woher kennst du ihn?"

„Wen, den Pfarrer?"

„Ich lach mich schlapp. Rodrigo natürlich."

„Vom Fußball."

„Aber der ist doch so dick."

„Also nur, weil er dick ist, soll er kein Fußball mögen?"

„Ach so, ich dachte, er spielt auch."

„Der? Der spielt nicht mal Mikado. Aber gelegentlich kommt er zu den Spielen unserer Mannschaft."

„Und ihr beiden seid befreundet?"

„Gute Bekannte, mein Engel, Bekannte. Wir haben beide in einem früheren Jugendzentrum hier in der Gemeinde Gitarre spielen gelernt, aber damit war bald wieder Schluss."

„Früher?"

„Damals, noch bevor ich zum Studieren gen Süden gezogen bin."

„Aber das ist doch schon einige Jahre her."

„Ja, und?"

„Nichts, nur so."

Wie ich sie liebte, wie sie mich anregten, diese Gespräche auf dem schmalen Grat zwischen Vertrauen und Misstrauen, bei denen mich immer eine Art Euphorie überkam, die meine Seele an einem seidenen Faden baumeln ließ, die mich in eine fast unkontrollierbare innere Unruhe trieb, da ich nicht wusste, ob Lilys Neugier einfach nur die eines verliebten Mädchens war, das so viel wie möglich über seinen Freund wissen will, oder ob es ihr um jenes *Andere* ging, das nun schon so sehr auch zu einem Teil von ihr geworden war und das ich nicht zu benennen wagte. Ich wusste nicht, ob ihre Fragen Bestandteil einer systematischen Untersuchung waren, oder ob sie ihren Gegenspieler, mich, mit ihrer findigen Methode schlichtweg demaskieren wollte, um mich anschließend zu martern. In solchen Momenten schien sie mir äußerst verwegen, geradezu von einem schneidigen Glanz umgeben. Da drängte sich plötzlich die Gestalt des Nachbarn in meine Gedanken, der hinter der Mauer heimlich die Fäden seiner Marionetten zieht; dort drüben, wo er die unschuldigen Rädchen seiner perversen Maschinerie hin und her dreht und von wo er in fremde Welten eindringt, indem er seine persönlichen Spielfiguren nach eigenem Gutdünken zückt und rückt.

„Meinst du, dein Onkel wird sauer werden, wenn Rosa ihm erzählt, dass ich ihr mit den Drähten geholfen habe?"

„Das wird sie ihm nicht erzählen, auf keinen Fall."

„Woher willst du das wissen?"

„Weil sie es mir gesagt hat. In einem Anfall von Mitteilungsbedürfnis eröffnete mir die gute Frau, dass es wohl am besten sei, wenn Hector von alldem nichts wüsste, weil die wundervolle Geste von Don Julian womöglich seine Männlichkeit infrage stellen könnte. Sie weiß genau, dass der Kerl das als Eingriff in seine Welt sehen würde, und das erlaubt er niemandem, nicht einmal mir, seiner Nichte."

„Aber Rosa und Magdalena leben doch auch in seiner Welt."

„Um Gottes willen, wie kommst du denn darauf! Dieser Kerl lebt ganz allein in seiner Welt. So gesehen, lebt er eigentlich in zwei Welten. Nach Hause kommt er nur, wenn er was von dort braucht, wie Kleidung, Schlaf, eine Dusche, vielleicht etwas Sex ... obwohl ich glaube, dass er nicht mal das auf die Reihe bekommt."

„Wie kommst du denn darauf?"

„Wie gesagt, ich mag zwar etwas langsam sein, aber zurückgeblieben bin ich nicht."

„Das ist mir klar, aber um sich eine Meinung über derlei Beziehungsangelegenheiten zu bilden, sollte man doch noch einiges mehr in dieser Richtung erlebt haben, denke ich."
„Unterschätz mich bloß nicht, mein lieber Julian, auch ich kann zwischen den Zeilen lesen."
„Auch zwischen meinen?"
„Besser als bei jedem Anderen."
„Und wie kommt's?"
„Na, weil du mich interessierst, und das, seitdem ich dich zum ersten Mal sah, damals, als ich dummes Huhn dir nachgeguckt hab, wie du die Straße entlang nach Hause gingst, wie ein Schlafwandler, im Zwiegespräch mit deiner Gitarre, wie ein kopfloser Tagträumer, der auf Wolken schwebt. An diesem verdammten Tag nahm ich mir vor, dich kennenzulernen. Schockiert?"
„Ich weiß nicht, ob ich schockiert sein soll, aber mir war nicht klar, dass du mich beobachtest, und ich muss zugeben, dass du mich überraschst und auch beeindruckst, so jung ..."
„Vielleicht hab ich ja deshalb so viel Antrieb in mir, so viel Verlangen danach, mich in die Welt zu stürzen? Wenn du mich auch nur ein bisschen kennst, dann wird dir aufgefallen sein, dass ich förmlich danach lechze zu wissen, was in mir vorgeht, wer ich bin, was ich kann, was mal aus mir werden soll, aus meinem Leben, und dass ich auch andere Dinge kennenlernen will ... Verstehst du? All die aufregenden Dinge, die du anscheinend schon am eigenen Leib erfahren hast."
„Interessant dein Interesse."
„Lach du nur, aber wie gesagt, mein Leben, wie es derzeit ist, so bei meinen Eltern zu Hause, ödet mich einfach nur an; und noch schlimmer wird's, wenn ich die beiden in ihrer Routineschleife beobachte, das schnürt mir echt das Herz zu. Deshalb hab ich mir fest vorgenommen, diese Eintönigkeit irgendwann hinter mir zu lassen, auch wenn mich das was kosten wird. Zum Beispiel glaube ich nicht – und das ist nicht nur so dahingesagt, sondern wohlüberlegt –, dass ich jemals Kinder haben werde. Ich sehe mich nicht in der Rolle einer Mutter und Ehefrau, das passt einfach nicht zu meinen Träumen."

„Aber du kannst doch in deinem Alter nicht schon so radikal sein. Hab ein bisschen mehr Geduld mit dir und deiner Evolution."
„Leicht gesagt. Aber hattest du damals diese Geduld mit dir und deiner Evolution?"
„Aber ich bin ja auch ein Mann und ..."
Diesen Gedanken ließ sie mich nicht zu Ende führen. Postwendend sprang sie auf mich und legte meinen widerstandslosen Körper der Länge nach flach.
„Ja und? Und ich bin eine Frau, das ist ja wohl mindestens genauso gut, also komm mir bitte nicht mit so einem Quatsch. Oder gehörst du etwa zu den Typen, die sich mehr Rechte anmaßen als ihnen zustehen? Diese Einstellung, mein Herr, finde ich nämlich alles andere als gerecht. Und nicht nur das, ich finde sie sogar höchst unnötig, die reinste Vergeudung. Und damit das klar ist: Ich werde mich bestimmt nicht mit dem zufriedengeben, was ihr Kerle mir in eurer Großzügigkeit eventuell zugesteht. Und apropos Erklärungen, tu mir doch bitte den Gefallen und sei etwas glaubwürdiger, denn es überrascht mich doch sehr, dass du, ausgerechnet du, mir mit so einer schwachen Begründung kommst."
„Ich meine doch bloß, dass die Freiheit auch ihre Risiken mit sich bringt, und dass du als Frau ..."
„... besser auf mich aufpassen sollte, stimmt's? Das willst du doch sagen, oder? Und was sagst du zu dem, was ich hier mit dir veranstalte? Wenn ich nicht auf mich aufzupassen wüsste, wäre ich doch schon hundertmal schwanger von dir und obendrein total aufgeschmissen, denn so, wie ich dich kenne, und da ich weiß, dass ich nicht auf dich zählen kann, würde ich ganz schön ins Strauchlen kommen in so einer Situation, die zwar erst mal rein hypothetisch ist, aber man weiß ja nie ..."
Ich ließ ihr den Triumph, baff, wie ich war, von der Schlagkraft ihrer Ausführungen; und so löffelte ich kleinlaut die Suppe meiner Scham angesichts dieser feurigen Antwort, die mit einem Strich die Widersprüchlichkeit meiner Werte und den Automatismus in meiner patriarchalischen Wahrnehmung umrissen hatte.
„Und warum bist du dann noch mit mir zusammen? Ich muss das jetzt wissen, auch wenn es wehtut, zumal du ja nun über meine partnerschaftliche Inkonsistenz Bescheid weißt und dir meine Schwächen

denken kannst. Als Ehemann sehe ich mich schon seit einer Weile im Vorhof des Fegefeuers umherirren, und als Vater bin ich normalerweise nicht ganz normal, will sagen, dass ich ein schlechtes Beispiel und zu selten da bin. Und als Liebhaber? Auch da sehe mich selbst eher machtlos meinem eigenen Chaos gegenüberstehen. Unterm Strich bleibt also nicht besonders viel an mir dran. Manchmal denke ich, das Einzige, was ich wirklich gut mache, sind meine Schuhe."

„Und deine *anderen Dinge*?", schob Lily schnell nach, da sie mich so am Boden liegen sah.

Da sprang ich mit einem Satz auf: „Mein Sport?"

„Nein!"

„Also die Musik? Stimmt schon, die ist in der Tat ein gutes Ablassventil, eine Art Therapie der Ablenkung."

„Ich glaub dir nicht, Julian. Weißt du, ich hab eher den Eindruck, dass du dem Thema ausweichst, denn für therapeutische Zwecke hast du immerhin deinen Verein, das sonntägliche Gebolze, dein Schiedsrichteramt und deine Kumpels. Darf ich offen zu dir sein?"

„Versuch's doch."

„Was soll das denn jetzt heißen?"

„Nichts, ich hab nur gesagt, du kannst es ja mal versuchen."

„Na schön, aber dafür hab ich was gut bei dir … Was ich sagen wollte, ist, dass ich schon seit einer ganzen Weile feststelle, dass die Musik für dich mehr als nur ein Zeitvertreib ist. Wenn du die Proben sogar deiner Geliebten vorziehst, dann ist das wohl kaum eine Beschäftigung zweiter Klasse", urteilte meine helle Freundin erhellend, noch lolitärer und lakonischer als je zuvor.

„Ich weiß nicht, vielleicht hast du ja recht, von dieser Seite hab ich das noch nie betrachtet. Aber ich weiß, dass mich diese Stelldicheins mit meiner hölzernen Geliebten in den Genuss bringen, alles andere zu vergessen, und dass ich dabei von Dingen träumen kann, die meinem Leben einen neuen Sinn geben, einen ganz anderen als den, dem ich mich tagein, tagaus stellen muss. Mit meiner Klampfe im Arm überkommt mich so eine Art kreativer Energieschub, der mich aus dem Tal der Routine herauskatapultiert und mich über die Schlappen des Alltags hinwegtröstet."

„Wenn du so redest, wird mir sofort klar, dass deine wahre Frau, deine wahre Liebe, die Musik ist, und noch klarer ist, dass sie für dich viel mehr ist als purer Spaß oder als ein Mittel zur Unterhaltung, es ist weit mehr, da bin ich mir ganz sicher. Ich glaube sogar, dass das womöglich der Weg ist, über den du zu deinen *anderen Dingen* gelangst, auf der Spur eben der Rätsel des Lebens, denen auch ich auf den Grund gehen will."

Lily wurde nachdenklich und ich verstand immer weniger. Ich versuchte, das Gespräch in andere Bahnen zu lenken: „Lily, ich liebe dich, und auch wenn es manchmal nicht so aussehen mag, du bedeutest mir eine Menge, und ich hoffe, dass du eines Tages weißt, warum ich auf der Suche nach neuen Horizonten bin, nach einer anderen Art und Weise, mich in dieser Lebenssituation zu behaupten, die, ganz abgesehen von persönlichen Gründen, alles andere als normal ist, wie du weißt. Und ich rede hier nicht nur von meinen Gründen – denn hier kommt es nicht auf Einzellösungen an –, sondern auch von all den Anderen, die anders denken und die von dem träumen, was du *andere Dinge* nennst. Ich denke nicht, dass ich dir das alles noch bis ins kleinste Detail aufschlüsseln muss, die Sache dürfte klar sein. Daher, meine Liebste, gibt es an dem, was ich dir hier sage, auch nicht viel herumzudeuteln: Ich habe keine Lust, irgendwann mit dem Gefühl zu sterben, ein Leben lang auf Zehenspitzen gelaufen zu sein, vor lauter Angst immer den Atem angehalten, nie geschrien zu haben. Das erlaubt mir meine Wissbegier, meine Lust auf neue Erfahrungen, einfach nicht. Gewisse Dinge zu verstehen, kann nämlich markerschütternd sein, laut, aber auch harmonisch; und für mich ist die Musik der beste Weg, um dieses Ziel zu erreichen."

„Diese Ader für existentialistische Dichtung kannte ich ja noch gar nicht an dir. Du mehrst meine Fragezeichen!"

„Und du verziehst mich noch ganz, lieblichste Lily, meine Lily?!"

„Werd jetzt nicht zum Charmeur, das steht dir nicht."

„Ich werde zu gar nichts, du gefällst mir wirklich. Und weißt du, wieso? Weil du die unkomplizierteste Schönheit in meinem gesamten Umfeld bist, und zu meiner noch größeren Freude bist du auch der einzige Mensch, mit dem ich frank und frei über alles reden kann."

„Über alles? Bist du dir da sicher?"

„Über alles. Über Menschliches wie Göttliches, über Erhabenes wie Fleischliches, über ..."

„Ich glaub dir nicht."

„Und warum nicht?"

„Weil ich dich schon zu oft zu verschlossen erlebt habe, wie eine Muschel voller Perlen, die du mit niemandem teilst, nicht einmal mit mir. Du bist manchmal so wortkarg, Julian, es ist schier unglaublich, wie undurchdringlich du in deiner Art zu leben sein kannst. Wie gesagt, ich habe gelernt, auch zwischen den Zeilen zu lesen, und wenn wir uns unterhalten und ich etwas genauer hinschaue, dann beobachte ich manchmal, wie du in Gedanken ganz woanders bist. Wenn ich ehrlich sein soll, ich glaube, die Situationen, in denen ich dich voll und ganz für mich gehabt habe, lassen sich an einer Hand herzählen. Ständig bist du wie auf Reisen, streifst in Gedanken quer durch die Welt, als wärst du überall außer bei dem, was wir gerade tun oder besprechen. Ich meine ja nicht, dass du dich von mir auf Nimmerwiedersehen entfernst, aber ich sehe dich so oft auch voller Erwartung mir gegenüber, oder wie in Alarmbereitschaft ... Wie soll ich dir das nur erklären? Du guckst mich halt manchmal so komisch an, und du lenkst unsere Gespräche oft in die Richtung, die dir gefällt, so dass sie mal mehr, mal weniger rätselhaft klingen. Und da wir schon beim Herzausschütten sind: Ich glaube fast, dass mein Verlangen nach dir genau aus diesem Versuch von mir erwächst, hinter dein Geheimnis zu kommen, und dass, egal wie seltsam du mitunter auch sein magst, ich dich in solchen Momenten ganz für mich habe, auch wenn eine gewisse Restunsicherheit immer bestehen bleibt. In deiner Zugeknöpftheit – und das habe ich dir schon mal gesagt – bist du ganz ähnlich wie mein Onkel. Der ist auch zu Hause und spielt seine Rolle innerhalb der Familie, doch wirkt die Szenerie nie ganz echt, irgendwie ist da immer der Wurm drin; der Schänder ist nämlich auch nie zu hundert Prozent da. Der einzige Unterschied zwischen euch beiden – das stelle ich lieber gleich klar, bevor du dich beleidigt fühlst – liegt in den *anderen Dingen*, die euch so einspannen, denn die könnten unterschiedlicher kaum sein."

„Holla, Sigmunde, du machst mich ja ganz nackig unter deiner Psycholupe! Von so einer minutiösen und exakten Untersuchung meiner bescheidenen Person hätte ich mir ja nie träumen lassen, am allerwenigsten von dir."

„Warum? Weil ich eine Frau bin?"

Mit schrägem Kopf sah sie mich an, wieder mit beiden Beinen auf dem Boden ihres unbezwingbaren Charakters stehend, auf den Absätzen ihrer zarten Sexualität, stets auf Erkundungstour an den Ufern ihrer schillernden Frivolität.

„Nein. Möglicherweise hat es damit zu tun, dass ich dich immer als meine Geliebte gesehen hab, was für mich bedeutet: weniger Gedanken und mehr Hormone."

„Klingt vernünftig. Aber ich glaube, du willst mir gerade einen Bären aufbinden, mein Schatz. Solche Höhenflüge kommen doch nicht vom Gras und sind auch keine Schwärmerei oder irgendein nostalgisch-poetischer Anfall von dir. Es ist doch nicht mal eine Minute her, dass du dich mal wieder verraten hast. Nein, mein Spätzchen, ich weiß genau, dass dein Kopf in ganz anderen Angelegenheiten unterwegs ist, in diesen *anderen Angelegenheiten*, über die ich schon so lange mit dir sprechen will und die du mit fast militärischer Disziplin unter Verschluss hältst. Sei doch nicht so verbohrt und erzähl mir nicht ständig irgendwelche Geschichten. Ich bin mir sicher, dass deine Unzugänglichkeit nicht nur Liebe zur Kunst ist; vielleicht benutzt du sie ja als eine Art Lockmittel, denn auf eine bestimmte Weise macht sie dich attraktiv, sie verleiht dir so eine gewisse Aura, die zumindest mich vor einen Berg von Fragen stellt. Am Anfang dachte ich noch, du machst das absichtlich, um den Mädels zu gefallen, aber mit der Zeit ist mir klargeworden, dass dem nicht so ist und du tatsächlich so tickst, sei es wegen deines Charakters oder aus der Not heraus. Aber was das für eine Not sein könnte ... darauf hab ich noch keine Antwort gefunden, so weit reicht mein Latein leider nicht; da käme nur pure Fiktion bei raus."

Achselzuckend hielt sie inne. Die Füchsin war mir auf den Fersen. Nach und nach spann die Spinne ihr Netz der Empathie in dieser so scheinbar heiteren Unterhaltung, die mich erschreckte und aufwühlte. Ihre tückischste Seite zeigte sich mir, ihre unerschütterliche Gelassenheit, mit der sie nun ein Thema in die Unterhaltung einführen wollte, das für mich so wichtig, so grundlegend und ernst war, dass ich es auf keinen Fall verleugnen oder kleinreden konnte. Lily hatte es geschafft, dass sich unser scheinbar harmloses Gespräch nun auf meine Person konzentrierte und sich in die intimsten Winkel meiner so hermetischen Welt vorwagte. Geschickt hatte sie ihr Komplott geschmiedet, indem sie mir einen Platz anbot, wo ich meine Nerven ausruhen und meine chronischen Ängste für einen Augenblick ablegen konnte, und wo meine Zunge endlich einmal Gefühle ausschütten konnte, anstatt immerzu Wissen wiedergeben zu müssen.

Da stand sie also vor mir und forderte mich trotzig heraus, meine abgeklärte Lolita Lily, und verwickelte mich honigsüß in ein Gespräch, in welchem sie mich wortlos dazu aufrief, ihr die Gründe für mein Gehabe, für meine Zurückhaltung, mein Schweigen, meine stummen Antworten darzulegen.

„Und wenn es nun keine Frage des Charakters wäre, was glaubst du, welche Not da vorliegen könnte? Oder: welche Nöte?"

„Ich will nicht mutmaßen, aber ich weiß, dass du welche hast und dass du sie für dich behältst."

„Jeder hat so seine Nöte."

„Sicher, aber hier und jetzt geht es nun mal um deine, diese ganz speziellen, die du tief in dir verschließt."

„Ja, aber wenn du alles über mich wüsstest, da hätte ich doch nichts mehr zu bieten, keine Überraschungen, keine Faszination, keinen Zauber."

"Und was, wenn all das, was du in dir bunkerst, dir eines Tages übel zusetzt? Deine Gastritis, die du ja schon hattest, bevor wir uns kennenlernten, ist bestimmt nicht vom Himmel gefallen – eher wohl aus der Hölle aufgestiegen. Und ich glaube auch nicht, dass sie von deiner Arbeit kommt, denn die gefällt dir ja, und noch weniger wird sie vom Fußball oder vom Vereinsleben stammen. Sicher, Paula macht dir zu schaffen, aber so schlimm wird auch das nicht sein; und ich, ich kau dir zwar gern mal ein Ohr oder beide ab, aber ich entschädige dich auch immer dafür. Stimmt's oder hab ich recht? Außerdem hast du noch deine Musik, und die hilft dir noch viel mehr als ich, den Ballast des Alltags zu ertragen. Kurzum, hinter der Kulisse muss noch ein anderes Stück laufen."

„Mag ja alles sein, aber so etwas könnte sich, wenn überhaupt, nur in meinem Unterbewusstsein abspielen, denn je mehr ich über das nachdenke, was du gerade sagst, umso weniger gelingt es mir, die Ursachen meines Kopfsalats zu erkennen, ich sehe einfach nichts Konkretes. Ich schwöre dir, ich habe schon oft über diese Sache gegrübelt, und die Symptome weisen eindeutig auf eine Störung hin, aber wer oder was daran schuld sein soll, ich weiß es nicht. Ernsthaft, glaub nicht, ich versuche, mich aus der Affäre zu ziehen. Vielleicht bin ich einfach nur tief in meinem Innern davon überzeugt, dass jede Generation, und zwar ohne Rücksicht auf eventuelle Verluste, die Kosten für ihre eigenen Träume tragen sollte, und das ist es wohl, was mich umtreibt, nicht mehr und nicht weniger."

„Das würde ich dir sogar abkaufen; obwohl es auch noch nicht die ganze Wahrheit ist. Ich denke, du solltest noch mehr und noch angestrengter darüber brüten, und wenn du mit jemandem darüber reden willst, dann kannst du jederzeit zu mir kommen."

„Weiß ich doch."

„Sicher?"

„Mit g wie ganz."

Lily ging fort und ließ mich zurück mit meiner brennenden Gastritis, die sich gerade anschickte, ihrer bösartigen Tätigkeit mit besonderer Vehemenz nachzugehen. Die Unterredung mit Lily lag mir schwer im Magen, sie hatte mich eiskalt erwischt, was mitnichten dem simplen Umstand geschuldet war, dass ich nicht auf den spontanen Besuch meiner vorwitzigen Freundin gefasst gewesen war, und genauso wenig lag es an dem Kurs, den unser Gespräch am Ende genommen hatte. Unmöglich konnten dies die alleinigen Gründe sein, und so musste ich letztlich annehmen, dass meine Verstörtheit von dem so immensen und doch subtilen Geschick herrührte, mit dem die listige Lily unseren wendigen Wortwechsel gesteuert hatte. War so viel Schläue, so viel Gewandtheit möglich bei einem Mädchen, das gerade erst am Anfang ihres Weges durch die Irrgänge der Erwachsenenwelt stand? Ich war mir zwar ihrer ketzerischen Tollkühnheit bewusst, ihrer permanenten Hinterfragung der gesellschaftlichen Konventionen und ethischen Normen, doch ab und an überstieg ihr Scharfsinn meinen Verstand schlichtweg, und ihr Drang danach, den Dingen bis ins kleinste Detail auf den Grund zu gehen, brachte mich in die Bredouille. Wo mochte sie das nur in so jungen Jahren und in so methodischer Form gelernt haben? Von ihrem Vater? Ihrer Mutter? Oder von ihrem Onkel? Und wenn dem so wäre, war es durch beiläufige Beeinflussung dazu gekommen oder steckte ein gezieltes Studium dahinter?

Mich wollte der Eindruck nicht loslassen, dass ich sehr hoch pokerte in diesem Spiel auf Messers Schneide, bei dem ich ein alles andere als gutes Blatt in der Hand hielt. Mir schwante, dass ich nicht nur das Mädchen unterschätzt, sondern auch die undefinierbare Liebenswürdigkeit meines Nachbarn überschätzt hatte, welcher trotz seiner guten Manieren, die er kürzlich vor mir uraufgeführt hatte, mit Sicherheit noch immer voll eiserner Disziplin seiner Arbeit als fachkundiger Vollstrecker des institutionalisierten Terrors und als fanatischer Verfechter der planmäßigen Unterdrückung nachging.

Solche Momente machten mir bewusst, dass das Gespenst von nebenan nach wie vor umging, und zwar quasi unmittelbar, wie eine Grundlage meines Lebens, und dass dieser böse Geist es irgendwie geschafft haben musste, sich in meinem tiefsten Innern dauerhaft festzusetzen wie ein schlüpfriger, unaufhaltsamer Parasit. Ich erschauderte, geschüttelt von einer plötzlichen Unsicherheit, die mich durch die Ritzen und Löcher in der abenteuerlichen Konstruktion, die ich um mein Leben herum hochgezogen hatte, erreichte.

Es waren Situationen wie diese, die meinem ohnehin schon rastlosen Gemüt verstärkt zusetzten, bittere Momente, in denen ich mich von meiner Einsamkeit direkt in den kalten Schlund eines Tunnels gedrängt sah, der mit jedem Tag dunkler, enger und länger wurde. Ich fand mich in einem merkwürdigen Zustand von Hilflosigkeit vor, zutiefst verödet, entseelt, in dem Bewusstsein, dass mein mühseliges Versteckspiel mit der Zeit komplexer geworden ist, als ich es je vermutet hätte, und dass mein ursprüngliches Konzept nun eine Dimension und eine Spannung annahm, die nicht immer leicht zu bewältigen waren. In diesem Gefühl der Schutzlosigkeit erkannte ich mich teilweise selbst nicht wieder. Was als kleiner Überlebenstrip begonnen hatte, drohte nun damit, mich immer unkenntlicher zu machen und völlig aus dem Ruder zu laufen.

Meine zunehmende Unlust legte mir nahe, mich ohne Wenn und Aber der Tatsache zu stellen, dass ich an eine Kreuzung gelangt war, an der sich mir eine zuvor nicht bedachte Richtung bot. Im Adamskostüm stand ich vor einer Gabelung ohne Wegweiser, ohne Ansprechpartner, ohne Freund, ohne Freundin, ohne irgendjemanden, der mir in meiner Verlassenheit hätte beistehen können. Zwar wusste ich mich von vielen guten Freunden umgeben, doch de facto konnte ich auf niemanden zählen, da ich keinen von ihnen in meine Tätigkeiten als militanten Utopisten hineinziehen durfte, um sie nicht am Ende in die Höhle des Löwen zu schicken. Also ergab ich mich in meine Rolle als Herr über eine Sandburg, über eine Burg, die mit einem Wisch von der Landkarte gefegt wäre, restlos und undefinierbar selbst für meine Augen und Hände.

An jenem Nachmittag ging ich nicht zur Arbeit, sondern verschanzte mich im Schlafzimmer, dem Raum in unserem Haus, wo ich noch am ehesten meine Sorgen vor unseren Nachbarn geheim halten konnte, wenn ich selbige vertrauensvoll an meiner Gitarre auslieẞ, diesem ultimativen Mittel für ein wenig Ordnung in dem beengenden Gewirr um mich herum. Tatsächlich brachte meine wechselvolle Gemütslage nicht nur trübselige Klänge hervor, sondern lieẞ sogar meine Stimme wieder aufleben, so dass ein neues Thema hervorspross. Es war mein erstes richtiges Lied nach vielen Jahren lyrischer Dürre. Der kreative Schub reichte aus, um in nur wenigen Stunden einen wahren Fluss des Lebens und des Mutes entspringen zu lassen.

Für mein Lied, dieser Senkgrube für meine innerste Notdurft, wollte ich einen möglichst vieldeutigen Titel finden, um meinen Zorn, der mich noch völlig aus dem Gleichgewicht werfen würde, bestmöglich zu verschleiern. *Was ich gern beherrschen würde* erzählte von meiner Ohnmacht und von meinen fruchtlosen Bemühungen um die Findung neuer Werkzeuge zur Bearbeitung dieser unserer Realität, die so manches Mal, zu viele Male, selbst meine finstersten Fantasien in den Schatten stellte. Ich spielte das Lied den übrigen Bandmitgliedern vor und es schlug ein wie eine Bombe, eine Bombe voll positiver Energie. Wir beschlossen, das aktuelle Stück zu verwerfen und unsere Talente stattdessen der Ausschmückung meines Liedes zu widmen. Das Beherrschen von Veränderung, von Solidarität, von Freiheit und Verständnis, die Fähigkeit, alles mit allen zu teilen, ohne dem unmenschlichen Kalkül des Terrors zu erliegen, das war die Beherrschung, um die es in meinem Lied ging – und wir beherrschten unsere Botschaft so gut, dass wir bei einem Festival, das halb unter dem Schutzschirm der Diözese von San Miguel stand, den dritten Platz belegten – übrigens eine der ersten Veranstaltungen dieser Art unter der Knebelzensur des Diktators. Das Publikum bestand aus ein paar Hundert hörfreudigen Jugendlichen, von denen die meisten aus anderen Vierteln stammten; lebensfrohe Jungs und Mädels, die unter Klatsch- und Rufsalven die unzähligen Anspielungen feierten, die an drei Abendsessions voll Energie und verborgenem Protest zum Besten gegeben wurden. Unterdessen durchstöberten Polizisten vorsorgehalber die Umgebung – doch oh! Zur Verwunderung Aller beschränkten sich die Nachtwächter diesmal auf ein paar Streifgänge rund ums Areal, ohne auch nur den Versuch einer irgendwie gearteten Intervention zu unternehmen.

Kaum war das allzu kurze Fest der Hoffnung vorbei, zogen sich die Gäste vom Ort des Wunders zurück. Wie neu belebt nach diesem so urwüchsigen Ereignis atmete jeder noch ein letztes Mal diese von einem so andersartigen Aroma aufgeladene Luft ein, diesen frischen, symbolträchtigen Wind, diese unverhoffte Brise inmitten des allgemeinen Miefs, der durch die engen Gassen der chilenischen Realität schlich. Für mich war das tatsächliche Stattfinden einer solchen

Veranstaltung – und das auch noch ganz knebelfrei, also ohne ein Eingreifen des Militärs – nur schwerlich nachzuvollziehen, wodurch mir die ganze Sache noch unschätzbarer im Wert wurde, bedenke man doch die systematischen Beschneidungen in nahezu allen Bereichen des öffentlichen Lebens. Dieser Erfolg, so punktuell, peripher und partiell er auch sein mochte, stieß einige Veränderungen an, die tief in mir wurzelten, und veranlasste mich sogar zu einer neuen Sichtweise auf die bis dahin etwas plumpe Ausübung meiner neu entfesselten Kunst. Außerdem beschloss ich, meine Arbeit im Vereinsvorstand an den Nagel zu hängen, pfiff nur noch ein Spiel pro Woche, und wenn wir an einem Sonntag auftraten, verwies ich den Sport notgedrungen auf den zweiten Platz.

Nach ihrer leiblichen wie seelischen Teilnahme an besagtem Festival wurde meine scharfsinnige Athene zur verschmusten Mata Hari, die nun jedes Detail meines veränderten Verhaltens und Gemüts feststellte und festhielt. Komisch war, dass sie mich nichts fragte. Stattdessen hielt sie ihre Neugier auf Distanz und tauschte sich mit allen möglichen Leuten aus, die sie kannte oder auf ihrem Streifzug kennengelernt hatte.

Woran sich jedoch nichts änderte, waren meine Besuche in der Gemeinde sowie meine regelmäßigen, gehaltvollen Treffen mit meinem Freund Rodrigo, der mit seiner allseits bekannten Herzensgüte all den verunsicherten Mädels und Jungs aus der Gegend Aufrichtung und Richtung gab. Auch bei den rituellen Zusammenkünften mit den Schustern der Arbeitslosenbörse fehlte ich nicht. Mit einem Teil des Geldes aus der Beschuhung der grazilen europäischen Füßchen planten mein Compagnon und ich nun eine teilweise Erneuerung unserer Arbeitsmaterialien. So kauften wir die modernsten Maschinen, die unser Budget zuließ, und versuchten auf diese Weise, uns auf den aktuellen Stand unserer erwartungsvoll vor den Toren des Weltmarktes stehenden Industrie zu bringen. Die alten Geräte gaben wir den Kumpels von der Börse, einem Zusammenschluss tatkräftiger, doch momentan arbeitsloser Menschen aus dem Viertel, die entschlossen waren, der Armut, die mit dem Wirtschaftsmodell der *Chicago Boys* (im Volksmund auch *Chic-Ego-*

Boys) über sie gekommen war, ein Stück weit die Hässlichkeit zu nehmen.

Ihre Zuversicht und Beharrlichkeit, ihr Eifer und Scharfsinn, wenn sie dem Schicksal, das ihnen diese neoliberalen Aasgeier auferlegt hatten, den Stinkefinger zeigten, berührten mich so tief, dass ich nicht umhinkonnte, sie moralisch und materiell zu unterstützen. Paula beobachtete mich indes elegant-distant und verurteilte argusäugig diesen Austausch von Erfahrungen und Zuneigung der Andersgläubigen. Ich kam nie ganz dahinter, ob sich ihr Argwohn aus der Furcht vor möglichen Repressalien speiste oder doch aus der nackten Angst davor, dass meine *Misswirtschaft*, die sie aus ihrer ambitionsgeladenen Perspektive immer wieder kritisierte, unsere Zukunft als Familie zugrunde richten würde.

Mit meinem bauchigen Kumpel Rodrigo hatte ich seit der Sache mit Ricardo regelmäßig Kontakt, wobei er mich des Öfteren zu sich einlud, was meinem lange gehegten Wunsch nach einer gewissen Brüderlichkeit in unseren Treffen sehr entgegenkam. Ich genoss dort die liebenswürdige Art Nellys sowie die konstruktive, besonnene Atmosphäre insgesamt. Neben Tee, Apfelkuchen und sonstigen Gaumenkitzlern versorgten mich die beiden mit Informationen zu Fortschritten und Rückschlägen, Änderungen und Nachänderungen, Wahrheiten und Unwahrheiten sowie zu politischem Klatsch und Tratsch im Viertel. Seine akademische Art manchmal auf die Spitze treibend, berichtete mir Rodrigo von dem erstaunlichen Organisationstalent und der Entschlusskraft der Leute bei uns im Sektor, vor allem unter den Frauen und Jugendlichen, aber auch unter den toleranteren Pfarrern, die auch mal ein oder zwei Augen zudrückten, während sie um etwas Mäßigung im Hause Gottes baten. „Schließlich ist das ja kein Ort für politische Erziehung, meine Lieben, vergesst das bitte nicht, und genauso wenig ist er für die Vorbereitung künstlerischer Spektakel zur Unterstützung der gemeinnützigen Organisationen gedacht. Ansonsten denkt immer daran: Hört nie auf zu träumen! Unsere Träume werden uns diese abgestumpften Kriegsknechte nie nehmen können", so mein runder Freund Rodrigo.

Es ermutigte mich, über all die Einzelheiten Bescheid zu wissen und sehen zu können, wie die aus der Not der Leute entsprossenen Samen einer gesellschaftlichen und politischen Neuordnung still und heimlich aufkeimten. Rodrigo und seine Geschichten schweißten mich förmlich an jene Welt des Mangels und der Tatkraft, des Willens und der Schläue von Menschen, die ihre Würde aufrechtzuerhalten versuchten, indem sie sich ein großes Netz aus vielen kleinen Lösungen webten. Besonders die Jugendlichen begeisterten mich immer wieder. Ihre Hartnäckigkeit strotzte vor gesundem Ungehorsam und ungeschminktem Nonkonformismus. In dieser Hingabe und Unbeugsamkeit sah ich eine Kraft, eine Beherztheit, die mich manchmal sprachlos machte, die mich überraschte und die meine persönlichen Erwartungen übertraf. Rodrigo erzählte mir von ihnen, *seinen* Jungs und Mädels, als wären sie seine Kinder, und das, obwohl er selbst kaum mehr als fünfundzwanzig Lenze zählte.

Die Musik und die Weiterentwicklung unserer Fabrik hielten mich etwas auf Distanz zum gewöhnlichen Leben im Viertel. Umso wichtiger waren für mich die sporadischen Treffen mit meinem etwas umständlichen Jugendmentor, zumal der Gute stets bestens informiert war. Seine Schüler hielten wiederum ihn auf dem Laufenden über die Koordinierungsversuche zwischen den Vereinigungen der verschiedenen Viertel, den Trubel bei den (Des-)Organisationen der Parteien oder die Stimmung bei den wilden Hilden, wie er die vielen eifrigen Damen nannte, die mit kühlem Kopf für Ordnung im allgemeinen Pulverfass sorgten, sprich die Krankenschwestern in der Poliklinik, die Näherinnen in den Werkstätten, die Sozialarbeiterinnen oder auch die Stegreifassistentinnen der Psychotherapeutin, die sich zweimal in der Woche um die von Verfolgung und Folter Traumatisierten kümmerten.

Mein schulmeisterlicher Freund lieferte mir penibel genau alle Einzelheiten rund um die Bemühungen der Arbeitslosenbörsen in den diversen Sektoren der Gemeinde sowie die Streitereien in den Parteien, sei es über Ideologie oder Agenden, was natürlich ein völlig unangebrachtes Verhalten war in dieser ohnehin schwer beherrschbaren Situation. Der Vollständigkeit halber erzählte er mir zuletzt auch von den Diskussionen und Schwierigkeiten bei der Koordinierung der einzelnen Kräfte und Mittel. Kurzum, Rodrigo schien über alles und jeden, über die Einzel- wie über die Gesamtheiten unseres Mikrokosmos auf dem Laufenden zu sein, und so verließ ich sein Haus stets mit dem Bauch voller Leckereien und dem Kopf voller Wissen und Hoffnung.

Die anderen Treffen, die ich um jeden Preis fortsetzen wollte, waren die mit Lily. Seit dem Festival belegte sie eindeutig den ersten Platz unter den Fans, weshalb sie von nun an bei jeder Probe dabei war und mich zu jeder Mucke begleitete, ob Sommer oder Winter, drinnen oder draußen, in der Hauptstadt oder auf dem Land – in ihrem felsenfesten Entschluss war ihr all das komplett schnurz, ihr erklärtes Ziel hieß: dabei sein, mit Leib und Seele Zeuge dieser neuen, aufblühenden Welt werden, deren Existenz sie zwar irgendwo schon vermutet hatte, von deren wahrer Dimension, im Großen wie im Kleinen, sie bis dato aber nicht die geringste Ahnung gehabt hatte.

Die sonstigen Treffen, also die mit Paula, kamen über ein paar vereinzelte Auseinandersetzungen nicht hinaus. Die Abstände zwischen unseren Begegnungen wurden immer größer, und hätte ich nicht wieder angefangen, Patricia vom Kindergarten abzuholen, um sie, nach unserem Ausflug auf zwei Kugeln Eis, zu ihrer Großmutter zu bringen, dann wäre wohl auch mein kleines Mädchen in die Kategorie der seltenen Kontakte übergegangen. Dank meiner Begriffsstutzigkeit und Bequemlichkeit gelang es Paula immer mehr, die Kleine für sich zu vereinnahmen, sie in ihre Welt einzuspinnen, so dass sie zum Beispiel sonntags immer mit ihrer Mutter bei deren Freunden war – Freunde, die laut Paulas Aussage eine solide Grundlage für jenes Leben bildeten, das sie, die aufopfernde Madonna, ihrer Tochter bieten wollte. Ich auf der anderen Seite nutzte die Sonntage, um mich auf meine Darbietungen mit der Gruppe oder auf einen Einsatz als Spieler oder als Schiedsrichter zu konzentrieren. Auch erfreute ich mich dann der nachmittäglichen Portion Trost, mit der mir Lily in meinem zur ambulanten Spielwiese umfunktionierten Gefährt zuverlässig und freizügig aufwartete.

Der Winter kam und zog eiskalt an uns vorüber, während die Routine uns das Verstreichen der Monate vergessen ließ. Gleich darauf folgte eilfertig der Frühling, um uns daran zu erinnern, dass das Leben immer wieder von Neuem beginnt. Ich wusste fast gar nichts mehr über den Alltag meiner Frau und meiner Tochter, war stattdessen nur darauf fixiert, Musik und Arbeit unter einen Hut zu bringen und meine künstlerischen Fähigkeiten zu festigen und weiter auszubauen, immer in der Hoffnung, die an die obskurantistischen Milizen abgetretenen Bereiche wenigstens teilweise zurückzugewinnen. Lily schien sich wieder beruhigt zu haben, sie legte nun keinen so großen Wert mehr darauf, meinem spröden Wesen, das sie neugierig machte, aber auch entnervte, weiter auf den Zahn zu fühlen. Ihre relative Entspannung bedeutete für mich eine Erleichterung, weil damit auch ihre Anhänglichkeit nachließ, nachdem die Datenmenge, die sie im Zuge ihrer hartnäckigen Teilnahme an meinen Aktivitäten als vollmundiger Troubadour über mich zusammengetragen hatte, nun endlich ihre scheinbar unersättliche Neugierde stillte, wenngleich nicht zu hundert Prozent. In ebendieser Phase der Windstille schrieb ich ein, zwei Liedtexte und Gedichte, die ich Lily, nicht ohne Kalkül, in einer kalten Winternacht vorlas, während sie sich nackt und fröstelnd an mich schmiegte. Ich bin mir nicht sicher, ob Paula zu dem Zeitpunkt schon von meiner Liebschaft mit ihrer Freundin wusste, aber, ganz ehrlich, ich glaube kaum, dass sie das überhaupt noch interessiert hätte. Einer ihrer Freunde, ein vielversprechender Bankangestellter, war mittlerweile ihr neuer Partner geworden, was einerseits der Grund für ihre zunehmende Abwesenheit an den Wochenenden sein musste, gleichzeitig aber auch meinen außerehelichen Plänen zustattenkam. Das erwähne ich nicht nur, weil ich dadurch mehr Zeit und Ruhe für die Treffen mit Lily hatte, sondern auch weil ich so mehr Freiraum hatte, um die Zwiesprachen mit meiner Gitarre zu vertiefen und mich endlich meinen Gedanken und meinen so lange aufgeschobenen musikalischen Ambitionen zu stellen.

Eine Sache war dann aber doch noch, die meine kleine Insel der Ruhe ankratzte, und zwar der Schmerz darüber, dass sich Patricia immer weiter von mir entfernte. Die Bilder, wie sie voller Freude ihre großartigen Gesangs- und Tanzeinlagen vorgeführt hatte, verblassten zusehends. Wie unerreichbar wurde sie mir hinter dem Schutzschild ihrer Mutter, die sie vor den Verrücktheiten eines Vaters bewahren wollte, der nicht nur verantwortungslos war, sondern auch ein hoffnungsloser Verschwender, und der sich nun zu allem Überfluss für einen Künstler hielt. In einer unserer Auseinandersetzungen schleuderte sie mir so heftige Dinge an den Kopf, dass sich mein verzogenes, überstolzes Ego eine stattliche Beule zuzog.

Die klaffende Abwesenheit meines talentierten Töchterchens ließ mich natürlich nicht kalt, und schon gar nicht, wenn ich sah, wie sie unaufhaltsam heranwuchs: Mit ihrer Mutter als allgegenwärtige Bezugsperson, während ich – Vater, Unternehmer, Künstler und Revolutionär – für sie nicht länger die Regel war, sondern nur noch purer Zufall, ein Schatten mit bösem Leumund und weit ab von ihrer Welt. Ich glaube, für meine Kleine war ich damals schon so etwas wie eine Vater-Morgana, entzaubert und unfähig, sie zurückzuerobern und auf einen besseren Weg zu bringen.

Patricia entschwand mir immer mehr in den Tentakeln ihrer Mutter, schwamm immer weiter weg von mir in den Swimmingpools der neuen Nutznießer des Regimes, löste sich auf in den Rauchschwaden der sonntäglichen Barbecues mit argentinischen Steaks und Leuten, die sich unablässig über dieselben Dinge ausbreiteten: das neueste Auto, das nächste Strandhaus, der Spaziergang mit anschließendem Essen im angesagten Restaurant in Cajón del Maipo oder Farellones oder die intergalaktischen Abenteuer des Raumschiffs Enterprise, dem hippsten Flugkörper weit und breit für all die feinen Leute, die von einem Einzug Santiagos in die Erste Welt träumten. Auch hörte man von Klagen darüber, wie schwierig es sei, einen Tisch im Portillo zu ergattern, wo ja nur noch Amis und Europäer verkehrten. *Ach, und ganz zu schweigen von Theaterkarten fürs Municipal, die sind ja gerade so was von teuer, du glaubst es nicht, meine Liebe!* Aber eigentlich spielt das keine Rolle, denn es *ist ja nicht für irgendwas, sondern für Les Luthiers! Das sind zwar Argentinier, aber so was von sympathisch, und superschnuckelig! Aber die Karten, ein Vermögen, was die kosten! Obwohl es ja nur Peanuts sind, wenn man bedenkt, was für eine top Unterhaltung man dafür bekommt, und alles in bester Gesellschaft. Apropos, du hast ja keine Ahnung, wie bezaubernd Buenos Aires ist ... und wie wenig dort alles kostet, Süße, spottbillig ...* Jedes Mal, wenn ich es wagte, einen Fuß in die Runde der Karrieristen zu setzen, war ich danach deprimiert wie ein Gaucho ohne Mate und schwebte in einem Zustand der Unbestimmtheit, wie wenn man sich unfähig fühlt, das Seine zu verteidigen. Dann sank meine Laune rapide und ich erschrak, wenn ich sah, wie meine Patricia nach und nach entwurzelt wurde, um durch den Dunst der Grillpartys zu irren, auf denen die Emporkömmlinge ihren Hedonismus nährten.

Ich weiß nicht, woher die plötzliche Ladung Tatkraft kam, aber eines Samstags, nach dem Mittagessen, entschloss ich mich, ein paar Kleinigkeiten an dem Holzgestell, an dem unser Wein hing, in Ordnung zu bringen. Vielleicht war es ein Ausbruch unerfüllten Vatergefühls, der mich dazu antrieb, mich der kleinen, eingehüllten Knospen anzunehmen, die unser Dach aus grünem Laubwerk und blühendem Wein zierten. Auf meiner wackeligen Stehleiter rackerte ich mich also mit Nägeln und Hammer ab, um zwei auseinanderdriftende Balken wieder zusammenzubringen. Es waren wohl keine fünf Minuten vergangen, als plötzlich auf der anderen Seite der Mauer der Kopf der Nachbarin mit seinem unbeschreiblichen Lächeln aufpoppte: „Ach, Sie sind es, Herr Nachbar. Verzeihen Sie mir, aber wo man Sie doch so selten zu Gesicht bekommt, da dachte ich ..."

„Kein Grund zur Sorge, liebe Frau Nachbarin", trieb ich auf derbkomische Weise die nachbarliche Galanterie auf die Spitze, „ganz im Gegenteil, es freut mich zu wissen, dass unsere Nachbarn stets ein wachsames Auge auf das bisschen haben, das wir unser Eigen nennen, ich bin wirklich froh. Es ist ja nun mal so, dass ich viel Arbeit um die Ohren habe und deshalb nur selten zu Hause bin, sie sehen ja selbst ..."

„Das kann ich mir nur zu gut vorstellen. Es ist bestimmt nicht leicht, so viel arbeiten zu müssen, und sich obendrein noch ums Haus zu kümmern."

Diese Dosis gefällige Neugier verabreichte sie mir ganz sanft, damit es auch ja nicht wehtat. Ich ließ sie mich anzapfen und stellte dabei fest, wie ihre nachbarliche Aufmerksamkeit sie die ganze Zeit über auf dem Laufenden hielt, was unser von Abwesenheit bestimmtes Leben auf diesem driftenden Boot mit mir als Mann über Bord anging.

„Ja, Sie können wahrscheinlich auch ein Lied davon singen, Señora Rosa, ihr Gatte ist ja auch so von seiner Arbeit eingespannt", merkte ich mit verständnisvollem Ton und vor lauter Mitgefühl in Falten stehender Stirn an.

Sie wirkte gespannt wie eine Sprungfeder, oder wie ein wildes Tier auf der Lauer.

„Ja, nur mit dem kleinen, aber feinen Unterschied, mein lieber Herr Nachbar, dass mein Mann nie Zeit für sein Heim hat. Sie kümmern sich ja wenigstens noch um das Nötigste, er hingegen überhaupt nicht, es interessiert ihn einfach nicht, er hat keinerlei Ahnung, was eine Mutter und Frau braucht."

Uiuiuiui... Paloma, erinnerte ich mich des mexikanischen Schlagers; die Frau hat aber dicke Eier. Mit einem Mal öffnet sie mir die Tür zu bislang abgeriegelten Bereichen, als wollte sie mir etwas zu verstehen geben, die raffinierte Rosa, unsere sonst so schüchterne Nachbarin, scheu wie ein Reh, fast verstohlen, wie Magdalena, ihre Tochter, die nicht ihre Tochter war und mit der sie sich in jener unergründlichen Höhle verschanzt hielt. Die Frau fragt mich hier weiß ich worüber und wieso aus, sucht mich in einem Gespräch ohne erkennbare Grundlage und kommt mir mit ihrem gutnachbarschaftlichen Gedöns, obwohl sie genau weiß, dass unser Familienzustand längst nicht mehr mit ihrem Bilderbuchdenken zusammenpasst, rätselte ich so vor mich hin.

„So ist es wohl, Señora Rosa, jeder gibt ein Stück weit sein Leben her, um etwas zu erreichen. Man weiß zwar nicht immer genau, was, aber irgendwas ist es immer ..."

Bei allem, was ich zu ihr sagte, musste ich innerlich lachen; ich aalte mich förmlich in dieser Farce, fühlte mich wie der Großmeister der Heuchelei, der Täuschung, der Verführung. Ich war wie elektrisiert.

„Ja, genau, alle geben wir was von uns her. Absolut!"

Ein wenig verriet sie sich in ihrer Verwirrung angesichts meiner schönen Worte, und so geriet sie etwas ins Stolpern auf ihrer Suche nach der richtigen Replik oder einem zündenden Gedanken, der ihr ein Fortkommen ermöglichen würde in diesem Dialog, der ihr offenbar nicht ganz geheuer, aber auch nicht ganz unwichtig war, womöglich sogar erwünscht, grübelte ich händereibend.

„Aber von dem, was man als Frau alles hergeben muss, davon hat doch niemand eine Ahnung", warf die Nachbarsfrau mit wiedererstarkter Stimme ein, „und erst recht nicht bei uns Hausfrauen. Ich sollte zwar gar nicht darüber sprechen, aber, wissen Sie, ich lebe praktisch für einen Mann, der gar nicht existiert, für ein halbes Heim ... und für die Routine, die einen schon morgens beim Aufstehen erdrückt."

„Aber Sie haben doch noch ihre Tochter."

„Meine Tochter ...", räusperte sie sich, „ja, meine Tochter, gewiss, sie leistet mir gute Gesellschaft, was mir wirklich viel bedeutet. Aber für ein erfülltes Leben reicht es dann doch nicht ganz. Außerdem ist sie sehr zurückhaltend, verbringt gern Zeit allein, sie hat da ein paar Probleme."

„In der Schule etwa?", fragte ich heuchlerisch und kämpfte innerlich gegen die Butzemännchen der Neugier an, die mir schon fast aus den Augen hüpften.

„Nein, nein, mit der Schule hat das nichts zu tun. Es ist wegen ... Hector. Er kontrolliert sie in allem und sie ergibt sich ihm. Es ist ja nicht so, dass er sich nicht um sie kümmern würde, zum Beispiel holt er sie oft von der Schule ab und geht mit ihr spazieren. Aber Magdalena bleibt unzugänglich für ihn. Sie hat mich sogar gebeten, ihm zu sagen, dass er sie doch bitte nicht mehr von der Schule abholen soll. Ich weiß nicht, aber ich glaube, es ist ihr peinlich."

„Gut möglich, dass es den jungen Leuten unangenehm ist, wenn man sie mit Erwachsenen rumlaufen sieht. Das ist schon nicht ganz leicht mit der heutigen Generation. Die Mädchen in dem Alter sind einfach so, das ist normal, alles stellen sie in Frage, angefangen bei sich selbst. Das kennen Sie doch sicher, Señora Rosa."

Ich sah von weiteren Kommentaren ab, um diese Unterhaltung, die immer interessantere Züge annahm, nicht auf andere Bahnen zu lenken.

„Das mag ja sein, aber ich habe den Eindruck, dass sie ihre Familie vermisst, und damit vertraue ich Ihnen etwas an, das hier sonst niemand weiß: Magdalena ist eigentlich gar nicht unser Kind, sondern das meiner Schwester, die in einem kleinen Dorf im Norden wohnt, in Petorca, falls Sie es kennen."

„Vom Hörensagen, bin aber noch nie dort gewesen. Aber das tut ja nichts zur Sache, liebe Frau Nachbarin, ob nun Petorca, Menorca, Mallorca, Paris oder London, wen kümmert's."

„Ach, Sie sind mir ein Scherzkeks, Herr Nachbar; diese Seite an Ihnen kannte ich ja noch gar nicht. Na woher auch? Aber Sie haben recht. Ich wollte damit nur sagen, dass es ein gottverlassenes Dörfchen ist, alles vertrocknet dort, und Arbeit gibt es auch nicht. Deshalb haben wir die Kleine zu uns geholt, damit sie auf eine gute Schule geht und nicht so isoliert aufwächst. Aber Sie sehen ja, sie will hier einfach nicht warm werden; stattdessen will sie zu ihrer Mutter zurück."

„Verständlich, verständlich. Und warum ist sie noch nicht zurückgegangen? Wenn sie hier so unglücklich ist, wäre es doch das Beste ..."

„Uh, Don Julian, nie und nimmer! Hector wird zur Furie, wenn man ihm mit dem Thema kommt. Er sagt immer, sie habe keine Ahnung, weil sie noch so jung ist, und wie man denn die Aussicht auf eine gute Ausbildung und eine bessere Zukunft ablehnen könne, und wie sie darauf komme, dass jemals etwas aus ihr würde unter all den Bauerntrampeln bei sich im Dorf, und so weiter und so fort. Ich weiß nicht, mein Mann macht komplett dicht, wenn ich ihn darauf anspreche, und dann fängt er an, mit mir zu streiten, und wirft mir vor, ich würde ihr keine Dankbarkeit beibringen, und wie es denn sein könne, dass niemand etwas unternimmt, um sie endlich auf den rechten Weg zu bringen."

„Wer sollte denn etwas unternehmen?", hakte ich absichtlich einfühlsam nach.

„Na ich. Wer sonst? So wälzt er alles immer schön auf mich ab!"

„Aber Sie schmeißen doch schon den kompletten Haushalt, das ist ja wohl Arbeit genug."

„Ach i wo, nicht für ihn. Und das Schrägste ist ja, dass er nicht will, dass ich arbeiten gehe. Immer wenn ich ihm etwas in der Art vorschlage, schaltet er auf taub."

Verstehen ist eine Sache, vernünftig auf Verstandenes zu reagieren eine ganz andere, weshalb ich ernsthafte Probleme hatte, mich zurückzuhalten, und so wagte ich mich mit mitfühlender Laienpsychologie einen Schritt weit über jene Linie, hinter der man sich unbekannte, verbotene Gefilde erhofft: „So sind wir Männer wohl, Señora Rosa, leider gibt es Dinge, die wir einfach nicht zu schätzen wissen, und wenn diese Dinge von den Frauen kommen, dann umso weniger."

Sie holte tief Luft und setzte zum Flug an, beschwingt durch diese allgemeine Wahrheit, die ihr wie gerufen kam in ihrem so lange gehegten Verdruss der vernachlässigten Ehefrau.

„Aber mein Mann übertreibt es einfach. Ich weiß ja nicht, ob es Ihnen schon aufgefallen ist, aber Hector ist nie zu Hause, höchstens mal nachts, und auch dann nur ein paar Stunden. Und wenn er mal frei hat, schläft er, schläft oder guckt fern. Und wenn es das nicht ist, dann ist es sein Auto, das er stundenlang schrubbt und tätschelt. Oder er ist bei seinen Freunden, die, die ihn so oft besuchen kommen, obwohl sie sich ständig auf der Arbeit sehen. Ich versteh es einfach nicht, beim besten Willen!"

„Nun ja, ich hab zwar keine Ahnung, was ihr Gatte macht, aber es muss ganz schön hart sein, Schichtarbeit ist auf jeden Fall tödlich."

Meine Nachbarin wirkte betrübt, sie senkte den Kopf auf Halbmast: „Ja, die Schichtarbeit ..."

Sie verstummte, und ihr Gesicht schien mich zu bitten, ihrer Flut der bitteren Offenbarungen einen Damm vorzusetzen. Ich sollte das Gespräch in eine andere Richtung lenken, ich sollte das Schiff aus der rauen See in ruhigere Gewässer überführen.

„Haben denn Ihre Wäschedrähte den Winter gut überstanden?"

Sie lächelte, entspannt wie nie zuvor, bevor sie verschmitzt antwortete: „Wie Sie sehen, Herr Nachbar, nicht ganz schadlos – aber ja, sie haben durchgehalten."

Wir verständigten uns mit einem komplizenhaften Lächeln und ließen uns auf der letzten Scholle des nun offiziell und endgültig geschmolzenen Eises dahintreiben ...

„Ich frage nur, weil ich gerade unsere bearbeite, ich hab die Zange schon zur Hand und, na ja, Sie wissen ja: Eine Hand wäscht die andere."

„Ach, machen Sie sich mal keine Umstände, Don Julian, das ist gerade nicht nötig. Aber sobald es das wird, sage ich Ihnen Bescheid. Abgemacht?"

Entspannung machte sich breit, eine Brise Gemütlichkeit versüßte jene enthemmte Atmosphäre, die aus dem Herzen kommt und sämtliche Mauern unserer sinnlosen Vorurteile einreißt, und mit ihnen auch unsere althergebrachte, animalische Scheu.

„Señora Rosa, darf ich Sie etwas fragen?"

„Nur zu, Herr Nachbar."

„Könnte nicht Lily Magdalena ein wenig helfen? Die beiden sind ungefähr im gleichen Alter und quasi verwandt. Ich weiß nicht, aber vielleicht ..."

„Nicht mal im Traum. Mein Mann würde das nie zulassen. Wenn Lily hier manchmal aufkreuzt, dann reden nur Hector und sie miteinander, Magdalena schließt sich sofort in ihr Zimmer ein. Ganz ehrlich, die beiden Mädchen sehen sich nur äußerst selten, und schon gar nicht, wenn Hector Lily vorher zu sich zieht, das heißt, zum Reden natürlich, nicht, dass Sie mich missverstehen."

„Sicher, zum Reden, ich verstehe. Aber vielleicht könnte Lily sie ja mal zu sich einladen, oder die beiden gehen zusammen irgendwohin, am Sonntag ins Kino oder so."

„Wohl eher nicht, da bin ich mir ziemlich sicher. Wenn überhaupt, wäre es sehr schwierig. Hector wird bestimmt was dagegen haben. Außerdem ist Lily ein ganz anderer Schlag Mensch als Magdalena, viel reifer. Ich glaube nicht, dass die beiden viel gemeinsam haben."

„Ist sie denn gerade da?"

„Magdalena? Nein, ihre Mutter hat sie übers Wochenende zu sich geholt."

„Dann sind wir beide also zwei einsame Seelen inmitten des Frühlings", bemerkte ich galant, aber vorsichtig. „Don Hector ist ja anscheinend auch nicht zu Hause", fügte ich, die Fühler ausstreckend, hinzu, während ich spürte, wie in mir einmal mehr die unkontrollierbare Erregung angesichts eines berechneten Risikos aufstieg.

„Ich sag's ihnen, dieser Kerl", eine überraschend deutliche Distanz schien sich plötzlich zwischen der nachdenklichen Nachbarin und ihrem Mann aufzutun", der hat immer einen Grund, um zu verschwinden. Zurzeit tigert er irgendwo durch die Provinz, im dienstlichen Auftrag, sagt er, aber na ja …"

Sie richtete ihren keuschen Blick auf mich und zog eine Schnute der Entzauberung, womit sie mir wohl ihre unendliche Geduld mit dem emotionalen Krüppel andeuten wollte, der ihr all die Künste und Günste der holprigen männlichen Zärtlichkeit vorenthielt. Es tat mir im Herzen weh, unsere Nachbarin so dahinwelken zu sehen.

Mich überfielen Zweifel, ob es eventuell unangebracht wäre, mit diesem überraschungsgeladenen, kippligen Gespräch fortzufahren, welches in seiner Genese zwar spontan wirkte, das aber eindeutig zweideutiger geworden war und in dem zwei dezente Duellanten gaben, ohne zu nehmen, wie zwei wirklich gute Boxer, und nahmen, ohne zu geben, wie zwei böse Bankiers, diese so angesehenen Männer, die so viel Geld zählen, dass sie keine Zeit mehr für Zärtlichkeiten haben.

Am Ende wurde mir klar, dass ich nichts weiter tun musste, als sie zu verstehen, rückhaltlos und vorurteilsfrei auf ihr Bedürfnis, sich mitzuteilen, einzugehen, selbst wenn ich mich damit in eine Zwickmühle begab. Das mit den zwei einsamen Seelen inmitten des Frühlings war mir einfach rausgerutscht, doch mir war bewusst geworden, dass ich mit ebendiesem Spruch jene Tür geöffnet hatte, die zu der zartesten Seite dieser von Vernachlässigung gezeichneten Frau führte. Obwohl ich mir sicher war, dass sie in ihrem Unglück mehr als nur eine Ahnung von der tatsächlichen, verdrehten Natur der Machenschaften ihres Mannes hatte, machte es mir ihre augenscheinliche Hilflosigkeit unmöglich, sie zu verurteilen – mehr noch, sie wirkte auf mich wie eine geschändete Jungfrau, wie ein kinderloses Hausmädchen, das nun den Preis für seine Unfruchtbarkeit zahlt. Der Eindruck relativierte meine eigenen Befürchtungen und Vorbehalte, und so bewegten wir uns innerhalb der Unterhaltung parallel zueinander, sprachen uns aus, ohne es auszusprechen, verstanden uns, ohne uns die Blöße zu geben. Ich musste tatsächlich gut aufpassen, was aus meinem Mund kam, musste noch feinfühliger sein in dem, was meine Worte in diesem sehnsuchtsvollen Wesen auslösen mochten, denn nicht selten verwandelt die Beichte einer verzagten Frau den Beichtvater in den vermeintlichen Rettungsanker.

Ich beschloss, ihr vorzuschlagen, das Gespräch besser bei uns im Hof fortzusetzen – denn in ihrem: nicht mal im Albtraum.

„Hätten Sie Lust, einen kleinen Imbiss mit mir zu nehmen?"

Da brat mir doch einer nen Storch: Die Frau kann meine Gedanken lesen! Meine Kauleiste hing auf halb acht, brachte keinen Laut hervor, mein Gesicht wie eingefroren, versagte mir jeglichen Dienst vor unserer Nachbarin, die vor mir stand wie Eva mit dem Apfel in der Hand, diesem Garanten für eine unehrenhafte Ausweisung aus dem Paradies und eine schmerzhafte Kreuzigung im Diesseits.

Langsam fing ich mich wieder und setzte zu einem zaghaften Enterversuch an – jetzt oder nie: Zum Volltrottel machen oder den Schlüssel zum Schatz ergattern ... In diesem Fall war es der Schlüssel zum Geheimarchiv des Hermetikus von nebenan, den ich nun, mehr als je zuvor, zum Greifen nah vor mir sah – das heißt, zum Begreifen, da er sich nicht meinen Händen, sondern meinem Verstand bot, nachdem dieser so lange von den Fragen und Zweifeln gemartert worden war, die mir mein gespensterhafter, ewiglich diensttuender Nachbar bereitete.

„Vielen Dank, Señora Rosa, wirklich vielen herzlichen Dank. Aber Sie werden verstehen, wenn ich ablehne. Die Augen, die uns beobachten – und damit meine ich nicht unbedingt die Augen Gottes –, würden das sicher falsch deuten und wir würden uns verdienterweise die Qualen der Hölle aufladen. Glauben Sie bitte nicht, dass mir Ihre Idee nicht gefällt, aber Sie mit Ihrem Wachmann und ich mit meiner Zerberine ..."

„Ja, ich hatte mir schon gedacht, dass Sie ablehnen würden. Aber denken Sie bitte nicht, ich hätte mir meinen Vorschlag nicht gut überlegt gehabt. Nur, sehen Sie, das Problem ist, ich habe weder ein Leben hier zu Hause noch draußen, mit nichts und niemandem, und ich hatte gehofft, Sie könnten das verstehen – jetzt sehe ich, dass es unmöglich ist. Aber verstehen Sie das bitte nicht falsch, ich meine damit nicht, dass *Sie* mich nicht verstehen können. Es sind einfach die Umstände."

In ihrer Stimme lag ein Zittern. Den Zorn unterdrückend, der sich durch ihr Innerstes schlich, rang sie um die Wahrung ihres keuschen Blickes einer beschämten Jungfrau. Es beeindruckte mich, wie sich meine trostlose Nachbarin zwischen Frust und Ohnmacht durchschlug, ganz ähnlich wie ich selbst, als ich ihre Misere sah und gleich daneben meine eigene. Mir wurde ganz weich zumute und ich zitterte unmerklich an der Seite dieser Frau, die voll stoischer Würde nach ein bisschen männlicher Beachtung schrie – und ich, als Mann im Krieg wie in der Liebe: „Warum kommen Sie nicht zu uns rüber? Das wäre doch einfacher, oder zumindest nicht ganz so kompliziert. Paula macht gerade einen Spaziergang am Strand. Und sollte Ihr Mann auftauchen, so würden wir es wenigstens rechtzeitig bemerken. Und wenn Sie mir ein wenig Zeit lassen, kann ich sogar noch schnell etwas einkaufen und vorbereiten ..."

„Der Kerl kommt doch nie", antwortete sie, um mir deutlich zu machen, dass an ein unverhofftes Erscheinen des Störenfrieds nicht zu denken war. „Aber ich weiß schon, was Sie meinen. Ach, und machen Sie sich bitte keine Mühe mit dem Einkauf, ich habe nämlich einen Kuchen gebacken, mit frischen Sauerkirschen vom Markt. Sie essen doch süß?"

Ich war ganz aus dem Häuschen. Das mit *Heimat oder Tod – wir werden siegen!* wurde nun Wirklichkeit, ohne Aufschub und ohne Hintertür, durch die man sich, so es denn nötig wäre, hätte wegstehlen können aus dieser aufregenden Expedition, mit Hernán

Cortés, der seine Schiffe in einer mexikanischen Bucht abfackelt, wo er ich ist und ich er, dieser wagemutige Abenteurer und Caballero auf Eroberungszug im Namen der Königin, hemmungslos, skrupellos und mit viel Kalkül direkten Weges in den Schlund der Löwin oder zum Ursprung aller Geheimnisse, auf den Grund des größten Rätsels überhaupt: dem der Frauen.

„Ja aber, ich liebe Kuchen. Trotzdem würde ich gern noch vorher einkaufen gehen, da wir zu Hause nichts mehr haben und die Läden morgen geschlossen sind. Sagen wir also, so gegen fünf?"

Ich warf meine Pläne für den Tag über Bord und ergriff dafür die Fäden in diesem Marionettenspiel der Gefälligkeiten, das mich womöglich auf einen wirklich guten Fuß gegenüber dem Dunkelmann und Zahnrad im Getriebe des Unterdrückungsapparats stellen würde. So könnte ich endlich mehr Licht in den charakterlichen Zwiespalt bringen, den der Schattenhafte in meinem abgeschnürten Menschenverstand ausmachte, diese geplagte Seele im Schutze eines nebulösen Treibens unter dem Vorzeichen des Todes.

Und da war noch ein Geist, der mich innerlich anfeuerte, schließlich schwebte auch Lily weiter durch meinen heuchlerischen Rausch und machte mir Zeichen aus der Ferne, meine gewiefte Maid, die nun ohne viel Getue wieder ihre Hauptrolle in meinem abstrusen Mutanfall einnahm, abstrus und riskant bis an die Grenzen der Vernünftigkeit. Einmal mehr ereilte mich die unbehagliche Vorstellung, mit gebundenen Händen der Tatsache gegenüberzustehen, dass meine junge Geliebte in Wahrheit nicht das Instrument von jemand anderem war, sondern Autorin und Protagonistin ihres eigenen Stücks, Generalin ihrer eigenhändig ausgearbeiteten Strategie. Vermutlich erschien mir Rosas Einladung deshalb wie eine großartige Gelegenheit; denn trotz allen Kopfzerbrechens und dem fortgeschrittenen Stand der Geschichte blickte ich immer noch nicht ganz hinter die seltsame Beziehung zwischen meiner Lolita und ihrem Onkel, dem auch sie, wie es aussah und wie sie selbst beteuerte, zutiefst misstraute. Ich war rundum verunsichert, wusste nicht, wie ich ihre mögliche Mauschelei mit dem Sykophanten bewerten sollte. Die große Unbekannte in dieser Dreiecksrechnung zwischen ihr, ihm und mir bestand für mich in der souveränen, unergründlichen Kaltschnäuzigkeit, mit der Lily auf ihr eigenes Verhalten blickte, etwa die Selbstverständlichkeit, mit der sie in meine Familienidylle platzte, ihre Kühnheit gegenüber meinen Forderungen als Liebhaber oder ihre unentwegte Schnüffelei in meinen Freiheitsbestrebungen. Vor allem aber verwunderte mich ihre Gelassenheit im Angesicht des Skorpions, wenn dieser ihr, wie sie immer sagte, mit seinen schlecht verhehlten Anzüglichkeiten auflauerte.

Wie oft schien sie mir fremd, unerreichbar, meine kleine Erwachsene, die so beherzt war in ihrer kühlen, beinah kalten Klarheit und der pragmatischen Weise, in der sie mit ihrem Onkel verfuhr, zu dem sie voll Selbstsicherheit eine Beziehung unterhielt, die so schräg war, dass sie jederzeit hätte umkippen und ihr auf die Füße fallen können. Nicht selten brachte sie mich aus der Fassung, doch da ich praktisch kaum noch ohne sie auskam, half alles Jammern nichts. Und dennoch, der Gefallen an ihr sowie die Vermutung, sie als trojanische Stute für meine rohen Interessen gewonnen zu haben, hatten mich zu dem Fehler verleitet, die notwendige Skepsis gegen sie allzu weit zurückzufahren. Vollständig intakt blieb jedoch mein Recherchewahn rund um ihr Leben und ihre Art, mein Bedürfnis, hinter all ihre Geheimnisse zu kommen, und hinter den Grund, warum sie ausgerechnet mich zu ihrem Begleiter auf ihren sonderbaren Erkundungstouren auserkoren hatte.

Ich wollte es erst nicht wahrhaben, aber ihre jugendliche Frische und Frechheit hatten mich tatsächlich weich gemacht, ihre gesunde Nonchalance und ihre sexuelle Offenheit hatten mich benebelt. Regelrecht betäubt hatte sie mich, mit dem Parfüm ihres fruchtbaren Körpers und dem Rhythmus ihrer schwungvollen Hüften; alles war so wunderschön, alles war so zum Greifen nah … Und doch war es zu viel des Guten und allerhöchste Zeit, meiner gefährlichen Willfährigkeit ein Ende zu bereiten, weshalb ich beschloss, meine Ermittlungen gegen sie fortzusetzen, und zwar unter Zuhilfenahme der Sehnsüchte und Bedürfnisse meiner vernachlässigten Nachbarin.

„Nur zu, Frau Nachbarin, die Tür ist offen", lud ich sie überschwänglich ein.

„Sollen wir uns lieber reinsetzen? Sie wissen ja, hier draußen wimmelt es vor Ohren und Augen", ironisierte das Fräulein Rosa etwas verlegen, in ihrer leicht nervösen Schamhaftigkeit, die umhüllt war von einer aromatischen Aura und einer enganliegenden Kleidung.

„Ja, sicher doch ... auch wenn die Mauern im Haus nicht viel dicker sind als die im Hof."

„Ja, nur dass in diesem Fall – mal ganz unter uns, Herr Nachbar – im Haus Ihrer Nachbarn keine Menschenseele wohnt!"

Wir lachten und säten die ersten Samen einer freundschaftlichen Komplizenschaft.

„Dann also r drinnen", bot ich ihr herzlich und doch beherzt an.

Ihre Wortkargheit verriet eine gewisse Anspannung, eine Achtung vor sämtlichen Kleinigkeiten, die ihr als Garanten der Anonymität während dieses ungewöhnlichen Besuchs in meiner Höhle dienen mochten. Sichtlich verspannt betrat sie unser Haus; als wüsste sie nicht recht, wie sie sich bei dieser Überschreitung verhalten solle, als versuche sie, das sich gerade vollziehende Sakrileg in seinem vollen Ausmaß zu erfassen, die Schwere dieses möglichen Vergehens einer gekränkten Frauenseele vorgreiflich abzuwägen.

„Zwei Möglichkeiten: Beuteltee oder Pulverkaffee. Was anderes kann ich Ihnen leider nicht anbieten. Ein Mann ohne Frau ist eine gastronomische Wüste. Wussten Sie das?"

Sie lachte, und wurde noch ein bisschen zutraulicher.

„Was immer Sie trinken, Herr Nachbar; was immer Sie meinen, was besser zum Kuchen passt. Aber es muss ja nicht jetzt sofort sein."

„Umso besser, ich hab heute nämlich recht spät zu Mittag gegessen und jetzt ist es erst vier Uhr."

„Vier Uhr?! Huch. Und ich dachte, es wäre schon um fünf oder so!"

„Ja und?"

„Sie sind doch bestimmt beschäftigt, entschuldigen Sie bitte!"

Sie errötete, benahm sich etwas unbeholfen. Als artiger Galan mit dem Zeug zum perfekten Gentleman eilte ich ihr natürlich spornstreichs zu Hilfe: „Und wo liegt das Problem? Vier Uhr, fünf Uhr, sechs Uhr – spielt doch keine Rolle an einem so schönen Sonntag. Das Einzige, was jetzt zählt, ist, dass wir uns endlich, nach über einem Jahr der Nachbarschaft auf Rauchzeichenbasis, etwas besser kennenlernen und dass endlich dieses Gespräch zustande gekommen ist, das ich übrigens noch vor ein paar Monaten für undenkbar gehalten habe. Unglaublich, Frau Nachbarin, einfach unglaublich, wie auf beiden Seiten der Mauer jeder seinen kleinen hand- und fußlosen Vorurteilen nachhing. – Ich übertreibe doch nicht?"

Sie schaute mich an mit den Augen eines verständnisvollen Tierchens, als bedanke sie sich stillschweigend für meine vorgebliche Diplomatie des schützenden Patriarchen, der ihr den nötigen Freiraum zur Selbstentdeckung schafft.

„So was in der Art. Ich bin mir nicht sicher, ob es wirklich so schlimm war, aber es stimmt, ich hatte mir schon ein Urteil über Sie gebildet. Vielleicht war es ja tatsächlich ein Vorurteil, immerhin kannte ich Sie ja gar nicht. Hector hingegen traute Ihnen von Anfang an nicht ganz über den Weg. Er warnte uns damals sogar vor jedwedem Kontakt mit Ihnen. Na gut, im Grunde genommen warnt er uns vor allen Leuten hier. Mein Mann ist eben sehr misstrauisch, geradezu überempfindlich. Deswegen ist er auch so brummig gegen jeden, den er nicht kennt."

„Aber das ist doch ganz normal, wenn man die Aufgabe bedenkt, die man ihm aufgebürdet hat", räumte ich voll Mitgefühl für den Urheber meiner schlaflosen Nächte und turbulenten Magensäfte ein.

„Das mag ja sein", führte das nicht ganz entspannte Fräulein Rosa weiter aus, „aber ich glaube, das alles ufert bei ihm aus. Ich meine, wir dürfen nicht mal mit den Leuten hier aus der Straße verkehren, er schottet uns regelrecht ab. Ich sollte Ihnen das eigentlich gar nicht erzählen, aber die ganze Sache macht mich wirklich fertig und sie lässt mich zweifeln …"

Irgendwie musste ich ihren Vorstoß aufrechterhalten, sie weiter vorantreiben in ihrem schmerzlichen Offenbarungsakt auf diesem Drahtseil existenzieller Zerrissenheit, was mich noch zum Beichtvater für ihre Gefühle rund um ihr zerrüttetes Heim und ihr verzerrtes Leben machen und mir eine starke Schulter sowie ein geneigtes Ohr abverlangen konnte.

„Señora Rosa, ich will ehrlich mit Ihnen sein, wir alle haben unser Kreuz zu tragen. Schauen Sie sich bloß meine Situation an, mir geht's doch wie einem römischen Galeerensklaven: Rudere ich viel, gibt's die Peitsche, rudere ich wenig, knallt's genauso. Man weiß doch nie, wie man's dem Partner recht machen kann", gab ich mich verständig und unverstanden und kroch durch einen Schlamm, durch den sich nur die am besten angepassten Würmer wagen.

„Ach, wenn Hector sich wenigstens um das Haus kümmern würde, und um uns, dann könnte man das ja verstehen, aber so ist es nicht, also kann man ihn gar nicht mit Ihnen vergleichen."

Sie atmete kurz durch und fuhr eifrig fort: „Ich meine, vielleicht sind Sie ja nicht so oft zu Hause, aber wenn Sie da sind, dann sind Sie da, das sehe ich ja immer, und trotz aller Probleme, die Sie haben mögen, sind Sie recht gesellig und familiär."

„Ja, schon. Aber meinten Sie nicht, dass sich Ihr Mann zumindest mit Magdalena beschäftigt, mit ihr spazieren geht und ins Kino und so? Immerhin etwas. Ich glaube, er hat einfach nicht genügend Zeit, und das macht es ihm halt schwierig. Dass ihr das nicht so zusagt, ist eine ganz andere Frage, aber wenigstens versucht er's."

Ich kämpfte, um nicht zu erröten angesichts meiner niederträchtigen Mitgefühlsduselei. Was ich mir jedoch nicht mehr verkneifen konnte, war ein spitzbübisches Lächeln. Ich schaute schnell nach unten, um es vor ihr zu verbergen.

„Die Sache ist doch die, Herr Nachbar, Sie sind auch ein Mann, und deshalb nehmen Sie ihn in Schutz, aber ich sag's Ihnen: Wenn Sie wüssten, wie schwer das ist, wären Sie gewiss anderer Meinung. Ich weiß, wovon ich spreche, und wenn ich mir Ihr Familienleben so anschaue, dann bestärkt mich das nur in meiner Ansicht."

„Mein Leben? Wie passe ich denn da rein?"

„Sie werden es komisch finden, aber ich sehe das glasklar – schon allein, wie Sie sich um Ihr Heim sorgen ..."

Mit der Bemerkung beförderte mich die gute Frau direkt auf das Brett des Fakirs, ein Nagelbett voll Fragen, die damit drohten, mich an Körper und Geist zu durchbohren.

„Ich meine, jeder hier im Block sieht doch, wie Sie mit ihren Schuhen beschäftigt sind, und beim Fußball, mit ihren Freunden, wie Sie sich um ihre Tochter kümmern und wie Sie nebenbei Gitarre spielen und singen …"

„Singen? Gitarre spielen?"

Da musste ich einhaken, herausfinden, woher sie von meinen Entgiftungskuren in Klampfenhausen wusste, und von meinen bedachtsamen Gesangseinlagen, die ich im stillen, fast geheimen Kämmerlein vor mich hin tönte.

„Also, das mit der Gitarre ist ja nur so ein Hobby von mir, bei dem ich von der Arbeit und den Alltagssorgen abspanne … Hört man mich denn sehr laut?"

„Ach, gar nicht. Ich wüsste es überhaupt nicht, hätte Lily mir nicht davon erzählt. Ich war ganz baff, als ich hörte, dass ich neben einem Künstler wohne."

So erhob mich das Fräulein Rosa in den Dunstkreis der schönen musikalischen Künste, als wolle sie ihre, wie sie wohl dachte, indiskrete und unangebrachte Einmischung in meine Welt, oder zumindest in einen Teilbereich meiner Privatsphäre, wiedergutmachen.

„Lily sagte, Sie wären ein wunderbarer Sänger und ich, na ja, wie gesagt, wenn ich höre, dass Sie all das unter einen Hut kriegen: Arbeit, Fußball, Haus, Kind, Ehe, dann gibt mir das zu denken."

Fantastisch, Rosa hatte also ihre grauen Zellen angeschmissen, und Lily, du kleine Plaudertasche … oder doch: die verdammte Zuträgerin? Wut raste durch meine Nervenstränge.

„Das hat Ihnen Lily gesagt? Sie hat Ihnen von mir erzählt?"

„Bitte seien Sie ihr nicht böse, Herr Nachbar, ich war es, die nach Ihrer Familie gefragt hatte. Nachdem Sie bei mir die Wäschekabel in Ordnung gebracht hatten", sie kicherte nervös, „war ich mir unsicher und wollte wissen, ob Hectors Lobrede auf Sie berechtigt war, ob der Nachbar, den er an jenem Abend kennenlernte (übrigens eine der ganz wenigen Nächte, die er in letzter Zeit hier verbracht hat), also ob der tatsächlich so ist, wie er ihn mir geschildert hat. Wir Frauen sind doch so neugierig, wir wollen halt gern wissen, wer so um uns herum lebt."

„Ich kann's mir vorstellen. Und deshalb haben Sie Lily gefragt, klar. Ich hoffe bloß, Ihre Enttäuschung war nicht allzu groß", fügte ich humorig mit einem antrainierten Augenzwinkern à la Charly Chaplin hinzu.

„Aber Don Julian, seien Sie doch nicht so bescheiden, das Mädchen hat mir wirklich viel über Sie erzählt, beinah ehrfürchtig, glauben Sie mir. Und so ähnlich läuft es auch ab, wenn mein Mann sie nach Ihnen befragt, dann antwortet sie mit solch einer Begeisterung, dass Hector es am Ende schon nicht mehr hören kann. Manchmal zieht er sie sogar mit Ihrer Liebschaft auf. „Liebschaft?", unterbrach ich sie mit den Augen eines Unschuldslamms.

„Was? Ja, er neckt sie ab und zu und behauptet, sie sei in Sie verliebt. Offenbar würde ihm das gar nicht in den Kram passen. Dass Sie verheiratet sind, bereitet ihm wohl Sorgen."

„Zurecht. Aber schauen Sie, Señora Rosa, und das sag ich Ihnen mal ganz abgesehen von etwaigen moralischen Bedenken: Lily ist noch sehr jung, ich mag ihre Art, da bin ich ganz ehrlich, aber sie ist ein junges Ding. Stellen Sie sich das doch mal vor, eine Beziehung zwischen ihr und mir ... Das wäre ja noch schöner! Außerdem, Sie wissen ja, wie man sich bettet, so liegt man, und wer sich in eine Wiege legt, der muss damit rechnen, dass er vollgemacht aufwacht. Absurd, oder?"

Nach der hochtrabenden Ansprache spürte ich, wie sich der Wurm in meiner Posse in lustvollen Drehungen und Windungen erging.

„Das sage ich ihm auch immer, und Sie bestätigen mich jetzt in meiner Einschätzung. Sie würden doch niemals so ein Backfischchen vernaschen, da genügt doch ein einziger Blick auf Ihr Leben und Ihre Arbeit und Ihre Hingabe. Das allein zeigt schon, wie abwegig der Gedanke ist. Sie sehen, Herr Nachbar, der Mann geht immer gleich vom Schlimmsten aus."

„Sie sprechen mir aus der Seele, Señora Rosa, denn, sehen Sie, hier geht es nicht nur um meinen Ruf, sondern um die Zukunft eines Mädchens, das noch nicht mal ganz trocken hinter den Ohren ist. Nein, so etwas wäre wahrlich ein Verbrechen."

Die Lüge, die vorsätzliche Täuschung, die Ablenkung des Gegenübers durch Betrug, durch arge List, all das kitzelte meine boshafte

Ader bis in die Spitzen. Ich fühlte mich wieder sicher, stand wie auf einem Podest über der Szenerie und war froh, mich auf diesen zweischneidigen Besuch eingelassen, alles auf eine Karte gesetzt zu haben. Ich feierte meinen Wagemut, der an einen Abgrund geführt und mir den Weg über diese so kunstreich gesponnene Brücke gewiesen hatte, die zwar recht fadenscheinig, aber doch tragfähig war. Jetzt blieb mir nur noch herauszufinden – und hoffentlich so detailliert wie möglich –, mit welchen Hintergedanken mir meine verhärmte Nachbarin ihren Kirschkuchen auftrug. Auch hielt ich es für angebracht, durch eine gezielte Steuerung der Unterhaltung die Basis von Vertrautheit und Freizügigkeit zwischen uns weiter auszubauen.

„Die Sache ist doch die, Señora Rosa, Lily übertreibt manchmal ein wenig. Eigentlich ist sie ja nur mit meiner Frau befreundet, zwischen ihr und mir gibt es so gut wie keinen Kontakt, verstehen Sie? Höchstens ein, zwei Mal kam ich dazu, ihr ein paar Lieder, die ich noch im Kopf hatte, vorzuspielen. Sie schien mir recht großes Interesse daran zu haben. Keine Ahnung, ich kenne sie ja kaum, aber bei der Begeisterung, die sie an den Tag legte, kann ich mir schon vorstellen, dass ihr Musik etwas bedeutet, oder auch die Poesie. Auf jeden Fall halte ich das Mädchen für begabt."

Ich merkte, wie sie im Begriff stand, ein Schweigen zu brechen und in den geheimen Winkeln ihrer Rachsucht die eigene Schmutzwäsche zu durchwühlen: „Verstehen Sie mich nicht falsch, Don Julian, es ist ja sonst gar nicht meine Art, mich über andere auszulassen, aber dieser kleine Naseweis ist nicht ganz ohne. Sie haben ganz gut daran getan, sich von ihr fernzuhalten. Ihre Eltern haben es wohl nicht leicht mit ihr. Sie lässt sich völlig von ihren Ideen leiten, faucht herum wie eine Wildkatze, immer will sie ihren Kopf durchsetzen und macht nur das, wonach ihr ist. Sie hat sogar ihren Eltern gedroht, von zu Hause fortzulaufen, wenn sie weiter von ihr verlangten, so zu leben, wie sie es wollen. Sie haben ihr auch ans Herz gelegt, vorsichtig mit Ihnen und Ihrer Familie zu sein. Falls Sie's noch nicht wussten, die Gerüchte der Nachbarsfrauen sind bereits bis zu ihren Ohren durchgedrungen. Die alten Klatschbasen erzählen sich, dass Lily Sie besucht, wenn Señora Paula nicht daheim ist ...!"

Na allererste Sahne! Die jähe Kunde aus Rosas Munde saß wie ein Schlag ins Gesicht. Mir musste schleunigst eine überzeugende Erklärung einfallen, andernfalls würde mein rhetorisches Gerüst wie ein Kartenhaus einstürzen und ich wie ein ganz gewöhnlicher Mann dastehen, wie ein perfekter Lügenbaron, und zur Krönung würde man mich auf die Liste verdächtiger Individuen setzen ... vielleicht nicht gleich als politischen Täter, aber bestimmt als Triebtäter, als Verführer wehrloser Mädchen in der Phase ihrer Selbstfindung als Frau. Ich war mir nicht ganz sicher, welche der beiden Einstufungen schlimmer wäre für mein Dasein als Musternachbar, aber gewiss wären beide rundweg fatal.

„Ach ja, die Nachbarsfrauen ... Aber wie Sie sicherlich wissen, übertreiben die Damen gern; viel Fernsehen, viel mexikanisches Seifendrama, Sie kennen das ja. Es stimmt, Lily war ein paarmal bei uns, aber nur um meine Frau zu besuchen oder um nach Schuhen für ihren kleinen Bruder zu fragen oder um selbige zu bezahlen; sie kam auch schon mal und holte ein paar Liedtexte ab, die sie anscheinend für ihren Poesiekurs brauchte, was weiß ich. Was soll ich dazu noch sagen? Es ist doch immer wieder das Gleiche, diesen Klatschtanten reichen ihre entstellten Welten in der Flimmerkiste einfach nicht aus; nein, zusätzlich müssen sie auch noch die Realität verzerren."

„Ich weiß, ich weiß. Ich halte mich von diesen Lästerzungen ja nicht nur deswegen fern, weil Hector mir dazu rät, sondern weil sie auch über mich herziehen. Es ärgert sie, dass ich Ihnen keinerlei Einblick in mein Leben gebe. Außerdem nerven sie mich mit ihren spitzzüngigen Kommentaren und ihren Altersbeschwerden, von denen die meisten eh nur erfunden sind. Wenn's gerade nicht hier wehtut, dann da ... Alles Altweibergewäsch, ich sag's Ihnen. Ich kann Sie da ganz gut verstehen, und ich bin mir absolut sicher, dass das völlig haltlose Gerüchte sind. Ich sag's ja, könnten Neidhammel fliegen, würden wir keine Sonne mehr sehen. Nicht wahr?", lachte sie arglos, womit sie ihrer Verbundenheit zu mir Nachdruck verlieh, obgleich sie sich in der

Höhle des mädchenfressenden Löwen ahnte. Rosas Worte sprachen mich von all den Sünden los, die den kranken Geistern der übrigen Nachbarinnen entsprungen waren, so dass sich meine Seele gerade noch rechtzeitig in ihrem Körper hielt, bevor sie ihn auf immer und ewig verlassen konnte, was fast geschehen wäre, als diese berechtigte Sorge mein gesamtes Wesen einnahm und mir düstere Visionen voll schleieriger Ungewissheit in den Kopf setzte.

„Es freut mich, dass Sie das so sehen. Diese Lästermäuler können einem doch wirklich das ganze Leben versauen. Möchten Sie vielleicht jetzt einen Tee oder einen Kaffee?"

„Sehr gern, Don Julian, wie es Ihnen recht ist. Vom vielen Reden ist meine Zunge schon ganz fusselig", befreites Lachen und ich auf dem Weg in die Küche, um den Entspannungstee zu machen.

„Das mit dem *Don* und der *Señora* scheint mir etwas zu förmlich, das macht unsere Unterhaltung so unpersönlich. Wollen wir uns nicht lieber duzen?", schlug ich ihr honigsüß vor, während ich das Teewasser aufsetzte.

„Brauchst du Hilfe mit dem Geschirr?", fragte sie eilfertig und strahlte mich von der Küchentür aus an.

„Nur zu, da drüben im Schrank steht das Teeservice."

„Ui, wie hübsch, und so edel, aus Porzellan, das muss ja ein Vermögen gekostet haben."

„Das kannst du aber laut sagen", bekräftigte ich mit bitterer Miene.

„Deine Frau muss einen guten Geschmack haben. Das heißt, falls sie es war, die es gekauft hat?"

„Ja, nur kostet mich ihr guter Geschmack immer ein Heidengeld, was wiederum nicht gerade ein Heidenspaß ist."

„Jetzt übertreibst du aber ein bisschen, oder? Schließlich geht sie doch auch arbeiten."

„Für ihre eigenen Laster vielleicht", erwiderte ich halblaut.

„Hat sie denn irgendwelche Laster?"

„Das überhaupt Schlimmste von allen: die Gefallsucht."

Ich beobachtete sie scharf, wartete auf eine Reaktion auf meine herzhafte Bemerkung, belauerte ihre Mimik und Gestik, um zu sehen, wie die vernachlässigte Nachbarin und Gattin meine

Perspektive des ewigen Familienversorgers und Ehemanns in permanentem Kriegszustand aufnahm. Sie sagte nichts, verließ lediglich die Küche samt den nötigen Requisiten für die anstehende Imbissszene und fuhr fort in dieser Veranstaltung, die wir beide so erfolgreich wie möglich über die Bühne bringen wollten, um mehr darüber zu erfahren (wenn auch nur bis zu einem gewissen Punkt), wen oder was wir da eigentlich jeweils zum Nachbarn hatten.

Sie nutzte die Pause, um eine Frage an meine gespannten Ohren zu richten: „Versteht ihr beide euch etwa deshalb so schlecht?"

„Ist das etwa nicht Grund genug?"

„Doch, schon. Ich kann mir bloß nicht vorstellen, dass das der einzige Grund sein soll für euer Auseinanderleben, das heißt, für, na ja, für die Abkühlung zwischen euch."

„Woher weißt du denn davon?"

„Nun ja, man hat ja Augen im Kopf, und Lily erzählt mir auch ein wenig."

„Ach so, Lily, klar. Sie schildert dir bestimmt die weibliche Seite der Geschichte, aber …"

„Nichts aber, sie schildert gar nichts, sie hat nur erwähnt, dass Paula und du, dass ihr euch nicht so gut versteht, das war's. Glaub mal nicht, dass die Kleine zu viel preisgibt, eher knöpft sie sich bis obenhin zu, bevor sie mit zu vielen Einzelheiten über dich herausrückt; und gerade damit macht sie ja ihn so fuchsig."

Mir fiel auf, dass sie nicht mehr von *ihrem Mann* sprach und sich stattdessen nur noch pronominal auf ihn bezog, ihn zu einer Art Vogelscheuche allein auf weiter Flur gemacht hatte, fern ab und konturlos, nicht mehr ihr Mann Hector, sondern einfach nur *er*, ein gestürzter König.

„Wenn er dann immer noch mehr und noch mehr über dich wissen will, wird Lily bockig. Dann sagt sie ihm schlicht und ergreifend, dass er dich gefälligst selbst fragen soll, wenn er unbedingt wissen muss, mit welchem Papier du dir den Hintern abwischst. Na und dann streiten sie sich so lange, bis Lily fuchsteufelswild in ihrem Zimmer verschwindet."

Ich ließ mich von ihrer Geschichte treiben, weidete mich daran, dass Rosa nicht die Spur einer Ahnung hatte, was ihre Worte für mich bedeuteten, wie sie mich erlösten, wie mein Herz aufging in dieser plötzlichen Zuversicht, nach der ich so lange gesucht hatte, wie ihre simple Aussage mir endlich die heißersehnte Gewissheit darüber verschaffte, dass Lily mir doch treu war, sich also nicht von den Angriffen ihres Onkels oder den Vorhaltungen ihrer Familie beirren ließ – ach, wie sich mein Geist auf diese Offenbarung hin im Lichte der Hoffnung sonnte. Ich spürte ein Bedürfnis danach, ihr zu vergeben, was mich einen Moment lang dazu verleitete, meine starre Schutzhaltung zu lockern.

Jetzt musste nur noch die Unterhaltung neu ausgerichtet, der Tenor etwas entschärft, das Misstrauen gegen meinen auskunftsfreudigen Besuch gedrosselt werden. Ich probiere es daher von einer anderen Seite: „Bist du eigentlich aus Santiago?"

„Nein, wie gesagt, meine Familie stammt aus dem Norden, aus Petorca, das staubige Kaff, das du nicht kennst … was normal ist, von dieser Einöde hat kaum jemand etwas gehört. Von dort kam ich als junges Mädchen hierher, studieren wollte ich. Da oben konnte man ja nichts anstellen, außer heiraten, Kinder kriegen und verzweifeln. Deshalb kam ich nach Santiago. Von Beruf bin ich eigentlich Buchhalterin, ich habe mal einen Kurs an einer Fachschule absolviert, im Zentrum, weißt du, in der Compañía."

„Sag mal, Rosa maravillosa, wie der große Sandro so schön singt", süßholzraspelte ich, woraufhin sie errötete, „warum arbeitest du dann nicht in deinem Beruf? Bei deinen Fähigkeiten gibt es doch bestimmt diverse Möglichkeiten?"

„Schon, aber er lässt mich nicht", antwortete sie kleinlaut und schaute auf ihre Hände hinab. Er sagt, wenn er arbeitet, reicht das vollkommen aus; mit dem, was er nach Hause bringt, haben wir mehr als genug."

„Vielleicht sagt er das ja, weil er meint, jemand müsse sich zu Hause um die Kinder kümmern. Das heißt, falls ihr denn eigene Kinder haben wollt", ließ ich den Satzakzent aufs letzte Wort fallen.

„Kinder? Das ist doch mit ihm gar nicht möglich."

Gegen Ende des Satzes wurde sie merklich leiser, doch fing sie sich wieder und fügte hinzu: „Er weiß, dass er in dieser Hinsicht ein paar Schwierigkeiten hat, aber er meidet das Thema, wann immer es möglich ist, selbst mir gegenüber."

„Nun ja, das ist nichts völlig Ungewöhnliches. Dafür gibt es die Möglichkeit der Adoption – die ihr beiden ja schon wahrgenommen habt."

„Wir haben Magdalena nicht adoptiert, sie ist die Tochter meiner Schwester."

„Ach stimmt, das hattest du ja erwähnt. Es ist nur, ihr seht aus wie eine richtige Familie – kaum vorstellbar, was du mir da sagst."

„Ich weiß, jeder hält Magdalena für unsere Tochter, aber weit gefehlt, sie kam erst zu uns, kurz bevor wir hierherzogen. Auf Hectors Vorschlag übrigens. Damit ich nicht so allein wäre und sie studieren und was aus sich machen könnte. Ich fand das damals ganz einleuchtend, aber heute denke ich, dass es ein Fehler war."

„Ein Fehler? Also ich halte seine Beweggründe auch heute noch für triftig."

„Ja, und auch für ihn mögen sie das noch sein, aber nicht für mich und meine Nichte."

Sie wurde zur Lawine, ich krempelte die Ärmel hoch und stemmte mich hoheitsvoll entgegen. Sie rollte weiter mit voller Wucht auf mich zu: „Die Wahrheit ist doch: Er hat sie nicht zu uns geholt, damit ich nicht so allein bin, sondern um mich von der Außenwelt abzuschotten, von den Nachbarn, von meinen Freunden – ehemaligen Freunden, besser gesagt, denn kein einziger von ihnen ist mir geblieben. Sie ist sein Garant, er braucht sie, damit ich zu niemandem Kontakt habe außer zu ihm, dem Mann aus Luft, der kommt und geht, wie und wann es ihm passt."

Tränen kündigten sich in dem Gesicht der aufgewühlten Nachbarin an. Noch versuchte sie, die Bitterkeit ihres Gefühlsausbruchs hinunterzuschlucken.

„Und das Ende vom Lied? Magdalena ist unglücklich, ich bin's auch … und die Familie? Die Familie ist ein Witz."

„Das klingt ja fürchterlich, Rosa. Das Bild, das du mir da zeichnest, ist ja zum Kindererschrecken! Ich kann mir das kaum vorstellen, so beschaulich, wie euer Leben immer wirkte; kein Gebrüll, kein

Zank, kein Mucks. Ehrlich gesagt haben wir manchmal schon gedacht, bei euch wäre nie jemand zu Hause. Aber dann tauchten dein Mann und seine Freunde nachts plötzlich auf und wir wussten, dass da doch jemand wohnt. Manchmal hört man da auch deine Stimme durch."

„Ja, seine Freunde ... Das mit seinen nächtlichen Gästen ist auch so eine Sache, die mich völlig kirre macht. Die kommen nur, um sich den Wanst vollzuschlagen – manchmal sogar angetrunken – und um Unruhe zu stiften. Mir ist das immer peinlich, drum sag ich ihnen auch, sie sollen nicht so laut sein, aber die reagieren einfach nicht. Stattdessen gucken sie mich an wie ein paar Entlaufene, als wären sie auf Droge oder irgendwie fickrig ... Ich weiß nicht, was in deren Köpfen vor sich geht; auf jeden Fall hören sie nicht auf mich. Du hast ja keine Ahnung, wie froh ich immer bin, wenn die wieder verschwinden."

„Und Hector sagt nichts dazu?"

„Nein. Er sieht sie an, sieht mich an, und dann sagt er mir schließlich, ich soll ihnen dies und jenes bringen oder zubereiten. Ansonsten ist er stumm wie ein Fisch, als ginge ihn all das nichts an. Ich sag's dir, erst wenn er wieder weg ist, hab ich meine Ruhe. Du glaubst ja nicht, wie unangenehm mir das ist, wenn ich höre, dass ihr von deren Lärm wach werdet. Ich sag dir was: Am Anfang war Hectors Gängelei mein größtes Übel, aber heute beklemmt mich am meisten der Gedanke an meine Nachbarn, die diesen ganzen Mitternachtsspuk miterleben müssen."

„Na ja, so schlimm ist's nun auch nicht. So müde, wie ich abends bin, merke ich kaum, was nachts passiert. Und Paula genauso wenig schätze ich, jedenfalls hat sie sich nie beschwert."

„Julian, sei ehrlich, das sagst du mir doch aus reiner Zurückhaltung! Ich glaub dir nicht, dass du nachts nicht aufwachst, bei den lauten Autos und dem Lärm, wenn die hier sind. Ich bin dir ja dankbar für dein Verständnis, aber bitte erzähl mir nicht, du würdest nichts von alldem mitkriegen", beschwor sie mich kläglich.

„Und was genau soll ich da mitkriegen? Ich hab keine Lust auf Mutmaßungen, Rosa, denn mit voreiligen Urteilen kann man sich auch ganz schnell bis zum Hals in die Nesseln setzen. Vorurteile sind schließlich schneller gefällt, als aus der Welt geräumt. Von daher kalkulier ich lieber auf der Basis von Fakten und verlass mich nicht allein auf meine Vorstellungskraft, die wird nämlich in ihrem Hang zur Ausuferung nicht immer der Wirklichkeit gerecht, eher im Gegenteil."

Unverschämt genüsslich betete ich meine Predigt herunter und ermunterte die Verschmähte dazu, mir auch noch die letzten ihrer Intimitäten offenzulegen.

„Lassen wir es darauf beruhen, wir haben uns schon genug Läuse aus dem Fell gepult, meinst du nicht auch?"

Vorsichtig versuchte sie, mich auf ihre Seite zu ziehen, mich für ihre Sache zu gewinnen. Ich überführte sie ihres wohlvernebelten Bedürfnisses, von mir zu hören: Ja, wir sind die Strippenzieher in einem Komplott, stecken beide unter einer Decke, teilen ein unaussprechliches, unbegreifliches Geheimnis, ein Wagnis, das uns, wohldosiert, unsere jeweiligen Ängste ein Stück weit erträglicher machen kann – so es uns nicht vorher in eine gefährliche Sackgasse befördert.

„Rosa, sag mal, glaubst du, wir sollten uns weiter so treffen? Ich meine, du weißt schon, dass wir hier gegen sämtliche Regeln verstoßen und dass dein Mann dahinterkommen und es einen Mordszoff geben könnte. Ich frag dich das nur ungern, aber ich mach mir Sorgen, nicht nur um mich selbst, sondern auch um dich, denn wenn dein Mann davon erfährt, jagt der dich doch glatt aus dem Haus und mir den gesamten Polizeiapparat auf den Hals."

Ich lachte krampfhaft, versuchte, den Ernst aus einer Angelegenheit zu lassen, die ich als haarsträubend prekär einstufte. Mit ihrer Körpersprache signalisierte mir Rosa, dass sie mich verstand.

„Ich muss erst mal in Ruhe über alles nachdenken ... Ach, Julian, wenn du wüsstest, bis wohin mir dieses ewige Versteckspiel steht. Ständig dasselbe. Ich will einfach nicht länger mich selbst verleugnen müssen. Du glaubst gar nicht, wie dankbar ich dir für deine Rücksicht bin. Ich weiß, ich bring dich damit in eine ganz schöne Zwickmühle, was deine Worte gleich noch wertvoller für mich macht."

„Nun hör schon auf, ich hab doch gar nichts getan. Du hast mich einfach nur zum Kuchen eingeladen, und den haben wir übrigens immer noch nicht angeschnitten."

Beide lachten wir, und beide brachten wir, allen unseren mulmigen Gefühlen zum Trotz, die Kraft auf, um den spannungsreichen Dialog in ungefährliche Gefilde zu steuern, während der unerwartete Fluss intimer Geständnisse einen Großteil der gegenseitigen Ressentiments, die sich im Laufe unseres nachbarlichen Daseins angesammelt hatten, wegspülte oder zumindest aufweichte. Heute, mit dem zeitlichen und räumlichen Abstand, würde ich sagen, dass Rosa und ich uns in jener Momentaufnahme des Lebens wie zwei kleine Strolche fühlten, die sich an den im Nachbarsgarten gemopsten Früchten gütlich taten.

„Wie gesagt, ich muss darüber schlafen. Aber ich sähe es wirklich gern, wenn wir, irgendwann in der Zukunft (so es sie denn geben soll), noch einmal darüber sprechen könnten, dann aber losgelöst von Hector. Ab sofort werde ich es mir jedenfalls nicht mehr nehmen lassen, mich mit dir oder sonst wem zu unterhalten. Ich muss nur noch einen Weg finden, wie ich das anstelle, ich will ja schließlich niemandem Unannehmlichkeiten bereiten mit meinem kleinen Drama, und am wenigsten dir."

„Und ich dir genauso wenig mit meinem. Trotzdem würde ich mich sehr freuen, wenn wir uns diese Möglichkeit weiterhin offenließen."

„Also dann, als Auftakt lasse ich dir den Kuchen hier. Ich hab jetzt keinen Appetit mehr, aber dir wird er bestimmt prächtig schmecken."

„Man dankt."

Wir verabschiedeten uns mit einem Satz Wangenküssen, sie ganz zärtlich und ich in der Schwebe zwischen allgemeiner Erleichterung und der Erregtheit meines Kopfes, durch den nun verlockende Bilder über die nähere Zukunft gingen.

ACHTZEHNTES KAPITEL

„Das hier ist für dich, von Teresa."
Rodrigo hielt mir ein zusammengefaltetes Stück Papier hin.
„Die Teresa von unserm Blonden?"
„Genau die."
„Hast du sie gesehen?"
„Ich nicht, meine Frau war bei ihr, um ihr die Sachen von dir zu bringen, und da drückte sie ihr den Zettel in die Hand."
„Hast du ihn gelesen?"
„Hätte ich gern gemacht, aber irgendwie, ich weiß nicht, ich konnte einfach nicht gegen diese heilige Regel verstoßen ..."
„Natürlich. Wir können ihn ja jetzt zusammen lesen."
„Nein, mach du das mal allein, danach kannst du mir ja immer noch erzählen, was drin steht."
„Hat Teresa noch gesagt, was mit Ricardo passiert ist?"
„Nicht viel. Dass sie ihn ins Leichenschauhaus gebracht hatten, weißt du ja schon; danach wurde er mit Hilfe der Mutter und eines Onkels auf dem Friedhof in einer ruhigen Ecke beigesetzt, die sie nun nach und nach abbezahlen. Viel mehr wollte sie dazu nicht sagen, nur noch dass sie entgegen dem Rat der Gerichtsmediziner seine Leiche sehen wollte. Sie sah die drei Einschüsse und die Blutergüsse im Gesicht und am Körper, mit Sicherheit die Folgen der Folter, bevor man ihn erschoss. Ihr geht's nicht gut, aber sie schöpft Mut aus ihrer Tochter, die Kleine erinnert sie an

Ricardo. Teresa sagt, der Blonde liebte das Mädchen mehr als sich selbst."

„Wie kommt denn deine Tochter mit ihren neuen Schuhen zurande?"

„Wenn man den Preis bedenkt, ganz gut", scherzte mein feierlicher Freund. „Nein, ganz im Ernst, sie sind wie immer: gut, hübsch und günstig."

„Das freut mich."

Mehr gab die Unterhaltung mit Rodrigo an diesem Tag nicht her. Ricardo war nach wie vor sehr präsent in unseren betrübten Hinterköpfen, man kam einfach nicht um ihn herum, unablässig geisterte er durchs Gespräch. Wir beschlossen, uns ein andermal zu treffen. Vielleicht schafften wir es ja dann, uns in Ruhe auf ein Fläschchen zusammenzusetzen, wenn die Erinnerung an den gemeinsamen Freund nicht mehr so frisch wäre.

Auf dem Heimweg überkam mich ein widersprüchliches Gefühl. Der Blonde war tot, und so zynisch das auch klingt, ich verspürte Erleichterung: Wenigstens musste ich seinen Namen nicht in die lange Liste der spurlos Verschwundenen schreiben.

NEUNZEHNTES KAPITEL

Die Proben mit Aillamanque wurden regelmäßiger und disziplinierter. Den Wind in den Segeln, trieben wir stromaufwärts, badeten in Anerkennung und entdeckten immer neue Formen und Inhalte, die uns selbst überraschten. Abgesehen von einigen konzeptuellen Differenzen, die wir stets ausdiskutierten, trugen die Lieder aus meiner Schmiede immer wieder dazu bei, die so unterschiedlichen Sichtweisen in unserer Gruppe miteinander in Einklang zu bringen und nebenbei die Arbeit im Rahmen unserer steten musikalischen Suche flüssiger zu gestalten. Das einzige Sandkorn, das unser kreatives Getriebe ab und an zum Knirschen brachte, war das wichtigtuerische Geschwafel eines Bandmitglieds, das erst nach mir dazugestoßen war. Alberto hieß der Phrasendrescher, groß von Statur und Ego, was ihn dann und wann recht schwer erträglich machte, zumal er uns mit seiner Schulmeisterei nicht selten in unserer unaufhaltsamen wie demokratischen Suche nach neuen Harmonien ausbremste.

Dem Jungen war es schier lebenswichtig, von den anderen Musikern mit einbezogen zu werden, und das nicht irgendwie, nicht etwa nur en passant und oberflächlich, sondern dauerhaft und intensiv. Der hochtönende Bariton war fordernd, wollte ständig, dass man ihn anhört, ihn voll und ganz zur Kenntnis nimmt, ihn ganz besonders beachtet und achtet, womit er uns eine Extraportion an Aufmerksamkeit abverlangte, vor allem wenn es um seine gehaltvollen Ideen ging. Dann tönte und dröhnte er los, schmiss die Stirn in vorwurfsvolle Falten und gab sich ganz seiner technisch aufgeladenen Argumentation hin, von wegen *ihr könnt doch nicht ständig meine Vorschläge zu Instrumentierung und Gesang ignorieren, schließlich hab ich das mit den Harmonien und Akkorden schon mit der Muttermilch reinbekommen; schon meine Großmutter war Opernsängerin, und ein Onkel von mir war Schüler von Arrau in den USA. Als kleiner Junge habe ich mit dem Klavierunterricht angefangen. Ich weiß, wie man Harmonien herstellt, von denen ihr keine Ahnung habt, ihr Autodidakten, ihr Kiezkinder.*

Zum Glück waren die übrigen Mitglieder eher gutmütiger Natur, so dass wir seine Frechheiten stets mit dem nötigen Humor zu nehmen wussten, wir also fast immer einen Weg fanden, um seine protagonistischen Anflüge abgleiten zu lassen, ohne dass sich sein eigensinniges Ego angegriffen fühlte. Das heißt zwar nicht, dass unser Superstar unsere kleinen Ausweichmanöver nicht bemerkte, doch beherrschten wir die Kunst der fantasievollen Ironie so meisterlich und mit so viel subtilem Witz, dass sich der kleine Plagegeist angesichts der köstlichen Scherze letzten Endes immer fügte und sein sensibles Ego dem allgemeinen Halligalli unterordnete.

Kaum war man bei der Probe angekommen, machte sich dieses nicht immer ganz spaßige personelle Detail bemerkbar. Ich für meinen Teil tat gern so, als gehöre der Hochwohlgeborene zum Landschaftsbild, konzentrierte mich vielmehr darauf, von den Anderen zu lernen, und versuchte, ihm mit der gleichen Einstellung wie ebenjene zu begegnen. Gestützt auf meine zielstrebige Toleranz gegen den Nörgler, trug auch ich bald ein paar Quäntchen Spaß zu den Kommentaren und Witzen rund um die Staralllüren unseres Hauptpersönchens bei. Uns belustigten Albertos kindische Selbstinszenierungen, und zwischen Gelächter und Geschichtchen pfiffen wir ihn von seinen professorenhaften Anwandlungen zurück, zum Beispiel à la Violeta Parra: *Red nicht so viel, kleiner Alberto, dafür muss man schon groß und darf nicht mehr albern sein!* Manchmal musste sogar er über unsere Stegreifdichtungen lachen; andere Male wieder wurde er stinkig, was aber nie lange anhielt dank seiner Unfähigkeit, ernsthaft sauer über den gutgemeinten Ulk seiner gutgelaunten Freunde zu sein. Zugegeben, er konnte ganz schön nervig sein, der Lulatsch, aber er trug die gute Seele und die Unschuld eines Kindes in sich.

Aus irgendeinem, mir anfänglich nicht ganz klaren Grund bot sich mir Alberto als Freund an und lud mich bereits nach der vierten gemeinsamen Probe zu sich nach Hause ein. Begeistert von der Idee, mich zu begeistern, erwähnte er seine Bücher und seine Musik aus allen Ländern der Erde sowie seine hammermäßige Stereoanlage und zwei göttlich klingende Gitarren mit zwölf Stahlsaiten. Wie ich feststellen musste, war das wahrhaft Göttliche nicht sein Musikpark, sondern seine Schwester: eine Schönheit wie von einem anderen Stern, die eine Art Katharsis in mir auslöste; schon ihr Name wies darauf hin: Catarina ... Ein duftiges Lächeln und ein glamouröses Gehaben waren der Venus zu eigen und eine galaktische Leuchtkraft ging von ihrem blonden Haar und ihren Augen so grün wie die Hoffnung aus (besonders meine Hoffnung).

Heilige Mutter! Ich traute meinen Augen nicht, als sich mir die Tür öffnete und sie dastand, nur für mich, um mich zu empfangen, mit einem Lächeln, das so wunderschön war, dass es mir fast bedrohlich erschien. Die Vestalin kitzelte mich. Ich musste einen Weg finden, ihrer Anziehungskraft auszuweichen, bevor sie meine letzten Schutzmechanismen durchdringen und meine gesamte Rechnung und Planung bezüglich der Liebe und der damit verbundenen Treuepflicht zunichtemachen konnte. Stolz schmunzelnd blieb die süße Missgünstige auf der Schwelle stehen, gekrönt von ihrer blonden Mähne, um mich mit der Miene eines Teufelsengels schließlich in ihr Reich zu laden, überzeugt davon, mich so von der chronischen Einsamkeit meines rastlosen Geistes zu befreien. Der selige Blick, mit dem sie mich beschenkte, schien mir zu sagen: *Ich kenne dich schon seit Ewigkeiten, und ich habe auf dich gewartet.* Ihr unbegreifliches Aussehen und ihr glutvolles Wesen ließen meine unwürdigen Augen übergehen – ein Wunder an olympischem Betragen und Auftreten. Wie gelähmt von dem Anblick, stocksteif angesichts eines solchen Temperaments, blieb mir glatt die Spucke weg, und obgleich mir eher nach stottern und schlottern zumute war, klaubte der Kampfgockel in meinem mentalen Hühnerstall allen verfügbaren Mut zusammen und posierte mit geschwellter Brust. Sie bot mir ihre Wange dar. Ich gewann halbwegs die Kontrolle wieder, rang aber immer noch nach Sauerstoff sowie nach einer würdevollen Reaktion, um nicht gleich vom ersten Eindruck an als totaler Trottel dazustehen. Leicht zittrig küsste ich sie, womit ich ihr gleichsam meine Huldigung erwies, wenngleich nur gestisch, denn für eine verbale Ehrerbietung reichte mein Mumm leider nicht aus. Wie gern hätte ich ihr gesagt, was für eine Augenweide sie ist, was für eine Traumfrau ... Doch aus meinem Mund wollte nichts Gescheites kommen. Stattdessen hielt ich ihr meine Hand hin, schwer wie Marmor. Von dem K.-o.-Schlag erholte ich mich erst wieder, als Alberto, nachdem er meine Körperstarre bemerkt hatte, die Glocke erklingen ließ und fragte, warum ich denn nicht endlich ins Haus komme. Ich nahm die Einladung an. Kaum war ich eingetreten, überkam mich ein so seltsames Gefühl, als hätte ich einen Ort erreicht, den ich seit jeher gesucht hatte, als wäre ein tausendfach geträumter und tausendfach verworfener Traum endlich wahr geworden.

Seit jenem gesegneten Tag erlegte ich mir eine eiserne Disziplin auf und komponierte wie ein Verrückter, wie ein Besessener, wohl wissend, dass der beste Weg, um von Alberto, der zu meinem großen Glück vor Elan überlief, regelmäßig zu sich nach Hause eingeladen zu werden, darin bestand, jede Woche mit einem neuem Lied aus der sehnsuchtsvollen Schreibe meiner Wenigkeit aufzuwarten. Und so baute ich auch meinen Unmut über seinen Drang zur Selbstdarstellung ab, vergaß ihn geradezu, kam mir doch seine Bereitschaft, meine Tonschöpfungen zu arrangieren, nur allzu gelegen.

Im Windschatten meiner rasenden Kreativität erlaubte sich der Geck, zu jeder Probe mit neuen, angeblich von ihm stammenden Ideen anzutanzen. Die Gruppe nahm sie freudig an und dankte einstimmig, obgleich allen klar war, dass beinah mein gesamtes Schaffen, plus des einen oder anderen nicht minder wichtigen Details, die Frucht meines Fortpflanzungseifers war, meines Verliebtseins, was bekanntlich die schönste aller Verblödungen ist, die der Mensch erfahren kann. Der Lohn für meine neue Toleranz gegen den Fabulanten bestand jedoch nicht nur in der großen Nähe zur bezaubernden Schwester, sondern auch darin, dass Aillamanque innerhalb kurzer Zeit einen angenehmen Grad an Zusammenhalt sowie den richtigen Drive erlangte. Wir harmonierten in allem, unsere gemeinsame Weltsicht schweißte uns immer weiter zusammen, wir fühlten uns wohl beim kollektiven Komponieren und Träumen, was sich auch in der Professionalität unserer Auftritte und den positiven Reaktionen unserer Zuhörer widerspiegelte.

Was zu dieser Zeit nicht so reibungslos lief, war meine Beziehung mit Lily, die irgendwann sogar meinte, dass es besser wäre, wir würden unsere ohnehin spärlichen Treffer weiter reduzieren, da ihre Eltern dahintergekommen seien, dass sie nicht an den Vorbereitungskursen für die Uni teilnahm, und ihr nun mit Fragen zusetzten, um herauszufinden, wo sie denn stattdessen hingehe und was sie eigentlich mache, während sie sich angeblich vorbereite, obwohl sie doch nicht einmal in die Nähe der Uni käme. Natürlich war dies nicht der einzige oder überragende Grund für ihre plötzliche Kehrtwende in Richtung Schulbank. Genauso wenig hatte es nur mit ihrem Onkel zu tun, der ihr immer noch nachstellte und sie mit seinen Berufstricks in die Falle zu locken versuchte, mit seinen holprigen (wenngleich abnehmenden) Anläufen, sie über ihr vermeintlich freundschaftliches Verhältnis mit mir auszuhorchen. Auch wenn der Sonderling mich, wie es schien, von seiner Liste potenziell zu folternder Sektierer gestrichen hatte, beunruhigte ihn immer noch der Gedanke, dass Lily, seine sittsame und begehrenswerte Nichte, in mir womöglich ein Objekt ihrer Gelüste entdeckt haben könnte. In meinem Gedankenbrei watend, blieb mir nichts anderes übrig, als Lilys Wink mit dem Zaunpfahl, ihren klaren, unanfechtbaren Fingerzeig, als solchen hinzunehmen.

Zu Lilys Verdruss gab ich meine Recherche ihren Onkel betreffend nicht auf. Ein ums andere Mal stellte ich mir vor, wie seine professionelle Hartnäckigkeit in Lilys Anwandlung hineinspielte und wie sie diesem fortwährenden Druck immer mehr nachgeben würde. Heute, nach all den Jahren, bin ich, glaube ich, sicher, dass er, ungeachtet aller vorausschauenden Sympathie für mich, eine gehörige Portion männlicher Missgunst gegen mich hegte und in gewisser Weise dem Instinktverhalten eines von Konkurrenz bedrohten Männchens unterlag, herausgefordert von einem Eindringling, der nun die Fähigkeit zu Angriff, Verteidigung und Eroberung dieses unangefochtenen Herrschers über Haus, Hof und Land anzweifelte.

Der Mann hielt sich von Beruf und Veranlagung her für einen Jäger, mit einem abgesteckten Territorium, für einen gnadenlosen Verfolger von Feinden, seien diese nun real oder erdacht, Marxisten, Leninisten, Reformisten, Sozialdemokraten, Träumer, verirrte Schäfchen oder ganz gewöhnliche Bürger, etwa wie der kleine Musikschuster hier, der es nun wagte, in seinen hoheitlichen Gefilden zu stöbern und einen allzu scharfen Blick auf sein erklärtes Opfer zu werfen, was noch heikler war, da es sich hierbei um ein Weibchen handelte, bekanntlich die begehrteste aller Trophäen sowie die einzige wirkliche, um der Welt seine Männlichkeit zu beweisen.

Sicher wurmte ihn Lilys Widerstandskraft, und dass sie die Fenster und Türen zu ihrer Welt für ihn stets verschlossen hielt und noch mehr musste es ihn stören, sie in meiner Nähe zu sehen. Ein Gefühl des Versagens musste es sein, das er verspürte, wenn Lily ihm immer wieder den Weg auf seinen Erkundungstouren abschnitt und ihn nicht zum Zuge kommen ließ in seinem Bestreben, seine fleißig einstudierten Mechanismen des Verhörs und der Züchtigung wirksam zu machen – ein beachtliches Verdienst meiner jungen Gespielin und ein Beweis ihrer Größe, den unter anderem auch die Trostlosigkeit ihrer Tante Rosa und Ehefrau des Scheusals untermauerte. Genauso war es aber auch die Antwort auf das latente Misstrauen, mit dem ich ihr fortlaufend begegnet war, diese spalterischen Vorbehalte, die mich seit so langer Zeit schon in der Hölle der Fragezeichen, in einem neurotischen Alarmzustand gefangen hielt und somit die ersehnte Offenbarung meiner Neigung, meiner Zärtlichkeit, meiner Liebe und was weiß ich noch alles unmöglich machte. Doch die Wirklichkeit sah anders aus: Im Laufe der letzten Monate war der Charakter unserer Treffen auf ein paar schweißtreibende Sexmarathons abgeflaut. Über den Weg der rohen Fleischlichkeit versuchten wir, das Dickicht der Routine zu durchbrechen, verzehrten uns in einem Erotismus, der nunmehr als Notbehelf für die ursprüngliche, zu einem sehnsuchtsvollen, leeren Tick verkommene Leidenschaft herhalten musste.

Wir hatten einen Punkt erreicht, an dem wir uns nicht mehr in der Lage sahen, unsere gegenseitige Vernarrtheit, wie wir sie zu Beginn unserer Beziehung noch so eifrig kultiviert hatten, weiter aufrechtzuerhalten. Durch das Prisma der Zeit betrachtet, glaube ich, dass ihre zunächst noch schleichende Distanzierung an Fahrt zunahm, als sie von meinen Treffen mit der Frau ihres Onkels erfuhr. Woher? Ich weiß es nicht. Auch nicht, wohin ihre Vermutungen gingen. Sie hat mich nie darauf angesprochen. Ich sollte es nie erfahren. Als ich sie um eine Erklärung für ihre plötzliche Unlust bat, antwortete sie nur mit den üblichen Ausflüchten von wegen Liebesverschleiß aufgrund von Alltagstrott und derlei Dinge, oder fing an, über den Wandel der Interessen im Leben eines jeden Menschen zu philosophieren. Zu guter Letzt hielt sie mir mit geschickter Winkeldiplomatie meine Streifzüge durch neue Regionen vor, mein augenscheinliches Bedürfnis nach neuen Welten, neuen Herausforderungen. Als Schlussgong eröffnete mir die Entthronte geheimnisvoll sarkastisch, dass ihr all das ein sonst gar nicht schwatzhaftes Vögelchen gezwitschert hätte. Mehr bekam ich aus ihr nicht heraus.

Den Gipfel unserer Entfremdung erreichten wir beim zweiten Festival, zu dem wir uns auf Einladung der organisierenden Studenten hin durchgerungen hatten. Meine kreolische Odaliske musste, aus der ersten Reihe heraus, mit ansehen, wie mir diese Catarina, die zum ersten Mal bei uns war, ihre unverblümte Zuneigung entgegenbrachte. Angriffslustig platzte sie ins Geschehen, herrisch kam, sah und siegte sie, umgeben von dieser ihr so eigenen Aura, noch stürmischer, noch selbstsicherer, noch anmutiger als je zuvor. Ihr wankelmütiger Bruder musste Catarina erzählt haben, dass Lily anfänglich noch zu unseren Proben und Auftritten gekommen war, nun aber, schon seit einer ganzen Weile, sich dort nicht mehr blicken ließ, womöglich ja, weil sie von meinen Ausflügen ins Haus der Anderen erfahren hatte.

Volltönend präsentierte sich die reizvolle Catarina zum krönenden Abschluss, mit einer Hose, die so eng war, dass sie ihre schamlosen Rundungen förmlich nach Augenmerk schreien ließ. Ebenfalls zum Fingerlecken war ihre Bluse, die lediglich eine Hälfte ihres Oberkörpers bedeckte, so dass ihr Bauchnabel der frischen Luft ausgesetzt blieb, während ihre festen, wohlgeformten Brüste sowie einige andere, nicht weniger berückende Details hauteng vom Stoff umgarnt waren. So kehrte sie unumwunden und mit gekonnter Dreistigkeit ihre betörende skulpturale Figur hervor. Fast zu schön, um wahr zu sein, konnte ihre animalische Kraft einen direkt zur Verzweiflung bringen.

Jedermann stand in ihrem Bann. Ich litt geradezu bei dem Anblick der unzähligen Freiergeier, die um sie herum kreisten und sie ohne Unterlass anstierten, ihren Nabel, ihren Hintern und ihre jungen Brüste, die drauf und dran waren, den dünnen Stoff ihrer bescheidenen Bluse zu sprengen – kurzum, man starrte auf so ziemlich alles, was sie in ihrer Offenherzigkeit zum Wohlgefallen all dieser Witzfiguren feilbot (die etwas anständigeren Männer schauten ihr übrigens auch mal in die Augen). Auch fehlte der übliche Scherzkeks nicht, der ihr etliche Schmeicheleien hinterherjohlte, wie etwa *So viele Kurven und ich ganz ungebremst!*, oder auch der arme Tropf, der sich allzu vertraulich an ihre Mutter richtete, als er ausrief: *Hey Schwiegermuttchen, geh du ruhig schon mal mit Gott, ich verschwinde noch eben mit deinem Töchterchen.* Eifersucht übermannte mich, meine Säfte schossen mir bis in die Ohren, fast verschluckte ich mich – es lag auf der Hand: Die Sinnliche hatte mich verzaubert, ihren vollen Lippen unterworfen, mich fest zwischen ihren begehrlichen, unberührten Brüsten gefangen genommen; so trieb ich hoffnungslos verschollen in ihrem Dreieck, das zwar nicht das Bermudische war, in dem man sich jedoch genauso leicht verlieren konnte.

Ich freute mich, dachte, Catarinas kleine Schau habe etwas mit mir zu tun. So viel Verzauberung flößte mir einen Mut ein, der sich sogleich in glühend-schwülstigen Lockrufen manifestieren sollte. Um den freudigen Überraschungen noch das i-Tüpfelchen aufzusetzen, erschien die Rassige nicht nur in Begleitung ihrer Mutter, sondern auch ihres Bruders; aber nicht des Bruders, der in unserer Band spielte, sondern des anderen, der nun mit seinem kompletten Hofstaat aus den Höhen des Reichenviertels angereist kam, darunter zirka eine Myriade von Kommilitoninnen, allesamt zuckersüß und genauso wie Catarina frisch eingezogen in die Hörsäle der nationalen Eliteakademien. Im Schlepptau der Studentinnen erschienen wiederum diverse Freunde und Kumpels, die alle ganz euphorisch wurden ob der sonst so seltenen Aussicht auf eine kostenlose Livemucke. Dieser bunte Strauß aus glamouröser Jugend zwischen mittlerer und oberer Klasse bildete einen gar schmucken Hintergrund für die eingefleischten Anhänger unserer auf dem direkten Weg in die Ruhmeshalle befindlichen Gruppe.

Die Jury verwies uns auf den zweiten Platz, doch unsere Freunde und Verwandten protestierten lautstark gegen die Entscheidung, da ihrer emotionsgeladenen und unparteiischen Ansicht nach wir die besten waren und daher auch den ersten Platz verdienten, mindestens. Für sie war klar wie Kloßbrühe, dass die Jury mit ihrem krust-demokratischem Gehabe nur herumfrömmele und nichts von kämpferischer Originalität wissen wolle, weshalb sie auch einer Gruppe den ersten Preis gaben, die auf prunkvolle nerudianische Texte und schmalzige, urbanoide Klänge spezialisiert war. Dies und noch einiges mehr brachten unsere neuen Fans vor, und auch Catarina stimmte mit ein, von wegen *wie unfair und dass diese Dogmatiker nichts von postindigener Musik verstünden, diese Ignoranten,* und das Lied von Aillamanque sei doch das schönste von allen gewesen, und das interessanteste, *ihr Flaschen, ihr Ausgeburten der Blödheit,* wie es mein argentinischer Kumpel Topo, der mir einige Jahre später auf den Conga-Partys Gesellschaft leisten sollte, gern formulierte.

Nachdem meine Eifersucht dank unseres Erfolgs auf ein moderates Maß geschrumpft war, labte ich mich nun an den ungehaltenen Reaktionen des Publikums; im Grunde war ich nämlich absolut glücklich mit dem zweiten Platz, freute mich wie ein kleines Kind und war schon für den nächsten Einsatz bereit. So konnte ich mich getrost den übereifrigen Kommentaren der Freunde und Familienmitglieder der aufsehenerregenden Catarina und des überzähligen Alberto hingeben, sie schätzen und genießen, allerdings mit Abstand, da sie mir etwas zu parteiisch und übertrieben erschienen.

Die Vorstellung war kaum vorbei und ich noch in der völlig überlaufenen Künstlergarderobe, als Catarina sich einen Weg durch die jubelnden Massen bahnte, direkt auf mich zu kam und mir einen Kuss zwischen Backe und Lippe drückte, als wollte sie nicht, aber irgendwie doch, als gefiele es ihr, irgendwie aber auch nicht ... So blutjung und will mich fangen, hallten leise die Verse einer Cueca in meinem Kopf nach. Gemessen und unaufdringlich war der Kuss der Amazone, aber auch durchdringend und zielgerichtet. Mit ihrem Lippenbekenntnis hatte sie sich klar ausgedrückt, ohne ein einziges Wort zu äußern. Ich war baff, und auch Lily stand ohne Worte da und wirkte blässlich. Ich hatte sie doch gewarnt, aber sie wollte ja nicht hören, wollte mir nicht glauben, dass ich an diesem Abend möglicherweise keine Zeit für sie haben würde, und jetzt musste sie die Zeche für ihren Starrsinn und ihre Neugierde zahlen. Ganz schön eigenwillig die Kleine, dachte ich mir in meinem kleinmütigen Innern. Angegriffen auf offenem Feld durch diesen hemmungslosen Kuss, verstand die arme Lily nur Bahnhof; und auch ich in meiner Verdutztheit angesichts dieser unverhofften Sympathiebekundung ahnte zunächst nichts jenseits der Grenzen der reinen Freundschaft. Majestätisch hatte Catarina mit nur einem einzigen Kuss (und dieser gerade einmal halbfertig) alle Zweifel darüber beseitigt, wer von nun an das Zepter führte, wer den Rock anhatte und die Regeln machte. Kaum hatte ich mich ein wenig gefasst, spürte ich, wie ich, quasi backenteilig, auf zwei Stühlen zugleich saß.

Im obligatorischen Beglückwünschungsgewusel verlor ich schließlich meine soeben entmachtete Lily aus den Augen. En bloc kehrten wir noch in einen Imbiss ein, um etwas zu essen und auf unseren kleinen Riesenerfolg anzustoßen. Nach meiner beleidigten Geliebten hielt ich zwar Ausschau – wirklich –, hatte auch ein schlechtes Gewissen, doch suchte ich ohne allzu große Lust und Antrieb, das muss ich mit einem Hauch von Scham zugeben. Jedenfalls nahm die Suche nicht mehr ein als ein paar Minuten (oder waren es Sekunden?), bis ich wusste, dass sich die gestürzte Königin und nunmehrige Geisel des Grolls allein und wortlos abgetreten war. Mir blieb indes nicht einmal genügend Zeit, um mich in dieses Schicksal zu ergeben, viel zu sehr war ich von der siegreichen Catarina eingenommen, die aus jeder Pore verführerische Bereitschaft verströmte und deren große Augen wie eine Leuchtreklame zu verkünden schienen: *Diese Nacht ist meine Nacht!*

Zu dem Gelage aus Trunk und Häppchen gesellten sich nicht nur die ansehnlichen Studienfreundinnen mit ihrer kleinbürgerlichen Naivität, auch eine Gruppe von Aasgeiern und Mitessern hatte sich eingeschlichen, das übliche Mundraubkommando, eine alteingesessene nationale Institution, deren eingefleischte Vertreter immer wieder rücklings zuschlagen und hoffen, bei ihren Bemühungen um die fremden Speisen und Getränke nicht ertappt zu werden. Natürlich fehlten auch nicht die Angehörigen der übrigen vier Bandmitglieder, was zur Folge hatte, dass sich in dem kleinen Lokal eine höchst artenreiche Fauna tummelte, darunter auch einige Exemplare, die nach dem ruhmreichen Licht der aufsteigenden Stars strebten.

Zu meinem unfassbaren Glück setzte sich Catarina in dieser feierlichen Überschwänglichkeit direkt neben mich. Ihre Mutter lächelte stolz, Alberto lächelte ebenfalls, quasi hilfsmütterlich, und so auch ihr anderer Bruder. Alle lächelten mich an, als wollten sie mich etwas fragen oder mich auffordern, doch endlich die Augen zu öffnen angesichts all der unterschwelligen Botschaften, die im Dunste des lärmerfüllten Lokals lagen, während ich, langsam, aber nicht zurückgeblieben, nervös und doch glücklich, peu à peu dahinterkam, dass Catarina an jenem Abend mich, jeglichen Rechts auf Gegenwehr beraubt, in Beschlag genommen hatte und dass unsere Festlichkeit eine Art öffentliche Verkündung darstellte, den von sämtlichen Anwesenden bezeugten Beginn einer Romanze, von dem ich selbst, der ich mich immer für über alle Maßen schlau hielt, erst jetzt langsam etwas mitbekam.

Ich musste mich wohl damit abzufinden, dass bis auf mich so ziemlich jeder über diesen Hinterhalt Bescheid wusste, außer natürlich die Horde Parasiten, die viel zu sehr damit beschäftigt war, sich an unserem Pisco-Schnaps und den sonstigen Leckereien zu vergehen oder auf die hirnraubenden Rundungen meiner neuesten Eroberung zu spannen. In dem Moment wurde mir klar, dass mich die Engelgleiche fest in ihren Bann gezogen hatte, wo sie mich nun mit der Gewandtheit einer Amazone von Welt gefangen hielt. An ihrer unberechen- und unbeirrbaren Hand entführte sie mich in ihren Machtbereich, in ihr Netz, das sie, wie ich später freudig überrascht und leicht ungläubig zur Kenntnis nehmen sollte, von vornherein und in Feinarbeit zurechtgesponnen hatte. Mir war plötzlich, als hätte sie seit jenem Tag, an dem sie mir die Tür zu ihrem Haus und ihrem Herz aufsperrte, mein Schicksal gekannt; als hätte mich die unergründliche Muse, dieses zarte Geschöpf mit ihrem glückspendenden Lächeln schon seit unserer ersten Begegnung in ihren himmlischen Orbit gesogen und als hätte sie sich von Anfang an gesagt: *Ich weiß, was du willst, und du sollst es auch haben; ich werde deiner Sehnsucht ein Ende setzen.*

Zudem verlieh die kesse Art, die sie an jenem Abend zeigte, ihrer gehaltvollen Kundgabe eine ganz besondere Note, so dass nach meisterlicher Durchmischung aller Zutaten und Beigaben ein höchst verführerischer Festschmaus entstand. Kunststückchen oder Künstlerschicksal, resümierte ich in meiner unverhofften Glückseligkeit. Nach einigen Stunden lautstarker Gratulationen ging ich, auf Anraten der Anderen, mit zu Catarina nach Hause, denn, so die einhellige Meinung ihrer Familie, nach so vielen Hurras und Schnäpsen und Stunden (es sei ja schon so spät) sei es definitiv besser, von der strapaziösen Heimreise in meinen unterbeleuchteten

Randbezirk am anderen Ende der Stadt abzusehen; es sei gar nicht ratsam, allein zu fahren, wenn man schon so beschickert ist, also sei es doch das Beste, ich komme mit zu ihnen. Ich willigte ein, setzte aber eine skeptische Miene auf, hinter der ich meine galoppierende Begierde zu verbergen trachtete, während ich geradewegs auf die Bettstatt meines mannbaren Liebchens zuhielt.

Jene Nacht der unvermuteten musikalischen Erfolge und forschen Liebeserklärungen besiegelte einen radikalen Wandel in meinem Leben. Der Zuspruch, den ich auf öffentlicher wie auf privater Ebene erfahren hatte, drehte die Sichtweise, die mir bis dahin zur Aufrechterhaltung meiner soziomusikalischen Bestrebungen gedient hatte, um hundertachtzig Grad. Schnell war ich mir der Bedeutung der beiden Episoden, die ich in jener kurzen und doch magischen Zeit erlebt hatte, bewusst geworden; auch sah ich, wie ich, trotz aller Skepsis ob des plötzlichen Mannaregens, glücklich sein konnte über die Herausforderung, die mit dem Eintauchen in diese ungekannten Dimensionen einherging, von denen ich zwar immer geträumt hatte, die aber stets in unerreichbarer Ferne zu liegen schienen. Allein der Gedanke daran, ohne Wenn und Aber von diesen Leuten akzeptiert zu werden, die so anders tickten als ich und die so fernab von meiner steinigen Welt lebten, verlangte mir so einiges ab. Und wenn ich zu alldem noch die verlockende, Davinci'sch anmutende Catarina hinzufügte, dann stellte sich mir ein gar harmonisches und in sich geschlossenes Bild ein.

Einige Monate später war meine Entscheidung, in die Gegend meiner Geliebten zu ziehen – genauer gesagt, in deren Familienanwesen in Ñuñoa – besiegelt, gestempelt und abgezeichnet dank der Freude meiner Freundin und der Gewogenheit ihrer Familie, inklusive der Billigung mütterlicherseits. Obwohl ich hier doch klarstellen muss, dass die anfänglich so offen wirkende Einstellung der allmächtigen Frau Mutter im Grunde nur ein Teil im Puzzle ihrer erzieherischen Leitsätze darstellte, von denen einer vorschrieb, dass sich ihre geliebte und emanzipierte Tochter uneingeschränkt umsehen könne und durchaus auch erste Erfahrungen sammeln dürfe, dabei aber stets im elterlichen Hause zu bleiben habe und nie in ungewissen Umgebungen verkehren solle, wo sie, die Mutter, keinerlei Handhabe mehr hätte. Die Hausherrin wirkte alles in allem recht großzügig und zwanglos, doch verflüchtigte sich diese ihre Eigenschaft, sobald die lieben Kinderchen nicht brav nach ihren Regeln lebten. Diese Konditionierungsstrategie durchschaute ich von vornherein, aber so vernarrt, wie ich in ihr wunderschönes Töchterlein war, mimte ich den Ahnungslosen, der nur Augen für das kleine Fräulein hat – eine Fehlentscheidung, die mich Jahre später noch teuer zu stehen kommen sollte.

Paula war unterdessen zu ihrem Liebhaber gezogen, einem dieser auf Karriere getrimmten Banker. Mein Treiben als Schuster hatte ich auf ein für meinen so duldsamen Partner noch hinnehmbares Minimum zurückgefahren. Er war zwar nicht gerade entzückt von meinem, wie er meinte, Gefühlsausbruch, doch willigte er am Ende ein, nachdem die Umsatzbeteiligung zu seinen Gunsten geändert worden war. Ich war es zufrieden, schließlich verstand ich mich als aufstrebenden Musiker, war frisch verliebt und schwebte auf allen Wolken. Allerdings galt keines dieser Hochgefühle Lily. Sie nahm das kühl zur Kenntnis, gestützt durch ihre stoische Art, mit der sie mir nun fürchterlich, ja furchterregend tolerant erschien.

Eines Tages tauchte sie zwischen den Resten meines alten Zuhauses auf. De facto wohnte ich in Catarinas Haus und Schoß, auch wenn ich allen wundervollen Dingen zum Trotz weiterhin misstrauisch blieb, so dass ich meinen Rückzugsort im alten Viertel nicht ganz aufgab, zumindest eine Weile noch, für den Fall der Fälle. Mit aufreizender Entspanntheit steckte sie mir, dass sie weiterhin ein Auge auf mich habe, um mich eventuell auf einem meiner seltenen Besuche im Haus abzufangen. Meine kleine Kiezpenelope lag mit ihrer Einschätzung ganz richtig, denn im Zuge meiner jüngsten musikalischen Aus- und Durchbrüche, nebst den erotisch-romantischen, tat ich nichts anderes mehr, als Hals über Kopf zu den Proben und anschließend, schon gänzlich kopflos, zu meinem Traum in Blond, meiner kreolischen Walküre zu stürmen, die mich, wie sie selbst sagte, wegen meiner großen Talente bewunderte, das heißt wegen meiner musikalischen Begabung, aber auch aufgrund meiner anderen Künste, jene der härteren, prosaischeren Art, über die sich meine süße Muse gerne amüsierte, während sie mich zerstreut anlächelte wie die rätselhafte Mona Lisa. Einmal, während einer unserer Tändeleien, bat ich sie, mir das mit der prosaischen Härte genauer zu erläutern, aber sie speiste mich nur mit den gezierten Spielereien eines rolligen Kätzchens ab.

Jedenfalls merkte ich sofort, dass der Besuch meiner verlassenen Lily einmal mehr den Schmerz des Abschieds mit sich bringen würde. Würdevoll verwehrte sie mir ihren Mund zum üblichen Kuss und wahrte einen Abstand von einem Meter zu meiner rasenden Neugier – hundert Zentimeter purer Distanz. Auf meiner Seite waren immer noch Gefühle für sie da, und auch sie schaute mich mit einem Hauch Verlangen in den Augen an, ein Verlangen, das zwar schon zu weiten Teilen, anscheinend aber noch nicht restlos aufgezehrt war.

„Ich wollte dir bloß sagen, dass ich in den Süden gehe. Ich hab einen Platz an der Uni von Concepción bekommen."

„Concepción? Schöne Stadt. Aber warum so weit weg? Und warum so eilig? Ich mein bloß, deine Entscheidung scheint mir irgendwie überhastet; und du weißt ja: Eile mit Weile, wie seinerzeit schon so ein Deutscher aus *Waldiwia* zu sagen pflegte."

„Ja, zum Totlachen. Aber die Entscheidung steht: Der Platz ist mir sicher und ich werde ihn annehmen. Ich will raus aus Santiago, diese Stadt macht mich noch krank."

„Und du bist sicher, dass nicht ich dich krank mache?"

„Du auch. Aber davon abgesehen sehne ich mich schon seit langem nach einem Tapetenwechsel: Andere Leute, weg von der Familie, Erfahrungen sammeln, die nichts mit dieser ätzenden Stadt zu tun haben. Mein Vater hat da unten ein paar Verwandte. Ich kann bei ihnen wohnen, solange ich studiere. Da wird's keine Probleme geben."

„Lily, meine Teuerste, mein Ein und Alles, meine Göttin, die du mich geschaffen hast (einmal mehr kam der Schmusebarde mit seinen Lügenliedern in mir durch), ich verstehe ja deinen Wunsch nach neuer Tapete und so, aber bitte: Sag mir die ganze Wahrheit. Ich weiß, dass du nicht hier bist, um mir einfach nur Bescheid zu sagen, sondern um dich ein für alle Mal von mir zu verabschieden, das ist mir schon klar; genauso, wie du schon seit geraumer Zeit kilometerweise Abstand zwischen uns willst; und ich weiß auch, dass mein Verhalten dir gegenüber in letzter Zeit echt daneben war. Deshalb wäre es mir sehr lieb, wenn wir uns wenigsten jetzt noch einmal gegenseitig klaren Wein einschenken – vielleicht ist das ja die Gelegenheit, die wir bisher nie wahrgenommen haben. Wir sollten sie uns nicht entgehen lassen. Falls doch, werden wir mit Sicherheit auf ewig im Unreinen miteinander sein und nie wieder was voneinander wissen wollen, und das will ich einfach nicht. Ich mag dich immer noch sehr (da wurde mir bewusst, dass ich ihr nie gesagt: Ich liebe dich), und noch mehr, seitdem ich weiß, was du alles mit deinem Onkel durchgemacht hast, für mich."

„Und was hab ich deiner Meinung nach alles mit ihm durchgemacht? Was erzählst du da überhaupt?", fragte sie herausfordernd und demonstrativ verärgert.

„Rosa hat mir erzählt, wie du immer ausgerastet bist, wenn dir dein Onkel alle möglichen Informationen über uns aus der Nase ziehen wollte, und wie du seiner Fragerei ausgewichen bist beziehungsweise dich ihr gestellt hast. Da, muss ich sagen, war Rosa, auch trotz ihrer Vorbehalte gegen dich, immer offen und ehrlich. Um die Wahrheit zu sagen: ich selbst war sehr oft im Unklaren darüber, ob du nicht vielleicht doch mit dem Kerl unter einer Decke steckst, wenn auch nur in irgend so einem abgeschmackten Spielchen oder so ... Keine Ahnung, wie ich dir das erklären soll. Jedenfalls habe ich dir nie ganz vertraut. Und jetzt, wo es fast zu spät ist, wird mir mein Fehler bewusst: Ich hätte dich einfach fragen sollen, hätte dich über meine Zweifel aufklären sollen. Das ist auch der Grund, weshalb du so oft unter mir leiden musstest, wenn ich mich so distanziert verhielt. Ich bin halt von Natur aus misstrauisch, das weißt du. Ständig rätsele ich und rechne mehr schlecht als recht vor mich hin, immer mitten ins Blaue hinein. Aber wenigstens stehe ich zu meinen Fehlern, und mir ist durchaus klar, dass ich dich nie wirklich zu schätzen wusste. Du weißt, was ich meine: Wer allzu schnell reist, bekommt den Weg nicht mit!"

„Ganz schön schräg, was du mir da alles erzählst, du misstrauischer Bock. Aber es klingt gut. Etwas spät, aber gut. Und falls es dich beruhigt: Nie hab ich von dir erwartet, dass du dich zurücknimmst, und schon gar nicht wegen mir, so verrückt ich auch gewesen sein mag; so was hätte ich eh nie für möglich gehalten. Von Anfang an habe ich darüber nachgedacht, wie es wohl sein würde, wenn ich erst mit dir zusammen wär. Auf jeden Fall habe ich, auch trotz meiner mangelnden Erfahrung und der Ungewissheit, die du mir immer wieder beschert hast, unser kleines Tänzchen genießen können, und außerdem hab ich eine ganze Reihe Dinge dabei gelernt. Ich hab zwar ordentlich gelitten, aber immer bei vollem Bewusstsein; du brauchst also keine Vorhaltungen befürchten. Jedenfalls bin ich heute nicht deshalb gekommen, von daher entspann dich. Ich bin mir nicht ganz sicher, wie ich jetzt mit dir umgehen soll, wie ich dir gegenüberstehen soll, jetzt, wo alles anders ist, ganz unabhängig davon, ob wir weiterhin befreundet bleiben oder nicht, ob wir weiter aneinander denken oder jeder den anderen vergisst, oder ob wir uns in alle Ewigkeit hassen werden oder ein Stück von mir für immer in dir bleiben wird und umgekehrt – ich weiß es nicht, deshalb bin ich hier."

„Glaubst du denn, dass noch ein Plätzchen für mich in dir sein wird nach all meinen Fehltritten und der Lieblosigkeit?"

„Du alter Spitzbube, ich werde dir jetzt bestimmt nicht den Gefallen tun und eine Liste aufzustellen über alles, was du in mir zurücklässt." Sie hielt einen Moment lang inne und ihre Augen verstrahlten wieder jenen neckischen Glanz, den ich so sehr an ihr liebte. „Aber kannst gewiss sein, dass ich viele gute Gründe habe, dich nicht zu vergessen. Zum Beispiel verspüre ich seit unserer Beziehung keinerlei Schuldgefühle mehr, nie wieder hab ich welche gehabt, wegen nichts und gegen niemanden. Ich kann dir nicht genau erklären, wieso, aber seitdem sind bei mir sämtliche Bremsen gelöst, alle Zweifel, alle möglichen Risiken. Selbst meine Familie, die ich nach wie vor liebe, auch wenn sie mich immer an der kurzen Leine hielten, alle Unsicherheit ist vergessen. Auch die ganze Tratscherei unter den Nachbarn und die üble Laune meines Onkels störten mich nicht mehr; als wär meine Seele ausgewechselt worden. Ich war sogar so daneben, dass ich mich manchmal schon wie du anhörte; wenn ich so in Bildern sprach, wie du, wenn du mich von irgendwas zwischen uns überzeugen wolltest, auch wenn nicht alles, was du mir erzählt hast, nur erzieherisches Gefasel gewesen ist, wie es ja sonst typisch für dich ist. Und ich habe gelernt, die Dinge besser einzuschätzen und zu unterscheiden. Das alles hatte mir jedenfalls den Kopf gehörig verdreht und mich leichtsinnig werden lassen, so dass ich mich auf dich stürzte, wann und wie oft mir danach war. Und trotzdem kam nie ein Vorwurf von dir, nie irgendeine Bemerkung, die mich hätte zweifeln lassen in meinem Wagemut oder meiner Lust."

„Ist dir denn die Lust jetzt vergangen?"

„Nein, ich glaube, die wird mir nie ganz vergehen. Aber ich war noch nicht fertig: Am Anfang hielt ich dich noch für einen dieser selbstgefälligen, gleichgültigen Machotypen."

„Gleichgültiger Macho? So was! Von wem redest du da eigentlich?"

„Ruhig, Brauner, lass mich erst mal ausreden. Der Eindruck, dass du gleichgültig wärst, kam mir zum ersten Mal, als ich sah, wie piepegal es dir war, dass ich meine Nase bis zum Anschlag in eure Familienangelegenheiten steckte, oder auch in deine *anderen Sachen*, wegen denen ich immer so neugierig und, ja, auch so aufdringlich war. Aber bald merkte ich, dass gar nicht so viel dahintersteckte und dass es einfach nur deine Art ist, die Dinge zu sehen und zu handhaben. Und diese Art gefiel mir irgendwann so gut, dass ich daran teilhaben wollte; bei dir fühlte ich mich einfach gut aufgehoben, ich fühlte mich bei dir wie eine richtige Frau. Von da an öffnete sich mir eine völlig neue Welt und ich traute mich an all die Dinge, um die mich meine Phantasie anflehte. Du kannst dir nicht vorstellen, was ich fühlte, wie ich im Nullkommanix reifer wurde und wie ich nach und nach die ganzen Geschichtchen meiner Familie durchschaute, von denen ich mich so lange hatte ausbremsen lassen und die du kaum kennst, die aber real sind wie bei jedem einzelnen unserer verdammten Nachbarn. Ich kann dir gar nicht sagen, wie viel Vertrauen ich in all der Zeit gefasst habe und wie mir das bei der Entscheidung einiger sehr wichtiger Fragen geholfen hat."

„Was für wichtige Fragen denn?"

„Na gut, ein Beispiel, aber nicht, dass du dich daran gewöhnst … Auf der einen Seite könnte man meinen, dass du damals mich verführt hast – allerdings nur, weil ich zuvor den richtigen Moment abgepasst hatte, damit du diesen Schritt machst, was ich dann wiederum zuließ; etwas nervös, aber doch überzeugt. Mir war schon ein bisschen komisch zumute, so ganz aufs Geratewohl; aber mit der Zeit wandelte sich meine Wahrnehmung hinsichtlich der Beziehungen zwischen den Menschen von Grund auf, und ganz besonders in Hinblick auf euch, ihr verwöhnten Kerle. Und ich müsste lügen, wenn ich dir sagen sollte, dass du mich nie enttäuscht hast. Aber die verlorenen Punkte hattest du auch immer bald wieder gutgemacht mit deiner süßen Art, du alter Gauner; immer wieder hast du's hingekriegt, mich verliebte Gans für dich zu gewinnen."

„Holla! Bist du sicher, dass du von mir redest?"

„Mach dich nicht lustig! Du wirst es vielleicht seltsam finden, aber all deine Unvollkommenheiten habe ich mit Leib und Seele geliebt, besonders dein philosophisches Rumgealber … Oder war es politisches Rumgealber?"

„Philosophisch, meine Liebe, philosophisch."

„Wie auch immer, jedenfalls war mir von vornherein klar gewesen, dass unsere Beziehung nichts für die Ewigkeit sein würde; dass wir nie in diese uralte Kiste von wegen *bis dass der Tod euch scheidet* und so steigen würden. So hab ich mich mit dir nie gesehen, so als altes Pärchen, ich mit Omaknödel im Haar, du mit Pantoffeln an den Füßen und wir beide in Erinnerungen an bessere Zeiten schwelgend. Unvorstellbar, weder mit mir noch mit meinem verschlossenen Julian. Na und der ironische Gipfel der ganzen Geschichte ist ja wohl meine Freundschaft mit Paula, und dass es im Endeffekt sie war – glaub es oder nicht –, die mir überhaupt erst geholfen hat, dich näher kennenzulernen. Natürlich unbeabsichtigt. Eigentlich sogar in genau der entgegengesetzten Absicht, mit ihren ständigen Klagen über deine mangelnden Ambitionen und so, oder ihrem Gejammer darüber, wie einsam sie doch sei, immer wenn du gerade nicht haarklein ihren Forderungen nachgekommen bist; die ganze materielle Chose, meine ich. Über alles Andere hat sie ja mit mir nicht gesprochen, kein Sterbenswort. Aber ich will sie jetzt auch nicht nur schlechtmachen ..."

„Meine Liebe, du machst sie da nicht schlecht, du sagst einfach nur, wie es ist."

„Jaja, Ruhe! Du unterbrichst meinen Fluss ... Was ich sagen will, ist, dass es genau dieses ständige Wehklagen war, das mir zeigte, wer du bist, was du suchst, was dich bewegt und antreibt im Leben. Jetzt verstehst du bestimmt auch, warum ich mich dir über so schräge Wege genähert habe; ich hatte ja keine andere Wahl; zumal, wie du ja selbst weißt, unsere Beziehung am Anfang fast nur fleischlicher, kaum aber inhaltlicher Natur war. So hab ich meine Daten über dich eher aus meinem Kopf als aus deinem Mund gezogen. Übrigens, weißt du, mein Ferkelchen, jetzt kann ich dir auch sagen, warum ich meinen Bullenonkel (hin und weg war ich von dem *Bullenonkel*, der so kaltschnäuzig aus ihrem Erdbeermund geschossen kam) immer auf Distanz gehalten habe, wenn er mich über dich ausquetschen wollte: weil ich mir nämlich schon immer dachte, dass du nicht einfach nur irgendein Allende-Anhänger bist, wie du es mir vormachen wolltest. Ich bin ja vielleicht ein bisschen langsam, aber weiß Gott nicht zurückgeblieben. Nicht wahr, du kleiner Schlingel?" Meine Dulzinea hatte mich im Schwitzkasten. „Außerdem nervt mich der Kerl, er widert mich direkt an. Ständig auf der Lauer, vielleicht gibt's ja was aufzuschnappen ..."

„Aber eine Zeitlang warst du doch recht häufig bei denen."

„Wohl wahr, aber nur um herauszufinden, wie schräg genau der Vogel eigentlich ist und welches Bild er von dir und deiner Familie hat. Ich wollte wissen, ob seine anfängliche Verbissenheit gegen euch, und vor allem gegen dich, eher am Zu- oder am Abnehmen war. Stell dir bloß mal vor: mit dir auf Reisen und die Bullen auf den Fersen. Nee du, und auch der Gedanke, dich auf dem Revier besuchen zu müssen, gefiel mir gar nicht. Das heißt, falls ich es denn gemacht hätte", spöttelte und zerrte die Kleine völlig ungeniert an mir. „Letzten Endes bin ich doch ganz zufrieden. Irgendwie bin ich sogar stolz darauf, wie ich mit all dem umgegangen bin und dass ich seinen Anspielungen und Belästigungen standgehalten habe, auch wenn mir der Typ wirklich mächtig auf den Zeiger ging und mir sein ganzes Getue wirklich zuwider war. Doch der Zweck heiligt schließlich die Mittel, nicht wahr?"

„Und wie! Aber, mein Hase, jetzt musst du mir doch noch ein, zwei Dinge erklären, wenn du willst, dass ich dir auch nur die Hälfte deiner fabulösen Geschichte abkaufe."

„Schieß los, immer mitten in die Brust!"

Lilys Kooperationsbereitschaft ließ mich erzittern, und die Glaubwürdigkeit, die in ihrem direkten Humor steckte, löschte die letzten verbliebenen Bedenken aus, die bis dahin noch ihr Unwesen in mir getrieben hatten. So lösten sich die Regenwolken, die sich mit ihrem Besuch bedrohlich über mir zusammengebraut hatten, spätestens da in Wohlgefallen auf, als mir bewusst wurde, dass ihre Enthüllungen weit mehr waren als eine bloße Pro-forma-Bekundung ihres guten Willens; denn in der Tat hatte sie recht damit, dass wir nicht ein Mal über Zusammengehörigkeit oder über Treue gesprochen hatten, und genauso stimmte es, dass Lily nie Zweifel über die Art unserer Beziehung geäußert, nie ein Wort über die promiske Natur unserer Dreieckskonstellation verloren und nie auf die Durchsetzung ihrer persönlichen (und legitimen) Interessen gepocht hatte, so dass unser kleines, aber feines Abenteuer wohl nie über ebendieses Stadium hinauskommen konnte.

„Hast du überhaupt eine Vorstellung davon, was dein Onkel so treibt? Und falls ja, wie kannst du ihm gegenüber dann noch so kühl sein, so rational?"

„Ich weiß gar nicht, was genau er macht. Was ich weiß, ist, dass er mein Onkel ist, aber auch eine ziemliche Ratte und ein komplexbeladener Schweinehund, und das wohl von Kind an, wie meine Mutter meint. Angeblich war er schon damals ein ausgewachsener Fiesling, der auf den Kleineren rumhackte, um sich selbst größer zu fühlen. Deshalb kann ihn meine Mutter auch nicht ab. Und aus dem Grund hat sie auch nie ein allzu enges Verhältnis zwischen ihm und uns zugelassen. Na und mein Vater, der redet nicht mal mit ihm. Ach und das mit dem kühl und rational hängt eher mit meinem Vorwurf gegen ihn zusammen. In der Familie sprechen wir nicht darüber, aber wir ahnen, was da vor sich geht. Er nennt es seine Arbeit, aber dahinter steckt mehr; es ist so was wie eine zielgerichtete Bosheit, die im Einklang steht mit seinem bösartigen Charakter, eine Aufgabe, die wie gemacht ist für die abartigen Rachegelüste dieses kleinen Mannes mit seiner großen Uniform, dieses medaillenbehängten Lakaien und ferngesteuerten Henkers. Doch das Widerlichste an ihm ist und bleibt sein Drang danach, immer den Schwächsten der Schwachen nachzustellen und sie auszunutzen."

„Meinst du damit Magdalena?"

„Woher weißt du denn das?" Lily blickte mich mit fassungslos fragenden Augen an.

„Keine Ahnung, war nur so eine Vermutung, die ich mir aus ein paar losen Fäden hier und da zusammengestrickt habe."

„Fäden von mir?"

„Von dir und von Rosa."

„Von Rosa? Was hast du denn von der erfahren? Sag jetzt nicht, du hast auch mit ihr …"

„Ich sag's, aber es ist nicht das, was du meinst. Und mach jetzt hier bitte nicht auf Dummchen, du weißt genau, dass wir uns nur unterhalten haben, und auch nur wenige Male, aber …"

„Wenige Male, klar. Aber wo habt ihr euch unterhalten?"

„Hier bei uns."

„Du Schwein! Willst du mir etwa sagen, dass …?"

„Erst Esel, jetzt Schwein – das soll mal einer verstehen."

„Mach jetzt bloß nicht auf Spaßvogel!"

„Ich dachte, du wüsstest schon längst Bescheid. Na ist ja auch egal, du sollst nur wissen, dass wir lediglich geredet haben, nichts weiter. Deine Halbtante war übrigens äußerst mitteilsam, man musste schon stockblind sein, um nicht zu sehen, dass sie regelrecht darauf brannte, sich irgendjemandem zu offenbaren; und ich schwöre dir, ich hab keinen blassen Schimmer, wieso, aber Fakt ist, dass sie sich mich dafür ausgesucht hat."

Ich berichtete meiner Quasi-ex-Geliebten, die sich vor theatralischer Verwunderung gar nicht mehr einkriegte, alle Einzelheiten der beiden Treffen mit Rosa: wie sie beide Gelegenheiten genutzt hatte, um das Gänseblümchen ihres eingeschlossenen, geknickten Herzens nach und nach zu entblättern, wie sie sich über ihren Mann ausgelassen hatte, der sie wie in einem Kerker schmachten ließ, ohne auch nur den grundlegendsten ehelichen Pflichten nachzukommen; und über seine außerhäuslichen Eskapaden und die zweifelhafte Kontrolle, die er über Magdalena ausübte, was übrigens auch der Grund für ihre Ablehnung gegen diesen Aushilfsvater gewesen sein sollte, und wie ich, völlig perplex, versuchte, klaren Kopf zu bewahren, während sie wie im Sturzflug auf hundertachtzig kommt und mein Schädel zu rauchen beginnt, als ich mir plötzlich vorstelle, wie sich der Lustmolch über das junge Ding hermacht, sie in seinen Folter-Chevy verfrachtet und über zig namenlose Wege entführt, die irgendwo zwischen den mit Jungfrauenblut und -tränen befleckten Laken eines schäbigen Hotels am Stadtrand enden.

Selbstverständlich ging ich nicht weiter ins Detail, was unsere nervösen, unbeholfenen Abschiedsküsse betraf, bei denen wir wie blutige Anfänger ausgesehen haben müssen. Auch erzählte ich Lily nichts von meinem libidinösen Durcheinander ob der vielen gefühlsmäßigen Verwicklungen, die mich zu dem Zeitpunkt heimsuchten und in denen sich althergebrachte sexuelle Verhaltensmuster mit albernen, in mein nachträgerisches Unterbewusstsein gebrannten Rachegelüsten vermengten; eine Verwirrtheit, die mich dazu zwang, mir rasch eine Entschuldigung auszudenken, um Rosa irgendwie abzufertigen, ohne ihre hoffnungsvollen Gefühle zu verletzen. Gott, wie peinlich! Und obendrein noch ihre Angst und ihre Schuldgefühle! Doch nun vor Lily allzu viel Lärm um nichts zu machen, schien mir kaum angebracht, teils aus männlicher Scham, teils aus Angst davor, ihr eine meiner unansehnlichsten Seiten bloßzulegen.

„Und da war wirklich nichts zwischen euch?"

„Nein. Wieso, hätte denn was sein sollen?"

„Ich weiß nicht. Es hätte ja was passieren können. Du selbst hast mir doch mal weißmachen wollen, dass sich *in der menschlichen Natur immer zwei einsame Seelen suchen und Trost in der geschlechtlichen Vereinigung finden.* So was in der Art hast du mir doch vor unserem ersten Mal gepredigt. Erinnerst du dich?"

„Du bist verrückt! Rosas Einsamkeit hat doch rein gar nichts mit mir und dem, was ich suche, zu tun. Ich mag ja nicht ganz normal sein, aber lebensmüde bin ich nicht."

„Schon gut, Julian. Kein Melodrama, bitte. Sag mir lieber, was die Gans über Magdalena geschnattert hat."

„Eigentlich nichts Besonderes. Aber nach der Art, wie sie sprach, so zwischen zerknirscht und befangen, würde ich sagen, sie weiß oder ahnt zumindest etwas, das sie sich aber nicht auszusprechen traut. Ich glaube, sie ist schlicht und ergreifend gelähmt vor Angst."

„Da kannst du dir sicher sein. Rosa weiß über alles Bescheid, aber sie hat nicht den Mumm, sich dem zu stellen, und schon gar nicht, wenn sie daran denkt, wo ihr Alter arbeitet und wie der so tickt. Das Hasenherz kennt doch die Präpotenz ihres Mannes aus erster Hand; die ist bestens im Bilde über seine Strafsucht gegen jeden, der nicht so will wie er, was im Fall von Magdalena zusätzlich noch eng mit seinen niederen Instinkten zu tun hat."

„Dann ist es also wahr? Und woher weißt du davon?"

„Woher ich es weiß?! Was für eine Frage ist das denn! Wenn selbst du davon weißt, warum nicht auch ich? Hast du noch immer nicht kapiert, dass die sogenannte weibliche Intuition sich vor allem aus Neugierde speist? Ich wusste, dass er sie oft von der Schule abholt, und als er das dann auch mir vorschlug, wurde mir ganz anders. Seitdem habe ich mich mit ihr nur noch über die banalsten Dinge unterhalten, wenn ich ihr mal über den Weg lief, als ob nichts wäre. Einmal erzählte mir Rosa, dass er mit ihr im Kino gewesen wäre. Ich fragte die Kleine später, wie ihr der Film gefallen habe. Sie wurde knallrot und sagte nichts. Ich fragte weiter, wie der Film denn geheißen habe. Da rannte sie in ihr Zimmer und ich hatte nie wieder die Möglichkeit, sie irgendwas zu fragen. Das Stärkste war aber, als ich mitbekam, dass man sie in ein Krankenhaus gebracht hatte. Wieso? Keine Ahnung. Als ich meinen Onkel fragte, meinte er bloß, ganz sicher sei er sich da auch nicht. Doch ich bohrte weiter. Und da schnauzte mich der Typ zum ersten Mal so richtig an, von wegen ich soll mich nicht in ihre Angelegenheiten mischen, und ich würde schon sehen ... Weiter nichts. Danach ließ er mich nur noch links liegen, um mir zu verstehen zu geben, dass ich nicht weiter nachfragen sollte. So, und wenn du jetzt immer noch nicht klar siehst, dann hast du wohl Tomaten auf den Augen oder Ketchup im Kopf. Oder irre ich mich da etwa?"

„Natürlich irrst du dich nicht. Das heißt also, Rosa weiß von alldem, sagt und tut aber nichts dagegen? Das soll mal einer verstehen."

„Hast du denn nicht gemerkt, dass sich mein Kontakt zu ihr auf ein Minimum reduziert hat, beziehungsweise dass ich ihn reduziert habe? Und falls du wissen willst, warum: Diese Frau ist kein Mensch, sondern eine Strohpuppe, ein feiges Huhn ohnegleichen, starr vor Panik vor diesem Kerl, der sie beherrscht, manipuliert und ihr so lange zusetzt, bis auch das letzte bisschen Charakter in ihr gebrochen ist. Was hat sie dir eigentlich erzählt? Etwa, dass sie sich von ihm trennen will? Falls ja, kann ich dir gleich sagen, dass das gelogen ist, dazu wäre sie nie imstande. Sie traut sich ja noch nicht mal, Magdalena in ihr richtiges Zuhause zurückzuschicken. Sie hat Angst, Angst vor diesem Tier, mit dem sie zusammenlebt. Und weißt du, was sie dabei am meisten fürchtet? Ganz allein mit dem Scheusal zurückzubleiben. Der Stolperstein in seinem Weg zu sein, wenn er mal zu Hause vorbeischaut. Ihm voll und ganz ausgesetzt zu sein, ohne dass irgendjemand Zeugnis von seiner Tyrannei über sie ablegen könnte."

„Hast du nie mit ihr darüber gesprochen?"

„Mit Rosa? Geht's noch? Worüber genau soll ich denn mit ihr sprechen? Die Duckmäuserin ist doch über alles bestens im Bilde; und sie findet sich mit ihrem Schicksal ab. Nein, an die kommt keiner mehr ran."

„Und hast du mal mit deiner Mutter darüber gesprochen?"

„Klar doch. Und die hat dem Kerl auch prompt mit dem Zaunpfahl gewunken, von wegen, dass es das Beste wäre, wenn er das Mädchen wieder zu seiner Familie schickte, und das die Kleine irgendwann noch krank werden würde in ihrem Verlies und so weiter. Da wurde der Bulle ganz bockig, kläffte rum, sie solle sich aus seinem Zuständigkeitsbereich halten, und zog knurrig ab. Und bis heute ist er nicht wiedergekommen, seit fast einem halben Jahr."

„Also irgendwie steh ich auf der Leitung. Ich meine, sicher, ich hatte so eine Vermutung, oder, besser gesagt, eine Ahnung, dass da drüben dicke Luft herrscht; aber das, was du mir hier berichtest, übersteigt bei Weitem meine Vorstellungen. Vielleicht hat sich ja mein Unterbewusstsein geweigert, das Bild von meinem Nachbarn noch düsterer zu zeichnen. Vielleicht wollte ich aber auch keine Vorurteile aufbauen; schließlich hatte ich schon genug an der Dimension dieses Monsters zu knabbern, das mich da von der anderen Seite unserer löchrigen Mauer aus überwachte. Apropos Überwachung, wann wolltest du eigentlich zu Hause sein?"

„Ich geh nicht nach Hause", erwiderte sie kess.

„Wie, du gehst nicht Hause? Willst du etwa hier bei mir bleiben?"

Sie lachte laut auf und spielte mit meiner Verdutztheit ob so viel weiblichen Willens.

„Ich hab meinen Eltern gesagt, dass ich heute bei einer Freundin aus dem Vorkurs übernachte – übrigens dieselbe, die mir geholfen hat, am Ende doch noch auf eine anständige Punktzahl zu kommen; denn, wie du wohl noch weißt, habe ich mehr als ein Mal geschwänzt, und das, um einem Schuster mit Starallüren hinterherzurennen."

Lily stichelte weiter mitten in mein Gesicht und erfreute sich dabei an meiner zunehmenden Entkräftung angesichts der Schlagkraft eines weiteren ihrer spontanen Entschlüsse: „Weißt du was? Eine Frage brennt mir schon seit Ewigkeiten unter den Nägeln, und auch wenn du jetzt gerade ein bisschen geknickt bist, würde ich sie dir doch gerne stellen."

„Ihr ergebener Untertan wird tun, was er kann, um seiner Hochwohlgeboren Wissbegier zu befriedigen …"

„Also, ich fang am besten von hinten an: Für mich bist du ja so eine Art pflichtbewusster Freigeist, ein Musiker und Dichter; außerdem ich schätze dich als unverbesserlichen Träumer. Meine Frage also:

Was in drei Teufelsnamen hat dich dazu getrieben, Schuhmacher zu werden? Und dann auch noch mit so viel Erfolg, dass du dich zum Mustermann für unsere Lästernachbarn mausern konntest? Wenn du mir das mal erklären könntest … Aber kurz und knapp, bitte; diese Geschichte wird sonst bestimmt wie alle deine Geschichten, sprich ausgedehnt und überladen."

„Aber sicher doch, meine kleine Studentin in spe. Es war einmal – so hob meine Oma Delia immer an, wenn sie ihren vier Enkeln am Lagerfeuer ein Märchen erzählte. Also, es war einmal vor etwa vier Jahren, als ich noch keinen Schimmer von Schuhen hatte, und schon gar nicht davon, wie man sie herstellt. Ein Freund schleuste mich in die Branche. Ich steckte damals tiefer im Dreck als ein Mistkäfer, wie mein Onkel Octavio immer sagte, einer der Söhne meiner Oma Delia; will sagen, ich war arbeitslos und am Boden, aber noch nicht unter der Erde, dafür jedoch mit Frau, Kind und zusätzlicher Verantwortung im Schlepptau. Also schlug mir mein Kumpel vor, Schuhe zu machen."

„Wie, aus heiterem Himmel?"

„Nicht ganz, er leitete damals einen Schuhladen in der Puentes; ich glaube, der gehörte seinem Vater oder irgendeinem Verwandten. Jedenfalls besuchte ich ihn dort eines Tages, und als er irgendwann die Nase voll hatte von meiner Heulerei, schlug er mir das vor und versprach mir, mich finanziell zu unterstützen und mich bei anderen Schustern in Lehre zu schicken. Das mit der Lehre war natürlich übertrieben, am Ende war es nicht mehr als ein Blitzkurs mit ein paar Stippvisiten in einer Handvoll Werkstätten. Dort wurden mir im Schnelldurchlauf die Maschinen und Arbeitsabläufe erklärt, und schon paddelte ich im eiskalten Wasser, das heißt, schon kurz danach hieß es: Ran ans Werk! Nein, halt, erst gab er mir noch ein Muster und ging mit mir einkaufen. Wir holten Materialien, Leisten und Werkzeuge, gerade das Nötigste. Als ich mich gewappnet sah, mit dem Schnellunterricht im Kopf und der Grundausstattung an Material und Werkzeug im Auto, setzte er mich bei mir ab. Er sagte, sobald ich den ersten Schwung Sandalen fertig hätte, solle ich sie ihm ins Geschäft bringen; das wäre dann eine erste Anzahlung auf die Rückzahlung. Glaub mir, ich hatte nicht den geringsten Plan, was da eigentlich mit mir geschah, und noch weniger, wie und wo ich anfangen sollte. Da musste ich an Claudio denken, einen Kumpel, von dem ich wusste, dass er auch eine Schuhwerkstatt aufmachen wollte, eine für Kinderschuhe. Vor einiger Zeit hatten wir zusammen Lederartikel entworfen und hergestellt. Er fand meinen Vorschlag super, und so schmissen wir alles in einen Pott: Geld, Ideen und Wagemut, und legten los. Zwei Wochen später war die erste Ladung fertig: zwei Dutzend Schuhe. Stolz und freudestrahlend marschierte ich los und malte mir das verblüffte Gesicht Miguels aus – so hieß mein Freund und Gönner mit der zündenden Idee. Ich war noch nicht mal richtig im Geschäft, als plötzlich einer der Angestellten mit finsterem Ausdruck auf mich zugestürmt kommt und mich bittet, sofort zu verschwinden und nie wiederzukommen: *Bitte, Julian, bewaffnete Dunkelmänner in zivil haben Miguel neulich verschleppt, ohne Erklärung, einfach so.* Ich entgegnete: *Aber ich muss ihm noch meine Schulden zurückzahlen.* Er aber meinte: *Machen Sie sich darum keine Sorgen; nehmen Sie einfach nur Ihre Schuhe und gehen Sie.* Ich hakte nach: *Aber so sagen Sie mir doch wenigstens, wo er jetzt ist, falls Sie etwas darüber wissen.* Traurig entgegnete er: *Ich weiß nicht, wo er ist. Aber seine Familie macht und tut schon, um seinen genauen Aufenthaltsort zu erfahren, und die französische Botschaft hat sich auch schon eingeschaltet. Also gehen Sie endlich und vergessen Sie den Laden und Miguel, hören Sie auf mich.* Ich habe Miguel nie wieder gesehen, drei Jahre ist das jetzt her. Ich hab bloß gehört, dass man ihn mit Unterstützung der französischen Botschaft außer Landes geschafft hat; ich hatte mich nämlich kurze Zeit später noch einmal, allem Risiko zum Trotz, auf den Weg zum Laden gemacht, um erneut mit dem Angestellten zu reden, der mich so eindringlich gewarnt hatte. Ich fing ihn am Eingang ab und lud ihn auf ein Getränk an der Plaza de Armas ein. Während wir unser Bier zischten, berichtete er mir von den Drahtseilakten, die Miguels Familie und die Botschaft vollführen mussten, um ihn aus der Folterkammer der DINA zu befreien."

„Und war Miguel einer von den Freunden, mit denen du damals diese *anderen Sachen* unternahmst, von denen deine Frau immer erzählt hat?"

„Exfrau, bitteschön."

„Wie auch immer ... Sag schon!"

„Brauchst du wirklich noch eine Antwort darauf?"

„Ich schätze, nicht. Der Groschen fällt spät, aber jetzt verstehe ich wenigstens, was du meinst mit *das Leben ist ein Labyrinth mit vielen Ausgängen, eine Pralinenschachtel ohne Pralinen, ein heilloses Wirrwar*r etc. pp. Verdammt, Julian, weißt du was? Manchmal bin ich echt beeindruckt von deinem waghalsigen Suchen."

„Waghalsig, ich? Nicht mehr als du. Außerdem war ich nicht immer direkt auf der Suche. Viele Dinge haben sich einfach so ergeben, wie bei dir auch, und bei jedem anderen Menschen."

„Wie bei mir? Glaubst du denn, ich wage viel?"

„Aber ganz sicher. In meinen Augen gehörst du zu den Menschen, die mit aller Kraft das Leben suchen, selbst auf die Gefahr hin, es dabei zu verlieren. Und das machst du einzig aus der Überzeugung, dass es sich lohnt. Ist es nicht so?"

„Da ist was Wahres dran. Aber ob ich das mit aller Kraft tue ... Das ist vielmehr eine Frage der Intelligenz", murmelte kopferhoben und gedankenversunken meine erwachsene Lily in ihrem Kampf mit der Verwunderung.

„Was philosophierst du da rum?", schaltete ich mich ein.

„Es ist nur, bis vor kurzem noch hatte ich keine Vorstellung von den Wirrungen und den Leuten in deiner Welt. Ich versuchte nur, mir ein Bild davon zu machen. Und jetzt sehe ich, dass es genau das war, was mich so angezogen hat an dir, und es war Grund genug, um in deiner Welt herumschnüffeln zu wollen, weshalb ich ja auch näher an dich rankommen musste."

„An meine Exfrau, meinst du wohl", merkte ich ironisch-rachgierig an.

„Ja, na dachtest du, ich würde dich mitten auf der Straße ausquetschen, oder was? Paula war ein prima Alibi."

„Mata Hari. Für mich warst du immer meine kleine Mata Hari. Deine Lebendigkeit ... ich liebe deine Ungeniertheit, und deine Forschheit faszinierte mich vom ersten Gespräch an."

„Faszinierte? Jetzt also nicht mehr?", kokettierte die kleine Wühlmaus.

„Sie fasziniert mich natürlich immer noch, und sie verblüfft mich auch immer wieder."

„Das ist wohl Lizenz genug, um heute Nacht ein zweites Mal in dein verwaistes Ehebettchen zu schlüpfen?"

Alte Bilder stiegen in mir auf: sie in ihrer jungfräulichen Reinheit zwischen den weißen Laken ... Seit jenem Tag, als ich ihr Jungfernhäutchen bestürmt hatte, um mir einen Platz im Paradies ihrer Jugend zu erobern, hatten wir nie wieder Kontakt in diesem, in meinem liederlichen Ehebett, das nun leer und verlassen dastand.

„Lily, ich will mit dir nicht im Schlechten auseinandergehen, und, na ja, so eine Situation könnte da schaden ..."

„Papperlapapp. Dir könnte sie vielleicht schaden. Ich hab dir schon oft gesagt, du sollst mich nicht in deine Ängste hineinziehen. Und außerdem, du Held, wenn ich jetzt hier bei dir bin, dann nur, weil ich es so gewollt habe, und will, und weil – sperr die Lauscher schön auf – ich dies für die beste Art halte, sich Lebewohl zu sagen, ganz besonders, wenn man an die ewige Heimlichtuerei denkt, die unsere gesamte Beziehung prägte; auch wenn wir besorgniserregend unbesorgt vor uns hinlebten; frech wie Oskar haben wir's denen doch regelrecht unter die Nase gehalten. Komplizen waren wir, und das schweißt zusammen, meinst du nicht auch? Ganz schön ins Zeug haben wir uns gelegt, immerzu gegen den Strom schwimmend und mit den Klatschmäulern auf unsern Fersen, unbeirrbar bis zum Schluss von unserem Eigensinn geleitet – da haben wir uns doch jetzt einen anständigen Abschied verdient, zumal wir ja kurz vor unserem womöglich endgültigen Scheidepunkt stehen. Oder kneifst du jetzt etwa den Schwanz ein?"

Etwas unbehaglich wurde mir, als mir das Fräulein mit einer Rhetorik aufwartete, die mir ganz nach meiner eigenen klang, was in mir wiederum eine kuriose Art von Stolz hervorrief. Ich spürte, wie sich mein Begehren parallel zu dem ihren bewegte, im gestreckten Galopp querfeldein durch die unentrinnbaren Steppen unser beider Leben peitschte. Ich konnte mir ein Schmunzeln nicht verkneifen. Mit ihrem anzüglichen Angebot hatte Lily mich in Zugzwang gebracht, gleichzeitig zeigte sie mir damit aber auch, wie sehr sie noch an mir hing und wie konsequent sie mit sich selbst war.

Ich musste über die Unbegreiflichkeit der Frauen nachdenken, über diese rätselhaften, mächtigen Wesen, die uns Männern mit einer solch steten, vielschichtigen Emotionalität konfrontieren, dass wir uns oftmals wie erschlagen fühlen. Eine Weile sann ich so über die Empfindsamkeit der Frauen nach und darüber, wie sich diese, mal Hand in Hand, mal Faust an Faust, in Kombination mit der schneidenden Kälte und dem chirurgischen Geschick manifestieren kann, immer je nach Situation. Der Gedankengang versetzte mich in jene Lage, in der die emotionalen Pfeiler meiner Welt ins Wanken geraten, geschüttelt von verspielter Frauenhand, die, ganz gewandt, nach Takt und Feingefühl verlangt. So kam mir, als Lily mich in diesen tranceartigen Zustand katapultiert hatte, keine auch nur halbwegs triftige Erklärung über die Lippen, alle meine Versuche blieben ihrer simplen Frage nach ein wenig mehr EQ die Antwort schuldig. Einmal mehr hatte mich die siegesreiche Amazone in die Enge getrieben, und noch haariger wurde die Lage, als sie fragte: „Da wird doch nicht etwa deine neue Liebe durch unseren Abschied spuken? Es sieht mir nämlich ganz danach aus, als hätte sie dich fest bei den Zwillingen … soll heißen, dass du anscheinend bis über beide Ohren in die Glückliche verknallt bist. Den Eindruck hatte ich übrigens schon an deinem großen Ruhmestag", stichelte sie weiter.

„Da bist du doch abgehauen, ohne ein Wort zu sagen", erwiderte ich in dem schüchternen Versuch, dem Unausweichlichen auszuweichen.

„Was dachtest du denn? Die Schnapsdrosseln haben dich doch die ganze Zeit belagert; man kam doch überhaupt nicht an dich ran", und fügte mir den Gnadenstoß in Form eines hämischen Lächelns zu.

„In dem ganzen Tohuwabohu wusste ich nicht mal, wer wer war und was da vor sich ging. Und ich dachte ..."

„Sag mal, Julianchen, ist dir denn noch nie aufgefallen, dass *ich dachte* und *ich meinte* allzu oft die Auslöser nicht für *ich lachte*, sondern für *ich weinte* sind?"

„Ja, jetzt tritt bitte noch auf mir herum, wo ich schon am Boden liege!"

„Das könnte ich gar nicht, und das weißt du auch, du Schmachtlappen. Ich hab da eine bessere Idee: Wir schlafen noch einmal miteinander und vergessen alle alten Schulden." Mit ihrer tückisch-frivolen Anfrage führte sie mich arg in Versuchung, während sie eine Schippe zog wie ein ungezogenes Mädchen. „Lass uns den ganzen alten Kram und alles, was noch kommen mag, vergessen und stattdessen in den Federn wälzen. Komm schon, lass uns endlich unseren Restappetit befriedigen – weniger quatschen, mehr klatschen! Ich mag ja Geduld haben, aber nicht die eines Engels ..."

Wenn ich mich recht entsinne, taten wir in jener Nacht kein Auge zu. Zwischen den vielen Vorstößen und Feuerwechseln unserer Bettschlacht gönnten wir uns kaum einen Augenblick der Waffenruhe, und so fielen auch die Momente zum Luftholen und Durchatmen während dieses Matratzenmarathons eher kurz aus. Es war eine Wahnsinnsnacht. Anschließend unterhielten wir uns noch bis zum Morgengrauen, redeten wie nie zuvor, reflektierten wie nie zuvor und ließen noch einmal das Jahr unserer Beziehung Revue passieren. Sie bat mich um eine Zigarette, was mich überraschte, weil sie sonst gar nicht rauchte. Ich dafür wie ein Schlot. „Was wird eigentlich aus deinem Leben hier im Viertel, das du dir so teuer aufgebaut hast?"

„Was soll schon daraus werden? Nichts Besonderes. Dass ich mein Glück gerade woanders versuche, heißt ja nicht gleich, dass ich alles andere aufgebe. Außerdem, mit meinem Straßenkreuzer bin ich doch schnell mal hier und dort."

„Wie damals beim Festival?"

„Woher weißt du denn das?"

„Gegen Mitternacht stand ich bei dir vor der Tür und du warst nicht da. Morgens immer noch nicht. Kein Wagen, kein Julian, keine Spur. Du warst bei ihr über Nacht, stimmt's?"

„Na ja, bei ihr im Haus, aber ..."

„Ist schon gut. Ich will keine Lügen hören. Notlügen aus Mitleid sind nicht länger nötig. Vergessen wir das Thema. Außerdem bleibt uns nicht mehr viel Zeit für den Abschied", bestürmte sie mich, derweil sie Hand an mein ermattetes Bohrorgan legte, wohl in der vagen Hoffnung auf eine Wiederauferstehung desselben nach den süßen Toden, die es zuvor hatte erleiden dürfen.

„Lily ...", sang ich zaghaft ihren Namen, um sie von meiner zunehmenden Scham abzulenken, die da auf halbmast vor ihr hing." Kannst du mir denn wenigstens jetzt deine Streifzüge durch die Gemeinde etwas näher erklären?"

Keine Ahnung, was mich ausgerechnet dieses Thema als besten Ausweg aus der peinlichen Situation wählen ließ.

„Streifzüge? Ist das jetzt wieder deine Paranoia? Das waren keine Streifzüge, sondern der Wunsch nach neuen Erfahrungen. Schreib dir das hinter die Ohren, mein Herr! Und auch wenn ich vielleicht nicht für die Musik gemacht bin, vielleicht bin ich es für die Dichtung. Du weißt ja, wie gern ich lese. Da ich aber keine Ahnung vom Dichten hatte, dachte ich mir ... Ich hab mich bloß mal dort umgeschaut, das ist alles."

„Ruhig Blut; kein Grund, gleich in Wallung zu geraten. Und warum hast du mir nicht einfach davon erzählt?"

„Weil ich dich überraschen wollte. Aber bald merkte ich, dass dich da jeder kennt und dass Rodrigo ein Freund von dir ist. Und so erfuhr ich von deinen gelegentlichen Besuchen und deinen gelegentlichen Kursen, und, wer hätte es gedacht, trotzdem du nur gelegentlich dort warst, warst du doch äußerst präsent. Deshalb hab ich mich dann auch wieder zurückgezogen. Außerdem hatte ich keine Lust mehr darauf, dass ihr euch darüber amüsiert, dass ich ja angeblich von nichts wüsste. Er glaubte mir nicht, und heute weiß ich auch, wieso."

„Aber er hat mir nie was gesagt."

„Das war auch nicht nötig, und dein Kumpel wusste das. Der Dicke ist ein ganz Gerissener … Aber halt mal! Mir fällt gerade auf, dass du dich aus der Affäre gezogen hast. Du hast mir immer noch nicht gesagt, wie es bei dir nun weitergehen soll. Was wird mit deinen Freunden, deiner Fußballerei und dem Schiedsrichteramt, auf das du so stolz bist?"

„Wie gesagt, ich sehe keine Notwendigkeit, mein bisheriges Leben aufzugeben. Warum auch?"

„Du kannst dir selbst vielleicht was vormachen, aber nicht mir, mein Kleiner, bei mir ist's vorbei mit dem Theaterspiel. Warum siehst du nicht endlich ein, dass du eines Tages nur noch mit diesen Möchtegernrebellen mit ihrem Protestgefasel rumhängen wirst? Ich sag's dir, alles nur Schmus und Schau von diesen gelangweilten Zieraffen."

„Mag sein, aber meine kleine Liaison mit dieser anderen Welt wird mich weder von meiner Suche noch von meinen Plänen abbringen. Ich hab vielmehr den Eindruck, dass du diese Leute einfach nicht ausstehen kannst, diese Zieraffen, wie du sie nennst."

„Keineswegs. Was ich nicht ausstehen kann und was mich erstaunt, ist, dass du gerade genau dieselbe Schickimickischiene fährst, die du Paula damals immer vorgehalten hast; und mir scheint, dass diese Welt dich immer mehr für sich einnimmt. An Anziehungspunkten mangelt es wohl jedenfalls nicht, und einer von ihnen scheint es dir ja sogar ganz besonders angetan zu haben."

„Glaubst du also?"

„Aber so was von. Sonst würd ich's ja nicht sagen. Diese Poser behaupten, sie verstehen deine Musik, singen mit und himmeln dich an. Aber das ist nur Getue, eine reine Modeerscheinung, glaub mir. Und falls du es noch nicht gemerkt hast: Dieser Alberto ist noch ganz schön albern, wie im Lied von unserer Violeta. Ich seh doch, wie dir der Grünling hinterherrennt, und so wird das weitergehen, bis er alles von dir gelernt hat, auch wenn man natürlich nicht alles lernen kann. Der Typ scheint dich zwar zu bewundern, aber er ist auch neidisch. Das mag etwas widersprüchlich klingen, aber so hab ich ihn bei den Proben und den Auftritten wahrgenommen. Ach ja, fast hätte ich es vergessen: Zudem überlassen sie dir ja ihren teuersten Schatz, die wunderschöne, wunderliche Jungfrau."

„Aber Süße, du kannst unmöglich so verbohrt sein. Unter diesen Etepetetis können doch durchaus auch ein paar brauchbare Leute sein. Davon abgesehen, sie sind noch jung und auf der Suche, genauso wie du; sie haben ein Recht darauf, herumzuprobieren und Fehler zu machen, wie du selbst auch. Das gehört zur Schule des Lebens. Was ich in deiner Stimme zu hören meine, ist eine gewisse Abneigung gegen sie. Oder irre ich mich?"

„Das ist das Einzige, was dir dazu einfällt? Ich hab weder was gegen noch für sie, aber dein Bild von alldem scheint mir die reinste Schönfärberei; so naiv kannst du doch unmöglich sein! Vertrau mir, die Kleine spielt dir das Unschuldslamm vor, aber unter ihrem Fell lauert die Wölfin. Mehr will ich dazu gar nicht sagen, denn falls doch, würde ich dir die ideale Ausrede an die Hand geben, warum du jetzt nicht deinen Verpflichtungen mir gegenüber nachkommen kannst."

Sie lachte verschmitzt und rubbelte weiter an meinem nach wie vor entgeisterten Wunderlämpchen. Doch bald musste sie feststellen, dass mich meine Leibeskräfte allen Liebkosungen und Hantierungen zum Trotz endgültig im Stich zu lassen drohten, ja regelrecht Reißaus nahmen und mich splitterfasernackt auf weiter Flur stehen ließen. Also griff sie zum Äußersten und blies zum ultimativen Gegenangriff. Es war das erste Mal, dass sie das tat, ohne dass ich sie darum hatte bitten müssen. Sie ging in Stellung, Lippen und Zunge zum Einsatz bereit. Mit Händen und Zähnen stachelte sie meinen kleinen Mann zu einem Kampf auf, den ich schon von vornherein als verloren ansah. Doch so schwach das Fleisch auch sein mag, mit dem richtigen Willen kann man immer noch Berge versetzen, und so regte sich unter den warmen Streicheleinheiten ihrer zärtlich vibrierenden Zunge nicht nur meine Fantasie, sondern auch der kleinlaute Mann im Untergeschoss, der nun wieder mit neuem Mut gewappnet verbissenen Widerstand zu leisten bereit war.

Danach, definitiv am Ende meiner Kräfte, ohne weitere Reserven für eine Verlängerung unseres ungleichen Zweikampfs und nicht sonderlich angetan von der Vorstellung, den Auf-Nimmerwiedersehen-Kuss in meinem Haus auszutauschen, lud ich sie in ein Café auf der Gran Avenida ein. Dort blieben wir bis zum Mittag, scherzten über unsere gemeinsam begangenen Dummheiten und lachten leichten Herzens über gemeinsam Erlebtes, wie etwa damals, als wir uns im Adams- und Evakostüm im Bett wälzten und ich plötzlich runterfalle und sie in einem Satz hinterher, rittlings auf mich drauf – ihre Version des Kondorflugs, wie sie meinte, ein hinterhältiger Angriff der Kondorin nach meiner Einschätzung – und dann im atemberaubenden Galopp in Richtung Happy End dieses erotischen Abenteuers mit verspielten Zügen.

Sowohl der Ort als auch die Situation stellten für uns eine Gesundheitsübung dar; als triebe uns die ausgedehnte Aussprache in aller Öffentlichkeit die bösen Geister der Vergangenheit aus und löste uralte Verwicklungen auf, um so unschöne Momente und Missverständnisse von einst vergessen zu machen und uns zusammen über die Schwächen des Einzelnen und von uns als Paar lachen zu lassen.

„Sagst du mir auch, wo du dann in Concepción wohnen wirst?"

„Sagst du mir denn, wo du in Santiago wohnen wirst?"

„Ich ziehe nicht um."

„Aber natürlich wirst du umziehen."

Sie machte eine entschiedene Kehrtwende und ging flotten Schritts in Richtung Bushaltestelle, um zurück in unser Viertel zu fahren. Ich schaute ihrem stolzen Hüftschwung nach, bis sie hinter der Ecke verschwand. Eine Weile noch blieb ich so stehen, überzeugt, sie nie wiederzusehen.

ZWANZIGSTES KAPITEL

Nach dem Abschied verknappte ich die Zeit, die ich auf meine Aktivitäten im Viertel verwendete, auf das Nötigste; doch lag dies nicht nur an der Sehnsucht nach Lily, sondern vor allem an den ermordeten Bauern, die man zwischen den Trümmern einer alten Kalkbrennerei südlich von Santiago gefunden hatte.

Mit der Zeit hatten sich in Vicaria Matta und in unseren Herzen ein paar Frauen einen Platz erobert, die sich mit eisernem Willen daranmachten, den Verbleib ihrer von den Schergen der Militärjunta entführten Männer und Söhne zu klären. Die Meldung von den getöteten Bauern hatte landesweit für Aufsehen gesorgt, und obwohl es niemanden aus unserer Gruppe betraf, fühlten wir uns nicht weniger betroffen als jene tapferen Frauen und Mütter, die nach ihren Männern suchten. Höhnend stritten der Diktator und seine Lakaien die Existenz von politischen Gefangenen, Verschleppten, Folteropfern und Toten ab. Doch der Fund der vierzehn ermordeten Bauern konfrontierte uns mit einer Realität, die so handfest war, dass in jedem von uns, noch präsenter als zuvor, die Angst vor der systematischen Grausamkeit des Regimes aufkam. In den Tagen, als wir uns gedanklich dem Tod der Männer zuwandten und darüber diskutierten, traute ich mich kaum, in unserem einsamen Haus zu übernachten. Mir schauderte es davor, und zwar so sehr, dass ich einmal – ich war gerade dort, um ein paar Sachen zu holen – das Bild vor Augen hatte, wie sich unser

Haus in den Kühlraum eines Leichenschauhauses verwandelte, mit mir darin. Nur wenige Male in meinem Leben haben mich derartig tiefgehende Albträume heimgesucht. Generell war es egal, ob ich schlief oder wach blieb: Die Empfindungen und Bilder fuhren so oder so unentwegt Karussell in meinem Kopf. Manchmal, zum Beispiel, fühlte ich mich, wie ein von Wahnvorstellungen geplagter Schiffbrüchiger durch meine überbordende Fantasie. Die Bilder schienen zu spotten über meine Unfähigkeit, sie endgültig von dort zu vertreiben. Die Meldungen über Gefolterte, Tote und Verschwundene waren gewiss nichts Neues, doch die Grausamkeit, mit der man dieses Verbrechen begangen hatte, ließ uns das ohnehin schon harte Brot des täglichen Grauens gänzlich im Hals stecken bleiben. Diese Leichen verkörperten die Symptome einer Plage, die damit drohte, die schöne heile Welt in unseren Köpfen ein für alle Mal zu verderben. Das Grauen von Lonquén zwang uns, den Sinn hinter unserer Sache und unsere künstlerische Herangehensweise noch einmal zu überdenken.

Innerhalb des Entsetzens, das die Gräueltat in mir ausgelöst hatte, war ich doch überglücklich, derartigen Verbrechen nun nicht mehr allein gegenüberstehen zu müssen: Jetzt waren da meine Band, Catarinas Familie und natürlich Catarina selbst, die nun noch liebevoller und aufmerksamer war als sonst, was deutlich zeigte, wie sehr sie meinen Kummer wahr- und annahm. Es dauerte eine ganze Zeit, bis wir den Schlag verarbeitet hatten, aber ich denke, andererseits gingen wir alle gestärkt aus dieser Phase heraus, so zumindest wir von Aillamanque, denn wir sahen uns dadurch einmal mehr zur offenherzigen Debatte über unsere Musik und unser Verhältnis zum Untergrund gezwungen. Zudem wurde uns klar, dass sich, allen Ängsten zum Trotz, niemand von uns – und hier erhält das Pronomen einen ganz besonders kollektiven Wert – mit halbem Herzen auf den Entschluss einließ, wonach wir unsere Suche noch weiter vorantreiben und unsere Botschaft noch subtiler gestalten mussten.

Doch war es auch zu jener Zeit, als sich mir die Instabilität meines privaten Universums noch stärker offenbarte: Lily war fort und Paula, in bester Verfassung und ebenfalls weit weg, lehrte Patricia die Regeln des Konsums sowie die neuesten Schreie der Modewelt, und beide gaben mir aus der Ferne zu verstehen, dass ich mir meine Wunden alleine lecken solle, sprich ohne sie als Vorwand oder Projektionsfläche, was ich aber eh schon als künftiges Übel auf den noch vor mir liegenden Etappen eingeplant hatte. Irgendwann fiel mir auf, dass ich sie, ohne es richtig zu merken, immer weiter verdrängt hatte, ja sie sogar ersetzt hatte durch andere Menschen, und alles ohne das geringste Anzeichen von Schuld.

Die Entspannung, die ich aus unserem neuorientierten musikalischen Schaffen zog, und die neuartige Farbgebung von Catarinas Welt ließen meine geistige Müdigkeit schließlich vollends zutage treten, legten die groben Züge meiner unterschwelligen Ängste bloß, was ich natürlich nicht wahrhaben wollte. Zum ersten Mal in meinem Leben spürte ich die Schwere und Härte meines natürlichen Umfelds, und mir wurde klar, wie erschöpft ich war von dem andauernden Versuch, mich an die erdrückende Enge der mich umgebenden Wirklichkeit anzupassen, tagtäglich diesen Druck auszugleichen, die Furcht zu überspielen und sie zu einem inhärenten Bestandteil meines Lebens werden zu lassen. Plötzlich wurde mir bewusst, wie lange mich schon die Spitze des Damoklesschwertes am Kopf kratzte. Ich wollte die Möglichkeiten, die mir meine neue Lebenssituation bot, näher ins Auge fassen und mich, anstatt weiter wehzuklagen, von dem ganzen falschen Trubel zurückziehen, das Komödiantentum als Lebensschema hinter mich lassen, mich aus dem Norm gewordenen Chaos ausklinken, die ewige Wiederholung als natürlichste aller Kulissen durchbrechen, Abstand gewinnen, wenngleich nur für kurze Zeit, von jenem durchwachsenen Geflecht widersprüchlicher Wirklichkeiten, meinem verrückten Kaleidoskop, in dem so manche Wahrheit wie eine ominöse Lüge und manche Lüge wie die reine Wahrheit aussehen konnte.

Seit dem Tag, als sich Säbel und Bajonette gegen jeden Wandel gerichtet hatten, hatte ich mich davon zu überzeugen versucht, dass meine Situation eine Erfahrung fürs Leben sein sollte, die mir das Schicksal zugedacht hatte. Meine Reaktion darauf, schätze ich, war aus irgendeinem Urinstinkt entsprungen, aus einem tiefsitzenden Wunsch nach Freiheit, verwurzelt bis ins Kindesalter, bei meiner Mutter, der Näherin, und meinem Vater, dem Lederhandwerker. Später, mit meinem hoffnungsvollen Blick nach neuen Ufern, verstand ich, dass meine ursprüngliche Vision als Randsiedler diese Reaktion nie zu einem Dogma werden lassen konnte und auch nicht sollte; dass sie nie zur unverrückbaren Linie meines Horizontes werden sollte – im Gegenteil: Sie war vielmehr eine Flucht nach vorn, die einzige Möglichkeit, den Teufelskreis zu durchbrechen und die Ketten der aus den täglichen Nöten geborenen Gewohnheiten zu sprengen.

Doch so sehr ich auch nach einer Logik (zumindest nach einer emotionalen) in meinem Fluchtprojekt suchte, so unterstrich Lilys Abwesenheit mein Dasein doch als das eines Schiffbrüchigen, der sich an die letzten, lose umhertreibenden Bretter klammert. Ich war verwirrt, ich stellte fest, dass ich zu einem ausgewachsenen menschlichen Gewohnheitstier geworden war, zu einem zerbrechlichen Geschöpf, das sich in alle noch so widrigen Lebensumstände einpassen muss. Diese schmerzlichen Überlegungen und die daraus gezogenen, jedoch unklaren Erkenntnisse legten mir einen grundlegenden Wandel in meiner Suche, vor allem aber auch in meiner Herangehensweise an ebendiese nahe.

Beinah bedenkenfrei gab ich mich der Ungewissheit dieser für mich noch neuen Welt hin, die so nah und doch so fernlag. Ich war gewillt, meine mir eigene Neugierde zu befriedigen, bereit, festen Schrittes in dieses unbekannte Universum einzutreten. Die erste Bedingung bestand in der Einlösung meines Wunsches, mich endlich voll und ganz der Musik zu verschreiben, mich den Strophen als utopisches Spiegelbild meiner individuellen wie kollektiven Realität zu widmen, in der Liebe zu meiner erwartungsvollen Muse aufzugehen, einfach nur da zu sein, ohne ideologisches Trara oder moralisches Seitenstechen, nur für meine Berufung und für sie.

Ich weiß nicht, an welchem Tag genau es war, aber irgendwann begann ich, mich meiner alten Waffen und meiner umständlichen Rüstung zu entledigen und mich dem Wunder des Ungewissen zu überlassen, angetrieben von jener Zuversicht, alles zu vermögen, wie man sie als Frischverliebter erfährt, durchdrungen von der Sehnsucht, mich an neuen, reichen Quellen gütlich zu tun, meinen Geist aus den Fängen der Funktionalität und Berechnung zu befreien und mich, wenngleich noch auf etwas unsicheren Beinen, in meine natürliche Leidenschaft zu vertiefen, der ich im Zuge der zwangsweisen Umstellung meines Lebens seit dem Militärputsch kaum noch hatte nachgehen können. Auch kann ich nicht mehr mit Sicherheit sagen, woher der Ansporn kam und wie weit er reichte, doch dass er von Vielen so gut aufgenommen, ja sogar gepriesen wurde, machte es mir leichter, die ganze Sache auf so natürliche Weise wie möglich in meinen Alltag zu integrieren, als wären dieser neue Abschnitt meines Lebens und die Zuflucht, die er mir bot, die ureigene Verlängerung eines sehr, sehr langen Weges, einer Geschichte in ihrem absolut konsequenten Fortgang, in der nun auch ich mit meiner noch unausgereiften Weltsicht einen Platz einnahm.

Womöglich war der Anreiz ja aus jenem Loch aufgestiegen, das sich während meines Bestrebens nach einer Rückkehr zur Musik aufgetan hatte; oder vielleicht hatten mir auch erst die vielen anerkennenden Worte den Mut eingeflößt, mich von meiner Fantasie treiben zu lassen, so abwegig diese auch scheinen mochte, ungeachtet etwaiger philosophischer Befürchtungen, ideologischer Fesseln oder existentieller Zweifel. Wohl versehen mit Intuition und Frohmut machte ich mich daran, all das zu beobachten, einzuschätzen und zu verstehen, was mir meine neue Welt zu bieten hatte, wohl wissend, dass ich dieses erstaunliche Privileg verteidigen und ihm mit Kreativität begegnen musste.

Die musikalische Schöpfung nebst darbieterischem Beiwerk wurde zu einer täglichen Beschäftigung für mich, und so auch für Alberto Schmalzbub. Gemeinsam knieten wir uns in die trotz Routine nicht minder spannende Tätigkeit des Komponierens, des Umschreibens, des Probens und des Wiederprobens etlicher neuer Themen zum Ausbau unseres Repertoires. Der Knackpunkt bestand dabei in der Erschließung immer neuer Wege um die Zensur des Knüppeltrupps herum, ganz klar ein Unterfangen à la Sisyphos auf der Suche nach der Quadratur des Kreises. Doch warf die ausdauernde Verfolgung dieses Ziels durchaus auch ein paar Früchte ab, und in einigen lichten Momenten führte sie uns zu einer wahren Harmonie zwischen Text und Melodie. Ich muss dazusagen, dass unser Streben nach einer bildhaften Verschlüsselung der Gedanken in unseren Liedern oft dafür sorgte, dass die Texte nur für diejenigen zugänglich waren, die bereits mit Herz und Hirn drin steckten in diesem Kampf um die Freiheit. Da wir aber nicht nur den Sehenden, sondern auch und vor allem den noch Blinden zu neuer Sicht verhelfen wollten, nahmen wir uns vor, den Wald ein wenig zu lichten und so jedem, der sehen wollte, die Welt ein Stück weit zu erhellen. Über die Zeit entstanden so viele hintergründige Reime und bildreiche Sprachdrehungen, die zu unserer freudigen Überraschung schon bald Wellen schlugen unter unseren diskretesten Anhängern, den Nonkonformisten und Geistesrebellen.

Wir schöpften Mut aus dieser Suche nach ausgeklügelten Versen zum Ausdruck unserer Ansichten; doch mussten wir auch aufpassen, mit dem Kopf dabei nicht in die Schlinge des Regimes zu geraten und womöglich noch als mit Moskauer Gold finanzierte Aufständische und terroristische Landesverräter verschrien zu werden. Mit feiner, spitzer Zunge verfassten wir unsere immer doppelsinnigeren musikalischen Oden, mit denen wir dem verhassten Militärapparat das eine oder andere Schnippchen schlugen. Diese Kunst, den Feind mittels Zweideutigkeiten und Trugbilder hinters Licht zu führen, brachte meine Fantasie an bis dahin ungekannte Grenzen. Zur selben Zeit entfaltete ich zudem einen Mut zur Vielfältigkeit, zu verrückten Versen, die sich kunstvoll zwischen Poesie und Pamphlet bewegten.

Ich war glücklich, und obwohl die Kinderschuhe als balsamische Nebenbeschäftigung weiterliefen, verebbte selbige doch zunehmend zugunsten der Musik und ihrer unendlicher Mitteilungskraft. In dieser Phase der fieberhaften Wiedervereinigung mit meiner künstlerischen Seite erledigte Catarina den Rest. Um dem Ganzen mehr Nachdruck zu verleihen, bediente sie sich dabei eines Gebarens ähnlich dem einer Zeremonienmeisterin im Zirkus: Stolz präsentierte sie mich ihren Freunden aus der Uni (sogar eine kleine Tokkata gab es), den hochwohlgeborenen Freunden der Familie sowie den widerborstigen Großeltern, die mit eisernem Konservativismus an der Reinheit der Rasse festhielten, der weißen Rasse, versteht sich – wäre ja noch schöner ... und ich mittenmang ...: Milchkaffee im Winter und Bitterschokolade im Sommer. Aber mir war's einerlei, denn meine Sylphide war farbenblind, hörte über die pigmentbasierten Bedenken aus dieser Ecke der Familie hinweg und trat mir stets frank und frei gegenüber, mal hochmütig, mal fasziniert von ihrem ungeschliffenen, aber soliden Kiezburschen, ihrem kleinen Exoten, der durch die rosarote Brille ihrer übereifrigen Liebe besehen, gut aussah, gut spielte und mindestens genauso gut komponierte.

Eine Einladung zum Geburtstag von der Einen, eine zum Brunchen mit der Anderen, am Sonntag bei Krethi und Plethi in Farellones, mit Vero und Tita ins Theater, und Alvin Aileys Tanzkompanie (dieselbe, zu der sich schon meine Exfrau und ihre Erfolgsritter amüsiert haben) durften wir uns auch auf keinen Fall entgehen lassen. So tingelte ich jedes Wochenende am Arm meiner Geliebten durch dieses dynamische Umfeld, das so anziehend wirkte, dass ich kaum Gelegenheit hatte, die einzelnen Glieder dieser endlosen Kette sozialer Ereignisse zur Beglaubigung meiner Rolle als Botschafter aus einer fernen Welt gebührend einzuordnen. In den ersten Monaten merkte ich nicht einmal, wie die Zeit verging und auch nicht, wie sich meine ethischen und ästhetischen Vorstellungen mit kaum spürbarer Natürlichkeit an diejenigen von Catarina und Alberto, ja sogar an die der autoritären Mutter, anglichen.

Noch nie in meinem Leben hatte ich so viel Klassik und so viel englischsprachigen Pop gehört wie damals. Eingespannt zwischen zwei Lagern schallte mir von der einen Seite Cat Stevens' Trinkerstimme und von der anderen der überstilisierte Gesang Neil Diamonds entgegen. Und dann noch die Beruhigungsklänge der Zen-Musik, die in ihrer beunruhigenden Wirkung auf meine Laune nur noch von den Patschulidüften meiner esoterischen Schwägerin übertroffen wurden. In diesem Gewirr aus fremden Marken und

Noten errettete mich die kubanische Gitarre Silvio Rodríguez', der damals als Geheimtipp unter den nicht ergebenen Jugendlichen galt.

Ich war überzeugt von der Richtigkeit und der Angemessenheit eines radikalen Wandels, an dem ich zu jener Zeit bastelte, ja ackerte. So und nicht anders, beglückwünschte ich mich noch. Gestützt auf diese neue Realität wechselte ich die Perspektive. Lug und Trug sollten fortan verbannt werden aus meinem Leben, das mir schon seit geraumer Zeit wie ein Haufen glühender Kohlen unter den Nägeln brannte und in dem mich die Ungewissheit zusehends auffraß. Ich wollte mich nicht länger in dieser Doppelmoral behaupten müssen, wo man ständig Strategien der Tarnung und Täuschung ersinnen, ausfeilen und abändern musste; wo ich mich und meine täglichen Bemühungen gegen den staatlichen Terror vertuschen musste; wo ich mich tagein, tagaus vor einer in ihrer religiösen Scheinheiligkeit mumifizierten Nachbarschaft verstellen und obendrein noch Tür an Tür mit einem berufsmäßigen Anschwärzer leben musste. Endlich konnte ich wieder träumen, neue Horizonte ansteuern, und so schwand auch die Ansicht in mir, dass das Schmieden weiter reichender Pläne höchstens ein Anachronismus sei. Ich lernte wieder frei zu atmen, anders zu atmen. Dadurch gewann auch mein Gesang ein noch nicht dagewesenes Volumen. Angesichts all dieser tollen Neuerungen gab ich mich außerdem der Hoffnung hin, dass mein neues Leben mir erlauben würde, die alten Ungeheuer hinter mir zu lassen und quasi wie geleckt aus der Schreckenszeit hervorzugehen. Doch schon bald sollte ich die alten Wunden und Schmerzen, die ich zu vergessen suchte, von neuem spüren.

Die Entscheidung, endgültig und vollständig aus unserem Viertel wegzuziehen, fiel an einem Tag, an dem die Tranfunzeln von nebenan eine Mordssause steigen ließen. Mitten in der Nacht und zum ersten Mal in den zwei Jahren, die wir Tür an Tür gelebt hatten, verwickelten sich die beiden in ein markerschütterndes Wortgefecht. Ich hatte an jenem Tag recht spät den Feierabend eingeläutet und keine Lust mehr, noch den langen Weg bis zu meiner Schmusemuse anzutreten. Also kehrte ich in die kalte Hülle ein, die einst mein Heim gewesen war – ein Verzicht nahezu heroischen Ausmaßes, wenn man sich nur vorstellt, wie meine Geliebte zur selben Zeit in ihrer schmachtenden Traurigkeit versank. Doch wie spricht schon der Volksmund so weise: *Leidenschaft ist die Lust, die Leiden schafft*, und so begnügte ich mich mit einem Anruf, um ihr, freilich in schmalzig-süßen Tönen, mitzuteilen, dass ich erst tags darauf an ihren Busen zurückkehren würde, oder, wie schon Ricardo Montaner trällerte: *Wenn sich der Tag dem Ende neigt und die Schatten zu neuem Leben erwachen ...* Herrje, was ich manchmal zusammenromantisiere!

Mitten in der Nacht weckt mich jedenfalls etwas auf: das jähe Bremsen eines Autos, dann das Zuschlagen von Türen und schließlich der Widerling, der, gefolgt von seinen treuen Handlangern in Sachen Hetze und Säuberung, Tür knallend im Haus verschwindet. Und schon ging das übliche Gelärm los; obwohl diesmal ihre Stimme, also Rosas, lauter war als die ihres Hectors, der ganz überfordert schien von seiner unerwarteten Rolle als Feuerwehrmann, dessen einziges Mittel gegen die Hitze seiner Frau in weinerlichen Beschwörungen um etwas Mäßigung bestand: „Aber mein Liebling, mein Schatz ..."

„Du kannst mal wieder nicht genug haben, oder? Ist dir etwa nicht klar, wie spät es ist?"

„Schatz, bitte tu mir das jetzt nicht an!"

„Es kotzt mich an!"

„Aber Rosita, mein Herz, es ist nicht so, wie du denkst ..."

„Was soll das denn jetzt heißen?"

„Aber Hase, das ist jetzt hier wirklich nicht der richtige Moment für so was ..."

Kleinlaut goss er literweise Öl auf die Wogen aus Magma, die ihm aus dem Vulkan, in den sich seine Frau Gemahlin verwandelt hatte, entgegenschlugen. Zirka zwanzig Minuten später trat der entkräftete und von einem Strom aus Vorwürfen ganz aufgeweichte Hector die Tür zuknallend auf die Straße. Die Spießgesellen auf den Fersen bestieg er seinen ach so unauffälligen Chevy und rauschte mit aufbrausendem Motor davon.

Am nächsten Morgen schlich ich ein wenig herum und linste ein paarmal über die Mauer, in der Hoffnung, Rosa zu sehen und ihr die trostspendende Schulter des imaginären Kavaliers in mir zu offerieren. Leider zeigte sich die Strafgefangene weder meinen noch irgendwelchen anderen Augen. Der einzige Gruß von jenseits der Mauer bestand an diesem Tag in dem leisen, vom Herbstwind zugetragenen Surren der Wäschedrähte, die ich ihr im Sommer geradegebogen hatte. Ich wartete weiter bis zum Mittag, hoffte auf ein paar aufschlussreiche Hinweise zu dem unerhörten Streit dieses ungewöhnlichen Paares. Krankhafte Neugierde nagte an mir und ein fast vergessener Drang stieg wieder in mir auf. Aus den Schatten des Zweifels heraus erschienen alte Geister, garstige Geister, die mit ihrem Kettengerassel für neue Unruhe hinter meiner so sensiblen Fassade sorgten.

Doch noch einmal zurück zu besagter Nacht. Einen Großteil des Rests der Nacht verbrachte ich damit, mir auszumalen, wie es wohl gewesen wäre, wenn ich mich in den Streit eingeschaltet hätte. Womöglich hätte der Finsterling gleich darauf eifrig Rachepläne geschmiedet, gegen mich, seinen so hochgeschätzten Nachbarn, der, einst noch gemocht, da friedselig, sich nun als hinterlistiger Schuft entpuppt, fremdes Vertrauen missbraucht und ihm obendrein noch die Frau verführt und das Reich besudelt – ein wahrer Tritt zwischen die Beine für diese traurige Mannsgestalt. Immer und immer wieder drehte sich mir das Bild vom Galle speienden und Tür eintretenden Agenten im Hirn um; nur dass er nicht allein kam, sondern in Begleitung seiner Prügelrüpel und natürlich ganz ohne lobende Worte und falsche Freundlichkeit oder um mich um etwas Verständnis für das schwere Los, das ihm mit seiner aufopferungsbedürftigen Arbeit beschieden war, zu ersuchen. Nein, diesmal kam er blöd vor Wut und in der Absicht, mich in einer dieser für die Peinigung angeblicher Feinde des Vaterlands bestimmten Einrichtungen wie in Zeitlupe auseinanderzurupfen.

Im Bann einer nagenden Unruhe, wie sie die Ungewissheit mit sich bringen kann, musste ich unbedingt mehr und Genaueres über den Streit erfahren: Was genau hatte Rosa dazu bewegt, solch einen Rabatz gegen ihren Gatten anzustimmen? Was veranlasste dieses fromme Lamm dazu, diesem Hauklotz, der ihr Leben mit seiner ständigen Abwesenheit in den Stillstand gezwungen hatte, so entschieden gegenüberzutreten? Was war der Auslöser für ihre Explosion und woher rührte der plötzliche Mut, ihn dermaßen anzufahren und sich gegen diesen Mann aufzulehnen, der sie über Jahre hinweg bearbeitet hatte, bis sie sich schließlich selbst aufgab? Doch ich bekam sie den ganzen Tag über nicht zu Gesicht.

Nachts durchstreifte ich noch mal das Haus, suchte meine Gitarre für die Probe. Dabei hielt ich einen Moment lang inne und spähte erneut nach der gebeutelten Nachbarsfrau und ihrem zusammengestauchten Ehemann, allein es grüßte mich gähnende Leere: keine Spur von der Nachbarin oder vom Kindesverführer und schon gar nicht von Magdalena; kein Zeichen menschlicher Existenz im Reich der Angst, stattdessen die gleiche Totenstille wie in unserem Haus, wo keine Paula mehr war und auch keine Patricia, und auch Lily nicht mehr, was mich gestützt auf mich selbst ließ, und in der Hoffnung auf etwas Unbestimmbares.

Der bloße Gedanke an ein eventuelles Eingreifen meinerseits in die so heftige Anklage, womöglich noch angetrieben von einer rachsüchtigen Offenbarung Rosas, verschreckte mich so sehr, dass ich mir zu verschärfter Vorsicht riet und mich vorerst von meinem Haus fernhalten wollte, fern von meiner Burg der Agonie, mittlerweile ein entseeltes Gerippe, unfähig, meiner gespaltenen Innenwelt auch nur ein Minimum an Wärme zu spenden. Ohne die gewohnten Geräusche, Stimmen und Gerüche schien das Haus alles andere als ein Heim; jedoch erwies es sich während meiner Anwandlungen, als einsamer Präriewolf herumzustreunen, stets als geeigneter Rückzugsort für eingehende Selbstbetrachtungen, natürlich stets abgesichert durch die liebevolle Gastlichkeit Catarinas im Hinterkopf; vom allerersten Moment meines freiwilligen Exils an verhalfen mir die Fürsorge und Zuneigung meiner Liebsten an Körper und Geist zu neuem Leben. Übrigens zogen mich an Catarina nicht nur die Streicheleinheiten und ihr hübsches Äußeres an. Bereits von Anbeginn unserer Beziehung zeigte mir ihre besonnene Art die unauslöschlichen Züge eines inneren Urvertrauens. Fleißig war sie außerdem, meine zarte Mimose, und was auch immer sie tat, tat sie mit mönchischer Gemessenheit, als wäre jede Beschäftigung für sie eine Übung in Unbeirrbarkeit, etwa wenn sie für die Uni über gewaltigen Wälzern brütete oder wenn sie sich eine Tasse Milchkaffee zubereitete und dabei lange und gewissenhaft die Krümel des Milchpulvers verrührte, bevor sie schließlich in aller Seelenruhe Nescafé und Zucker dazutat. Ob Hagel, Regen oder Sonnenschein, meine treuherzige Catarina strahlte immerfort eine gewisse religiöse Friedfertigkeit aus. Durch ihre bloße Anwesenheit vermochte sie mich aus meinem Strudel der Ereignisse zu ziehen, sei es der realen oder der imaginären, der vergangenen oder der bevorstehenden. Diese ihr so eigene Sanftmut stimmte mich regelrecht müßig und entführte mich in eine Oase des Liebreizes, die für mich geschaffen schien. In solchen Momenten fiel mir auch der himmelweite Unterschied zwischen ihrem und Lilys Wesen auf. Meine verspielte Gespielin war Energie pur, eine Kette von Impulsen, ein Vulkan am Rande des Ausbruchs, und für gewöhnlich folgte Lily eher ihrem Bauch als ihrem Kopf. Von Anfang an hatte ich bei ihr ein Gefühl, als beherrsche mich ein ozeanisches Temperament, mit Windstößen, Unwettern und Flauten, die alle zusammen genauso unvorhersehbar wie unausweichlich waren. Egal ob ich mit ihr sprach, träumte oder schlief, mit Lily fühlte ich mich immer wie in einer Horde brünstiger Raubkatzen.

Catarina hingegen zeigte sich mir stets im Vollbesitz einer sanften Seligkeit, wie ein besinnliches Feuer oder ein Lichtstrahl, der direkt auf das Objekt oder Subjekt ihres Interesses schien, stets Distanz wahrend zu jenen Sehnsüchten, die wir, die zum ewigen Warten auf den richtigen Moment verurteilten, auf den Schultern tragen. Ihr Bedürfnis nach Berechnung überschritt nicht das einer jeden Frau, die etwas auf sich hält, und angesichts meiner gelegentlichen Zerstreutheit und Eskapaden forderte sie von mir nichts weiter als die vollumfängliche Erfüllung meiner Grundobliegenheiten eines Mannes, der ebenso was auf sich hält, zu Fuß wie zu Bett. Catarina schien mir genauso wenig greifbar wie Lily, doch während die eine es aufgrund ihrer jungfräulichen Schwerelosigkeit war, war die Andere es infolge ihrer spannungsreichen, irdischen Verwegenheit. Auf jeden Fall erlaubten mir all die so trefflichen Qualitäten Catarinas schon nach kurzer Zeit eine Neuordnung und Neuverortung meiner Ängste und Absichten, ein Akt der Reinigung, bei dem sich selbst ihr quasi dauerpräsenter Freundeskreis als nützlich erwies, diese von Natur aus gutgläubigen Enthusiasten und Kleinbürger mit ihrer lobenswerten, fast schon frommen Offenherzigkeit, die mich ab und an zum Schmunzeln brachte.

Alle diese vorurteilsfreien menschlichen Erscheinungen fungierten als Treibstoff, als willkommener Anlass für Alberto und mich, um uns die sprichwörtlichen Ärmel noch schwungvoller als sonst hochzukrempeln – was schon was zu heißen hat – und immer mehr zu komponieren und zu erfinden, neue Texte zu arrangieren und alte Texte neu zu arrangieren, alte Melodien auszusortieren und Harmonien zu kombinieren, neue Versionen leiser, andächtiger wie gedankenlos-stürmischer Stücke zu schreiben und so die Kreativität in einen Akt kathartischer Selbstverwirklichung münden zu lassen, unabhängig von dem, was wir uns bei der Arbeit mit Aillamanque vorgaben. Die geliebten Stammtischbrüder, die Verwandten und die Gelegenheitsbesucher vergalten es uns mit liebevoller Aufmerksamkeit und Anerkennung. Nicht selten borgten sie uns Instrumente oder brachten Schallplatten verbannter Künstler oder Kassetten voll verbotener Neuheiten aus Kuba mit (zu Silvio Rodríguez, dem Dickschädel, gesellte sich bald noch Pablito Milanés mit seiner schmucklosen Gefühlstiefe).

Die Anfragen nach unseren Liedern und der darin enthaltenen Ladung allegorischer Impertinenz prasselten auf uns hernieder. Sie stammten mehrheitlich von den halblegalen Organisationen, die sich im Schutze einer der fortschrittlicheren Pfarreien oder irgendeines Kulturvereins im Zentrum Santiagos tummelten. Immerhin schmiedeten im Dunste der Ungewissheit mittlerweile schon hunderte gewisser und ungewisser kreativer Gruppen ihre Pläne, so dass es zur Mode geworden war, sich in engen, zu Gaststätten mit Live-Musik umfunktionierten Lokalen zu stapeln. Je mehr man dort im Einklang mit dem allgemeinen Verlangen nach Andersartigkeit und Widerstand musizierte, umso gefragter war man.

Auch die Gewerkschaften waren in dieser Hinsicht aktiv. Zwar waren sie damals noch schwach und spärlich, aber sie scheuten sich durchaus nicht, Veranstaltungen mit kritischem Geist zu organisieren. Diese kleine Rochade machten sie rund, indem sie ihr kurzerhand den Stempel einer kulturellen Vergnügung aufdrückten, die mit ihrem angekündigten Volksfestcharakter völlig harmlos und frei von subversiven Sünden scheinen musste. Die einengende Intoleranz des Regimes zwang uns schlichtweg zur Kreativität, und zu deren Ausübung bedienten wir uns aller möglichen Mittel und Wege, so blau- oder einäugig diese zum Teil auch anmuten mochten.

Apropos Gewerkschaften, an dieser Stelle muss ich eine Situation schildern, die zu einem Schlüsselereignis auf meinem Höhenflug als Musikersternchen am sonst so dunklen Firmament werden sollte. Die mutigen Jungs und Mädels von der Textilgewerkschaft hatten uns gebeten, als Hauptgruppe an einem ultrachilenischen *Kulturtag* aufzutreten, der ersten Veranstaltung dieser Art seit der Machtergreifung dieser von ein paar neoliberalen Kreolen made in USA gelenkten Regierung. Die Nummer begann gegen 18 Uhr, und warf man einen Blick auf die bunte Protestmasse, die sich dort versammelt hatte, so lag die Vermutung eines üppigen Potpourris aus künstlerischer Vielfalt und saftigem Inhalt nicht fern. Die Organisatoren wiesen zunächst die vielen Sänger, Tänzer, Stegreifmusikanten vom Lande und die Großstadtpoeten ein, die den Schneid hatten, ihre Kunststücke in den schmalen Irrgängen der Hauptstadt zum Besten zu geben. Die Gesellschaft zeigte sich äußerst wohlgemut, mit Tischen voll Wein und Empanadas, die einen schon am Eingang mit ihrem Duft von Freiheit und Heimat empfingen. Mischte man sich ein wenig weiter ins Getümmel, so ließen sich hier und dort einige aufmüpfige Äußerungen und mutige Befreiungsappelle vernehmen, einige ausgearbeitet mit Fantasie und Mäßigung, andere wieder strotzend vor Kampfgeist und Angriffslust. Viele, auch ich, hörten sich, ähnlich einem Wellensittich in seinem Käfig, die unehrerbietigen Aufrufe an; deren Verfasser wirkten übrigens (ich betone:

wirkten) immun gegen jegliche Furcht, was aber meines Erachtens mehr mit ihrem Bedürfnis, in einer Linie mit ihrem öffentlichen Bild als Künstler zu stehen, als mit einer vermeintlichen Unerschütterlichkeit zusammenhing. Das Publikum klatschte mit fast kindlichem Eifer, feierte euphorisch jede einzelne Textstelle, jedes Sinnbild, das nach Freiheit und Gerechtigkeit, nach Auflehnung und Kampf, nach Würde und Bewusstsein klang –, kurz, sie beklatschten alles, was, verdeckt oder direkt, gegen die Verbote und Betrügereien des Tyrannenstaats ging.

Wie sich der Leser wird vorstellen können, war der Saal gerappelt voll mit Menschen, aber auch erfüllt von einem genauso nachvollziehbaren wie riskanten Enthusiasmus. Alle, die wir bei dieser Inszenierung mitwirkten, machten wir auf überschwängliche Christen, auf verfolgte Chiliasten, die sich voll Inbrunst der Feierlichkeit hingaben, die übrigens nach und nach und zur Überraschung Vieler einen immer stärkeren und sehr bestärkenden Vorgeschmack auf eine Befreiung innerhalb der beengenden politischen Landschaft, die das nationale Leben beherrschte, gab. Schon bald hatte sich das Arbeiterschlagerfestival in eine Tafelrunde der Ansprachen und Aufrufe verwandelt, frei nach dem Motto *Fordert zurück, was man euch genommen hat!* und dergleichen Halbdirektheiten mehr, die, wie gesagt, allesamt darauf abzielten, zu sagen, was gesagt werden musste, ohne dass die Maulwürfe des Unterdrückers, die sich unter die Gäste gemischt hatten, irgendjemanden hätten der Insubordination oder auch anderer Vergehen gegen die Regierung bezichtigen können, etwa marxistischer oder leninistischer oder sonstiger Subversivitäten, wie unser patriotischer Patriarch in seiner bleiernen Montur und Natur von sich zu geben pflegte.

Wir von Aillamanque, die vielversprechenden Spielmänner der ländlichen Volksmusik in wohliger Eintracht mit den modernen Klängen der Großstadt, waren als Hauptakt geplant, als Allerletzte auf der Liste, was so viel hieß, wie dass unser Auftritt gegen elf stattfinden würde. Alles lief wie am Schnürchen: der Ton, das Drumherum, das Publikum, das die Cuecas in einem Ambiente der Auflehnung und Einforderung anfeuerte, die ambrosischen

Empanadas, der kopflastige Wein ... – bis das geschah, was wir zwar alle befürchtet, wovon wir aber inniglich gehofft hatten, dass es nicht dazu kommen würde.

Kaum hatte eine der Gruppen ihre urchilenische Cueca vorgetrapst, stieg der Moderator der Veranstaltung auf die Bühne. Mit verzerrt zeremoniöser Miene bat er allseits um Geduld und bat in seiner Ratlosigkeit darum, *nicht den Lier zu verkopf – Na Ihr wisst schon, was ich meine ... Das ist alles Routine, wir müssen eine kurze Pause machen; es geht weiter, sobald das Gespräch mit den Beamten, die derzeit den Veranstaltungsort umstellen, vorbei ist. Es gibt keinen Grund zur Sorge. Die Organisatoren tun, was in ihrer Macht steht, um das Fest wie gehabt fortsetzen zu können.*

Das Publikum murmelte verhalten vor sich hin, was man wohl in dreierlei Weise deuten konnte: als Zeichen der Empörung, als Ausdruck unterdrückter Anspannung oder als simple Äußerung des Unwillens gegen einen Zwischenfall, den man zwar schon vorausgeahnt hatte, dem man aber kaum hätte vorbeugen können. Das Murmeln wurde lauter, als die Anwesenden die demonstrative Überlegenheit der Polizisten, die sich am Ende des Gangs aufgebaut hatten, sahen: mit ihrem provokativ-pseudomilitärischen Gebaren und ihrer Abschätzigkeit gegen das Volk und seine naiven Regentänze. Nach etwa einer Stunde Hin-und-her-Redens hier und dort hatten die Veranstalter es geschafft, die Räuberhauptmänner in ihrem Strafwahn zu besänftigen, so dass das Konzert weitergehen konnte. Doch blieb der uniformierte Pulk vor Ort; um einen korrekten Ablauf der Veranstaltung zu gewährleisten, stellten sie einige Männer im hinteren Teil der riesigen Halle ab. Die Organisatoren gaben uns zu verstehen, dass wir eventuell nicht mehr auf die Bühne kommen würden, weil nun alles von der Laune und dem Urteil der Aufseher in Grün abhing. Im Sinne einer reibungslosen Fortführung des harmlosen Fests bot die Arbeitergesandtschaft den Beamten an, sich zu setzen, *so können sich die Herren Carabineros selbst ein Bild machen von der ländlichen Unschuld hinter unseren provinzlerischen Künsten und Darbietungen.* Der Leutnant schien ob der zahlreichen bäuerlichen Bekenntnisse aus den Reihen der Gewerkschafter ein wenig weicher zu werden, und mit ostentativer Gebärde in Richtung Ansager gab er das Zeichen zur Fortsetzung der Angelegenheit, wie er es in seiner unendlichen Honorigkeit ausdrückte.

Eine sofortige Planänderung auf der Bühne war nun geboten. Also entschied man, die folkloristischsten aller Künstler an diesem Abend vorzuschieben. Es traten nun Tänzerinnen und Sänger auf (eigentlich alles Städter), die bis ins kleinste Detail und völlig hemmungslos die ländlichen Künste und die Wurzeln unserer so jungen kreolischen Kultur nachahmten. Diese Umgestaltung des Abends führte zur Wiedereinsetzung eines Tanzensembles, das an dem Abend bereits auf der Bühne gestanden hatte, und zwar just bevor das grüne Großaufgebot angerückt war. Jetzt ging es darum, mit Hilfe dieser erneuten Darbietung der Bauernhochzeit auch die letzten Bedenken der Rechts- und Ordnungshüter zu zerstreuen – eindeutig eine Arbeit für die malerische Menge harmloser Bauernfiguren, die nun die Bühne überschwemmten, um dort ihren kernigen Gesang anzustimmen und die volkstümlichsten unserer Traditionen aufzuführen.

Nach einer Weile schickten sich die Nachtwächter der Kultur widerwillig zum Rückzug an, allerdings nicht ohne uns vorher noch darauf hinzuweisen, dass ein Teil der Ordnungskräfte (dabei grinste die Kompaniemutter selbstherrlich) in der näheren Umgebung verbleiben würde, damit die ganze Angelegenheit auch reibungslos über die Bühne ginge: „Das ist nur zu Ihrem Besten, bei all den Extremistenschweinen, die sich da draußen herumtreiben, weiß man ja nie. Vorsorge ist schließlich besser als Nachsorge, meine Herren", spottete er aufgeblasen.

Die Erleichterung danach kam nicht ohne Tupfen des Triumphs über uns, auch wenn wir gewiss nicht ausschließen konnten, dass die Hochherzigkeit des Folterknechts nur Schau war, um Applaudierende wie Applaudierte der Veranstaltung einzukesseln und einen polizeilichen Großübergriff gegen sie zu unternehmen, sobald sie aus dem Lokal und zurück in die Wirklichkeit kommen würden. Es war jedoch kaum eine Stunde vergangen, da vermeldeten die im Umkreis postierten Wachen der Gewerkschaft den vollständigen Abzug der Carabineros aus der Gegend. Zwar gingen wir weiter von dem einen oder anderen Maulwurf unter uns aus, doch ließen wir uns dadurch keineswegs davon abhalten, die Bremsen zu lösen und unseren kleinen Sieg groß zu feiern. Sogleich stellte uns einer der Organisatoren ein paar Flaschen Pisco hin und wir tranken und prosteten, als hätte man uns soeben die Schlüssel zum Paradies in die Hand gedrückt.

Gegen elf waren wir dann mit unserem verspäteten Auftritt an der Reihe. Auf der Bühne angelangt, benahmen wir uns so sehr daneben wie noch nie, sprengten die Fesseln, die uns seit der Ankunft der Landjäger in Zaum gehalten hatten, und schaukelten uns zusammen mit diesem Publikum hoch, das wie wir wild entschlossen war, die Terrorherrschaft zu zerschlagen, mit der das Quartett der Quadratschädel seit nunmehr vier Jahren versuchte, uns das Leben zu nehmen und das Träumen zu verbieten. Nachdem wir uns den kollektiven Schrecken kollektiv ausgetrieben, Lust und Eifer zusammengelegt hatten und die Künstlerparade vorüber war, kam es zu etwas unerhört Außergewöhnlichem: Die Organisatoren riefen aus, dass wir so lange weiterfeiern könnten, wie wir mochten, ohne auf eventuelle polizeiliche Repressalien achten zu müssen. Wir müssten lediglich alle geschlossen bis um sechs Uhr morgens im Lokal bleiben; dann würde die Ausgangssperre enden. Ein paar der Gäste, wirklich nur ganz wenige, gingen noch vor Mitternacht. Die Übrigen, das heißt wir, die Obstinaten, blieben, sangen, tanzten, lebten und liebten bis in den Morgen hinein, als die Sonne in uns die Notwendigkeit der Rückkehr aus unserem fantastischen Traum und in unsere Heime zutage brachte.

Ich war gerade auf dem Weg nach Hause und immer noch ganz berauscht von der nächtlichen Vorhöllengymnastik, da überkam mich plötzlich ein unbegreifliches Gefühl. Ohne zu wissen, woher genau dieser seelische Auswuchs rührte, spürte ich, wie mich die Leblosigkeit dieses Sonntagmorgens auf dem ganz falschen Fuß erwischte, wie mich plötzlich die Ruhe in den Straßen dieses in gallertartige Zähe versunkenen und in stummen Argwohn gehüllten Santiagos aus der Fassung brachte. Zum ersten Mal kam mir meine Stadt wie ein gespensterhafter Riese vor, wie ein in eine allgegenwärtige und doch unsichtbare Glaskugel eingeschlossener Koloss, im Willen gelähmt, gefangen im Halbschlaf an diesem Morgen im Zeichen einer Weltmattheit. Die tiefe Stille der Stadt versetzte mich zurück in die ausgelassene Szenerie von eben, mit den Musikern und dem unbeugsamen Publikum, das es gewagt hatte, im Gewerkschaftslokal zu bleiben und sich dem Gepichel und Gestichel in dieser unserer hoffnungsvollen und unwiederbringlichen Nacht anzuschließen. Diese Verschlafenheit meines Riesendorfs schien mir in krassem Widerspruch zu der Lebensfreude zu stehen, die meine Kumpels und ich während unserer Selbstbefreiungsfeier an den Tag gelegt hatten. Dann fiel mir ein und auf, dass sich womöglich die gesamte Stadt dem Diktat der Kasernen unterworfen hatte und seitdem auf taubstumm machte, und dass sie sich an diesem Tag weigerte aufzuwachen; oder aber sie steckte bis zur Seele in einem Albtraum fest, womöglich in demselben Albtraum, den wir Waghälse die Nacht zuvor kraft freiheitlichen Radaus abzuschütteln versucht hatten. Dieser Zustand der Stadt machte mir erneut den langsam, aber konstant voranschreitenden Sieg der Diktatur bewusst, und selbst die Handvoll Neuerungen, die sie einführte, waren so billig, dass sie das Land zusehends in eine regelrechte Mietskaserne verwandelten, in ein Ghetto, das sie mit allem möglichen abartigen Tand vollramschten, um meinen ausgelaugten Landsleuten auch noch die letzten Züge von Menschlichkeit auszutreiben. Beklemmung übermannte mich, als ich mit ansehen und einsehen musste, dass sich die Unvernunft auf direktem Weg zu ihrem Ziel befand, dass die militärische Entelechie unser Lebensumfeld mit tonnenweise Müll überfrachtet hatte, den sie uns obendrein mit einer Art Gottessymbolik schmackhaft machten, ein Konstrukt aus religiöser Resignation und nationalistischer Frömmelei, das uns schweigen machen sollte gegenüber der mit Waffen durchgesetzten Ordnung. Und genau diese Ordnung verkaufte man uns nun als Mittel zur Austreibung der dämonischen Agenten aus dem Ausland, der Eindringlinge mit ihren fremden Ideologien und ihrer Ketzerei, mit der sie die Heilige Familie und die Ehre der Heimat zu beschmutzen, ja zu vernichten trachteten. Allein vom Gedanken an diese abgegriffene und ausgeleierte Rhetorik lief es mir eiskalt den Rücken hinunter, ein tagtäglicher Schauder, den ich nicht jedes Mal zu verdrängen mochte, und noch weniger, wenn ich sah, wie unverhohlen sie ihre in Altruismus und Herrlichkeit getränkten Lügen ausriefen und wie diese zudem noch zu funktionieren schienen. Einmal dachte ich sogar darüber nach, ob ich nicht falsch läge mit meinem idealistischen Eigenwillen und ob meine Sehweise nicht vielleicht einfach nur vom Blick durch die rosarote Brille stammte. Vielleicht war es einfach Zeit, endlich einzusehen, dass die moderne chilenische Wirtschaft die gesunde Unschuld meiner Leute Stück für Stück auffraß und dass die Inquisitoren es geschafft hatten, ihr Gottesurteil über diese geschundene Gesellschaft kommen zu lassen, was sicherlich nicht ohne die Beihilfe der Jasager, die man mit lächerlichen Lockungen gewonnen hatte, und der vielen Menschen, die aus nackter Angst mitmachten, geschehen war.

In solchen Momenten schoss mir der Zynismus Goebbels' durch den Kopf, wonach eine Lüge, wenn man sie nur oft genug wiederhole, letztlich zur Wahrheit würde. Auf ebendieser Maxime musste der gesamte Herrschaftsapparat unseres militärischen Gottesvertreters fußen, und mit ihr schien der Wahnsinnige nun das Land in einen riesigen Acker zu verwandeln, in seinen Acker, sein von Schafen und Eseln bewohntes Ödland, wo Anklage und Bestrafung Herz und Verstand erstickten. Inmitten der abgründigen Stille, die mich umgab, wartete ich förmlich auf das Ertönen der Stimme dieses Dorfbordellportiers mit seinen gewohnt pathetischen Hetzreden. Ich hörte ihn schon, wie er mit seinem unkultivierten Gekrächz die trügerische Morgenruhe durchschnitt und sich, wie so oft, jenes hochmütigen Tonfalls des Siegers, des dank Militärgewalt straffreien Henkers bediente. Die Vorstellung versetzte mich in seltsame Grübeleien rund um Theorien, die überhaupt nichts zu tun hatten mit der kritischen Dialektik, wie ich sie in meinen Tagen als unverzagter Untergrundkämpfer gelernt hatte. Das groteske Bild entführte mich in jene spekulativen Bereiche, wo man gern mal über Zufälle und Zusammenhänge sinniert. Ich vermischte beides miteinander in der Hoffnung auf eine Antwort darauf, wieso ich ausgerechnet dort und in diesem Moment von einer so abartigen Vorstellung heimgesucht wurde. Verzweifelt suchte ich nach einer Erklärung für den steten Schwund der Bühne, auf der sich meine neue Rolle, mein neues Leben als bewusstes Individuum und aktiver Teil der Utopie abspielte. Missmutig gelangte ich schließlich zu der Einsicht, dass die Momente des Gleichgewichts und des Ungleichgewichts der letzten Zeit nicht anders waren, als die früherer Zeiten. Der einzige und wirklich große Unterschied war jedoch, dass ich nun vor den Augen der Öffentlichkeit seiltanzte, wenngleich immer noch im selben Zirkus und am Rande desselben Abgrunds wie zuvor. Zeitweise verlor ich die Orientierung, während ich grübelte und mich gleichzeitig davon zu überzeugen versuchte, dass kein Übel hundert Jahre anhält; doch stieg im selben Moment auch die Befürchtung in mir auf, dass ein Ende der Diktatur nicht auch gleich das Ende der Dummheit bedeuten würde.

EINUNDZWANZIGSTES KAPITEL

Eine der wunderbaren Folgeerscheinungen unseres anhaltenden Erfolgs bestand in dem Angebot zweier grundgütiger und der modernen Musik verschriebenen Brüder, bei ihnen eine professionelle Studioaufnahme zu machen. Mit viel Findigkeit hatten die beiden ein winziges, aber unseren Ansprüchen genügendes Studio gebaut. Auf die Frage nach dem Grund ihres Angebots – immerhin hatte unser Musikstil rein gar nichts mit dem von ihnen so geschätzten Rock 'n' Roll zu tun – antworteten sie unvergesslich: „Gute Musik ist wie Edelmetall: sie überlebt alle Zeiten, Geschmäcker und Moden – seht euch nur die Beatles an." Was für Pfundskerle, diese beiden lachfreudigen Vertreter der jüdischen Diaspora! Als ich Monate später erfuhr, dass einer der beiden bei einem Motorradunfall tödlich verunglückt war, war ich völlig entgeistert, stumpfsinnig. Später dann musste ich lange über die Fragilität der menschlichen Existenz nachdenken, über das logiklose Rätsel des Lebens und die Ähnlichkeit unseres Daseins mit einer Tombola. Sein Tod schmerzte mich, unabhängig davon, dass der Verstorbene aus einer fremden Glaubensgalaxie und aus einer anderen sozialen Sphäre stammte.

Zwischen ungläubig und begeistert hörte ich damals das Ergebnis unserer kreativen Ergüsse rauf und runter. Auch suchte mich meine Gemütsstarre aus früheren Zeiten nicht mehr heim; sie dachte nicht mehr an mich und ich nicht mehr an sie, so dass meine fluchtgeplagte Seele im Schutze der Vergessenheit bald zu ihrer guten alten Laune zurückfand. Als eingefleischter Zweifler ließ ich mich mittlerweile auch nicht mehr beeindrucken von jeder Anerkennung oder Aufmerksamkeit, die mir jene Welt der unerwarteten, mir jedoch nicht immer ganz verständlichen Selbstverständlichkeiten entgegenbrachte. So hatte ich meine Probleme, mich an den neuen Riesenfernseher mit seiner hundertzweier Mattscheibe oder an die dänische Stereoanlage mit ihren fünfzig Schaltern, dreißig Reglern und zweihundert Watt RMS aus New York oder an das Strandhaus mit Schlafzimmer zum Pazifik zu gewöhnen, durch dessen Fenster Catarina und ich aufs Meer blicken konnten, während wir uns von den (um keinen Neid beim Leser aufkommen zu lassen: hier) unaussprechlichen Anstrengungen unserer maßlosen Liebesakte erholten. Genauso wenig berauschten mich die protzigen Autos und die unsinnigen Reisen ins übersinnliche Indien auf der Suche nach dem Karma der Hausdame, die in so jungen Jahren schon mit so viel Eifer hinter irgendeinem Leitstern her war, der sein demiurgisches Licht über ihr blasses Leben ergießen sollte, ganz zu schweigen von den Galadinnern bei diesem oder jenem Botschafter, den Galagrillfesten, Galaempfängen und den vielen anderen Galanterien dieser Art.

Kurzum, weder hatte ich die Lust noch den Magen, um all die Selbstverständlichkeiten zu verdauen, die in jenen hohen Kreisen zelebriert wurden, dort oben, wo die noblen Zehntausend kraft ihrer Hochschulabschlüsse oder ihrer Herkunft wie auf Wolke sieben schwebten und sich dazu auserwählt sahen, als weltpolitische Lakaien mit abenteuerlichen Anflügen von Ichsucht und Konsumwahn aufzutreten, zum Beispiel mit ihrer krankhaften Ausrichtung nach der jeweils neuesten Mode, wie oder was auch immer sie sein mochte, Hauptsache, frisch und frech aus Europa oder den USA; oder eben auch der Luxus, dann und wann auch mal einen unverbesserlichen Vagabunden mit andersartigen Vorstellungen in ihre Reihen aufzunehmen, womit sie zugleich ihre dekadenten Strukturen aufzupolieren suchten, ein gewagter Anlauf gegen den Zerfall ihres mürben Planeten durch den Glanz vorbeizischender Sternschnuppen aus irgendwelchen Randgalaxien.

In jenen freudvollen Tagen der Losgelöstheit und Verblendung war mein altes Haus als Wohnalternative bereits gestorben. Außerdem war mir nicht wohl bei dem Gedanken, mich mit meiner Aura eines melancholischen Hunds in der alten Gegend blicken zu lassen und herumzuschnüffeln, wo nichts mehr war, auch nicht die einstige Anziehungskraft jener selbst erdachten und gemachten Dinge. Wenn Paula mal dorthin kam, dann nur, um, wie sie mir entrüstet mit dem Zeigefinger auf sich selbst gerichtet mitteilte, das zu holen, was ihr nach vier Jahren Ehe rechtlich zustehe. Derweil freute ich mich heimlich über den Gefallen, den sie mir tat, indem sie all die Reste dessen, was einmal unser Heim gewesen sein mochte, mitnahm. Ich war froh, dass sie sich um die Entsorgung der letzten ranzigen Irrungen aus diesem Haus kümmerte, das wir einst mit unserer jugendlichen Hoffnung erleuchtet hatten, wovon am Ende jedoch nichts weiter als Unlust und Gleichgültigkeit geblieben war. Das Interessante daran war aber, dass wir das Haus etwa ein Jahr lang weiter hielten, das heißt, obwohl wir schon lange getrennt und in verschiedenen Vierteln lebten. Wer weiß, vielleicht half uns das ja bei der Aufarbeitung unserer missglückten Ehe.

Bei einem dieser zwangsweisen Aufenthalte im Haus – ich war gerade beim Einpacken der wenigen Habseligkeiten, die noch nicht in die eifrigen Finger meiner Exfrau gefallen waren – fand ich ein altes Notizheft mit poetischen Entwürfen, außerdem ein paar angefangene Liedtexte und etliche Prosakritzeleien aus der Zeit jener *anderen Dinge*, die sowohl Paula als auch Lily, vor allem aber meinen auffahrenden Nachbarn beschäftigt hatten. Zwischen den Seiten des Hefts entdeckte ich den noch immer sorgfältig gefalteten Zettel, den mir Teresa über Rodrigo auf Ricardos Geheiß hatte zukommen lassen – Ricardo, die rebellische Engelsseele, ermordet von den Schergen des Tyrannen. Den Zettel erneut zwischen meinen Händen zu spüren, die Unentschlossenheit, die Mutlosigkeit, wie an jenem Nachmittag, als ich ihn in Empfang genommen hatte, ohne es zu wagen, ihn zu öffnen und zu lesen. Damals hatte mein Mumm nicht ausgereicht, um mich dem zu stellen, was womöglich die letzten geschriebenen Worte meines schwelgerischen und doch konsequenten Freundes hätten sein können, so dass ich das Stück Papier, als Rodrigo es mir hängenden Kopfes in die Hand gedrückt hatte, sofort in eine der unzähligen Ecken der Verdrängung steckte. Heute weiß ich, dass meine instinktive Weigerung damals von meiner Angst herrührte, mich einmal mehr mit der Zerbrechlichkeit unserer Existenz auseinanderzusetzen; hingen wir doch so sehr an unserem Leben, an unserem gottlosen Erdenrund, was mir auch immer wieder die Zartheit des seidenen Fadens vor Augen führte, an dem die Utopisten dieser Welt hängen, wir, die wir stolz sind auf eine Freiheit, die trotz und wegen alledem Bestand hat. Auch rief mir all dies die unendliche Schmach ins Gedächtnis zurück, die jene vier Bestien der chilenischen Apokalypse über uns gebracht hatten.

Bedächtig öffnete ich das Stück Papier, bewegt von der Kraft der Erinnerung: mein langer Kumpel, mit seinen blonden Locken und dem entmutigten Blick, der schlaksige Ricardo, wie er in seinem Trübsal vor mir steht und mir ein kindliches Lächeln schenkt, während er sich für das Milchgeld für sein Töchterchen bedankt und sich zum Abschied noch ein paar Trauben von meiner Rebe pflückt.

Gutschein über 1500 Pesos für unseren Freund und Gefährten Julian Rodríguez. März, 1978. Der Blonde und Clan.

Ich fand weder zum Heulen noch zum Lachen die Kraft. Eine plötzliche Mattheit setzte mich vollständig außer Gefecht und Ohnmacht und Wut brauten sich zu einem inneren Konflikt zusammen. Der knappen Nachricht glaubte ich insgesamt drei wundervolle Botschaften entnehmen zu können, und mit jeder einzelnen gab er mir in seiner tragischen Abwesenheit einen Teil meines Gefühlslebens zurück, wühlte den trügerischen Bodensatz der Gleichmütigkeit auf, der sich im Zuge meines Überlebenskampfes in mir aufgetürmt hatte. Zum einen zeigte er mir mit der Nachricht seinen Vorsatz, mich für die Hilfe zu entschädigen. Mit der zweiten Botschaft nahm er mich stillschweigend in seine Familie auf. Die dritte Botschaft schließlich war sein Abschied, geschrieben in der Gewissheit, dass die Nachricht für seine Nachwelt bestimmt sei, eine schnörkellose Auf-Nimmerwiedersehen-Notiz. Nach der Lektüre war ich erst zu nichts fähig. Das Einzige, was nach wie vor in mir weiterlief, war unsere gemeinsame Zukunftsvision. Seine Nachricht erweckte all die verrückten Situationen aus den wilden, glücklichen Jahren unserer politischen Arbeit im Viertel zu neuem Leben. In diesem Schwebezustand zwischen verstört und verbittert vergaß ich komplett meinen ursprünglichen Plan, die letzten paar Habseligkeiten zusammenzupacken. Ich ließ alles liegen und stehen und flüchtete mich flinken Fußes in meine Oase der Harmonie und Liebkosung, zu Catarina.

ZWEIUNDZWANZIGSTES KAPITEL

Mein ausgedehnter Aufenthalt im wohlhabenden Barrio Alto, die geruhsamen Patios, in denen die Familie meiner Freundin in aller Natürlichkeit zu weilen pflegte und die nun auch mir offenstanden, wurden mir zum Alltag. An den Probentagen beendete ich meine Arbeit als Schuster früh, um mich umso schneller auf den Weg in die Pfarrei in Lo Matta machen zu können und so noch mehr Zeit und Ruhe für die Musik zu haben. Nach unserem melodischen Schaffen flogen Alberto und ich schnurstracks nach Hause, wo sich meine freizügige Penelope sogleich daranmachte, mich in ein Netz aus Zärtlichkeit und Aphrodisiaka zu wickeln, damit ich unsere immer wilderen Ritte durchstehen würde. Da uns die Nächte zu kurz waren, suchten wir uns in der Überzeugung, dass niemand etwas davon mitbekäme, auch tagsüber immer wieder Momente und Orte – so verwegen sie auch sein mochten –, um unsere zuchtlosen Triebe weiter auszukosten, oft in irgendeiner Ecke, die wir für ausreichend verborgen befanden, auch wenn das nicht immer ganz zutraf; doch waren wir stets bemüht, die öffentliche Meinung nicht zu überstrapazieren. Selbstverständlich blieben unsere Morgen-, Nachmittags- und Nachtvorstellungen zu Hause nicht ganz unbemerkt; da aber niemand Anzeichen von Verärgerung zeigte, setzten wir unsere schamlosen Ausschweifungen munter fort, als könnten wir die Sonne mit der Hand verdecken.

In meinem Viertel sah man mich, wenn überhaupt noch, nur auf Stippvisite. Mein dortiges Engagement, etwa als Ballspielleiter oder bei der Arbeitslosenbörse, war sporadisch und knapp bemessen, besonders seitdem man mich in die mühseligen Macht- und Kontrolldiskussionen einspannte, die immer wieder zwischen den Gründungsmitgliedern und den Teilhabern der Initiative stattfanden, ein manichäisches Tauziehen um die Definition des Undefinierbaren, bei dem es den Parteien um die Handhabung der Arbeitsorganisation und deren verhohlenes Streben nach einem Vorteil aus dem Einfluss und der Anerkennung ging, derer sich die Börse in der Öffentlichkeit erfreute. Gegen diesen nutznießerischen Opportunismus stellte ich mich in aller Deutlichkeit.

An meinen gelegentlichen Teilnahmen an den Montagsversammlungen meines geliebten Klubs änderte sich zwar nichts, jedoch schiedsrichterte ich so gut wie gar nicht mehr, da ich meine Samstage lieber auf die Proben und Auftritte der Band verwendete. Meine Aktivitäten im Viertel schraubte ich dabei auf ein Minimum herunter, was unter anderem dazu führte, dass ich meinen im Zuge der letzten Meisterschaft durch saubere Beinarbeit gewonnenen Platz in der Mannschaft sowie mein Sechser-Trikot als hinterer Mittelfeldspieler an einen Jungspund abtreten musste, der disziplinierter und, wie manche böse Zungen behaupteten, technisch weitaus besser sein sollte als ich. Ich fügte mich in die Enteignung, befreite sie mich doch auf organische Weise von meiner wundervollen, doch immer schwerer nachzukommenden Verpflichtung. Und dennoch, nicht mehr dabei zu sein, schmerzte mich, direkt unter die Haut ging es mir, und obwohl ich meine neuen Freuden als Musiker und Amant in vollen Zügen ausschöpfte, ließ mich dieser schleichende Abschied von meiner alten Welt nicht kalt. Wenn mich dann Schübe von Nostalgie überkamen, flüchtete ich mich ins Hier und Jetzt, in die Beständigkeit und Menschlichkeit der Band, vor allem aber in die Großherzigkeit und Treue meiner zukunftsgläubigen Catarina und ihrer sieben leichtgläubigen Zwerge beim Ringelpiez mit Anfassen in den Undurchsichtigkeiten des kleinbürgerlichen Dickichts.

Mir war klar, dass so viel Zuspruch oft auf Albertos musikalische Interessen zurückzuführen war, nicht selten aber auch auf die romantischen Anwandlungen meiner germanischen Catarina gegen ihren geliebten Großstadtpatagonier. Albertos Pragmatismus nahm mir sämtliche Sorgen. Was mich jedoch noch etwas beunruhigte, war, dass ich mir immer noch nicht genau erkannte, was Catarina eigentlich so sehr an mir faszinierte. Andererseits reichten diese gelegentlichen Zweifelsmomente, die mich auf etwaige noch nicht bedachte Folgen hinzuweisen schienen, nicht aus, um meine Stimmung dauerhaft zu trüben. Lang und in aller Ruhe überließ ich mich der Freude über meine neue Situation und über den zurückeroberten und nach so vielen Jahren wieder als persönliches Recht empfundenen Freiraum, diese Lichtung im undurchdringlichen Wald, nach der ich so lange in der Dämmerung tappend gesucht hatte.

Jetzt, als gemachter Mann der schönen Kunst, mit dem Rückhalt aus meinem so mondänen mittel- bis oberschichtigen Umfeld, scherte ich mich auch nicht mehr um die Aufrichtigkeit oder die Weltsicht der Leute. Ich zog mein Ding durch, kümmerte mich um meine Angelegenheiten, meine Wünsche und meine Interessen. Jugendliche Kurzsichtigkeit? Kleinbürgerliche Einfalt? Die Wahrheit ist, mir war es einerlei. Es reichte mir, zu wissen, dass mich mein Umfeld so, wie ich war, mit meiner Abstammung und meinen Ansichten, vorbehaltlos aufnahm; und auch wenn die meisten von ihnen wohl einer völlig anderen sozialen Schicht angehörten, gab mir ihr offenes Interesse an mir und dem, was ich tat, den idealen Antrieb und Auftrieb für meine umtriebigen Wunschträume.

Ein weiterer nicht weniger interessanter Punkt an ihnen lag in der außergewöhnlichen Zwanglosigkeit, die in diesen Mama- und Papasöhnchen aufkommen konnte. Mich verblüfften ihre nonchalante Wahrnehmung eines so unfruchtbaren sozialen Umfelds und ihre Sorglosigkeit gegenüber den politischen Risiken, die wir mit unseren widersetzlichen musikalischen Aktionen eingingen; obwohl ich andererseits auch vermute, dass sich viele von ihnen in dem sozialen Netz ihrer hochgestellten Erzeuger allzu wohlbehütet wussten. So erklärte ich mir jedenfalls ihren Hang, sich auf die Gefahren einer künstlerischen Tätigkeit einzulassen, die von der momentanen politischen Riege als eine Art gesellschaftlicher Virus eingestuft wurde.

Nach derlei sozioanalytischen Betrachtungen kehrte immer wieder meine Freude zurück, diesen Abschnitt meines Lebens mit ihnen teilen und Zeuge ihrer entspannten Weltsicht sein zu dürfen. Es machte mir regelrecht Mut, sie ihre Fahnen des freiheitlichen Gedankens schwenken zu sehen; auch wenn sie in ihrem Optimismus die zunehmende Militarisierung der Bevölkerung zwar erkannten, die Bedrohung, die von ihr ausging, jedoch verkannten. Ihre genauso trotzköpfige wie blauäugige Ungezwungenheit ging mir durch Mark und Bein und vermochte sogar meiner chronisch wachsamen und misstrauischen Seele etwas Entspannung zu verschaffen. Den Gipfel der Verblüffung erreichte ich jedoch, als meine Schwiegermutter eines Tages ohne viel Aufhebens die bevorstehende Ankunft zweier auf dem Weg nach Europa befindlicher Gäste verkündete, die man wohl so lange aufnehmen müsste, bis die französische Botschaft alle nötigen Papiere fertig habe. So hatten wir etwa eine Woche lang ein junges Pärchen bei uns wohnen: sie im sechsten Monat schwanger und er, der werdende Papa, zurückhaltend und die Tage bis zur Abreise zählend. Nachdem die beiden gegangen waren, berichtete uns Schwiegermutti, dass der Knabe ein führendes Mitglied der Revolutionären Linken gewesen sei. Als ich sie fragte, wieso sie die beiden bei sich aufgenommen hatte, erwiderte sie frei von der Leber: „Die zwei sind jung, genau wie ihr beiden; sie sind noch auf der Suche und wissen nicht, wie sie es angehen sollen … eben genau wie ihr." Niemand am Tisch wagte einen Kommentar auf diese so treffende Sentenz.

Apropos Tisch, während unseres heiligen Sonntagsessens machte ich mir den läppischen Spaß, mit saftigem Sarkasmus auf die Anwesenden einzusticheln. Sei es gegen die Mitglieder der Familie oder gegen die Gäste des Hauses, ich kostete meine Rolle des spitzschnäbligen Spaßvogels voll aus. Genussvoll rieb ich ihnen ihren neokonservativen Liberalismus und ihr treudoofes Späthippietum unter die Nase, woraus sich nach Tisch eine fieberhafte Diskussion entspann, in deren Zuge sich die Runde in ein offenes Forum verwandelte, wo sich alle voll und ganz ausbreiteten und ihre Sicht oder auch nur ihr Gefühl zu etwaigen Fragen aus Philosophie, Kunst und Politik darlegten. Dies geschah freilich auf eine heitere Art und Weise, da die ganze Debatte ja im Grunde nichts anderem diente als der Befeuerung des Gesprächs und der Freude am zeitweisen Streiten, Widersprechen, Trotzen und Auseinanderklamüsern der Argumente des Anderen. So ging das Wortgefecht nicht über die Grenzen einer harmlosen Kabbelei hinaus. Wie ein paar Welpen, die sich tobend auf den Ernst des Lebens vorbereiten, so balgten wir uns unter vollem Einsatz unserer Hälse, Kiefer und Zungen in geistigen Abreibungen, die uns unendlich kühn stimmten. Ein Klassiker bei unseren Reißorgien war Gott in seiner unendlichen Ineffizienz. Einmal fuhren einige der Diskutanten sogar Nietzsche und Shakespeare auf und posaunten Sprüche wie *Gott ist tot – es lebe Gott!* oder provozierten mit anderen Äußerungen des misogynen Deutschen à la *Frauen: Wesen mit langem Haar und kurzem Verstand*. Doch da schaltete sich auch schon die Schwiegermutter dazwischen, um der Harlekinade einen Riegel vorzuschieben und die Gäste im hohen Bogen gen Heimat zu entsenden und ihre eigenen Streithähnchen, sprich ihre Kinder und ihren Tochtermann, ins Bett zu komplimentieren. Generell verhinderten aber auch Äußerungen wie die obige nicht, dass sich unsere gehaltvollen Nachtische zu einem regelrechten Ritual entwickelten, zu einem weiteren Bestandteil dieses Universums, wie es sich so viele womöglich schon vorgestellt haben, ein Teil mehr in dieser unklaren Welt, die ich früher nur aus Ferne beäugen, deren Gestalt und Wesen ich mir nur von meinem Heimatstern der körperlichen wie geistigen Plackerei hatte vorstellen können.

In diesem Rat der ewigen Gäste hatte ich auch das Glück, ein paar äußerst geradlinige Leute kennenzulernen. Zusammen begaben wir uns auf die schwer zugänglichen Pfade der französischen Existentialisten oder erschraken über das Frauenbild jenes vorerwähnten Philosophen oder die Harmlosigkeit der nordamerikanischen Linksstrukturalisten. Auch ging es um den Guru Sai Baba, diesen persönlichen Quell der Freude für Catarinas Mutter, die sich sonst eher als ungeheurer Vernunftmensch präsentierte. Angst vor ihr musste man jedoch erst haben, wenn die gute Frau vom Geist der empirischen Logik nach europäischem Vorbild beseelt wurde und darüber sogar ihren hinduistischen Gusto vergaß. Wenn meine Schwiegermutter sich dann im Streit mit uns von der Mannigfaltigkeit der Argumente und unserer schallenden Dialektik umzingelt und übertönt fühlte, konterte sie kurzerhand, indem sie uns kognitive Dissonanz vorwarf, womit sie uns wohl, verständlicherweise, unsere jugendliche Unerfahrenheit ins Gedächtnis rufen wollte, denn selbstverständlich hatte dies keinerlei genetische Ursachen oder so, um Himmels willen, schließlich waren wir alle, die wir unter ihrer übermütterlichen Obhut standen, die liebsten Kinder mit den besten Zukunftsperspektiven. Am Ende unserer anregenden Gesprächsrunde wurde es dann noch ein wenig deftiger, mit zotigen Kommentaren, Witzen, Anekdoten der Zeit und dem vulgären Gequatsche der vier Apokalypsegeneräle, womit wir wieder, ohne viel Trara, aus der bedeutungsschwangeren Intellektuellenecke in die normale Albernheit samt Selbsttherapierung wechselten. Zu jener Zeit dachte ich, die gerade herrschende Windstille bedeute für mich den schadlosen Ausgang aus dem schon so lange wütenden Unwetter um mich herum; doch sollte mir die unbestechliche Wirklichkeit bald wieder schonungslos all die Schmerzen und Wunden ins Gedächtnis zurückrufen, die ich in meiner Naivität zu verdrängen versucht hatte.

DREIUNDZWANZIGSTES KAPITEL

Es waren etwa drei Monate vergangen, als Lily mich mit einem ihrer legendären Überfälle überraschte. Um ihr eigenes Kunststück noch zu übertreffen, war sie zur Fabrik gekommen und hatte sich ganz gelassen in die Tür gestellt, von wo aus sie nun mit ihrer blendenden Laune die Tarnkappe für meine schwache Verteidigung und meine alten Ängste durchleuchtete und entkräftete. Ich fragte sie nichts, glaube aber rückblickend auch nicht, überhaupt Zeit dafür gehabt zu haben, denn sofort legte sie mit kesser Lippe los, sie brauche neue Schuhe für Miguelito, der immer größer werde und dadurch die Familienkasse immer stärker beanspruche. Ich bat sie, noch eine halbe Stunde zu warten, bis ich Feierabend hätte. Das Gesicht voll Verständnis, willigte sie ein. Als ich schließlich aus der Werkstatt kam, fragte ich sie, ob wir nicht unser altes Ritual der Schlemmerburger bei Domino mit anschließender Liebe auffrischen wollten. Auch darauf ließ sie sich ein. Ihr Blick zeigte nun eine Art lasziver Nachgiebigkeit, was wohl mit meiner forschen Anfrage zu tun haben musste. Beinah provokativ hatte ich ihr meinen Vorschlag unterbreitet, wohl wissend um die emotionale Zermürbung als Folge unserer Hals-über-Kopf-Romanze mit ihren mannigfachen Wechselfällen und der Ernüchterung nach den vielen Strapazen, die es uns mittlerweile unmöglich machten, die guten alten Zeiten noch einmal zu leben.

Das mit der Zermürbung war eine langwierige und schmerzliche Erkenntnis auf beiden Seiten, und obgleich das Feuer der Erotik während unserer immer distanzierteren und beklommeneren Stelldicheins noch nicht ganz erloschen war, wussten wir, dass diese Liebe zwischen Tür und Angel nicht mehr zu retten war und dass unser fleischlicher Übereifer nicht ausreichen würde, um den Zerfall aufzuhalten. Stillschweigend ließen wir uns in den Fängen einer süßsauren Routine aufeinander ein, nahmen widerstandslos die leichte Fadheit hin, die bis in den Kern der Beziehung vorgedrungen war, eine Beziehung, die in ihren letzten Zügen lag und, mehr schlecht als recht, mittels Erinnerungen und Gewohnheiten am Leben erhalten wurde. Doch fühlten wir uns wenigstens dadurch bestärkt, dass wir beide gleichermaßen unfähig waren, dieser Beziehung im freien Fall ein endgültiges Ende zu setzen.

Schon eine ganze Weile vor der Abschiedsszene, in der sie mir von der Uni in Concepción erzählte, hatte es unseren Unterhaltungen an der für uns so gewohnten Flüssigkeit gemangelt. Ohne dass wir es gemerkt hatten, hatte sich eine steife, fast förmliche Atmosphäre zwischen uns entwickelt, voller Pflichtgefühl und ohne großes Verlangen, ohne die nötige Intensität für eine Aufrechterhaltung unseres schrägen Abenteuers. Das Wissen darum hatte sich in uns eingeschlichen, und irgendwann war der Schaden praktisch unübersehbar und unleugbar. So wurden auch unsere Treffen immer flüchtiger und die Verabschiedungen immer kürzer.

„Dich sieht man ja kaum noch in diesen Gefilden – warf ich ihr nüchtern vor."

„Und dich sieht man kaum noch in deinem Haus", warf sie zurück. „Diese Catarina muss dich ja fester am Wickel haben, als ich dachte … und deshalb will ich dich auch aus diesem Unglück befreien."

„Lieben Dank für die Geste, Madame, doch leider ist das nicht mein einziger Wickel zurzeit. Was mich gerade am meisten in Beschlag nimmt – du kannst es dir denken –, ist die Musik. Sicher genieße ich auch die entspannte Stimmung in der Band und natürlich auch in Albertos Familie." Letzteres schien mir selbst so geheuchelt, dass ich einen prompten Ausbruch von Spott auf Lilys Seite befürchtete. „Andererseits darfst du nicht vergessen, dass meine Abwesenheit nicht zuletzt mit einer Art Müdigkeit zu tun hat, mit der Erschöpfung nach all den ewigen Balanceakten auf dem Glatteis bei uns im Viertel", führte ich wenig überzeugend an, während in dem Café in Bellavista, das uns beherbergte, das Leben um uns herum wuselte." „Außerdem ist das Haus komplett leer; bis auf mein Bett und ein bisschen Küchenzeugs gibt's dort nichts mehr, nur Stille. Du wirst verstehen, dass es mir in so einer ausgeräumten Eierschale nicht länger möglich ist, wie ein normaler Mensch zu leben; und dann noch mit diesem Kerl da nebenan."

„Mein Onkel? Der schert sich doch schon Ewigkeiten nicht mehr um dich."

„Das sagst du jetzt so, wo du doch nicht mehr hier lebst; aber mir ist die Stimmung, die da drüben herrscht, noch immer nicht ganz koscher. Und ich meine damit nicht nur die Ohren an den Wänden, sondern auch diese seltsamen Versuche von Rosa in den letzten Monaten, mich in irgendwelche Gespräche zu verwickeln, die ich gar nicht will oder zu denen mir der Mut fehlt. Ich weiß ja nicht, ob du's schon wusstest, aber einige Male hat sie mich angequatscht, entweder im Hof oder wenn ich gerade etwas essen gehen wollte. Immer um die Mittagszeit hat sie plötzlich irgendwas im Garten zu tun, als ob sie auf mich wartet. Mir ist das unangenehm. Ich krieg sofort Panik, wenn ich mir vorstelle, dass ihr Brutalo von Ehemann dahinterkommt und mir spornstreichs ans Leder will. Ich verstehe ja, dass sich die Gute allein fühlt und so, ihre Sorgen sind mir ja nicht unbekannt, genauso wenig die Ursachen dafür, aber diese Konstellation ist mir schlichtweg zu brenzlig. Sieh dir doch bloß Magdalena in ihrer unglücklichen Lage unter der Fuchtel dieses Düsterlings an, und wie er mit *seinen* Frauen umgeht, und seine nächtlichen Einfälle zu Hause, all das macht mich ganz kirre. Du wirst verstehen, dass ich mich um ihre Probleme weder weiter kümmern will noch kann, und auch wenn mich dein Onkel anscheinend nicht mal mehr kennt, so schaffen es meine lieben Nachbarn doch immer wieder, eine Atmosphäre herzustellen, die mich partout nicht ruhig lässt. Nach all den Jahren der Seiltanzerei ohne Netz und doppelten Boden hab ich einfach keine Lust mehr.

Dieser chronische Druck hat mich mit der Zeit mürbe gemacht, ich ertrag diese Schizophrenie nicht länger. Mag ja sein, dass all das irgendwann einen Sinn gehabt hat, aber nicht mehr heute. Ich will keinen Krieg mehr, weder mit den beiden noch mit sonst einem der Nachbarn. Mit niemandem. Soll sich doch jeder um seinen Scheiß kümmern."

„Und wenn ich dir nun sage, dass die beiden wegziehen?"

„Sie ziehen weg?"

„Meine Mutter hat mir gesteckt, dass sie hier bald das Feld räumen, und mein Onkel kommt so gut wie gar nicht mehr nach Hause."

„Seit wann denn?"

„Seit fast einem Monat. Das Chaos begann, als meine Tante ihm verkündete, dass Magdalena wieder zu ihrer Familie geht. Mein Onkel flippte aus und schon ging das Geschrei los."

„Ja, ich weiß, ich war zu Hause, als die Sache vom Zaun brach. Seitdem lauf ich ja auch rum wie ein aufgescheuchtes Huhn: um ein Haar wäre ich nämlich rübergegangen und hätte mich in deren Tänzchen eingeklinkt, und wenn Rosa, um ihn eifersüchtig zu machen, mich dann ins Spiel gebracht hätte … Du weißt ja, was für Filme mir da durch den Kopf laufen bei einem Typen, der so bewandert ist in der Unterwelt wie der. Vielleicht verstehst du jetzt besser, warum ich meine Ruine von Haus so sehr gemieden habe. Aber davon abgesehen, was war denn nun des Krachs Kern? Hast darüber was erfahren können?"

„Rosa war wohl von allen bösen Geistern zugleich besessen. Warum, weiß meine Mutter angeblich auch nicht. Sie hatte sich wohl darüber aufgeregt, dass er nur wegen Essen und frischer Klamotten nach Hause kommt. Angeblich sei er auf wichtiger Mission und so und habe deshalb keine Zeit. Na und da wackelte die Hütte: Sie schrie ihn an, von wegen Magdalena haut ab und sie gleich mit, und dass die Situation unerträglich für sie sei und sie sich von ihm trennen wolle, und zwar endgültig. Endlich hatte sie mal den Mumm, nach all den Jahren, in denen er sie wie die Putze vom Dienst behandelt hat, und sie immer schön ja und amen zu allem. Diese verdammte Transuse!"

„Na holla, die Waldfee!", rief ich erstaunt über die Beherztheit meiner süßen Lily, wie sie über den Mangel an weiblichem Mut meiner unterwürfigen Nachbarin wetterte.

„Ja, urkomisch. Jedenfalls vermute ich, dass die Ladung so richtig hochging, als sie ihm das mit Magdalena gesteckt hat."

„Das mit Magdalena ... ach so, ja klar, das. Aber was genau wusste sie, oder wie war sie ihm auf die Schliche gekommen?"

„Die Sache begann, als sie ins Krankenhaus musste und er nicht wollte, dass Rosa mitkommt. Na ja, und obwohl sie ja etwas langsam sein mag, aber ganz zurückgeblieben ist sie nicht, also wurde sie neugierig. Kaum war Magdalena zurück, quetschte Rosa sie so lange aus, bis sie endlich ausspuckte. Es dauerte ein bisschen, aber am Ende erzählte sie ihr alles."

„Und wann war das?"

„Vor nicht allzu langer Zeit; vermutlich kurz vor der großen Rauferei."

„Rauferei ... Für mich klang das mehr wie ein hysterisches Geschrei von ihr gegen ihn und seine Versuche, sie zum Schweigen zu bringen, von wegen sie solle doch nicht so laut sein, und die Nachbarn, und die Uhrzeit ... Na und kurz darauf kam er aus dem Haus gestürmt und flitzte los in seiner Zuhälterkarre, gefolgt von seinem Schlägertrupp. Seitdem hab ich ihn nicht mehr gesehen. Obwohl, um genau zu sein, einmal hab ich ihn doch noch mal gesehen. Ich kam gerade vom Schiedsrichtern und war beim Einparken. Er schrubbte wie üblich seinen Wagen. Plötzlich sah er vergnügt zu mir rüber, dann auf meinen Transporter, und kühn schoss er los: *Ein bisschen Wasser und Seife würden Ihrem Wägelchen bestimmt nicht schaden; er mag ja aus Metall sein, aber auch darunter schlägt ein Herz, Herr Nachbar.* Ich war sprachlos, suchte nach einer Antwort, doch nichts kam aus mir raus, also grinste ich ihn bloß an. Das war das letzte Mal, hoffentlich."

„Die Hoffnung habe ich für mich zwar nicht, aber na ja ... Ich schweife schon wieder ab", seufzte Lily in ihrer Opferparodie.

„Sag mal, Lilymaus, meinst du, Rosa sucht deshalb den Kontakt zu mir?"

„Schon möglich, keine Ahnung. Mir hat sie jedenfalls nichts erzählt und wird sie auch nie was erzählen. Aber eins kann ich dir versichern: In alldem, was sie meiner Mutter hier und da mal steckt, spielst du überhaupt keine Rolle. Vielleicht sucht die Arme ja nur in den schlimmsten Momenten ihrer schamerfüllten Einsamkeit nach jemand verständnisvollen, bei dem sie sich ausheulen kann. Na, und wenn es um einfühlsame Männer geht, ist sie ja bei dir genau an der richtigen Adresse, nicht wahr?"

Mit bitterer Galle hielt sie sich für meine Abwesenheit schadlos, indem sie mir einen Tritt genau in die Weichteile verpasste – in die mentalen, versteht sich, was noch weit mehr und weit länger schmerzt. Aber ich gab nicht nach, langte stattdessen schlagkräftig zurück: „Liebste, lieblichste Lily, den Kontakt hab ich doch nicht gesucht, nicht einmal daran gedacht habe ich, soviel vorweg. Sie war es, die meine Nähe suchte, und wenn ich mich darauf einließ, dann höchstens aus Anstand und um etwas Menschlichkeit in dieses krankhaft angespannte Nebeneinander zu bringen. Schließlich bin ich ja auch nicht zu dir gelaufen, um dir meine Schulter aufs Auge zu drücken – nicht wahr, hä?!"

„Ja, nun mach dir nicht gleich ins Hemd, war doch bloß Ulk."

„Also was ich dir jetzt sage, das meine ich auch so: Ich muss gestehen, am Anfang nahm ich dich nicht wirklich für voll, und dafür entschuldige ich mich bei dir; aber da die damaligen Umstände nicht eben zu großen Zukunftsplänen einluden, verstand ich das zwischen uns als so eine lockere Liebelei, immer auch je nachdem, wie die übrigen Beteiligten mitspielen würden, dein Onkel inbegriffen."

„Julian, du bist süß, wenn du dich so erregst; aber es erstaunt mich schon, dass du mir das überhaupt sagst: Meinst du etwa, ich hätte die ganze Zeit nichts davon gewusst? Mir war glasklar, dass du deinen eigenen Interessen nachgingst, aber … auch ich hatte eigene Interessen, etwas ungeordnet, aber sie waren da. Wenn wir das also beide so sehen, dann steht's ja unentschieden zwischen uns in unserer mehr als einjährigen Partie, um mal deinen Sportjargon aufzugreifen."

„Es freut mich, dass du es so siehst und nimmst. Aber jetzt muss ich dir noch was sagen, was mir nicht ganz leicht über die Lippen gehen wird. Es ist so, dass mit der Zeit ein Gefühl in mir aufkam, das weit über mein ursprüngliches Interesse hinausging. Ohne es zu merken, schlitterte ich da ganz langsam hinein, bis ich irgendwann feststellte, dass ich deine Nähe brauchte, mehr, als ich es mir am Anfang vorgestellt hatte. Danach hab ich zwar nicht gleich mit beiden Füßen auf die Bremse getreten, aber mich schon bemüht, das Tempo ein wenig zu drosseln, weil ich fürchtete, meine Abhängigkeit von dir könnte noch unsere Beziehungskiste hochgehen lassen. Verstehst du?"

„Sicher doch, und dazu gibt's auch nichts weiter zu sagen."

Ich wollte sie küssen, hielt mich aber zurück. „Lilyhäschen, lass uns doch noch mal auf den Grund für den Wutausbruch deiner Tante zurückkommen."

„Wie gesagt, der lief das Fass über, als sie dahinterkam, wieso mein lieber Onkel Magda unbedingt allein ins Krankenhaus bringen wollte. Da war bei ihr Schluss."

„Hat sie deiner Mutter davon erzählt?"

„Nein."

„Und wie …?"

„Magdalena hat's mir erzählt. Eines Tages stand sie bei uns auf der Matte und sagte mir ohne große Umschweife, dass sie abhauen wolle. Vorher wollte sie mich aber noch warnen, da sie wohl bemerkt hätte, wie die alte Filzlaus auch mir nachstellte. Sie ging nicht weiter ins Detail, und ich bat sie auch nicht darum; mit einem Blick in ihr Gesicht und dem üblichen Eins-plus-Eins war alles klar."

„Dann stimmt es also? Dieser Dreckskerl hat …"

„Dieser Dreckskerl ist gefährlich, Julian, vorsätzlich gefährlich", sinnierte Lily ernst. „Aber das soll nicht länger mein Bier sein, ich bin hier bald weg. Und von dir reiße ich mich langsam los … Doch wenn sie mir foholgten, so fänden sie mich in Trähänen …", schmachtete sie lauthals los.

„Nanu, etwa ein unbekanntes Stück von Violeta?"

„Nö, von meiner Mutter. Sie hat es wohl in ihrer Kindheit auf dem Land gelernt. Aber ist ja auch wurscht, ich kratz hier jedenfalls bald die Kurve und bin dann für immer weg von diesem engen Fleckchen Erde."

„Und von mir reißt du dich los?"

„Ach, mein armer Julian, wie du leidest ... Du zerreißt mir wieder mal das Herz!", schäkerte sie auf meine Kosten.

„Und wann fängst du endlich mit dem Studium an?"

„Mitte März geht's los. Aber vorher will ich mich noch einmal von dir verabschieden. Ich dachte mir, du könntest mich auf eine Woche Zweisamkeit einladen, ganz ohne Geisteronkel, abartige Nachbarn und blondierte Lippenstifte auf Eifersucht. Einfach nur wir beide, vertieft in lange Gespräche und mehr ... Natürlich nur, wenn du darfst", kokettierte sie genießerisch, während sie mir völlig zwanglos die reifen Früchte ihrer Jugend schmackhaft machte und sich in einer schlüpfrigen Umarmung an mich schmiegte.

„Ich hätte nicht gedacht, dass du mir so was jetzt noch mal vorschlägst. Aber ich freue mich. Und wie du weißt, sind deine Wünsche auch meine, also lass uns doch einfach mal zum Strand nach Papudo fahren. Kennst du Papudo? Nein? Ich kenne da eine kleine Pension, gemütlich und günstig. Die Hausherrin, Señora Amalia, kennt mich schon seit Ewigkeiten. Die alte Dame verhätschelt mich wie ihren Sohn. Uns wird's dort also an nichts fehlen."

„Du meinst wohl, solange die gute Frau nicht eifersüchtig wird", griff sie den Faden wieder auf, derweil sie mit lasziver Zurückhaltung an mir herumspielte, nach drei Stunden roher Liebe in diesem Gasthaus im Schutze des Hinterlandes unseres großen, weiten und gleisnerischen Santiagos.

Nach unserer Woche in Papudo sahen wir uns nur noch ein einziges Mal. Es war der Tag vor ihrer lang ersehnten Abreise. Wir machten uns keinerlei Versprechen. Ein simples und doch schmerzliches adiós genügte als letztes Wort. Schlusskapitel.

Ich gab meine Seele wieder der Musik und meinen Körper einer Catarina hin, die nicht müde wurde, ihre sexuellen Fertigkeiten auszuweiten. Wir wurden immer körperlicher, immer lüsterner danach, die Begierden des jeweils Anderen zu befriedigen, und so vergaß ich nach und nach meine frühere Freundin, die nun an der Uni von Concepción studierte, die Nachbarsfrau Rosa, die mir immer aufgelauert hatte, und, last, but not least, schob ich auch das unheilvolle Bild meines rätselhaften Nachbarn in die entlegenste Ecke meines Gedächtnisses ab, das Bild des Mannes, der mit Sicherheit immer noch seine Tücken gegen Andersdenkende ausheckte, so wie man es ihm eingebläut hatte.

Lily blieb in mir als Erinnerung an eine glückliche Zeit und an ein Dilemma, das ich zwar durch- und durchgekaut, jedoch nie richtig verdaut habe. Mit ihr zusammen war immer alles wie am Schnürchen gelaufen, alles war toll gewesen. Doch mein Bild von ihr sollte sich jäh ändern, als ich eines Tages Rodrigo in der Gemeinde besuchte, wo er wie eh und je dabei war, die Jugend zu Rebellen für den guten Zweck zu erziehen. Dort erwischte mich aus heiterem Himmel die kalte, dunkle Dusche: „Mensch, was führt dich denn in unser Armenviertel? Welch unerwartete Ehre!" spöttelte mein Freund.

„Meister, meine Haare sind länger geworden und ich verding mich jetzt als Tondichter und Vokalist."

„Jaja, hab schon gehört von deinem Erfolg als Festspieler und von deiner Gruppe. Wie nennt ihr euch gleich? Ah ja, Aillamanque. Hübscher Name, schön araukanisch, sieben Kondore, nett, nett; mir gefällt, was ihr macht. Die Jungs hier haben auch schon ein Band von euch, Hut ab", applaudierte mein Intimus und Liebhaber der wurzelnahen Musik.

„Na ja, so viel ist da auch nicht dran; ein Open Air macht noch lange keinen Sommer. Was mir dieses Konzert aber wirklich gebracht hat, ist meine Heimkehr zur Kunst. Die Wiedervereinigung mit meiner Gitarre ist der reinste Segen. Außerdem bin ich da auf einen Schatz gestoßen, dem ich wertvoller bin als alles andere auf der Welt."

„Und darüber vergisst du gleich die Armen?"

„Rodrigo, bitte! Was soll das denn jetzt? Ich vergesse nichts und niemanden. Es ist nur so, dass ich jetzt, wo ich mich nur noch der Musik widme, keine Schuhe mehr mache und deshalb auch nicht mehr so oft hier in der Gegend bin. Und wenn ich dann noch an meine frische Liebe denke ... mammamia ... dann muss ich direkt wieder los. Aber du siehst, ich bin kerngesund und pudelwohl."

„Nu ... wie?"

„Pudel, Rodrigo, pudelwohl, mit *p*, nicht mit *n*, du altes Schlitzohr, verdreh mir hier bloß nicht das Wort im Mund, deine Sprachakrobatik kenne ich zur Genüge", gab ich mich empört; war Rodrigo doch nicht nur engagierte Bezugsperson für unsere Freiheitskämpfer von morgen, sondern auch unterbezahlter Spanischlehrer, der sein tägliches Wort gern mit subtilem Unterschnitt und feierlich-scharfsinniger, zugleich aber auch feinherb-umgangssprachlicher Note servierte.

„Außerdem wird wohl auch der Umstand mit einfließen, dass ich hier gar kein Heim mehr habe. Es ist immerhin schon über ein halbes Jahr her, dass ich mich mit meinen Siebensachen in die Arme meiner Geliebten geflüchtet habe."

„Dieselbe etwa, vor der du dich damals gerade noch so gerettet hast?"

„Vor wem hab ich mich wann gerettet?"

„Na vor deiner kleinen Nachbarin. Die Schlange, die. Das Sahneschnittchen vom Kiez, das dir mit der einen Hand ihren Honig ums Maul schmierte, und in der anderen den Dolch hielt."

Ich verstand nur Bahnhof, vernahm jedoch eine gewisse Gereiztheit in der Stimme dieses lebenserfahrenen Wortjongleurs und guten Freundes.

„Was war denn los? Hat sie etwa deinen Jüngern den Kopf verdreht?"

„Nicht nur meinen Jüngern, wie du sie nennst, sondern uns alle hat sie ganz schön an der Nase herumgeführt."

„Nun spuck schon aus, ich versteh kein Wort von dem, was du da faselst."

„Hast du echt keine Ahnung? Hast du nichts davon gemerkt?", bestürmte mich Rodrigo mit faltiger Stirn und historischer Fassungslosigkeit. „Die Kleine macht eine Ausbildung zur Polizistin, zur Staatsdienerin!"

Ich war wie vom Blitz getroffen. Mit einem Mal fiel alles in mir zusammen: meine Stimmung, meine Welt ... Mein Atem blieb weg und mein Verstand machte einen Satz ins Leere, als wollte er aus meinem schwellenden Hirn ausbrechen. Mit aufgerissenen Augen, wortlos blickte ich meinen Hiob an.

„Tut mir leid, Mann, ich dachte, du wüsstest das. Ich dachte, du lässt dich hier nicht mehr blicken, um ihr nicht über den Weg zu laufen. So dachte ich. Das verstehst du doch, oder? Meine Jungs bekamen zuerst Wind davon, kurz darauf auch ich. Ich sag dir, ich fiel fast vom Glauben ab."

„Rodrigo, Rodrigo, nun mal halb lang … Ich bin völlig baff. Wie, woher sollte ich denn so etwas ahnen können? Das ist so irrsinnig, so haarsträubend … Ich weiß nicht … Das will mir einfach nicht in den Kopf."

„Ich dachte ja, du hättest deinen Anteil an der Fabrik nur deswegen verkauft, sprich um dich von alldem abzuseilen, was unsere Gegend seit der Grünisierung des Mädchens für dich bedeuten musste; ich dachte, du witterst die Bedrohung und machst dich deshalb hier so rar. Für mich ergab das alles Sinn, der Zug von dir erschien mir absolut schlüssig."

„Welcher Zug denn? Ich bin hier weg wegen meiner neuen Beschäftigung und aus Liebe (vermutlich), aber doch nicht aus Angst. Sowas … Da hat sich das freche Ding bei den Bullen eingeschrieben und ich steh da wie Waldemar und halte die dicksten Gewitterwolken für niedliche Schäfchen."

„Na immerhin hast du ja den Kopf noch rechtzeitig aus der Schlinge ziehen können. Ich schätze mal, die Wunden, die dir die Kleine zugefügt hat, sind eher emotionaler Natur. Außerdem, nach dem, was du mir so erzählst und wie ich selbst das einschätze, denke ich, war das Mädchen alles in allem absolut gerade mit dir – mit uns allen eigentlich."

Rodrigos Bemerkung schwirrte mir noch tagelang durch mein zerwühltes Hirn: *das Mädchen war absolut gerade mit dir* hallte es unentwegt in mir, wie ein unermüdliches Echo, das immer und immer wieder erklang und mich nicht zuletzt auch in den schönsten Momenten aus dem Konzept brachte, etwa dann, wenn ich gerade rücklings und liebedienerisch unter der galoppierenden Catarina lag, oder auch während der Proben, wenn ich zum x-ten Mal darauf hingewiesen werden musste, dass ich mich – schon wieder – bei den Akkorden vergriffen hatte. Derart betroffen von meiner zeitweisen Verstörtheit, reagierten meine Bandkollegen zunehmend irritiert ob meiner neuesten Manier, mir andauernd die Finger in die Ohren zu stecken.

Monate, wenn nicht gar Jahre lang knabberte ich an den zahllosen Fragen, die mir immer neue Zweifel bescherten. Es reichte schon irgendeine Politesse auf der Straße und Lily war wieder da, um die willkürlichsten Grübeleien in mir loszutreten, was mich wiederum in meine Besessenheit verfallen ließ, ständig nach Antworten zu suchen, nach etwas Licht, das mir ihre geheimnisvolle Altklugheit erhellen würde, ihre Abenteuerlust, ihre Risikofreude, ihre schonungslose Kälte gegen Paula, der sie sich ohne Widerwillen als Vertrauensperson anbot, ihre gesunde Leichtfertigkeit, mit der sie bei mir alles zu Berge stehen ließ, oder die zwielichtige Beziehung zu ihrem ominösen Onkel, meinem Nachbarn, diesem finsteren Herrn, der einmal persönlich bei mir vorstellig geworden war, um mir die Absolution für meine, wie er anscheinend meinte, politischen Jugendsünden zu erteilen.

Lilys kurvenreicher Körper in der brechgrünen Uniform der Carabineros ... Das Bild wollte mir partout nicht in den Kopf, passte in keine meiner neuronalen Verknüpfungen hinein. Es ließ sich schlichtweg nicht mit meinem Denkschema vereinbaren. Nicht einmal in den entlegensten Winkeln meiner Fantasie ließ sich diese so widersprüchliche Vorstellung unterbringen. Meine Lily in Uniform ... und dazu noch jenes bis heute ungelöste Rätsel um ihre Wissbegier über meine *anderen Dinge*, über die vermeintlichen Beweggründe hinter meinem Treiben. Das und vieles mehr veranlasste mich dazu, das Knäuel aus Ereignissen und Emotionen, das wir in den inzwischen knapp zwei Jahren unserer Beziehung aus den Fäden der menschlichen Widersinnigkeit gesponnen hatten, noch einmal aufzurollen. Um hinter ihre wahren Beweggründe zu kommen, musste ich meine eigene, meine eigentliche Rolle in diesem verworrenen Lustspiel komplett überdenken; als hätte ich mich dadurch von meiner ständigen Ruhelosigkeit befreien, die verhasste Last abwerfen können, die ich in all der Zeit auf meinen Schultern auszubalancieren hatte, in einer Realität, die sich jeden Tag neu erfand und in der ich mir nie meines Einflusses auf die Dinge sicher sein konnte; blindlings musste ich mich durch die Schatten meines selbstgeschaffenen Irrgartens tasten, mehr vom Instinkt als vom Verstand geführt und stets in dem Verdacht, dass mir das Heft jederzeit aus der Hand gleiten könnte. Diese permanente Unsicherheit sorgte nicht nur für einen bedenklichen Anstieg meiner Magensäure, sondern entstellte auch meine so selbstgefällige Weltsicht, indem sie den Kern meines explosiven Umfelds bis zur Unkenntlichkeit dahinschmelzen ließ.

Seit jener unbegreiflichen Entdeckung wurden meine Besuche im Viertel noch seltener und kürzer als zuvor. Diese Welt, die mir so vertraut gewesen war, schüchterte mich jetzt ein, und das in einem Maße, wie ich es nie für möglich gehalten hatte. Die Katharsis durch Catarina gab mir zwar immer neue Anstöße, vor allem für meine Musik, doch fühlte ich mich monatelang wie von einem Gespenst verfolgt, was mich letztlich restlos in die Arme der devoten Bewohner meines neuen Lebensbereiches trieb, dort, wo sämtliche Akteure an ihren Plätzen waren und jeder seiner Rolle nachkam und wo für mich alles fein aufgeräumt und sauber war. Behaglich ließ ich mich in die unerschöpfliche Freigebigkeit Catarinas fallen, die mir in ihrer reifen Art und Weise, geschmückt mit preußisch anmutender Beharrlichkeit, ihre Liebe schenkte und mir dadurch die andere Seite jener Medaille, die für mich so lange Zeit eher Mittel zum Zweck gewesen war, entdeckte.

Nicht selten jedoch hinterfragte ich meinen neuen Modus Vivendi, bezichtigte mich der Prinzipienlosigkeit, des Verrats an meinen Grundsätzen; allerdings fand ich schnell Trost in dem genauso menschlichen wie unabwendbaren Schutzmechanismus der Selbstrechtfertigung, der mich von all meinen opportunistischen Sünden zu befreien schien, indem er mein Gewissen mit Mixturen wie *Vergangenes ist nachgeahmt, Zukünftiges erfunden* oder *schau nicht zurück, sondern nach vorn* und dergleichen Schmu mehr ruhigstellte. Ohne wirklich daran zu glauben, verschanzte ich mich dahinter und tröstete mich damit, dass diese Übersiedlung lediglich eine Phase sei, zum Runterkommen, eine kleine Pause auf meinem Marsch in die Utopie, ein zeitweiser Baustopp bei der Errichtung meiner Luftschlösser von Erlösung und Freiheit.

Der süße Lärm meines neuen Lebens hat mich jedoch nie meine Wurzeln vergessen oder gar verleugnen lassen, und so brauchte es, aller Einbildung zum Trotz, nicht allzu lange, bis ich mich wieder ausgesöhnt hatte mit meinem natürlichen Habitat, dem Schmelztiegel meiner langjährigen Freundschaften, mit meiner wahren Schule des Lebens. So sehr ich mich auch bei Catarina eingelebt hatte, sehnte ich mich doch nach der Urwüchsigkeit meiner Kompagnons, und so kehrte ich zurück zum Ursprung, nach Hause, um mich mit meinesgleichen an unsere ganz besondere Revolution zu machen, die irgendwo zwischen dem Schutt dieser gebrochenen Gesellschaft verborgen lag, aber natürlich auch um mich beim Fußball der Erde wieder ganz nah zu fühlen.

Dort wieder angelangt wurde mir, bei zwar gelegentlichen, aber stets herzlichen Treffen mit Freunden, deutlich, dass ich in der ganzen Episode mit meinem maulwürfischen Nachbarn und meiner Lily Lenkerin weit mehr Glück als Verstand gehabt hatte. Soviel lässt sich aber am Ende doch noch sagen: was auch immer hinter ihrer Leidenschaft für mich gesteckt haben mochte, zumindest hatte mir unsere kleine Eskapade dabei geholfen (wenn nicht sogar ermöglicht), das ganze Theater und Versteckspiel zu ertragen und den Druck auszuhalten, einen Spion auf der anderen, der dunklen Seite jener armseligen Wand zu wissen, die sich da als Grenze zwischen zwei durch den Abersinn des Schicksals zusammengeführten Familien versuchte.

Ich löste mich schließlich endgültig von der Sisyphusarbeit, von dem unnützen, ja womöglich sogar völlig unnötigen Unterfangen, auf sämtliche offenen Fragen eine Antwort zu finden, und beschloss, das Bild von Lily in Uniform fortan in meiner Galerie der unerklärlichen Phänomene zu verwahren; mit größtmöglicher Fairness im Urteil wollte ich mich künftig an sie erinnern, wie überhaupt an alle diese einzigartigen Seelen, die im Laufe der Zeit, unverhofft und ohne Scheu, unsere Lebenswege kreuzen und unsere Glaubenssätze erschüttern.

Juan Riquelme Lagos: Im Schatten des Nachbarn

ISBN 978-3-943977-34-9

Erste Auflage
September 2013

Copyright © 2013 Kulturmaschinen Verlag, Kulturmaschinen e.K., Berlin
Alle Rechte vorbehalten
Vervielfältigungen, auch auszugsweise, auch elektronisch oder durch
Bildübertragungstechniken nur mit Zustimmung des Verlages.
Es gilt das deutsche Urheberrecht in Zusammenhang mit den
Rechtsvorschriften der Europäischen Union

Auch erschienen als e-book ISBN 978-3-943977-35-6

Gesetzt in Garamond
Satz & Typografie: Kulturmaschinen

Druck und Bindung
freiburger graphische betriebe GmbH & Co. KG
Bebelstraße 11
79108 Freiburg
Printed in Germany 2013

Umschlaggestaltung: Vladi Krafft www.atelier-vladi.de
Titelzeichnung: Liane Paulke

Lektorat der Übersetzung: Simone Barrientos und Ulrike Ehlert